ALSTERNACHT

Leo Hansen, Jahrgang 1954, studierte Pädagogik, Psychologie und Soziologie an der Universität Hamburg. Er arbeitete fünfzehn Jahre bei den Landesmedienanstalten in Hamburg und Thüringen und war verantwortlich für den nicht kommerziellen Rundfunk und das lokale Fernsehen. Anschließend war er in Marl und Wiesloch als Lehrer am Berufskolleg tätig und unterrichtete Medienpädagogik, Psychologie/Pädagogik und Politik. Er veröffentlichte zahlreiche medienpädagogische Fachartikel. Er hat drei erwachsene Kinder und drei Enkelkinder und lebt heute mit seiner zweiten Frau in Neustadt in Holstein an der Ostsee.

Dieses Buch ist ein Roman. Handlungen und Personen sind frei erfunden. Ähnlichkeiten mit lebenden oder toten Personen sind nicht gewollt und rein zufällig.

LEO HANSEN

ALSTERNACHT

Kriminalroman

emons:

Bibliografische Information der Deutschen Nationalbibliothek
Die Deutsche Nationalbibliothek verzeichnet diese Publikation in der Deutschen Nationalbibliografie; detaillierte bibliografische Daten sind im Internet über http://dnb.d-nb.de abrufbar.

Umschlagmotiv: Jean Luc Bohin/Arcangel.com
Umschlaggestaltung: Nina Schäfer, nach einem Konzept von Leonardo Magrelli und Nina Schäfer
Umsetzung: Tobias Doetsch
Gestaltung Innenteil: DÜDE Satz und Grafik, Odenthal
Lektorat: Lothar Strüh
Druck und Bindung: CPI – Clausen & Bosse, Leck
Printed in Germany 2022
ISBN 978-3-7408-1539-4
Originalausgabe

Meiner Frau Ines

You want it darker
We kill the flame

Leonard Cohen

1

Dienstag, 8.1.2019

Erwin Brievenbusch stand vor dem Spiegel. Er war zufrieden mit sich und der Welt. Die Geschäfte im letzten Jahr waren zwar nicht gut gelaufen, doch die Verhandlungen für neue Geschäftsfelder in Osteuropa standen vor dem Abschluss. Gleich würde er sich mit einem der Verhandlungsführer im Club treffen und den neuen Geschäftsplan präsentieren. Das Jahr 2019 würde ein gutes werden. Er betrachtete sich selbstgefällig im Spiegel. Für meine sechzig Jahre habe ich mich gut gehalten, dachte er. Er hielt drei Krawatten in der Hand und überlegte, welche am besten zu seinem Outfit passte.

»Sie sehen alle furchtbar aus«, hörte er seine Frau sagen. Sie stand mit einem Glas Champagner in der Hand im Türrahmen.

»Das würdest du bei jeder Krawatte sagen.«

»Stimmt.« Sie nahm einen Schluck. »Willst du in den Club?«

»Was mache ich denn seit fünf Jahren jeden Mittwoch?« Erwin Brievenbusch schüttelte den Kopf. »Der viele Champagner scheint dein Gedächtnis allmählich zu trüben.« Er entschied sich für die Pünktchenkrawatte.

»Im Club herrscht keine Krawattenpflicht. Und falls doch«, sie lachte glucksend, »würden sie dir mit dieser Krawatte den Einlass auf jeden Fall verwehren.«

Er drehte sich zu seiner Frau um. »Lass mich doch in Ruhe«, sagte er genervt.

»Du hast jetzt drei Tage Ruhe vor mir. Ich fahre bis Samstag nach Sylt. Zu Mathilde.«

»Schade.«

»Wieso?«

»Ich dachte, du würdest länger bleiben.« Erwin Brievenbusch blickte wieder in den Spiegel, sah, wie seine Frau ihm den Mittelfinger entgegenstreckte und dann aus seinem Blickfeld verschwand. Er grinste und band sich die gepunktete Krawatte um.

Wenige Minuten später stand er mit einer kleinen Aktentasche vor der Tür und winkte ein Taxi herbei. Er nahm auf dem Rücksitz Platz, und geräuschlos fädelte sich der Audi in den Hamburger Abendverkehr ein. Brievenbusch griff in seine Aktentasche und holte einen Ordner heraus, um sich ein letztes Mal mit den Zahlen auseinanderzusetzen. Er war so vertieft in die Notizen, dass er erst spät merkte, dass das Taxi nicht zum Alten Wall fuhr. Brievenbusch sprach den Fahrer an, erhielt jedoch keine Antwort. Auch als er laut und unmissverständlich darauf drang, ihn sofort zu seinem Ziel zu bringen, blieb der Fahrer stumm. Erst als er sein Handy zückte und hektisch auf die Tasten drückte, hörte er die spöttische Stimme des Fahrers.

»Sie können hier nicht telefonieren, der Wagen ist abgeschirmt.«

»Wo bringen Sie mich hin?« Brievenbuschs Stimme überschlug sich.

»Sie werden erwartet.«

Als der Audi an der nächsten Ampel stoppte, versuchte Brievenbusch, die Autotür zu öffnen, musste aber feststellen, dass sie verschlossen war. Jetzt überkam ihn Panik, und er schlug mit den Fäusten gegen die Fenster.

»Wenn Sie sich nicht ruhig verhalten, werde ich dafür sorgen, dass Sie ruhig sind.« Die Stimme des Fahrers hatte jetzt einen bedrohlichen Ton. »Im Übrigen sind wir gleich am Ziel.«

Brievenbusch schaute aus dem Fenster, konnte aber durch die getönten Scheiben nicht viel erkennen. Er vermutete, dass sie im Süden von Hamburg waren, war sich aber nicht sicher. Erst als sie von der Hauptstraße in einen Waldweg abbogen, wusste er, wo sie waren. »Der Alte ist doch tot.«

Nach etwa zweihundert Metern stoppte der Wagen vor einer alten Villa, aus der gedämpftes Licht drang.

»Der Alte schon«, sagte der Fahrer grinsend, stieg aus und zog Brievenbusch aus dem Wagen. Er führte ihn ins Haus, schob ihn unsanft ins Wohnzimmer und platzierte ihn in einen Sessel.

Brievenbusch ließ seinen Blick umherschweifen. Es hatte sich einiges geändert, doch die Atmosphäre war ebenso bedrückend wie vor fünfundzwanzig Jahren. Er hatte kaum eine Minute dort gesessen, als er eine Berührung auf seiner linken Schulter spürte. Er drehte leicht seinen Kopf. Er sah eine Hand mit rosa lackierten Fingernägeln und einen mit Diamanten besetzten Ring.

»Schön, dass Sie meiner Einladung gefolgt sind«, hörte er eine zarte Stimme sagen. Dann spürte er den brennenden Schmerz des Elektroschockers an der rechten Halsseite. Brievenbusch wollte aufspringen, doch seine Beine und Arme versagten ihm die Hilfe. Er begann zu krampfen, alle Gliedmaßen zuckten, dann entwich jede Spannung aus seinem Körper. Den anschließenden Nadelstich in den Hals spürte er nicht.

Sie aß die Quiche Lorraine, die Victor gestern zubereitet hatte, und blickte auf den Mann im Sessel. Er war eine gute Wahl, dachte sie. Jetzt ließ er den Kopf hängen, der Oberkörper war zusammengesackt, und auch die Arme hingen schlaff herunter. Sie hatten ihn festbinden müssen, sonst wäre er aus dem Sessel gerutscht. Nachdem sie ihm die Spritze in die Vena jugularis externa, die äußere Halsvene, die senkrecht am Hals floss, injiziert hatte, hatte er noch einmal die Augen geöffnet. Doch er war zu schwach gewesen, um eine weitere Reaktion zu zeigen. Nach zehn Minuten waren die Vitalfunktionen endgültig erloschen. Er war gestorben.

Sie nippte an ihrem Chablis und lächelte versonnen. Alles war ganz schnell gegangen, ohne jedes Problem. Das fühlte sich gut an. Eigentlich betrachtete sie den Tod als einen furchtbaren Gesellen, dem man lieber nicht begegnen sollte. Doch im Moment empfand sie seine Gegenwart als angenehm. Sie blickte zu dem leblosen Erwin Brievenbusch. Sie war auf dem richtigen Weg. Sie spürte es. Zufrieden griff sie zum Telefon.

»Hallo.«

»Er ist hier.«

»Tot?«

»Ja.«

»Das ist gut.«

»Es lief alles wie geplant. Bislang.«

»Hatte er die Unterlagen dabei?«

Sie schaute auf die Aktentasche, die auf dem Tisch lag. »Victor bringt sie vorbei.«

»Er soll sie meiner Sekretärin geben. Und du erledige die nächsten Schritte.« Nach einer kurzen Pause folgte ein eindringliches »Es wird dir guttun. Du bist auf dem richtigen Weg. Befreie dich aus deinem Martyrium«.

»Ich bin bereit.«

Damit war das Gespräch beendet. Sie aß das letzte Stück Quiche. Sobald sie ihren Wein ausgetrunken hatte, würde der zweite, unangenehmere Teil des Plans beginnen.

Sie sah, wie Victor mit dem Rollstuhl ins Zimmer kam.

»Im Holzhaus ist alles vorbereitet.« Er blickte sie an. »Bist du wirklich bereit?«

Sie lächelte versonnen. »Es muss sein. Ich muss endlich meine Vergangenheit besiegen.«

2

Donnerstag, 10.1.2019

Knut Petersen lebte seit vierzig Jahren in dem kleinen Kapitänshaus in Övelgönne, direkt an der Elbe. Hier konnte er tagein, tagaus die großen Pötte beobachten, Containerschiffe, Kreuzfahrtschiffe und Tanker. Und manchmal kamen auch ein paar Windjammer vorbei. Das war besser als Fernsehen.

Das Haus hatte er von seinem einzigen Onkel geerbt, der kinderlos geblieben war. Knut Petersen hatte auch keine Kinder, wo sollten die auch leben in dem kleinen Haus? Dafür hatte er einen Hund. Einen Mittelschnauzer mit starker Persönlichkeit, trotzdem sehr anhänglich und ein guter Wachhund. Fiete war sein dritter Schnauzer. Er hatte heute, am 10. Januar, Geburtstag. Zehn Jahre wurde er alt, war aber immer noch sehr lebhaft.

Er liebte ausgedehnte Spaziergänge am Strand, und den hatten Knut und Fiete vor der Haustür. Feiner Sandstrand, um den so manches Ostseebad die Hamburger beneidete.

Jeden Morgen um sechs klingelte der Wecker. Knut Petersen hatte sich an den täglichen Morgenspaziergang gewöhnt und ihn schätzen gelernt. Um diese Zeit hatten er und Fiete den Strand fast für sich allein, mal abgesehen von den wenigen Nachbarn, die ebenfalls mit ihren Hunden unterwegs waren. Knut Petersen reckte und streckte sich. Heute würde er wohl kaum jemanden treffen, es war kalt, und es hatte in der Nacht geregnet und geschneit. Er zog sich warm an, schlurfte in die Küche, aß einen halben Apfel und trank ein Glas Milch.

Dann trat er mit Fiete vor die Tür. Övelgönne schlief noch, in der Ferne hörte er eine Schiffstute und den Arbeitslärm vom Containerhafen. Die Lichter vom gegenüberliegenden Ufer waren nur schemenhaft zu erkennen, es lag leichter Nebel über der Elbe. Knut Petersen setzte die Mütze auf und zog die Kapuze seiner Windjacke fest über den Kopf, der Wind war eisig, zudem hatte es wieder zu schneien begonnen. Sie gingen bei der Strandperle, der ehemaligen Altonaer Trinkhalle, an den Strand.

»Los, Fiete, guck mal, ob das Wasser noch da ist.«

Das ließ der Hund sich nicht zweimal sagen. Fiete schoss wie immer runter zur Elbe und kam ein paar Minuten später mit einem großen, nassen Ast im Maul zurück.

»Mensch, Fiete, der ist doch viel zu groß zum Stöckchenwerfenspiel.«

Knut Petersen tat dem Hund dennoch den Gefallen, aber nach zwei Würfen verloren beide die Lust an diesem Spiel, und so trotteten sie nebeneinanderher Richtung Alter Schwede, dem ältesten Großfindling Deutschlands. Der wog satte zweihundertsiebzehn Tonnen und hatte im Jahr 2000 unterhalb von Schröders Park seinen neuen Platz am Elbstrand bekommen, nachdem er ein Jahr zuvor aus der Elbe gehoben worden war. Um die Jahreswende herum hatten Unbekannte dem Findling eine goldene Oberfläche verpasst, die inzwischen allerdings wieder verblasst war. Jetzt zierten ihn auch ein paar dämliche

Graffitis. Knut Petersen konnte diese Verschandelung des Alten Schweden nicht verstehen, schließlich war er ein Naturdenkmal.

Das Bellen von Fiete riss ihn aus seinen Gedanken. Er war inzwischen unterhalb des Hans-Leip-Ufers, und der Findling war schon zu sehen. In dem Moment rannten zwei weitere Hunde bellend an ihm vorbei, und von der Uferstraße lösten sich zwei Gestalten.

»Sehe ich richtig? Jacky und Tom? Wer hat euch denn aus dem Bett getrieben?«

Aber statt einer Antwort bekam er nur ein leises »Moin« zu hören.

»Scheißkälte«, fluchte Jacky.

»Hättest auch eine dickere Jacke anziehen können.«

Für diese Bemerkung bekam Knut Petersen nur einen bösen Blick.

»Flocke und Anton scheint die Kälte ja nichts auszumachen.«

»Ich weiß auch nicht, warum die immer noch so laut kläffen«, brummte Tom. »Komm, wir gucken mal.«

Am Alten Schweden erwarteten sie drei aufgeregte Hunde, die wild herumrannten und offenbar den Findling anbellten.

Jacky ging näher heran. »Mensch, da sitzt einer. Flocke, komm sofort her.«

Inzwischen waren auch die beiden anderen näher gekommen und nahmen ihre Hunde an die Leine.

»Das ist ja ein nackter Mann.« Tom starrte ihn ungläubig an. Und fuhr mit hysterischer Stimme fort: »Ach du Scheiße, der hat ja keinen Schwanz mehr.«

»Wie eklig.« Jacky war kreidebleich und stützte sich auf die kleine Hinweistafel.

Knut Petersen ging näher an den Mann heran. »Der ist tot, mausetot.« Dann schaute er die beiden Jugendlichen an. »Wir müssen die Polizei benachrichtigen.«

Jacky und Tom zückten gleichzeitig ihre Smartphones.

»Ich mach das«, sagte Tom und holte tief Luft.

»Okay«, erwiderte Jacky leise. Sie blickte wieder zu dem Toten. »Nackter Mann ohne Schwanz vor goldenem Schweden.

Das ist der Hammer«, murmelte sie leise. Dann machte sie ein Foto.

3

Freitag, 11.1.2019

Das Licht gab keinen Hinweis auf die Tageszeit. Grauer Himmel, leichter Schneeregen. Typisches Hamburger Wetter. Aber das spielte keine Rolle. Dr. Elias Hopp liebte diese Stadt mit ihren zweitausend Brücken und vielen Fleeten, mit ihren unterschiedlichen Quartieren und Menschen, mit dem Hafen und den Spelunken bei jedem Wetter. Aber vor allem liebte er diese Stadt, weil er hier das gefunden hatte, was es in seiner Heimat im Libanon nicht gab. Ein meist friedliches Zusammenleben der Menschen, ohne Hass, ohne Gewalt. Auch wenn die Zeiten in Deutschland rauer wurden, eine rechtsnationale Partei in alle Parlamente eingezogen war, der rechte Mob auf die Straße ging und unverhohlen rassistische und antisemitische Parolen grölte. Dennoch fühlte er sich hier sicher, kein Vergleich zum Libanon oder zu anderen Ländern in der Welt.

Elias schaute auf die Tageszeitung, die vor ihm lag. Sie war von gestern. Die Titelstory war ein Mord am Elbstrand. Ein ehrwürdiger Hamburger Kaufmann war nackt am Alten Schweden gefunden worden. Das Foto war unscharf. Erkennen ließ sich eigentlich nichts. Aber das wirkte ja besonders authentisch. Er hatte gestern schon davon in den Nachrichten gehört. Elias legte die Zeitung auf den Nebentisch und schaute aus dem Fenster.

Nach zwei Monaten saß er mal wieder im »Café au Lait« in der Poststraße. Diese ehemalige Molkerei mit ihrer original erhaltenen gefliesten Jugendstildecke sah in der Tat aus wie ein französisches Café aus den Anfängen des letzten Jahrhunderts. Hier kehrte er seit seiner Studentenzeit ein, das französische Flair des Cafés gehörte zu den wenigen positiven Dingen, die er mit seiner Heimat verband. Aber eigentlich war der Libanon nicht seine Heimat, sondern die seiner Mutter. Er war erst fünf gewesen, als sie das Land verlassen mussten, und er wusste nicht, ob die Erinnerungen seine eigenen waren oder sich aus den Erzählungen seiner Mutter speisten. Das würde er nun auch nicht mehr erfahren, wie so vieles. Seine Mutter war seit über einem Jahr tot. »Herzversagen«, hatte auf dem Totenschein gestanden, in Wahrheit war sie aus Kummer gestorben.

Paul, den er schon seit Jahren kannte, inzwischen Maître d'Hôtel des Cafés, unterbrach ihn in seinen Gedanken, als er den Latte macchiato brachte. »Wie immer mit der doppelten Portion Espresso.«

»Sehr aufmerksam«, erwiderte Elias mit einem Lächeln und nahm einen Schluck. »Irgendwie habe ich das Gefühl, dass diese Portion letztes Jahr noch ein normaler Latte war.«

Paul, der seinen Job mit einer Mischung aus französischer Überheblichkeit und Hamburger Schnodderigkeit ausführte, zog die rechte Augenbraue hoch. »Vielleicht solltest du weniger in der Vergangenheit leben. Bestell dir demnächst einfach einen Latte macchiato mit der dreifachen Portion Espresso.«

Mit einer eleganten Drehung kehrte Paul ihm den Rücken und wandte sich dem Nachbartisch zu.

Man konnte von ihm halten, was man wollte, aber ihm war es zu verdanken, dass das Café zu einem beliebten Treffpunkt vor allem gut betuchter Hamburger geworden war, was sich in der Höhe der Preise widerspiegelte. Er war einfach ein besonderer Typ. Einzig die miserable Akustik der alten Molkerei war ein Minuspunkt, und Elias fragte sich jedes Mal, warum das Servicepersonal bei dieser Lautstärke nicht taub wurde. Einen Vorteil hatte dieser Lärm jedoch: Hier ließen sich wirklich konspirative Treffen abhalten, denn aufgrund der Lautstärke konnte man kaum sein Gegenüber verstehen, geschweige denn die Tischnachbarn.

Allerdings war das letzte konspirative Treffen vor eben genau zwei Monaten anders verlaufen als geplant. Paul hatte seinerzeit nicht nur dafür gesorgt, dass er wie jetzt an seinem Lieblingstisch in der Nische neben dem Eingang saß, sondern auch dafür, dass die zwei Tische neben ihm unbesetzt blieben. Zudem hielt er geschickt den Eingangsbereich frei, wo sich normalerweise immer eine kleine Schlange bildete, wenn Gäste auf frei werdende Tische warteten.

So hatte Elias freie Sicht auf den Eingang und durch das Seitenfenster auch auf den Bürgersteig gehabt. Er hatte seine Verabredung auf keinen Fall verpassen wollen. Wolf Lebe, ein Aussteiger aus der Reichsbürgerszene, war seines Wissens ein scheuer Typ, und Elias war sehr an seinen Insiderkenntnissen interessiert gewesen, um seinen Rechercheauftrag abschließen zu können.

Aber Wolf Lebe war nur bis zur Tür des Cafés gekommen und dort tot zusammengebrochen. Verantwortlich dafür war eine Kugel, die ihn in den Hinterkopf traf. Viele hatten das nicht mitbekommen. Elias aber hatte alles von seinem Platz aus genau beobachten können und war somit ausgiebig von der Polizei befragt worden.

Er schilderte, was er gesehen hatte, verschwieg allerdings, dass er mit Lebe verabredet gewesen war, und so ließen sie schließlich von ihm ab. Auch Paul erzählte nichts, schmollte allerdings. Er habe ihn in Lebensgefahr gebracht. Und so ganz unrecht hatte Paul ja auch nicht. Jedenfalls hatten sie beschlossen, dass er das Café eine Zeit lang meiden und zudem Paul eine kleine Gefälligkeit erweisen sollte.

Wieder wurde er aus seinen Gedanken gerissen. Diesmal war aber nicht Paul für die Ablenkung verantwortlich, sondern die junge Frau, die ein paar Tische entfernt von ihm saß. Sie hatte braune, halblange Haare, die von hellen Strähnen durchzogen waren. Ihr Teint war blass, obwohl sie dezent geschminkt war. Sie trug Jeans, einen dunklen Rollkragenpullover und Turnschuhe. Sie machte einen eher zurückhaltenden Eindruck auf Elias, wodurch ihr unbeherrscht gebrülltes »Fick dich«, ehe sie ihr Smartphone wütend auf den Tisch geknallt hatte, nachträglich besonders überraschend wirkte.

Als die junge Frau merkte, dass plötzlich viele Augenpaare

auf sie gerichtet waren, lief sie rot an und murmelte eine eher leise und somit nicht hörbare Entschuldigung, dann vergrub sie ihren Kopf hinter einer Zeitschrift.

Elias schmunzelte und blickte zu Paul, der ebenfalls grinste. Anschließend sah Elias, wie Paul hinter dem Tresen verschwand und kurze Zeit später mit einer Schokoladentarte auf die junge Frau zuging. Sein Räuspern ließ sie aufblicken.

Er stellte die Tarte vor sie und sagte: »Schokolade macht glücklich. Geht aufs Haus.« Und so schnell, wie er aufgetaucht war, wandte er sich wieder den anderen Gästen zu.

Die junge Frau blickte sich um, ein verlegenes Lächeln umspielte ihre Lippen, und dann nahm sie den ersten Bissen von der Schokoladentarte. Elias ließ seinen Blick weiter durch den Saal des Cafés gleiten und blieb bei einem älteren Herrn hängen. Klassisches blaues Jackett mit goldschimmernden Messingknöpfen, weißes Hemd mit Haifischkragen, geziert mit einer Fliege und Manschettenknöpfen. Und auf dem Stuhl neben ihm lag eine Prinz-Heinrich-Mütze. Es hatte etwas sehr Vornehmes, wie er die Bouillabaisse aß, eine der vielen köstlichen Spezialitäten des Cafés. Fast unsichtbar winkte er den Kellner herbei. Er blickte kurz auf, bestellte offenbar ein zweites Glas Weißwein und aß dann weiter.

Im hinteren Teil saß an einem größeren Tisch eine Gruppe von jüngeren Leuten, lässig, aber teuer gekleidet. Typische Hipster, die auch das Café für sich entdeckt hatten. Oder vielleicht die FDP-Fraktion aus dem nicht weit entfernten Rathaus. Elias lächelte. Eine Partei, überflüssig wie ein Kropf.

Er blickte auf seine Uhr. In diesem Moment öffnete sich die Tür zum Café. Herein kam eine schlanke, sportliche junge Frau. Sie stellte den Regenschirm in den Schirmständer, nahm ihre nasse Mütze vom Kopf und fuhr sich mit der anderen Hand durch das kurze, dunkle Haar. Eine elegante Erscheinung mit einem kleinen Kratzer auf der Stirn.

4

Freitag, 11.1.2019

Janne Bakken gab Gas und überholte die beiden Wohnmobile, die bei dem Regen recht langsam fuhren. Die A7 war glücklicherweise an diesem Tag nicht besonders befahren. Sie war auf dem Rückweg von dem Häuschen an der Schlei, in dem ihre Mutter aufgewachsen war. Diesmal hatte sie sich nicht gut erholt. Ihre Gedanken hatten sich zu sehr mit der Vergangenheit beschäftigt. Es war noch eine gute Stunde bis zur Ausfahrt Hamburg-Othmarschen und dann zwanzig Minuten bis zu ihrer Wohnung auf St. Pauli.

Sie schaute auf die Uhr. Um halb drei könnte sie zu Hause sein, dann hätte sie noch zweieinhalb Stunden Zeit, sich für das Bewerbungsgespräch zurechtzumachen. Vor vier Wochen hatte sie in einem Artikel des »Spiegels«, den sie zufälligerweise beim Arzt gelesen hatte, einiges über Dr. Elias Hopp und seine Arbeit erfahren. Er war privater Ermittler und unterstützte häufig die Polizei bei der Beschaffung von Informationen. Und darin war er wohl ziemlich gut. So hatte er dazu beigetragen, diverse Korruptionsaffären in der deutschen Wirtschaft aufzudecken, und, sein letzter Coup, der Aufhänger für den Artikel war, ein rechtsradikales Netzwerk auffliegen lassen, das bis in die Geheimdienste und die Polizei hineinreichte. Janne hatte zudem herausgefunden, dass er früher als Polizeireporter und Journalist tätig gewesen war und sich dann irgendwann selbstständig gemacht hatte. Nun suchte er jemanden, der ihn bei seiner Arbeit unterstützte. Und so hatte Janne eine Initiativbewerbung an ihn geschickt. Sie schaute auf ihre Uhr. Es wird knapp, dachte sie und trat das Gaspedal bis zum Anschlag durch.

Um Viertel vor drei stellte sie ihren alten Volvo 245 in der Tiefgarage beim Penny-Markt in der Königstraße ab. Den Koffer ließ sie im Auto und schulterte nur ihren Rucksack mit den Bewerbungsunterlagen und dem Laptop. Sie überquerte die doppelspurige Straße, ging am Boardinghouse St. Pauli vorbei und bog in die Trommelstraße ein. Inzwischen regnete es Bindfäden, und Janne zog die Kapuze ihrer Regenjacke tief ins Gesicht. Viel sah sie nicht, und so war es nicht verwunderlich, dass sie die drei Typen, die aus dem Holsteneck kamen, eine Kneipe, die sie auch manchmal besuchte, erst bemerkte, als sie gegen einen der Männer lief.

»Eh, pass doch auf, du blöde Tussi.«

Janne blickte auf und sah in das aufgedunsene Gesicht eines etwa dreißigjährigen blonden Mannes. »Was?«, blaffte sie ungehalten. »Verpisst euch.«

»Jetzt wird sie auch noch frech«, blökte es ihr undeutlich entgegen.

»Und seit wann duzen wir uns, du alte Schlampe?« Zwei stahlblaue Augen schauten sie abfällig an.

»Müssen dir wohl ein paar Manieren beibringen, Schätzchen«, zischte der dritte Mann, rülpste und schwankte leicht mit dem Oberkörper.

Plötzlich spürte sie den Adrenalinstoß in ihrem Körper, und sie war sofort hellwach. Blitzschnell musterte sie die drei und schätzte ihre Chancen ab. Auf den mit den blauen Augen musste sie achtgeben, das war wohl der Anführer. Die beiden anderen hatten viel Alkohol im Blut. Janne trat einen Schritt zurück, damit die drei sie nicht umkreisen konnten, stellte ihren Rucksack ab und tänzelte auf der Stelle. »Jungs, es regnet, ich werde nass und will nach Hause. Also geht mir aus dem Weg. Wäre besser für euch.«

»Sie droht uns«, grölte der Mann mit dem aufgedunsenen Gesicht und klopfte sich lachend auf die Schenkel.

»Hilfe, ich habe Angst.«

»Jetzt bekommen wir Schläge.«

Die beiden anderen lachten nun auch. Die drei bauten sich in einer Reihe vor Janne auf. Darauf hatte sie gewartet. Ihre rechte, zur Faust geballte Hand schnellte vor und versetzte dem links stehenden Anführer einen Schlag an die Schläfe, woraufhin dieser bewusstlos zusammensackte. Dann drehte sie sich blitzschnell zum Blondschopf und streckte diesen mit einem Sidekick nieder. Ihre Ferse traf ihn mit voller Wucht auf den Solarplexus. Aus den Augenwinkeln sah sie, wie der dritte Mann ungestüm auf sie losging. Sie sprang zur Seite, weswegen sein Schwinger nur ihre Stirn streifte. Der fast ungebremste Schwung ließ ihn ins Straucheln geraten, und Janne schlug ihm sofort die Beine weg. Er landete bäuchlings in der großen Pfütze und prallte mit dem Kopf gegen den Fahrradständer. Die Beule würde groß werden.

Janne schaute auf die drei am Boden liegenden, wimmernden Männer. Knapp fünfzehn Sekunden, dachte sie zufrieden. Nicht schlecht, aber ihre Gegner waren auch untrainiert und überheblich. Sie nahm ihren Rucksack und machte sich auf den Weg in die Lange Straße.

Ihre Zweieinhalb-Zimmer-Wohnung lag im fünften Stock und bot einen wunderbaren Blick über die Dächer von St. Pauli. Von dem kleinen französischen Balkon aus konnte man im Sommer das Treiben auf dem Hein-Köllisch-Platz beobachten und den Sonnenuntergang genießen. Janne hatte die Wohnung mit Hilfe ihres ehemaligen Chefs Miroslav Eschenbrosch bekommen, für den sie als Personenschützerin gearbeitet hatte. Sie lag nicht im schönsten Stadtteil Hamburgs, und ein wenig größer hätte sie auch sein können, aber auch vor drei Jahren war es schon nicht einfach, überhaupt eine bezahlbare Wohnung in Hamburg zu finden. Deshalb war sie froh über ihre Wohnung, und langweilig war es in diesem Viertel auch nicht, wie sie gerade wieder einmal selbst erfahren hatte.

Janne stand vor dem Spiegel in ihrem Badezimmer und sah erst jetzt, dass sie einen Kratzer auf der Stirn hatte, der auch leicht blutete. Sie desinfizierte die kleine Wunde. Dann zog sie sich aus und stieg in die Dusche. Während das heiße Wasser über ihren Körper lief, hoffte sie, dass es die Wut über diese drei Kerle wegspülen würde. Sie war aber auch wütend auf sich. Hatte sie nicht überreagiert? Sie hätte auch weglaufen können. Doch das war offensichtlich keine Option für sie. Die Automatismen ihrer Nahkampfausbildung hatten sie daran gehindert. Wurde sie angegriffen, waren die Gefahrenabschätzung und die folgende

Reaktion unmittelbar aufeinander abgestimmt. Hatte sie eine Chance oder war Angriff die einzige Möglichkeit, schlug sie zu. War die Chance zu gering und es gab einen Fluchtweg, zog sie sich zurück. Im Fall der drei betrunkenen Männer war die Abschätzung eindeutig und blitzschnell erledigt gewesen, so wie der Kampf. Die Frage war nur, warum sie sich nicht im Alltag auch in solchen Situationen zurückziehen konnte. Schließlich hätte sie die Männer auch schwerer verletzen können.

Sie wechselte abrupt vom warmen zum kalten Wasser. Diese Schocktherapie wirkte. Sie schnappte nach Luft. Und nach einer Minute war ihr Kopf frei. Janne stieg aus der Dusche, trocknete sich ab. Dann ging sie ins Wohnzimmer und schob ihre Lieblings-CD von Jan Garbarek in den Player. »Rites«. Die elegischen Klänge des Saxofons waren die richtige Begleitung für die Kleiderwahl.

Sie drehte die Anlage auf und begab sich ins Schlafzimmer. Noch sechzig Minuten bis zum Bewerbungsgespräch. Die Unterwäsche war schnell angezogen. Nachdem sie dann diverse Röcke, Hosen, Blusen, Blazer, hohe Schuhe, flache Schuhe, Sneakers und Stiefel in allerlei Kombinationen anprobiert hatte, sah das Zimmer zwar aus wie nach einem Orkan, aber Janne stand stolz vor dem Spiegel und betrachtete ihr favorisiertes Outfit: Bootcut-Lederhose, kombiniert mit einem grauen, legeren Pulli und einem schwarzen Blazer. Dazu die schwarzen Stiefeletten mit den flachen Absätzen. Jetzt musste sie sich nur noch dezent schminken, ihren Kratzer bearbeiten, und dann konnte sie los.

Um Punkt achtzehn Uhr stand Janne vor dem »Café au Lait« in der Poststraße. Sie klappte den Regenschirm zusammen und betrat das Café. Ein Schwall von Stimmen schwappte ihr entgegen. Sie stellte den Regenschirm in den Schirmständer, nahm ihre Mütze vom Kopf und fuhr sich mit der anderen Hand durch die Haare.

In dem Moment kam ein etwa fünfzigjähriger Kellner auf sie zu und sagte mit manierierter Stimme: »Ah, Sie sind bestimmt Mademoiselle Bakken. Darf ich Ihnen den Mantel abnehmen?«

Überrascht schaute Janne zum Kellner, zog aber bereitwillig den Mantel aus, den dieser beflissen entgegennahm. Dabei sagte er leise: »Sie müssen nicht denken, dass das ganze Café Ihren Namen kennt.« Er lachte kurz auf. »Ich bin neben Elias, also Dr. Hopp, der Einzige.« Er blickte zu Elias Hopp. »Dort drüben, der Herr mit den buschigen Augenbrauen und dem Dreitagebart, das ist er. Wenn ich Sie zu ihm bringen darf.« Sagte es und ging die fünf Schritte zu dem Tisch.

Janne folgte ihm. Elias Hopp stand auf, gab Janne die Hand. »Wie Sie sicherlich schon von Paul wissen«, er schaute ihn grinsend an, »bin ich Elias Hopp. Ich freue mich, dass Sie kommen konnten.«

»Janne Bakken«, erwiderte sie charmant. »Ich freue mich, dass Sie mich eingeladen haben.«

Paul zog den freien Stuhl zurück und bedeutete Janne, sich zu setzen. »Was darf ich Ihnen denn bringen? Ich könnte da einen –«

»Minze-Ingwer-Tee empfehlen?«, fiel Janne ihm lächelnd ins Wort.

»Genau das wollte ich gerade sagen. Selbstverständlich frisch aufgegossen.«

5

Freitag, 11.1.2019

Die Frau saß in dem ausladenden Ohrensessel mit Blümchenmuster, in dem ihre Mutter oft gesessen hatte. Sie hatte in dem Wohnzimmer nach dem Tod ihres Vaters einiges verändert, nur die Bücherregale zierten immer noch die Wände. Die alten Teppiche hatte sie entfernt, sodass jetzt das Eichen-Fischgrätparkett seine wohlige Wärme entfalten konnte, vor allem wenn das Licht durch die bodentiefen Fenster den Raum flutete. Mitten im Raum präsentierte sich eine graue Sitzlandschaft mit einem raffinierten Modulsystem. Bunte Kissen mit Mustern aus den siebziger Jahren verliehen der Couch etwas Verspieltes, unterstrichen aber zugleich ihre Dominanz.

Die Frau saß gerne in dem Ohrensessel und blickte auf das Wohnzimmer. Es war der einzige Raum, den sie renoviert hatte. Diesen Raum hatte sie verändern müssen. Der Ort, an dem ihr Vater die ihm wohlgesinnten Männer empfangen hatte. Männer, die ihr Angst gemacht hatten. Männer, die nach wie vor in ihren Träumen auftauchten. Der Gedanke daran ließ sie erschaudern.

Alle anderen Ideen, das große Haus vom Mief vor allem ihres Vaters zu befreien, waren in den Anfängen stecken geblieben. Ihr hatte einfach die Kraft gefehlt. Erst in den letzten Wochen hatte sich das Gefühl eingestellt, dass wieder ein wenig Energie in sie geflossen war.

Sie hatte Kontakt zu Victor aufgenommen. Sie kannten sich seit Kindertagen, und er war der Einzige, der sie so akzeptierte, wie sie nun einmal war. Nie hatte er nach Gründen für ihre depressiven Stimmungen und plötzlichen Angstattacken gefragt, nie hatte er ihr Vorwürfe gemacht, wenn sie wochenlang abgetaucht war. Früher nicht, heute nicht. Er hielt bedingungslos zu ihr. Sie waren kein Paar, aber sie waren Seelenverwandte, und das unsichtbare Band zwischen ihnen war unabhängig von Zeit, Ort und Umständen. Victor war sofort gekommen, als sie ihn um Hilfe gebeten hatte. Und auch jetzt hatte er nicht gefragt, warum sie tat, was sie tun musste. Er wusste es sowieso.

Ein leichtes Lächeln umspielte ihre Lippen. Sie hing weiter ihren Gedanken nach. Es hatte eine Zeit gegeben, da war sie trotz aller Widrigkeiten und psychischen Probleme stark gewesen. Sie hatte ihr Abitur auf einer Privatschule gemacht und sich dem Wunsch ihres Vaters widersetzt, Betriebswirtschaft zu studieren, um die Werkzeug- und Maschinenfabrik zu übernehmen. Stattdessen hatte sie sich für Französisch und Kunstgeschichte entschieden, was auf völliges Unverständnis bei ihrem Vater gestoßen war. Er hatte sogar damit gedroht, sie zu enterben, sie dann aber doch in Ruhe studieren lassen, allerdings ohne sie finanziell zu unterstützen. Das war seine kleine Rache gewesen, nur wusste er nicht, dass ihre Mutter ihr ein Konto eingerichtet hatte, auf das sie, als sie volljährig wurde, zugreifen konnte.

Sie hatte also alle Freiheiten gehabt, doch die beste Phase in ihrem Leben hielt nicht lange an. Ihre depressiven Stimmungen nahmen wieder zu und damit auch der Tablettenkonsum. Ihr Studium brachte sie dennoch mit vielen Unterbrechungen zu Ende. Seitdem arbeitete sie immer mal wieder für einen Verlag als Lektorin für französischsprachige Literatur. Sie brauchte das Geld nicht. Als ihr Vater mit achtzig Jahren starb, erbte sie eine florierende Firma. Aber sie brauchte eine Beschäftigung.

Das Lächeln war aus dem Gesicht der Frau verschwunden. Sie blickte lange auf den Bildband, der neben ihr auf dem kleinen Teakholztisch lag. Es waren Fotografien von Robert Capa, einem der berühmtesten Fotografen des 20. Jahrhunderts, der vor allem als Kriegsfotograf bekannt geworden war. Ihre Mutter liebte diesen Bildband, der nicht nur die Kriegsfotos Capas enthielt, sondern auch viele Künstlerporträts. Auch sie selbst hatte in letzter Zeit oft in diesem Band geblättert und war immer wieder bei einem Foto hängen geblieben.

Capa hatte es im August 1944 in Chartres aufgenommen. Es zeigte eine große, durch eine Kopfsteinpflasterstraße gehende Menschenmenge. Alle Menschen, ob Frauen, Männer oder Kinder, blickten auf eine Frau mit einem Baby im Arm. Es schien die Mutter zu sein, die angespannt und verängstigt auf ihr Kind schaute. Sie trug ein Kleid und darüber einen hellen Mantel. Auf ihrer Stirn hatte sie Kreise, und ihr Kopf war kahl geschoren. Was war mit dieser Frau geschehen? Offensichtlich wurde sie durch die Straßen getrieben.

Die Frau legte den Bildband zur Seite und schloss die Augen. Doch sie sah nach wie vor das Foto. Nur erwachte es jetzt wiederholt zum Leben, und aus der Frau mit dem Kind wurde ihre Großmutter, die bespuckt und zum Ortsausgang getrieben wurde.

Ein Handyklingeln riss sie aus ihren Gedanken und Bildern. Es gab nicht viele Menschen, die ihre Telefonnummer kannten. Sie atmete tief durch.

»Ja?«
»Ich wollte dich beglückwünschen.«
»Danke.«
»Das war ein mutiger und wichtiger Schritt.«
»Ich spüre auch ein wenig Energie.« Langsam war sie wieder bei sich.
»Das ist gut. Nutze sie für dich und den Prozess deiner Genesung.«
Es entstand eine kurze Pause.
»Das sagst du so einfach. Die Alpträume und Flashbacks sind nicht verschwunden.«
»Blicke in dich hinein, blicke zurück und blicke nach vorn. Du wirst merken, dass du mit der neu gewonnenen Energie zu mehr fähig bist. Und je mehr du handelst, umso stärker verblassen die dich belastenden Bilder aus der Vergangenheit.«
»Endgültig?«
»Ein Prozess ist immer ein Vorgang, bei dem sich etwas entwickelt. Mal schneller, mal langsamer. Auch Rückschläge gehören dazu.« Es entstand eine kurze Pause.
»Aber in letzter Konsequenz führen sie bei entsprechender Planung und Steuerung zum Ziel, zu deinem Ziel. Genesung und Befriedung deiner selbst. Ich habe neue Informationen für dich.«

6

Freitag, 11.1.2019

Auf der Rückfahrt nach Hause ging Elias das Gespräch mit Janne Marie Bakken nicht aus dem Kopf. Es war ein angenehmes Gespräch gewesen, und die junge Frau machte einen kompetenten und, so fand er, für ihr Alter sehr reflektierten Eindruck. Aber brauchte er Unterstützung für seine Arbeit? Er war sich nicht sicher. Und so beschloss er, eine abschließende Bewertung und Entscheidung mit seinem Freund Zille morgen nach dem Fußball zu besprechen. Jetzt wollte er sein neues Sofa, eine Ottomane, die er sich vor einer Woche gekauft hatte, einweihen und den Abend einläuten.

Die Ottomane sollte sein neuer Entspannungsplatz werden, deshalb war es mit freier Sicht auf den Reprint eines Gemäldes von Akil Ahmad ausgerichtet, einem jungen syrischen Künstler, der zurzeit in Beirut arbeitete. In seine Bilder flossen immer wieder Elemente der Kalligrafie ein, dieser wunderbaren arabischen Schreibkunst, die Elias so liebte.

Er legte sich auf die Ottomane und richtete seinen Blick auf das Bild, das ihn mit seinen blauen, geschwungen kalligrafischen Pinselstrichen auf graubraunem Grund in eine andere Welt entführte. Er versank in den verschlungenen Windungen der Zeichen und Muster und landete entweder im Land seiner Träume oder im Krieg. Das hing ganz von seiner Stimmung und seinen Gedanken ab. Jetzt konnte er die Farben und Motive des Bildes mit vielen neuen Eindrücken im Kopf von einer entspannten Position und aus neuer Perspektive auf sich wirken lassen. Diesmal sprangen ihm vor allem die unterschiedlichen Blautöne sowie die gelben Punkte im Geflecht der Kalligrafien entgegen. Sonnige Lichter oder Blitze von Raketen? Elias schloss die Augen und sah verschwommene Bilder aus seiner Kindheit. Er auf dem Schoß der Mutter, im Arm seines Vaters, spielende Kinder. Dann hektische Bewegungen, laufende Menschen, schreiende Kinder. Lichter und Blitze im Wechsel ohne klare Konturen wirbelten durcheinander.

Er öffnete die Augen. Dieses Gedankenkarussell trug nicht zu seiner Entspannung bei. Er setzte sich auf, blickte aus dem Fenster und sah die kahlen Bäume, deren Äste im Wind hin und her wogten. Er würde diese Erinnerungsfetzen nicht mehr klarer kriegen. Leider hatte er über seine Flashbacks nie mit seiner Mutter geredet. Genauso wenig wie über seinen leiblichen Vater, der auf der Flucht aus dem Libanon ums Leben kam. Fünf Jahre war Elias erst gewesen, als sie sich 1976 nach den Massakern von Damur und Karantina auf den Weg Richtung

Beirut gemacht hatten. Für maronitische Christen war es zu gefährlich geworden, hatte ihm seine Mutter gesagt.

Und dennoch musste Elias den Tod seines Vaters mitansehen. Seine Mutter und er waren bei einer Rast während der Flucht aus dem Bus gestiegen, während die meisten Männer im Bus geblieben waren, und hatten sich mit einer Gruppe anderer Frauen und Kinder weiter entfernt, um ihre Notdurft zu verrichten. Und als sie dann gerade wieder zurückkehren wollten, sahen sie die Blitze am Himmel. Die Mütter warfen sich über die Kinder und lagen auf dem Boden, als zwei Raketen im Bus einschlugen. Elias hatte unter der Jacke seiner Mutter hervorgelugt und den Einschlag gesehen. Den Tod seines Vaters.

Elias stand auf, ging zum Sideboard und schenkte sich einen Brandy ein. Er nahm einen Schluck und betrachtete versonnen ein Foto seiner Mutter, das auf dem Sideboard stand. Das alles ist jetzt zweiundvierzig Jahre her, Rafqa, sagte Elias im Stillen zu seiner Mutter und prostete ihr zu.

Irgendwie hatten sie sich nach Beirut durchgeschlagen und in einer maronitischen Kirche Unterschlupf gefunden. Dort trafen sie Sören Hopp, einen deutschen Botschaftsangehörigen, der sie mit nach Hamburg nahm, drei Jahre später seine Mutter, Rebekka Massih, heiratete und ihn adoptierte. Seitdem lebte er in diesem Haus. Doch auch seinen Adoptivvater hatte Elias inzwischen verloren. Bald nach der Heirat war Sören Hopp wieder in den Auslandsdienst geschickt worden. Fünf Jahre ging das gut, dann kam er bei einem Anschlag in Äthiopien wohl ums Leben. Seine Leiche war jedoch bis heute nie gefunden worden.

Bevor er sich weiter in seinen dunklen Gedanken verlieren konnte, bekam Elias eine Nachricht auf sein Smartphone. *Habe einen Job für dich. Ganz aktuell und brisant. In einer Stunde bei Bobby Reich. CM.*

Elias lächelte und trank seinen Brandy aus.

7

Samstag, 12.1.2019

»Zille, zu mir!«

Heiner Zillinski lupfte den Ball gefühlvoll über die beiden Abwehrspieler Richtung Elias Hopp, der auf der rechten Außenbahn seinem Gegenspieler davonlief, um den Ball aus spitzem Winkel volley auf das Tor zu schießen. Das war jedenfalls der Plan. Leider geriet er beim Schussversuch so stark in Rückenlage, dass er den Ball senkrecht an die Hallendecke drosch, sodass der beim Herunterfallen von einer Menge Putz begleitet wurde.

»Hätte ja klappen können«, sagte Elias achselzuckend. »Und dann wäre es das Tor des Monats gewesen.«

»Sei froh, dass nicht die ganze Decke runtergekommen ist«, entgegnete Zille lachend und lief auf Elias zu. »Lass uns nach dem Spiel noch was trinken.«

Elias schaute ihn fragend an. »Machen wir doch immer.«

»Aber nicht bei dir zu Hause.«

Kriminalhauptkommissar Heiner Zillinski, der von allen Zille genannt wurde, war seit über fünfundzwanzig Jahren im Polizeidienst und seit über fünfunddreißig Jahren mit Elias befreundet. Sie hatten gemeinsam das Gymnasium besucht und auch nach dem Abitur den Kontakt aufrechterhalten. Beide waren nach ihrem Studium wieder in Hamburg sesshaft geworden und hatten ihre Freundschaft intensiviert. Fußball und die Begeisterung für das Wandern hatten sie viel Zeit miteinander verbringen lassen, wenn es der Job zugelassen hatte. Zille hatte schnell Karriere beim LKA gemacht, diverse Sonderkommissionen geleitet und sich zum operativen Fallanalytiker ausbilden lassen. Eine Tätigkeit, der er inzwischen hauptsächlich nachging. Spezielles Know-how hatte er sich zudem bei einem halbjährigen Lehrgang in der FBI-Schule in Quantico angeeignet. Von dort hatte er auch die Vorliebe für Burger aller Art mitgebracht.

Jetzt saßen die beiden Männer in Elias Hopps Haus im Albertiweg in Klein Flottbek. Ein Gang durch dieses Haus war wie eine Reise durch den Orient in den Okzident. Möbel aus Zedernholz, dekorativ verziert mit Mosaiken, dominierten Flur, Schlaf-, Ess- und Wohnzimmer. Paravents mit geometrischen Mustern aus Gittern und Linien sowie lederbezogene Puffs vervollständigten die Einrichtung. Und all das kombiniert mit vielen Accessoires aus dem Orient. Die Küche – ein Kulturschock. Ein altes Büfett aus Eiche, die Spüle aus Naturstein, und auch die übrigen Schränke waren rustikal im Eichenfurnier gehalten. Das kleinbürgerliche Deutschland ließ grüßen.

Sie machten es sich am massiven Holzesstisch in der Wohnküche bequem. Die Burger lagen vor ihnen, und das Bier stand im Kühlschrank. Elias sah, wie Zilles Blick amüsiert über die Einrichtung schweifte.

»Ich werde mich von dieser Küche trennen. Gefallen hat sie mir nie. Aber meine Mutter hat sie geliebt. Sie war für sie so typisch deutsch. Und sie liebte Deutschland.«

Zille holte zwei Bier aus dem Kühlschrank. »Ich wurde mal aus Quantico zu einem Mordfall in ein Landhaus in Virginia gerufen und sollte dort bei der Morduntersuchung helfen. Dieses Landhaus hatte mindestens fünfzehn Zimmer, zwei Küchen mit Vorratsräumen, so groß wie dein Ess- und Wohnzimmer zusammen. Das Untergeschoss war im Landhaus-, teilweise Kolonialstil eingerichtet, schwere Möbel, alle aus Eiche, Braun- und Beigetöne dominierten. Im Obergeschoss dann eine andere Welt. Alles war viel offener, Wände hell gestrichen. Möbel im Shabby Chic, aber modern.« Er öffnete sich ein Bier. »Es waren zwei Welten, doch in ihr lebten drei, zeitweise sogar vier Generationen jahrelang harmonisch zusammen. Bis die jüngste Generation nach dem Tod des Urgroßvaters das Untergeschoss modernisieren ließ. Zwei Wochen später hat der Großvater seinen Enkel, dessen Frau und schließlich sich selbst erschossen.« Er prostete Elias zu. »Das Leben in zwei Welten war wohl entspannter.«

Dann machte er sich über den Trüffelburger her. Für Elias blieb der Honey-B.-Burger.

»Ich habe Informationen über deine Bewerberin. Wie war das Treffen mit ihr?«, fragte Zille mit vollem Mund.

»Interessant, eher bemerkenswert und unerwartet. Und zwar auf die Person bezogen. Sie war charmant distanziert, von ihren Fähigkeiten überzeugt, ohne arrogant zu sein. Sie machte den Eindruck einer Frau, die weiß, wann sie wie zu agieren hat.« Elias nahm einen Schluck Bier und ein paar Pommes.

»Du hast mir ja ihre Mail weitergeleitet, da hab ich mal ein wenig in speziellen Datenbanken recherchiert und meine Kontakte nach Norwegen bemüht. Janne Bakken hat von Geburt an die deutsche und norwegische Staatsangehörigkeit und konnte damit bei den Jegertroppen eine Ausbildung beginnen. Das ist eine ausschließlich weibliche Spezialeinheit der norwegischen Armee, die für Überwachungs- und Aufklärungsmissionen ausgebildet wird, in Krisengebieten. Die Ausbildung ist umfangreich und hart, sie kann mit verschiedenen Waffen umgehen, hat unterschiedliche Kampftechniken und Häuserkampf trainiert, kann Operationen planen, Fallschirmspringen, und wenn es sein muss, fliegt sie auch einen Heli.« Zille nahm einen großen Biss vom Burger und spülte Bier hinterher.

»Ist sie eine weibliche Navy Seal?« Man sah Elias sein Erstaunen an.

»Sie ist eine Überlebenskünstlerin«, Zille schob sich den Rest des Burgers in den Mund, »schlägt sich allein durch die Wildnis mit schwerem Gepäck, und das manchmal tagelang ohne Schlaf und Essen.« Er verzog das Gesicht. »Das wäre nichts für mich.« Er ging zum Kühlschrank und holte noch zwei Bier. »Isst du deinen Burger nicht?«

Elias schüttelte den Kopf. »Die Pommes reichen mir, kannst ihn essen.«

Das ließ sich Zille nicht zweimal sagen. Er nahm sich den Burger und stellte die Biere auf den Tisch.

»Wo lässt du eigentlich die Kohlenhydrate und das ganze Fett, Zille?«

»Im Gegensatz zu dir treibe ich ja auch mindestens dreimal die Woche Sport. Ich brauche die Kohlenhydrate«, lachte er und biss in den Honey-B.-Burger. »Ich liebe diese karamellisierten Zwiebeln, und die Honig-Erdnuss-Mayo ist auch der Hit.«

»Zu dumm nur, dass die Hälfte gerade auf deiner Hose gelandet ist.« Elias reichte ihm grinsend eine Serviette.

Zille wischte sich die Hose sauber. »Aber was wirklich interessant oder, wie sagtest du …?«

»Bemerkenswert.«

»Genau, bemerkenswert an dieser Janne Bakken ist, ist, dass sie alle Prüfungen im Rahmen der Ausbildung mit Bravour bestanden hat, aber dennoch nicht Mitglied bei den Jegertroppen wurde.«

Elias guckte ungläubig.

»Warum«, fuhr Zille fort, »konnte oder wollte mein Kontakt mir nicht sagen. Er ließ sich nur noch zu der Bemerkung hinreißen, dass sie eine toughe Frau sei, die sich nichts gefallen lasse.« Zille hob seine Flasche. »Ich finde, es spricht alles dafür, mit ihr zusammenzuarbeiten. Prost!«

Sie stießen an und nahmen einen großen Schluck.

»Ich habe auch Informationen für dich«, sagte Elias.

»Aaah.« Zille stellte seine Flasche Bier auf den Tisch.

»Das heißt, eigentlich mehr ein paar Fragen.«

»Jetzt machst du mich neugierig.«

»Ich habe mich heute Nachmittag mit Constantin Mügge getroffen …«

»Dem Typen von diesem investigativen Magazin?«

»Ja, von ›Lumen‹. Ich soll für ihn im Mordfall des Toten vom Alten Schweden recherchieren.«

Zille lehnte sich in seinen Stuhl zurück und schmunzelte. »Und schreiben.«

Elias nickte. »Wenn es eine gute Story ist.«

»War klar. Ich habe dem Staatsanwalt gleich gesagt, dass er die Presse nicht lange an der Nase herumführen kann. Nimmst du den Auftrag an?«

»Hört sich interessant an. Außerdem zahlt er gut.«

»Und kennt deine Kontakte zur Polizei.«

Elias zuckte mit den Schultern. »Bist du in den Fall involviert?«

»Kriminalhauptkommissar Pöppelmann leitet die Soko«, sagte Zille, und Elias hörte ihm seine Skepsis an. »Ich soll ihn auf Wunsch von Staatsanwalt Dürkopp als Fallanalytiker unterstützen.« Zille machte eine kurze Pause. »Und falls nötig, dich als Informationsbeschaffer einbinden.«

»Wie komm ich zu der Ehre?«

»Er hat deine Unterstützung bei der Aufdeckung des rechtsradikalen Netzwerks nicht vergessen.«

Elias lächelte. »Warst du am aktuellen Tatort?«

»Sicher.«

»Und gibt es schon erste Erkenntnisse?« Elias blickte Zille neugierig an. »Lass dir doch nicht alles aus der Nase ziehen.«

»Okay, ich binde dich in den Fall mit ein. Aber unter einer Bedingung.« Und jetzt machte Zille ein ernstes Gesicht. »Du legst dir eine Mitarbeiterin zu. Ich glaube nämlich, dass der Fall es in sich hat.«

Elias nickte. »Mach ich.«

»Hast du noch ein Bier?«

8

Montag, 14.1.2019

Janne war von Elias' Anruf geweckt worden. Er hatte sie aus einem bizarren Traum mit fliegenden Fäusten und brutalen Tritten gerissen. Die Schweißperlen standen ihr noch auf der Stirn. Es war eine Weile her, dass sie fast jede Nacht zwei- bis dreimal schweißgebadet aufgewacht war. Zumeist hatten Dämonen und Monster sie verfolgt. Diese Alpträume suchten sie glücklicherweise nicht mehr heim. Ihre zweijährige Weltreise hatte ihr andere Bilder geschenkt und sie nach Bhutan ins

Kloster Tamshing geführt. Fast ein halbes Jahr hatte sie dort verbracht, war zur Ruhe gekommen und hatte mit Hilfe regelmäßiger Meditationen gelernt, ihren Geist zu beobachten und zu verstehen. Sie hatte emotionale Stabilität und Gelassenheit gefunden, einen Weg in ihr Inneres und einen gesunden Schlaf. Doch offensichtlich hatte etwas sie getriggert und ihr den unangenehmen Traum beschert.

Janne dachte nach, und ihr fiel nur die Schlägerei vor dem Holsteneck von vor zwei Tagen ein. Eigentlich nichts Besonderes, sie hatte sich verteidigt, niemand war wirklich zu Schaden gekommen. Sie grinste. Anders als damals, als sie Malte Sandvik, den Kommandanten der norwegischen Spezialeinheit, verprügelt hatte, weil er ihre Freundin Liv Hauge erniedrigt hatte. Diesem Arschloch hatte sie die Nase und zwei Rippen gebrochen. Das bereute sie nicht. Doch dass sie deshalb nicht in die Jegertroppen übernommen worden war, das bedauerte sie heute noch. Sie war die Beste im Jahrgang gewesen und wie geschaffen für den Job. Leider ohne offiziellen Abschluss. Hoffentlich war der Traum kein schlechtes Omen. Sie war nämlich abergläubisch.

Janne sprang aus dem Bett und spürte ihre Muskeln. Das gestrige Training im Dojo machte sich bemerkbar. Aber sonntags war ein guter Tag, da waren im Dojo nicht so viele Leute. Sie sollte in einer Stunde bei Elias Hopp sein, der ihr eben mitgeteilt hatte, dass er sie bei einem möglichen Fall dabeihaben wollte. Damit war sie wohl eingestellt.

In weniger als zehn Minuten war sie geschminkt und angezogen, trank ein Mango-Lassi und machte sich auf den Weg zum Auto. Auf der Königstraße entschied sie, nicht durch Ottensen, sondern über die Elbchaussee in den Hamburger Westen zu fahren. Vorbei am Heine-Park, am Gourmetrestaurant Le Canard und an einigen prachtvollen Villen passierte sie die Remise Halbmond, ein Architekturjuwel Hamburgs. Vor dem Generalkonsulat der Volksrepublik China bog sie rechts in die Parkstraße ein. Die zweite Straße links war der Albertiweg, im Haus Nummer 17 wohnte Elias Hopp.

Janne hielt direkt vor der Garagenausfahrt und hupte zweimal. So hatten sie es ausgemacht. Elias Hopp kam aus dem roten Backsteinhaus, das aufgrund seiner Schlichtheit ein wenig aus dem Rahmen fiel. Er trug einen hellen Trenchcoat, einen passenden hellgrauen Stetson Fedora aus Filz und eine schwarze Krawatte mit weißen Pünktchen. Seine Lederaktentasche hing ihm über die rechte Schulter. In der rechten Hand balancierte er zwei Kaffeebecher, in der anderen eine Brötchentüte. Janne öffnete ihm die Beifahrertür und nahm das Tablett entgegen.

»Dachte, wir frühstücken auf der Fahrt«, sagte er beim Einsteigen. »Es geht auf die Uhlenhorst, Hofweg 53.« Elias sah Jannes fragenden Blick. »Das hat historische Gründe, dass man in Hamburg nicht in Uhlenhorst, sondern auf der Uhlenhorst wohnt.« Er holte ein Croissant aus der Tüte. »Wenn nicht so viel Verkehr ist, schaffen wir es in dreißig Minuten. Auch eins?« Er hielt ihr die Tüte hin.

Janne lehnte dankend ab, nahm einen Schluck Kaffee und wollte losfahren.

»Moment.« Elias hielt einen Moment inne. »In Norwegen duzt man sich üblicherweise, oder?«

Janne nickte.

Er reichte Janne die Hand. »Elias.«

Diese ergriff sie ein wenig verwirrt, erwiderte aber lächelnd: »Janne.«

Elias hielt ihre Hand fest. »Und in Hamburg stellt man per Handschlag gute Leute ein.«

Aus Jannes Lächeln wurde jetzt ein Lachen. »Auch eine gute Sitte.«

»Kommen wir zur Arbeit. Wir haben nämlich einen Job.« Elias nahm ein Foto aus der Aktentasche und zeigte es Janne.

»Das kenne ich nur mit Balken vor den Augen und bis zum Bauchnabel.«

»Die Presse hat ausnahmsweise einmal ein wenig Pietät gezeigt. Das ist das Original-Smartphone-Foto vom toten Erwin Brievenbusch. Und das kursiert seit Tagen im Netz.«

Janne schüttelte den Kopf. »Ein Toter ohne Schwanz. Wer hat das Foto gemacht?«

»Eine der beiden Teenager, die beim Fund der Leiche dabei waren. Aber sie schwört, dass sie es nicht ins Netz gestellt hat. Sie habe es nur ihrer besten Freundin geschickt.«

»Und die?«

»Hat es nur ihrer WhatsApp-Gruppe ›Beste Freundinnen‹ geschickt.«

»Und wie viele waren das?«

»Dreiunddreißig.« Elias steckte das Foto wieder in die Tasche, während Janne losfuhr. »Aus den einschlägigen sozialen Netzwerken ist es inzwischen aufgrund massiver Intervention wieder verschwunden. Aber natürlich existiert es weiter in WhatsApp-Gruppen und anderen Chats.«

»Von wem hast du das Foto?«

»Von einem Freund, Heiner Zillinski. Der arbeitet beim LKA, ist Profiler und in den Fall involviert. Klar ist, dass Brievenbusch ermordet wurde. Allerdings nicht am Elbstrand.« Elias trank einen Schluck Kaffee. »Viel mehr konnten sie am Fundort aber nicht feststellen. Zum einen haben Regen und Schnee die meisten Spuren verwischt, und mögliche restliche Spuren wurden von den Hunden der drei Spaziergänger, die den Toten gefunden haben, vernichtet. Der Tatort war also völlig kontaminiert.«

»Was ist unsere Aufgabe? Sollen wir für die Polizei arbeiten?

»In erster Linie sollen wir im Auftrag von ›Lumen‹ für einen oder mehrere Artikel recherchieren und mehr über Brievenbusch herausfinden. Der kommt aus einer angesehenen Hamburger Kaufmannsfamilie, ist aber nicht ganz unumstritten. Es gibt Gerüchte: unsaubere Geschäftsmethoden, Kontakt zur Unterwelt, Spielschulden.«

Janne fuhr gerade am Altonaer Balkon vorbei und dann auf die Palmaille. »Was hat er beruflich gemacht?«

»Mit Futterweizen gehandelt.«

»Und sieht die Polizei einen Zusammenhang zwischen seinem Tod und seiner beruflichen Tätigkeit?«

»Die schließen nichts aus.«

»Bei den Gerüchten kein Wunder.«

»Zumal das Fehlen des Glieds bei einem Toten ja schon ungewöhnlich ist.«

»Ist ihm der Schwanz bei Bewusstsein …?«, fragte Janne entsetzt.

»Nein, nein, das ist post mortem geschehen. Erste Untersuchungen haben ergeben, dass er eine Überdosis Natriumpentothal bekommen hat, nachdem er mit einem Elektroschocker ruhiggestellt wurde.«

Janne bremste abrupt und hupte einen Radfahrer an. »Die Radfahrer in Hamburg fahren wie die Irren«, fluchte sie. »Und wie lange war er schon tot, als man ihn fand?«

»Schwierig zu sagen. Die Rechtsmedizinerin hat sich nach der ersten Obduktion auf mindestens zwanzig Stunden festgelegt.

»Ging es nicht genauer?«

Elias biss in sein Croissant und redete mit vollem Mund weiter. »Die Totenflecken haben sich auf dem Rücken und in den seitlichen Lagen gebildet. Weder durch den Transport noch durch Drehen der Leiche auf den Bauch haben sich diese verlagert. Dieses Phänomen tritt erst nach zwölf Stunden ein. Außerdem waren sie schon ineinandergeflossen. Wegdrücken ließen sich die Totenflecken aber noch, wenn auch nur teilweise und mit erheblichem Druck. Und das weist darauf hin«, für Elias fort, »dass der Tod vor mindestens zwanzig, aber höchstens sechsunddreißig Stunden nach Auffinden der Leiche eingetreten sein muss.«

»Dann wäre Brievenbusch zwischen vierzehn Uhr am Dienstag und zwei Uhr am Mittwoch gestorben«, rechnete Janne vor.

»Davon müssen wir ausgehen, zumindest solange die Rechtsmedizinerin keine weiteren Hinweise findet.«

Sie fuhren eine Weile schweigend weiter.

»Zille, also Zillinski, vermutet«, fuhr Elias schließlich fort, »dass es sich um einen Racheakt handelt. Entmannung als symbolischer Akt. Ein Mann ohne Penis hat keine Macht, ist kraftlos, unfruchtbar, kein Mann mehr.

»Rache für eine Vergewaltigung?«

»Möglich. Oder ein anderer Vergeltungsakt oder starker Hass.« Elias strich sich die Croissantkrümel von der Hose.

»Das Motiv ist also völlig unklar?«

»So ist es. Und die Umstände des Mordes eben auch. Es gibt keine verwertbaren Spuren. Und das macht die Sache für ›Lumen‹ so interessant. Je mehr wir über Brievenbusch wissen, umso klarer vielleicht das Motiv.« Elias hielt kurz inne. »Und da Brievenbusch eine prominente Persönlichkeit mit einem weitverzweigten Netzwerk ist beziehungsweise war, muss die Polizei, aber auch die Presse, sehr vorsichtig sein.«

»Druck aus der Politik?«

Elias zuckte mit den Schultern. »Er hat viele einflussreiche Freunde. Fahr am besten über die Kennedybrücke und dann an der Alster lang. So kommen wir am besten zum Hofweg. Frau Brievenbusch hat sich zu einem Interview bereit erklärt.«

9

Montag, 14.1.2019

Alma Brievenbusch empfing Elias und Janne in ihrer riesigen Altbauwohnung im zweiten Stock. Schon die dreiflügelige Eingangstür mit dem Rundbogen als Oberlicht war beeindruckend.

»Erwarten Sie jetzt keine trauernde Witwe, das Spiel spiele ich nicht.«

Mit einem Glas Champagner in der Hand führte sie die beiden ins Wohnzimmer. Sie zeigte auf eine weiße Ledercouch, die dominant in der Mitte des mindestens vierzig Quadratmeter großen Zimmers stand. Sie selbst nahm in einem hellgrauen Clubsessel Platz. Sie hob ihr Glas.

»Kann ich Ihnen auch was zum Trinken anbieten? Ich brauche das für meinen Kreislauf.«

Elias lächelte. »Wir wollen nicht lange stören. Wie ich schon am Telefon sagte, beabsichtigen wir, einen Artikel über Ihren Mann zu schreiben, der vor dem Hintergrund seines tragischen Todes natürlich einer besonders gründlichen Recherche bedarf.«

»Ja, der Tod meines Mannes ist in vielerlei Hinsicht tragisch. Natürlich ist es auch ein Verlust für mich, aber in unseren Kreisen ist Trauer eher ein Zeichen von Schwäche.« Alma Brievenbusch nippte an ihrem Glas. »Kommt mir ganz gelegen. Die Geschäfte müssen ja weitergehen.«

»Sicher.« Janne blickte sich im Raum um. »Hatte Ihr Mann Feinde?«

»Nicht dass ich wüsste. Konkurrenten ja, aber keine Feinde.«

»Ist das nicht ungewöhnlich?«

»Wir sind ja nicht im Wilden Westen.« Frau Brievenbusch schenkte sich ein weiteres Glas Champagner ein. »Mein Mann war ein ehrbarer Kaufmann, hart in der Sache, fair im Umgang. Das können Sie auch seine Kollegen aus der GffH fragen.«

»Die Gesellschaft für freien Handel«, ergriff Elias das Wort.

»Genau.«

»Dürfte ich mal Ihre Toilette benutzen, Frau Brievenbusch?«

»Sicher. Bei der Wohnungstür und dann auf der rechten Seite.«

Elias blickte Janne irritiert hinterher, wandte sich dann aber wieder Frau Brievenbusch zu. »Wie liefen die Geschäfte Ihres Mannes?«

»Na ja, hätten besser laufen können, zumindest im letzten Jahr. Aber mein Mann war optimistisch und zudem gerade in Verhandlungen mit einigen Firmen aus Osteuropa.«

»Worum ging es dabei?«

»Wahrscheinlich um neue Absatzmärkte. Genaueres ist mir aber nicht bekannt.«

»Wissen Sie denn, mit wem er verhandelt hat?«

Mehr konnte Janne nicht verstehen. Sie bog hinter dem Zimmer rechts in den langen Flur und lief zunächst an der Küche vorbei. Die nächste Tür war geschlossen, doch auf der gegenüberliegenden Seite konnte sie durch die Tür ein paar aufgeschlagene Aktenordner sehen. Janne zögerte kurz, bevor sie das Zimmer betrat. Es handelte sich offensichtlich um ein Arbeitszimmer. Der Einrichtung und den Fotos auf dem Schreibtisch nach zu urteilen, war es das Zimmer von Erwin Brievenbusch gewesen.

Janne schritt zum Schreibtisch und schoss ein paar Fotos mit ihrem Smartphone. Die aufgeschlagenen Akten, ein paar Notizen und einige Prospekte von Landwirtschaftsmaschinen. Dann machte sie noch ein paar Fotos vom Zimmer, das sie anschließend Richtung Toilette verließ. Auf dem Rückweg blieb sie vor der einzig geschlossenen Tür stehen. Sie lauschte und konnte hören, dass Elias und Frau Brievenbusch noch im Gespräch waren.

Janne öffnete kurz entschlossen die Tür und war im Schlafzimmer. Sie roch das schwere Frauenparfüm, das ihr neben der Alkoholfahne von Frau Brievenbusch schon an der Wohnungstür aufgefallen war. Sie kannte es. »Alien« von Mugler. Ihre Mutter hat es benutzt, dieses nach Patschuli und süßen Gourmand-Noten duftende Parfüm. Und sie konnte es nicht ausstehen. Ihr fiel außerdem sofort auf, dass dies kein Schlafzimmer von Eheleuten war. Nichts erinnerte an Erwin Brievenbusch. Sie blickte sich um. Auf dem Schminktisch lag eine Einladung zum Schneepolo in St. Moritz mit einigen handschriftlichen Anmerkungen versehen. Wieder machte Janne ein paar weitere Fotos, auch von den Kleidern und anderen Gegenständen, die verteilt im Zimmer herumlagen.

Auf einem Sessel entdeckte sie einen Laptop, der unter einigen Nachthemden hervorschimmerte. Janne überlegte nicht lange, schob die Nachthemden beiseite, steckte einen Stick mit einem Passwörter umgehenden Programm in den Laptop, haute einige Tastenkombinationen in die Tastatur und drückte dann die Enter-Taste. Sie hatte ihn noch nie verwendet, doch ihre Freundin Liv Hauge hatte ihr versichert, dass das Programm nicht nur funktioniere, sondern auch alles ganz schnell gehe. Sie lauschte an der Tür und hörte immer noch die Stimmen aus dem Wohnzimmer. Dann machte es »pling«, und die Kopie der Festplatte war abgeschlossen. Sie entfernte den Stick und verließ das Zimmer.

Im Wohnzimmer setzte sie sich mit einem verlegenen Lächeln wieder neben Elias, der noch einige Fragen an Alma Brievenbusch richtete, bevor er und Janne sich verabschiedeten. Vor dem Haus blieben sie einen kurzen Moment auf dem Bürgersteig stehen und blickten dem Treiben auf dem Hofweg zu.

»Ich wollte noch ins Literaturhauscafé. Die haben einen empfehlenswerten Mittagstisch, und mit etwas Glück stehen auch Mezze auf der Karte.«

Janne blickte auf ihre Armbanduhr. »Wenn ich mich beeile, kann ich noch zum Training. Zurzeit ist einer der WingTsun-Großmeister im Budokan hier in Hamburg, der mir ein paar Privatstunden gibt. Ein anderes Mal, wobei die Mezze schon verlockend wären.«

»Machst du das schon lange?«

»Als Jugendliche habe ich mit Kung-Fu begonnen. Bei den Jegertroppen stand Krav Maga im Ausbildungsplan. Insofern hatte ich schon einige Übung, als ich vor zwei Jahren mit WingTsun anfing. Ich übe für den fünften Meister-Grad.«

Elias nickte anerkennend. »Ich mache Jiu Jitsu, bin aber von Meistergraden noch weit entfernt. Gut, dann gehst du zum Training und ich zum Essen.«

Janne kramte den Autoschlüssel aus ihrer Tasche und grinste. »Ist doch eine gute Arbeitsteilung.«

Elias setzte sich den Fedora auf den Kopf, ging einige Schritte, drehte sich dann aber noch einmal um. »Du warst ziemlich lange auf der Toilette.«

»Ich konnte mich nicht entscheiden, auf welche ich gehen sollte.«

»Wir sehen uns heute Abend.«

10

Montag, 14.1.2019

Seit einer halben Stunde stand er nun mit seinem dunkelgrünen Golf vor dem Haus im Hofweg 53. Er hatte sich eine gute Stunde verspätet, aber das musste ja niemand erfahren, schon gar nicht sein cholerischer Chef. Er wusste sowieso nicht, warum er beobachten sollte, wer bei der Witwe des Toten vom Elbstrand ein und aus ging. Bislang war nichts geschehen. Es waren noch nicht einmal Menschen am Eingang vorbeigelaufen. Aber auch egal. Er bekam Geld für den Auftrag, alles andere interessierte ihn nicht.

Bio, so nannte ihn sein Chef, lehnte sich bequem im Fahrersitz zurück. Er kontrollierte noch einmal die Fotokamera, dann schnappte er sich sein Smartphone und schrieb eine Nachricht. Er sollte sich in regelmäßigen Abständen melden. Bio betrachtete das als reine Schikane seines Chefs, aber dieser Typ war ein Kontrollfreak. Traute niemandem.

Nichts los. Keiner kommt. Keiner geht.

Eine Antwort kam prompt. *Halte trotzdem die Augen offen.*

Bio betrachtete das gegenüberliegende Haus. Es handelte sich um ein Jugendstilensemble aus drei zusammenhängenden Häusern mit drei Eingängen und einer Wagenauffahrt für das Mittelhaus. Nummer 53 war das rechte Haus. Er stand gegenüber vom Mittelhaus und konnte somit nicht direkt in den Eingang von Nummer 53 sehen. Dafür sah er den Brunnen vor der Nummer 49. Er fragte sich, warum man einen Brunnen direkt an die Straße setzte. So konnte doch jeder, der vorbeikam, vom Wasser trinken. Na ja, dachte Bio, vielleicht war das ja auch Absicht. Aber er brauchte sich darüber keine weiteren Gedanken zu machen, er würde sich nie eine Wohnung in solch einem Prachtbau leisten können.

In dem Moment fuhr ein silbergrauer Porsche 911 in die Einfahrt und hielt vor dem Mittelhaus. Bio schnappte sich seine Kamera. Ein junger Mann um die fünfundzwanzig stieg aus, knallte die Beifahrertür zu und lief, ohne sich umzublicken, auf den Hauseingang zu. Dort blieb er kurz stehen, drehte sich um und zeigte den gestreckten Mittelfinger in Richtung Porsche. Bio drückte auf den Auslöser, schwenkte die Kamera zur Seite und schoss noch ein paar Fotos vom wegfahrenden Porsche. Als er wieder zum Hauseingang blickte, war der junge Mann verschwunden.

Bio schaute sich die Fotos an. Die vom Stinkefinger fand er ganz gelungen. Man konnte gut das Gesicht des Jünglings erkennen, und das Kennzeichen vom Porsche war auch zu lesen. Er legte die Kamera beiseite und sah dann, wie sich die Haustür bei Nummer 53 öffnete. Nach ein paar Augenblicken zeigten sich eine junge Frau und ein älterer Mann auf dem Bürgersteig. Sie taten Bio den Gefallen und unterhielten sich noch eine Weile, was ihm Gelegenheit gab, einige Fotos zu machen. Dann gingen die beiden auseinander. Die junge Frau stieg in einen Volvo, was Bio ebenfalls auf einem Foto festhielt. Dann kehrte wieder Ruhe ein. Bio blickte auf seine Uhr. In einer Stunde würde er abgelöst. Die Fotos schickte er schon mal in die Zentrale.

Donnerstag, 8. März 2018

Die erste Sitzung. Ich schwitze, aufsteigende Hitze, feuerroter Kopf. Erstarrung. Was wird kommen? Was geschehen? Im Vorgespräch habe ich vom Tagebuch meiner Großmutter berichtet, von den grauenhaften Dingen, die ihr angetan wurden, die sie im Tagebuch beschrieben hatte. Von Dingen, die ich nie erlebt hatte, aber dennoch sehen konnte, hören konnte, fühlen konnte. Die unter meine Haut krochen. Die mir Angst machten. Die mich quälten. Seit meiner Kindheit. Ich habe von dem Hass erzählt, der mich seit der Lektüre des Tagebuchs erfasst hat. Hass auf die Männer, die ihr dies angetan haben. Hass auf all die Männer, die zu so etwas fähig sind.

Ich sitze auf einem bequemen Sessel, mit blauem Samt bezogen. Sehe eine Frau mit getönter Brille, elegant gekleidet, ein Lächeln umspielt ihre Lippen. Zugewandt, spöttisch, überheblich? Bin ich gut genug für ihre Wertschätzung? Sie geht um mich herum und legt ihre Hände auf meine Schultern. Mit sanftem Druck schiebt sie mich in das Kissen und beginnt zu sprechen.

Du musst den Zugang zu dir, zu deinem Selbst finden. Nur so kannst du dich befreien. Schließe die Augen, atme tief durch.

Ihre Stimme hat eine angenehme, tiefe Tonlage. Mit den Händen massiert sie leicht meine Schultern, meinen Hals.

Wir begeben uns jetzt auf eine Reise in deine Kindheit und in dein Inneres. Was du zu sehen bekommst, wird dir nicht immer gefallen, dich vielleicht auch erschrecken. Aber es wird helfen. Und du bist ja nicht allein.

Entspanne dich und brich jetzt auf in deine Vergangenheit. Jetzt erinnere dich an ein belastendes Ereignis in deiner Kindheit. Fokussiere dich dabei auf deine inneren Bilder.

Sie strahlt Ruhe und Bestimmtheit aus, und so kann ich mich gut auf meine Therapeutin und ihre Anweisungen – oder sind es Vorschläge? – einlassen. Ich atme noch einmal tief ein und aus, trete dann die Reise an und rieche unmittelbar den Frühling. Ich beginne zu erzählen, erst stockend, dann flüssiger.

»Nach wochenlangem grauem und regnerischem Wetter scheint endlich wieder die Sonne. Und mit welcher Kraft. Wir Kinder spielen auf der Straße, rennen, verstecken uns, springen Seil und spielen Völkerball. Das sehen die Erwachsenen nicht gerne, zu oft fliegt der Ball gegen die neuen Statussymbole, die Audi 80, Opel Rekords und Ford Fiestas. Vor allem mein Vater wird fuchsteufelswild, wenn der Ball auch nur in die Nähe seines geliebten Ford Mustang kommt, der immer vor dem Haus steht, damit ihn auch jeder sehen kann. Zur Arbeit lässt er sich mit seinem Dienstwagen abholen. Auch das soll jeder sehen. Glücklicherweise kommt er in der Regel spätabends von der Arbeit, wenn wir Kinder schon wieder im Haus sind. Aber gerade an schönen Tagen hat er meist schlechte Laune. Weil er weiß, dass wir dann draußen spielen. Oft bekomme ich zur Begrüßung eine Ohrfeige mit den Worten: ›Was hast du heute wieder angestellt?‹ Und wenn ich mich traue, eine Antwort zu geben, wird es noch schlimmer. Sie ist immer falsch, ich stelle nämlich nichts an. Dazu fehlt mir das Selbstbewusstsein. Also schweige ich und lasse die Demütigung über mich ergehen. Nur manchmal, wenn es wieder ganz schlimm gewesen ist, weil die Erinnerungen mich wie aus dem Nichts überrollt haben, da erzähle ich ihm, dass ich wieder geweint habe beim Versteckenspielen. Ich mich gefürchtet habe, entdeckt zu werden, oder Angst bekommen habe, weil es dunkel und eng gewesen ist. Ich Bilder von Ereignissen gesehen habe, die das Leid und die Demütigungen meiner Großmutter zeigten, eine Frau, die ich nie kennengelernt habe, Bilder, die ich nie gesehen habe, die aber in mir sind. Dunkle Erinnerungen, die nicht meine sind und doch mein Leben bestimmen, sich wie ein Schatten durch dieses Leben ziehen. Ich erhoffe mir Trost von meinem Vater, erfahre aber nur Häme, Spott und Unverständnis. Er fährt aus der Haut, greift mir ins Haar. Ich erstarre und beginne zu zittern. Ich sehe die Fratzen von drei Männern, hämisch grinsend. Ich brülle. Er brüllt, ich solle mich gefälligst zusammenreißen. Eine

Verrückte im Haus würde ihm reichen. Er schickt mich wütend in mein Zimmer und sieht nicht meine Not. Ich schlucke und schweige.«

Wie reagiert deine Mutter in solchen Fällen?

»Sie liegt meistens im Bett oder sitzt stumm im Sessel. Manchmal kommt sie dann zu mir, nimmt meine Hand und lächelt melancholisch. Reden kann sie nicht mit mir. Sie bewegt ihren Oberkörper leicht hin und her und murmelt: ›Sorgen kommen, Sorgen gehen, mein Kind.‹ Keiner sieht die Verzweiflung einer Achtjährigen, die Dunkelheit in ihrem Inneren, die bis heute anhält.«

»There's a crack in everything. That's how the light gets in«, heißt es in einem Lied von Leonard Cohen. Auch in deiner Dunkelheit gibt es Risse, durch die Licht fällt, sicher schwach und ohne Leuchtkraft. Doch es ist da. Hast du es nie wahrgenommen?

Ich schüttele den Kopf. Nie habe ich einen Schimmer gesehen. Ich spürte wieder ihre Hand auf meiner Schulter. Und dann hörte ich das Lied. *»There's a crack in everything. That's how the light gets in.«* Ich beginne zu weinen und ziehe mich in meine innere Einsamkeit zurück, die ich durchwandere wie eine Nomadin. Kein Ort, nirgendwo.

11

Montag, 14.1.2019

Im Keller seines Hauses hatte Elias sein Büro eingerichtet. Die Lichtbänder direkt unterhalb der Kellerdecke sorgten am Tage für genügend Lichteinfall, sodass die Räume hell und freundlich wirken konnten. Für den Abend hatte Elias auch ein überzeugendes Lichtkonzept aus indirekter und Spotbeleuchtung gefunden. Janne und er saßen im Besprechungsraum am ovalen Konferenztisch, auf dem Kaffee, Kekse und Wasser standen. An der einen Wand hing ein großes, weißes Glasboard, an der zweiten war ein interaktives Smartboard mit einer berührungssensitiven Oberfläche befestigt. Zudem noch zwei weitere große Monitore. Die Ausstattung war auf dem neuesten Stand der Technik.

»Nebenan ist der Rechercheraum. Da stehen die Rechner und Server mit der Software, die man in unserem Job benötigt«, erläuterte Elias grinsend.

Janne nahm einen Keks, tunkte ihn in den Kaffee und schob ihn schlürfend in den Mund. »Köstlich.« Als sie Elias' vorwurfsvollen Blick sah, erklärte sie entschuldigend: »Das macht jeder fünfte Deutsche.«

»Das ist nicht unbedingt ein Gütekriterium«, erwiderte Elias sarkastisch.

»Wo ist eigentlich Zillinski?«

»Er hat Maja, meine Lebenspartnerin, vom Bahnhof abgeholt. Sie sind vor zehn Minuten angekommen und sitzen jetzt auf der Couch im Zimmer über uns und tauschen sich über den Untergang des Planeten aus.«

Janne schaute Elias fragend an.

»Nun, Zille schwadroniert über die Boshaftigkeit der Menschen, die zunehmende Bandenkriminalität sowie einen gestörten, narzisstischen US-Präsidenten und Maja über die Unfähigkeit der Politiker im Allgemeinen und den zu erwartenden Klima-GAU im Besonderen.« Elias schenkte sich ein

Glas Wasser ein und hob das Glas. »Normalerweise endet das in einem Gelage, aber aufgrund unserer Besprechung stehen die Chancen ganz gut, dass es nur bei einem Glas Pinot Grigio bleibt.«

In diesem Moment betrat Zillinski das Büro. »Ich habe genau gehört, was du gesagt hast, Elias. Und nichts davon stimmt«, sagte er an Janne gewandt und ging lächelnd auf sie zu. »Heiner Zillinski, aber sag Zille zu mir. Darauf reagiere ich zumindest ab und zu mal.«

Janne schaute in ein freundliches Gesicht. Vor ihr stand ein großer, sportlicher Mann mit kleinem Bauchansatz. Sein dunkelblondes Haar, das in einem farblichen Kontrast zu seiner schwarzen Kleidung stand, hatte er zu einem kurzen Pferdeschwanz gebunden.

»Janne Marie Bakken, aber Janne reicht.«

Zille setzte sich, schenkte sich Kaffee ein, nahm einen Keks, tunkte ihn in den Kaffee und schob ihn genüsslich in den Mund. »Köstlich.«

Janne grinste, und Elias schüttelte den Kopf. »Ihr seid echte Banausen!«

»In Omaha, Nebraska«, Zille leckte den Rest des weichen Kekses von seinen Fingern, »hatte ich mal einen Einsatz in meiner Quantico-Zeit. Sollte jemanden beschatten. Omaha ist nicht wirklich spektakulär, hat aber ein paar nette Cafés, wie ich dann bald feststellen sollte. Meine Zielperson wanderte von Café zu Café und landete zu guter Letzt in einem ganz besonderen Laden. Dort wurden zu dem Milchkaffee, der in einer riesigen Tasse serviert wurde, diverse Kekse und Brownies mitgeliefert. Und da dies alle bestellten, inklusive meiner Zielperson, tat ich es ihnen nach. Ebenso die Art, wie sie den Kaffee tranken. Sie tunkten nämlich Kekse und Brownies abwechselnd in die Tasse. Und ich sage euch, es war großartig. Und nachdem ich alles weggeschlürft hatte, nahm ich einen Schluck von dem Milchkaffee, der sich in eine Kekssuppe verwandelt hatte. Es war ein himmlischer Genuss.« Zille machte eine Pause. »Also, falls ihr mal nach Omaha kommt, müsst ihr dieses Café aufsuchen.

Es ist übrigens das Café vom Joslyn Art Museum, bekannt für seine Konzeptkunst.«

Während Janne Zille etwas verwundert anblickte, bewegte Elias grinsend die Hände über die Tastatur seines Laptops. Auf dem Bildschirm erschienen Fotos von Erwin und Alma Brievenbusch.

Zille sah die Fotos und sagte: »Okay, okay. Bring sie auf den großen Bildschirm und lasst uns über die Neuigkeiten reden.«

»Die beiden sind seit zehn Jahren verheiratet, sie ist seit einer Woche Witwe«, begann Elias zu erzählen. »Er hat den Betrieb vor Jahren aus einer Konkursmasse aufgekauft. Zunächst mit Futterweizen gehandelt, und im Laufe der Zeit sind Fette hinzugekommen. Mit der Heirat von Alma, geborene Gutjens, kam noch einmal viel Geld in die Firma. Es wurde eine eigene Spedition gegründet, die überwiegend in Osteuropa tätig ist, und der Firmenname von EBRIE in ABRIE umgeändert.«

»Wieso das?«, fragte Janne verwundert.

»Nun, wer das Geld hat, hat das Sagen. Aus Erwin Brievenbusch Im- und Export wurde Alma Brievenbusch Im- und Export.«

»Gutjens? Hat die was mit dem Bankhaus zu tun?«, fragte Zille.

»So ist es. Sie besitzt Anteile an der Bank, hat sich aber nie mit dem Bankgeschäft beschäftigt. Und wie sie mir erzählte, hat sie sich auch nicht für die Geschäfte ihres Mannes interessiert. Sie habe sich immer auf den Geschäftssinn ihres Erwin verlassen, genauso wie auf seine Integrität. Schließlich sei er auch sehr aktiv in der Gesellschaft für freien Handel gewesen und habe die Werte des ehrbaren Kaufmanns gelebt. Das könne dort jeder bestätigen.«

»Dann wundert es mich«, warf Zille ein, »dass er sich mit Leuten wie Nicat Abasov und Alexa Schewtschenko eingelassen hat.«

Elias' Finger flogen wieder über die Tastatur, und auf dem zweiten Bildschirm erschienen Fotos von Abasov und Schewtschenko.

»Ich habe mal in unserer Abteilung Wirtschaftskriminalität über die Geschäfte von Brievenbusch nachgefragt«, fuhr Zille fort. »Bis vor einem halben Jahr hatten die Kollegen die Firma nicht auf dem Schirm. Dann aber ist sie im Zusammenhang mit Geschäften von Abasov und Schewtschenko aufgetaucht. Offiziell sind Schewtschenko und Abasov eine Art Berater bei einer Investmentfirma in Aserbaidschan, die sich um alles kümmert, was nicht mit Öl zu tun hat.« Zille schlug ein Notizbuch auf. »Unsere Leute vermuten allerdings, dass sowohl Nicat Abasov als auch Alexa Schewtschenko internationale Schmuggelnetzwerke organisieren. Dabei geht es um Drogenschmuggel nach Europa und Waffenschmuggel in die kaukasischen Staaten.«

»Und Brievenbusch wollte einsteigen?«, fragte Janne ungläubig.

»Die Kollegen von der Wirtschaftskriminalität glauben eher, dass Abasov und Schewtschenko die Logistik von Brievenbuschs Spedition nutzen wollten. Inwieweit die Brievenbuschs darin involviert waren beziehungsweise sind, wissen sie nicht.«

Elias ließ ein Foto vom »Café au Lait« auf dem Bildschirm erscheinen. Dort war Alma Brievenbusch mit Schewtschenko an einem Tisch zu sehen.

»Dieses Foto ist eine Woche vor dem Tod von Erwin Brievenbusch entstanden. Drei Tage später hat sich Alma Brievenbusch mit Abasov ebenfalls im ›Café au Lait‹ getroffen.«

Auch von diesem Treffen erschien ein Foto auf dem Bildschirm.

»Vielleicht wusste Alma Brievenbusch ja doch mehr von den Geschäften ihres Mannes«, sagte Zille.

»Auf jeden Fall«, Janne steckte einen Stick in Elias' Laptop, »ist sie nicht ganz so die Unschuld vom Lande, wie sie behauptet. Die Suche nach der Toilette in der Wohnung der Brievenbuschs hat mich in ein paar weitere Zimmer geführt, wie ihr gleich auf dem Bildschirm sehen werdet. Auf den Fotos aus Brievenbuschs Arbeitszimmer sind Papiere zu sehen, aus denen hervorgeht, dass er offensichtlich in den Maschinenhandel einsteigen wollte. Getreideschälmaschinen, Teigteilmaschinen, aber auch Traktoren, Mähdrescher, Sämaschinen und so weiter. Und es gibt einen Vorvertrag mit einer aserbaidschanischen Investmentfirma. Vielleicht als Tarnung, vielleicht auch nicht.«

Janne öffnete weitere Fotos.

»Jetzt sehen wir das Schlafzimmer. Allerdings nur von Alma Brievenbusch. Von Erwin findet sich kein Hinweis in diesem Zimmer. Deutlich wird, dass hier jemand eine Reise plant. Kleidung liegt herum, ein halb gepackter Koffer und ein Programm vom 35. Schneepolo-World Cup in St. Moritz vom 25. bis 27. Januar sind zu sehen. Mit einem Team aus Aserbaidschan. Habe ich nachrecherchiert.«

»Also ich finde beim Polo ja die Variante des Auto-Polos am interessantesten.«

Die Blicke der beiden anderen richteten sich auf Zille.

»Anfang des letzten Jahrhunderts kamen in Kansas beim Spiel der Red Devils gegen die Gray Ghosts fünftausend Zuschauer zusammen«, erzählte er weiter. »Und die hatten richtig Spaß. Die beste Taktik war nämlich, die Autos der gegnerischen Mannschaft zu rammen. Da flogen auch mal Schläger oder Fahrer aus den Autos, und wenn sie Pech hatten, wurden sie überfahren. Na ja, so richtig hat sich diese Variante nicht durchgesetzt. Obwohl ich sie spannender finde als Schneepolo.«

»Okay.« Janne gab ein paar Kurzbefehle in die Tastatur ein. »Ich glaube, das Folgende findest du noch spannender, Zille.«

Auf dem Bildschirm ploppten diverse Fenster auf. »Voilà, der E-Mail-Verkehr von Alma Brievenbusch.«

»Wie bist du bitte an diese Dateien gekommen?«

»Na ja. Da lag der Laptop herum, und –«

»… du hattest zufällig ein Programm dabei«, unterbrach Elias sie, »mit dem du alles herunterladen konntest?«

Janne nickte unschuldig. »Jap.«

»Und das Passwort?« Elias wurde neugierig.

»Kein Problem für das Programm.«

Elias blickte zu Zille, dann beide zu Janne. »Müssen wir jetzt alle E-Mails lesen?«

»Ich habe schon alle gecheckt. Interessant sind zwei.«

Auf dem Bildschirm erschien der erste Text.

Liebste Alma,
unser Treffen und der sich anschließende Abend haben uns nicht nur geschäftlich nähergebracht, sondern auch eine Glut in mir entfacht. Ich habe gefühlt, dass wir eine ganz besondere Verbindung zueinander haben. Ich würde Sie gerne wiedersehen und weitere gemeinsame unvergessliche Stunden mit Ihnen verbringen. Ich möchte Sie nach St. Moritz zum diesjährigen Schneepolo-Event einladen und hoffe inständig, dass Sie die Einladung annehmen. Ich habe schon alles vorbereitet. Sie brauchen sich nur noch in den Flieger zu setzen. Ich hole Sie am Flughafen in Samedan ab. Im Anhang sind alle Details aufgeführt.
Ein lodernder Nicat Abasov

»Meine Fresse.« Zille war offensichtlich beeindruckt. »Was für ein Feuer.«

»Lies erst einmal die Antwort.«

Liebster Nicat,
Ihre Nachricht hat mich überwältigt und beglückt. Wie gerne will ich Ihrer Glut weitere Nahrung geben. Ich werde nach St. Moritz kommen. Welch eine himmlische Empfindung ist es, seinem Herzen zu folgen.
Eine aufgeregte Alma Brievenbusch

»Goethe.« Als Elias die fragenden Gesichter von Janne und Zille sah, ergänzte er: »Der letzte Satz in der Mail ist ein Zitat von Goethe.«

»Mal abgesehen davon, dass Alma Brievenbusch also entweder sehr belesen ist oder einfach gut googeln kann, wird sie mit diesem Kontakt tatsächlich mehr als nur eine trauernde, ahnungslose Witwe.« Zille nickte Janne anerkennend zu. »Gute Arbeit.«

»Wir sollten Alma Brievenbusch genauer unter die Lupe nehmen.« Elias gab Janne den Stick zurück. »Ich habe mir den Inhalt kopiert. Du fliegst nach St. Moritz und versuchst, mehr über die Beziehung der beiden Turteltauben herauszufinden –«

»Wobei uns mehr die Geschäftsbeziehungen interessieren«, warf Zille grinsend ein.

»Und ich werde deine Daten noch mal genauer untersuchen und Kontakt mit der Gesellschaft für freien Handel aufnehmen.«

»Meint ihr, dass Alma Brievenbusch auch für den Mord an ihrem Mann in Frage kommt?«, fragte Janne. »Ein Motiv hätte sie doch.«

»Die untreue Ehefrau, die ihren Mann loswerden will?« Zille schüttelte den Kopf. »Sie selbst hat ein Alibi. War bei einer Freundin auf Sylt, von Mittwoch bis Samstag. Könnte den Mord höchstens in Auftrag gegeben haben. Doch dann hätte der Mörder Alma Brievenbusch einen ziemlichen Bärendienst erwiesen, den Mord so auffällig zu inszenieren. Mit dem Mord an Erwin Brievenbusch sollte eine Botschaft vermittelt werden. Rache, Vergeltung, Warnung. Nein, mit dem Mord hat sie meiner Meinung nach nichts zu tun. Aber möglicherweise ihr Umfeld.«

12

Mittwoch, 16.1.2019

Der Anflug auf den Samedan Airport in den Engadiner Alpen war abenteuerlich. Böiger Wind und schwierige Sichtverhältnisse machten die Landung zu einem anspruchsvollen Unterfangen. Glücklicherweise schien der Pilot seine Gulfstream G280 und den Flughafen gut zu kennen. Nach der Landung sah Janne in vier leichenblasse Gesichter.

»Im Flughafengebäude gibt es bestimmt einen ordentlichen Whisky«, versuchte Janne ihre Mitreisenden zu trösten.

Sie nahm nach der Passkontrolle sofort ein Taxi nach St. Moritz in den Schweizer Hof. Um vierzehn Uhr stand sie in ihrem Zimmer im fünften Stock. Sie hatte einen wunderschönen Blick auf den gefrorenen See, wo am nächsten Tag der Snow Polo Event beginnen sollte. In der Ferne konnte sie einige Polospieler mit ihren Ponys trainieren sehen. Janne konnte diesem Sport nichts abgewinnen, hielt ihn für Tierquälerei. Tiere stürzten, wurden von Schlägern getroffen, abgesehen von schnellen Wendungen und Stopps, die die Gelenke kaputt machten.

Janne inspizierte die Zimmerbar und fand tatsächlich auch ein nicht alkoholisches Getränk, ein stilles Wasser von Evian. Sie nahm einen Schluck und öffnete den Briefumschlag, den Elias ihr in die Hand gedrückt hatte. Sie entnahm ein kleines Dossier über die Geschichte des Snow Polo World Cup in St. Moritz und des diesjährigen Programms, VIP-Tickets für die Polo-Spiele sowie ein Ticket für die Snow Polo Gala »Baku Moritz Night« im Badrutt's Palace. An dem Ticket heftete ein kleiner Zettel: »Hier ist Abendgarderobe gefragt. Viel Spaß. Und lass dich nicht erwischen. Elias«.

»Mist«, fluchte Janne, die hatte sie natürlich nicht dabei, weil sie so etwas nicht besaß. Sie rief die Seite von Swiss Press auf und klickte sich durch ein paar Fotos von der Gala 2018. Was sie zu sehen bekam, ließ sie erschaudern. Das Ganze war wohl eher eine Botox-Party. Die meisten Frauen schienen vom Casting für einen Gruselfilm zu kommen. Faltenlose, maskenhafte Gesichter, mit Hyaluronsäure aufgespritzte Lippen, die einem Entenschnabel glichen, und Kleider, die Körperteile betonten oder zeigten, die niemand sehen wollte. Die Männer bestachen unisono durch gestylte Langeweile. Schwarzer Anzug, weißes Hemd, schwarze Fliege. Sie klappte den Laptop zu. Irgendeinen Fummel würde sie schon bekommen. Bevor sie jedoch zur Shoppingtour startete, bestellte sie sich an der Rezeption noch eine Langlaufausrüstung. Eine Skatingtour in dieser wunderbaren Winterlandschaft konnte sie sich nicht entgehen lassen.

Nach ihrem Einkauf auf der Via dal Bagn spazierte Janne zum See und sah sich das Spielfeld an, das größer als zwei Fußballfelder war, während die Tore von der Breite denen beim Fußball ähnelten. Sie würde das Dossier von Elias noch mal lesen müssen, um mehr über diesen Sport und diesen Event zu erfahren, aber nun schlenderte sie erst einmal weiter durch den Ort.

Vor dem Badrutt's Palace erlebte sie dann eine Überraschung. Aus dem Eingang kam ihr ein kräftiger, durchtrainierter, etwa eins achtzig großer Mann entgegen, den sie trotz der tief ins Gesicht gezogenen Pelzmütze sofort erkannte. Es war Miroslav Eschenbrosch, ihr ehemaliger Chef der Personenschützerfirma ROCK. Er kam lächelnd auf sie zu und nahm sie in den Arm. Die beiden hatten in ihrer gemeinsamen Zeit ein besonderes Verhältnis zueinander entwickelt. Vielleicht weil sie sich in vielem sehr ähnlich waren. In jeder Gefahrensituation, die sie miterlebt hatte, reagierte er absolut professionell und mit einer unglaublichen Effizienz. Entscheidungen traf er in Sekundenschnelle, offenbar ohne zu überlegen. So wie sie es bei den Jegertroppen gelernt hatte. Automatisierte Abläufe, die bei Angriffen über Leben und Tod entscheiden konnten. Nur war Eschenbrosch viel erfahrener als sie. Er hatte Auslandseinsätze in Bosnien und im Kosovo hinter sich gebracht ohne Verletzungen oder Traumata. Und er hatte vielen seiner Leute das Leben gerettet.

»Janne, schön, dich zu sehen. Wusste gar nicht, dass du dich für Snow Polo interessierst.«

»Wusste ich von dir auch nicht.«

»Ich bin auf dem Weg zum Kulm Hotel. Dort präsentieren sich heute Abend die Spieler und Sponsoren des Snow Polo Cups. Begleitest du mich?«

Zusammen machten sie sich auf den Weg.

»Und was treibst du da?«

»Na, ich arbeite.«

Janne zog fragend ihre Augenbrauen hoch.

»Meine Auftraggeberin, die Direktorin von Cartier Switzerland, ist eine der Hauptsponsoren dieses Events.«

»Ah, sie hat dich zu ihrem Schutz engagiert.«

»Genau. Ich check schon mal die Location. Ist aber reine Routine, letztes Jahr war ich auch schon hier. Die Küche dort ist übrigens exquisit.«

»Ich habe aber keine Einladung.«

»Als meine Mitarbeiterin benötigst du keine.«

»Bin ja auch zum Arbeiten hier.« Janne lächelte versonnen.

Sie gingen eine Weile schweigend durch die verschneiten Straßen.

»Ich ermittele im Fall des ermordeten Hamburger Kaufmanns Erwin Brievenbusch.«

»Der Nackte vom Alten Schweden. Habe ich von gehört.«

»Seine Frau, also die Witwe, ist Gast beim Snow Polo Cup auf Einladung von Nicat Abasov aus –«

»Aserbaidschan. Ich kenne ihn, das heißt, ich weiß, wer er ist. Er unterstützt das aserbaidschanische Polo-Team Land of Fire.«

»Und heute Abend ist er auf der Präsentation?«

Eschenbrosch nickte. »Und anschließend in der Sunny Bar. Er wohnt übrigens auch im Badrutt's wie meine Auftraggeberin, und wie mir zu Ohren kam, wechselt er morgen in die Beau Rivage Suite.«

»Dann ist er heute wohl noch ohne Begleitung.«

»Wir sind angekommen.« Eschenbrosch stieg die wenigen Stufen hinauf und ging auf den erleuchteten Eingang des Hotels zu. »Inspizieren wir zunächst die Lobby, die hat es in sich.« Er hielt Janne die Tür auf. »Natürlich mit einem Martini in der Hand.«

13

Donnerstag, 17.1.2019

Das Taxi hatte Janne samt Skiausrüstung zur Talstation der Furtschellasbahn in Sils gebracht. Auf der Fahrt dachte sie über die gestrige Veranstaltung im Kulm Hotel nach. Da Alma Brievenbusch noch nicht vor Ort war, konnte Janne sich frei bewegen. Niemand kannte sie. Die Vorstellung der vier Teams war eine einzige Selbstbeweihräucherung für die Organisatoren des Events und eine Werbeveranstaltung für die Sponsoren gewesen. Aber sie hatte Nicat Abasov kennengelernt, der als Sponsor seiner aserbaidschanischen Mannschaft, die allerdings im Wesentlichen aus Argentiniern bestand, mit auf der Bühne stand. Auf der anschließenden Cocktailparty in der Sunny Bar hatte sie Abasov zusammen mit einigen anderen Leuten, mit denen er in Gespräche vertieft war, fotografieren können. Sollten Elias und Zille die Gesichter doch durch ihre Datenbanken jagen.

Jetzt stand sie beim Startpunkt der knapp zehn Kilometer langen Loipe, die durch das Fextal zur zweitausendsiebzig Meter hoch gelegenen Gletscherebene Plaun Vadret führte. Die Sonne war vor einer Stunde aufgegangen, die Temperatur lag gefühlt bei minus zehn Grad. Dennoch setzte die Aussicht auf eine Langlauftour Glückshormone in ihr frei. Zu lange hatte sie nicht mehr auf Skiern gestanden.

Das Wetter war in der letzten Stunde umgeschlagen. Es wehte ein kräftiger Wind, auch der Schnee fiel jetzt dichter. Und es sollte noch schlechter werden, wenn man der Wetter-App Glauben schenken konnte. So war sie nicht verwundert, dass nur wenige Menschen zu sehen waren. Janne zog den Reißverschluss der Skijacke zu, streifte sich ihre winddichte und warme Balaclava über den Kopf und schnallte den Notrucksack auf den Rücken. Schnell stand sie auf den Skiern, schnappte sich Stöcke, Handschuhe und Schneebrille und begab sich auf den zehn Kilometer langen Kurs. Die ersten knapp zweihundert Meter bewegte sie sich auf der berühmten Marathon-Loipe Sils, die sie dann Richtung Kirche Fex Crasta verließ. Aus den Augenwinkeln konnte sie noch sehen, wie sich zwei weitere Läufer ebenfalls auf den Weg machten.

Mit eleganten Bewegungen glitt sie wie eine Schlittschuhläuferin auf dem Schnee dahin. Jetzt war sie in ihrem Element. Sie skatete seit ihrer frühen Jugend und beherrschte alle Techniken. Während ihre Kolleginnen bei der Ausbildung für die Jegertroppen die langen Skimärsche gehasst hatten, hatte Janne sich dieser Herausforderung gerne gestellt. Mit vierzig Kilo und einem Gewehr auf dem Rücken mussten sie bei arktischer Kälte manchmal tagelang Kilometer um Kilometer zurücklegen. Bei einem Marsch sogar ohne Essen und Schlaf. Da musste auch sie an ihr Limit gehen, aber sie kam immer als Erste ans Ziel. Dagegen war das Gleiten hier auch bei diesem schlechten Wetter ein Kinderspiel, selbst wenn diese Strecke durchaus anspruchsvoll war. Schließlich waren hundertneunzig Höhenmeter zu überwinden, und bis auf wenige Streckenabschnitte ging es immer bergauf. Inzwischen war sie nur noch von Bergen, Wäldern und Schnee umgeben. Neben der Loipe schlängelte sich der kleine Fluss Fedacla, der in den Silvaplanersee mündete. Nach knapp sechs Kilometern passierte sie das Fex-Berghotel.

Janne lief gerade eine leichte Steigung hinauf, als sie einen Schuss hörte und wenige Sekunden später eine Kugel neben ihr in einen Baum einschlug. Waren jetzt Jäger unterwegs? Sicher nicht. Janne war verwundert und verunsichert. Der Weg machte eine leichte Kurve, und Janne drehte ihren Kopf. Sie konnte zwei schemenhafte Gestalten erkennen. Ein nächster Schuss, der noch knapper neben ihr einschlug, ließ keine Zweifel. Die beiden waren tatsächlich auf der Jagd. Nach ihr.

Sie hatte sich jetzt aus dem Blickfeld der Verfolger gelöst. Der Anstieg wurde steiler, und das war ihre Chance. Sie war sich sicher, dass sie die bessere Langläuferin war und bei diesem Anstieg den Abstand vergrößern konnte. Aber nach jedem Anstieg gab es in der Regel auch eine Abfahrt, und da konnte sie im besten Fall den Abstand halten. Auch wusste sie nicht, ob die Sicht weiter schlecht blieb und mit welchen Waffen Jagd auf sie gemacht wurde. Sie musste sich schnell etwas einfallen lassen.

Janne mobilisierte all ihre Kräfte und steigerte ihr Tempo. Vor ihr tauchte in kurzer Entfernung ein Hochsitz auf, der das Ende des Anstiegs markierte. Von dem Impuls bis zur Idee vergingen nur wenige Sekunden. Dort musste sie hinauf und sich verstecken. Die Sicht war nach wie vor schlecht, und vielleicht ergab sich die Möglichkeit, von dort oben anzugreifen.

Schnell war sie am Hochsitz angekommen. Sie schnallte die Skier ab und ließ diese mit einem Stock hinter den Bäumen verschwinden. Sie achtete darauf, wenig Spuren zu verursachen, und die wenigen, die sich nicht vermeiden ließen, verwischte sie mit einem herumliegenden Ast. Der heftige Schneefall würde ein Übriges tun. Mit ein wenig Glück würden die Verfolger nichts bemerken. Sie erklomm den Hochsitz und kauerte sich hinter den Bretterverschlag. Intuitiv hatte sie einen Skistock mit nach oben genommen. Den konnte sie vielleicht als Waffe benutzen, das hatten die Samen schon im 16. Jahrhundert gemacht.

Durch einen schmalen Ritz zwischen zwei Brettern hatte Janne Sicht auf die Skater-Loipe. Bald sah sie ihre Verfolger. Haltung und Körperbau waren eindeutig männlich. Sie fuhren dicht hintereinander. Der erste Mann hatte ein Gewehr auf dem Rücken. Der Blick war nach vorn gerichtet. So würden sie die wenigen Spuren nicht entdecken. Janne holte aus ihrem Rucksack ihr Eickhorn KM 2000, ein zuverlässiges taktisches Kampfmesser mit einer Klingenlänge von siebzehn Zentimetern. In ihrem Kopf spielte sie mögliche Angriffssituationen durch. Ihr größter Vorteil waren das Überraschungsmoment und natürlich ihre Nahkampfausbildung. Allerdings verfügten womöglich auch ihre Verfolger darüber.

Die beiden waren jetzt noch zwanzig Meter entfernt, schienen jedoch, wenn sie die Art und Weise ihres Laufstils richtig deutete, erschöpft zu sein. Janne spannte ihren Körper. Der Zeitpunkt des Absprungs war entscheidend. In der rechten Hand das Messer, in der linken den Skistock, wartete sie noch wenige Sekunden. Sie sprang aus dem Hochsitz, und dann lief alles wie automatisiert ab. Im Sprung schleuderte sie den Skistock auf den hinteren Mann in der Hoffnung, ihn vorerst kampfunfähig zu machen. Im nächsten Moment prallte sie mit ihrem Körper auf den anderen Mann und rammte ihm das Messer in den Nacken. Beide fielen zu Boden. Dabei bekam Janne das Gewehr unglücklich gegen den Kopf, sodass sie einen Moment benommen im Schnee lag.

Sie wusste nicht, wie lange sie gelegen hatte, als sie sich noch leicht taumelnd aufrichtete. Sie checkte die Lage und stellte fest, dass sie ganze Arbeit geleistet hatte. Der Skistock steckte kurz unterhalb des Kehlkopfes, das Messer war unterhalb des Atlas eingedrungen. Beide Männer waren tot. Janne schloss die Augen. Der tödliche Angriff mit dem Skistock war Zufall gewesen, aber der Hieb mit dem Messer war ein antrainierter Reflex, gegen den sie in lebensbedrohlichen Gefahrensituationen offensichtlich machtlos war. Anders konnte sie sich das nicht erklären. Sie war nicht mit Tötungsabsichten vom Hochsitz gesprungen. Aber das spielte wohl keine Rolle.

Musste sie Angst vor sich und diesen Automatismen haben? Andererseits verdankte sie diesen ihr Leben, denn die beiden hatten sie sicher nicht zu einem Plausch einladen wollen. Janne öffnete die Augen wieder und beschloss, nicht weiter darüber zu grübeln. Erst einmal musste die Schweinerei hier beseitigt werden.

Sie zog die beiden Leichen in den Wald und untersuchte sie dann. Wer waren diese Männer, und warum trachteten sie ihr nach dem Leben? Über ihre Identität bekam sie keine Auskunft. Keine Papiere oder sonstigen Hinweise. Nichts. Auch die Ausrüstung war nicht weiter auffällig. Dann betrachtete sie das Gewehr. Ein HK416. Damit hatte sie auch bei den Jegertroppen geschossen. Aber das HK416 war weitverbreitet. Nicht nur in der norwegischen Armee. Trotzdem klingelte irgendetwas in ihrem Hinterkopf. Sie wusste nicht, was, und wahrscheinlich war es ihrer Paranoia geschuldet. Dennoch untersuchte sie die beiden Männer nun genauer.

Zum Schluss zog sie ihnen noch Jacke und Hemd aus, und da sah sie es. Beide Männer hatten ein kleines Tattoo auf dem rechten Oberarm. Ein Schwert mit Flügeln. Das Zeichen des Forsvarets Spesialkommando, Norwegens Eingreiftruppe. Trotz der Kälte bekam Janne Schweißausbrüche. Was hatte das zu bedeuten? Hatte es überhaupt etwas zu bedeuten? Das Zeichen konnte sich schließlich jeder tätowieren lassen. Aber auch diese Überlegungen schob sie beiseite. Es lagen zwei Tote vor ihr. Sie war in der Schweiz und musste die Spuren verwischen. Nur wie? Sie nahm ihr Handy aus dem Rucksack und rief Miroslav Eschenbrosch an.

14

Donnerstag, 17.1.2019

Zille ärgerte sich, dass er sein Handy nicht auf lautlos gestellt hatte. Die Nachricht kam während seiner morgendlichen Yogaübungen. Er machte diese seit Jahren, um mehr Gelassenheit und innere Ruhe zu finden, und er hasste es, wenn er sie unterbrechen musste. Also schmiss er stattdessen eine Ashwagandha-Kapsel ein und machte sich mit einem Taxi auf den Weg zum Ohlsdorfer Friedhof. Eine zweite nackte und entmannte Leiche war aufgetaucht, neben dem Grab von Helmut Schmidt.

Als er das Grab erreichte, traute er seinen Augen nicht. Einige Polizisten versuchten, eine etwa dreißigköpfige Menschenmenge in einen Reisebus zu manövrieren. Zille schlug sich zum leitenden Hauptkommissar durch, der vor dem abgesperrten Tatort stand und das Treiben der Kollegen kopfschüttelnd beobachtete.

»Was ist das für eine Scheiße, Pöppelmann?«

Der zuckte mit den Schultern und strich sich den Regen von

seiner Glatze. »Das sind Leute vom SPD-Ortsverband Hagenow. Wollten ihr Idol besuchen.« Er steckte sich eine Zigarette an, was ihm bei dem Nieselregen mehr schlecht als recht gelang. »Stattdessen haben sie die Leiche am Baum gefunden.«

»Ist die Spurensicherung denn schon da?«

»Kommt gleich, aber was sollen die hier noch finden? Regen, massenhaft Fußspuren.«

»Na, dann können wir uns die Leiche ja auch mal aus der Nähe ansehen«, sagte Zillinski, zog sich vorsichtshalber aber Überzieher und Handschuhe an. Er ging mit Pöppelmann zur abgedeckten Leiche, die an einer Buche in unmittelbarer Nähe zum Grab des Altbundeskanzlers lehnte.

»Wisst ihr schon, wer es ist?«

Pöppelmann schüttelte den Kopf und zog die Plane herunter. »Anfrage läuft. Wie beim Toten am Alten Schweden. Nackt, und der Schwanz fehlt. Und Verbrennungen am Hals.«

»Wahrscheinlich wieder mit einem Elektroschocker kaltgestellt.« Zille schaute sich die Leiche näher an. »Sauberer Schnitt.« Er betrachtete das Gesicht, die Augen waren halb geschlossen.

Dann hörte er eine wohlbekannte Stimme. »Zille, das ist mein Job.«

Er sah hoch und sah auf seine liebste Rechtsmedizinerin Dr. Freya Jensen. Mit ihren sechzig Jahren war sie nicht nur eine der Erfahrensten und Besten ihres Fachs, sondern auch noch topfit.

»Wie schön, dich zu sehen, Freya.«

Zilles Charmeoffensive beeindruckte sie allerdings nicht weiter. Sie schob ihn einfach beiseite. »Ich liefere dir die Todeszeit und -ursache, und du erstellst ein Profil des Mörders.« Sie blickte von der Leiche zum Grab. »Vielleicht ist es eine Melange aus Glied-ab-Feminismus und klandestinem Feierabendterrorismus.«

»Also eine Wiener Melange, gesüßt mit Honig von wilden Bienen, kann mich durchaus begeistern. Vor allem wenn man sie im Café Sabarsky auf der Fifth Avenue mit einer so bezaubernden Frau wie dir trinken würde. Doch die Melange, die du mir da gerade anbietest, ist schwer verdaulich.«

Zille erntete von Freya Jensen einen spöttischen und von Pöppelmann einen fragenden Blick.

»Wie gut, dass du keine Profilerin geworden bist, Freya.«

Pöppelmanns Handy klingelte. Er nickte Freya Jensen zu und entfernte sich. Zille schlug seinen Mantelkragen hoch und folgte ihm.

Dann drehte er sich noch einmal zur Rechtsmedizinerin um. »Du hast doch auch Brievenbusch untersucht. Wurden dem auch die Schamhaare abrasiert?«

»Ich melde mich.«

Zille schritt langsam den Tatort ab und ließ den Anblick auf sich wirken. Er blieb in einigem Abstand vor der Leiche stehen. »Freya, kannst du mal kurz zur Seite treten?«

»Gefällt dir mein Rücken nicht?«, fragte Freya kokett, tat Zille dann aber den Gefallen.

Der legte eine Hand ans Kinn und dachte nach. Warum legt man eine Leiche an einen so exponierten Ort? Hinzu kam der mächtige und prächtige Baum. Das konnte kein Zufall sein. Er war sich sicher, dass es nichts mit dem vor langer Zeit verstorbenen Bundeskanzler zu tun hatte. Freyas Bemerkungen entsprangen einfach ihrer morbiden Phantasie.

Zille ließ seinen Blick umherschweifen. Er sah die Leute von der Spurensicherung, die offensichtlich vergeblich nach irgendetwas Verwertbarem suchten, und blieb dann beim Bus des SPD-Ortsvereins aus Hagenow hängen, der auf der Mittelallee stand. Und dann war es ihm klar. Die Leiche lag wegen der Besucher hier. Das Grab von Helmut Schmidt war eines der meistbesuchten Gräber auf dem Friedhof. Die Leiche sollte gefunden werden. Von möglichst vielen Leuten. Und die Ortsgruppe war auf dem Weg zum Grab direkt auf die Leiche am Baum zugegangen.

In diesem Moment stürzte Pöppelmann wutentbrannt aus dem Bus. Mit offener Lederjacke und wippendem Bauch kam er auf Zille zu, der sich gerade bei Freya bedankte.

»Die Typen sind völlig uneinsichtig. Ist doch klar, dass wir sie aufs Revier bringen müssen, um die Aussagen zu protokollieren.« Pöppelmann steckte sich erneut eine Zigarette an. »Bei dem Toten handelt es sich übrigens um Lars Heiner Kettenbach.«

»Muss ich den kennen?«

»Reeder und ehemaliger Bürgerschaftsabgeordneter. Glaube, von der FDP. Mehr weiß ich noch nicht.«

»Hat einer von den Genossinnen und Genossen ein Erinnerungsfoto gemacht?«

»Als ich sie das gefragt habe, hätten sie mich fast gelyncht. Ob ich sie für so pietätlos halten würde.«

Zille sah dem abfahrenden Reisebus hinterher. »Und was hast du geantwortet?«

»Sollte ein Foto in den sozialen Netzwerken auftauchen, würde ich sie eigenhändig nach Bautzen bringen. Das habe ich geantwortet.«

»Sie werden es analog verbreiten. Für die Bilder sorgen die Freunde von der Presse, die gerade in Scharen auf uns zusteuern.« Zille klopfte Pöppelmann auf die Schulter. »Bei denen sei aber ein bisschen vorsichtiger, wenn du was sagst. Oder überlasse es Dürkopp.« Er zeigte auf den Staatsanwalt, der gerade aus seinem Auto stieg. Dann zog er sein Handy aus der Jackentasche und verließ den Tatort. Im Auto angekommen, machte er sich ein paar Notizen. Anschließend rief er Elias Hopp an.

15

Donnerstag, 17.1.2019

Elias hatte die Fotos, die Janne ihm zugeschickt hatte, gleich an Zille weitergeleitet. Er ging davon aus, dass dieser bei der Identifizierung erfolgreicher sein würde. Außerdem war er gerade mit der Gesellschaft für freien Handel beschäftigt und auf dem Weg zum Vorsitzenden Klaus Klaasen nach Wohldorf. Er hatte sich den Vorvertrag mit der aserbaidschanischen Investmentfirma, der sich unter den Unterlagen aus Brievenbuschs Arbeitszimmer befand, noch einmal genauer angesehen. Im Wesentlichen ging es dabei um Logistikunterstützung beim Land- und Schiffsverkehr sowie Lagern von Waren und im Gegenzug um den Zugang zu neuen Märkten in Osteuropa.

Was Elias stutzig machte, war, dass in dem Vertrag KKDC, die Firma von Klaus Klaasen, ebenfalls erwähnt wurde. Dabei handelte es sich um ein Rüstungsunternehmen, das neben mechatronischen und sensorischen Produkten für den militärischen und zivilen Sektor auch Maschinengewehre herstellte. Er konnte sich beim besten Willen nicht vorstellen, dass die Lieferung solch sensibler Technik in den Süd-Kaukasus legal war. Auch darüber wollte er sich mit Klaus Klaasen unterhalten.

Es war halb zehn, als Elias vor der Villa des Unternehmers hielt.

Eine junge Bedienstete öffnete ihm und führte ihn in die Bibliothek. »Herr Klaasen kommt gleich.«

Elias sah sich um und war beeindruckt. Klassiker der Weltliteratur, ökonomische Fachliteratur und eine stattliche Atlantensammlung. Den größten Teil nahmen allerdings Kriegsbücher ein, von der Antike bis zur Gegenwart.

»Atlanten und Kriegsbücher sind meine Leidenschaft.« Klaus Klaasen kam mit dynamischem Schritt auf ihn zu und reichte ihm die Hand. »Als promovierter Germanist ist Ihr Interesse wahrscheinlich mehr auf die Literatur ausgerichtet. Aber setzen wir uns doch, Herr Dr. Hopp.«

Sie nahmen vor einem Kamin Platz.

Elias betrachtete das lodernde Feuer. »In der Tat brenne ich mehr für literarische Texte, aber auch diese beschäftigen sich ja häufig mit Streitereien und kriegerischen Auseinandersetzungen. Grimmelshausens ›Simplicissimus‹, Tolstois ›Krieg und Frieden‹ oder –«

»Kleists ›Michael Kohlhaas‹, der dem Staat Sachsen den Krieg erklärt – und das als Rosshändler.«

Elias lächelte. »Nun, bei Kleist geht es mehr um staats- und rechtsphilosophische Ideen als um Krieg.«

Klaasen nickte zustimmend. »Ich kenne Ihre Dissertation. Interessante Thesen. Aber Sie sind sicher nicht gekommen, um mit mir über Literatur zu plaudern.«

»Sicher nicht. Erzählen Sie mir doch etwas über Erwin Brievenbusch.«

»Sein Tod ist eine furchtbare Angelegenheit. Ich kannte ihn gut. Wir sind seit langer Zeit Weggefährten. In der Gesellschaft für freien Handel haben wir viel bewegt, und mit der Zeit haben wir uns auch angefreundet.«

»Und gemeinsam Geschäfte gemacht?«

Klaasen zögerte einen Moment. »Unsere Geschäftsbereiche waren zu unterschiedlich. Er hatte mit Landwirtschaft zu tun, ich mit Waffen.« Er schenkte beiden ein Glas Wasser ein. »Nein, wir haben uns gemeinsam intensiv um unser Herzensprojekt, die Gesellschaft für freien Handel, gekümmert. Erwin Brievenbusch war ein ehrbarer Kaufmann. Er setzte sich für den Dialog mit jungen Kaufleuten ein, war an Berufsschulen und Universitäten unterwegs und wollte die Werte unseres Standes vermitteln und weitergeben. Und er ist – war Herausgeber unserer Zeitschrift ›Freihandel‹, die zweimonatlich erscheint.«

Elias unterbrach Klaasen in seinem Redefluss. Er hatte keine Lust auf dieses Ehrbarkeitsgeschwafel. »Was ist Ihre Aufgabe in der Gesellschaft?«

»Ich bin seit ein paar Jahren Vorsitzender und habe im Wesentlichen repräsentative Aufgaben. Halte Vorträge, treffe Politiker, leite die Arbeitsgruppe, die die Wahlprüfsteine herausgibt.« Er nahm einen Schluck Wasser. »Und jetzt bin ich wohl auch übergangsweise Herausgeber.«

»Was wissen Sie über Brievenbuschs Kontakte nach Osteuropa?«

»Das ist ein interessanter Markt. Ich habe gehört, dass Brievenbusch sich vor allem mit Firmen aus Aserbaidschan über eine mögliche Zusammenarbeit berät.«

»Sie auch?«

»Wir Kaufleute tauschen uns in der Gesellschaft immer wieder aus und können von diesem Netzwerk oft profitieren. Der Waffenexport unterliegt allerdings besonderen Bedingungen, die für andere nicht gelten.« Klaasen erhob sich und warf ein Holzscheit ins Feuer. »Insofern bin ich meistens auf mich allein gestellt.«

»Sagen Ihnen die Namen Nicat Abasov und Alexa Schewtschenko etwas?«

Klaasen schaute Elias an. Seine Augen verzogen sich zu kleinen Schlitzen. »Nie gehört.«

»Merkwürdig. Ich habe den Namen Ihrer Firma in einem Vertrag gelesen, den Brievenbusch mit der Investmentfirma, die Abasov und Schewtschenko vertreten, abgeschlossen hat.«

»Davon weiß ich nichts. Und der arme Erwin kann uns über diese Merkwürdigkeit leider keine Auskunft mehr geben.« Die Freundlichkeit aus Klaasens Gesicht verschwand nun endgültig. »Ich denke, Herr Dr. Hopp, hier beenden wir unser Gespräch.«

Als Elias wieder in sein Auto stieg, klingelte sein Handy. Es war Zille.

»Wir haben die nächste Leiche.«

»Wieder nackt?«

»Und ohne Glied.«

»Wer?«

»Lars Heiner Kettenbach.«

»Wo?«

»Ohlsdorfer Friedhof. Beim Grab von Helmut Schmidt. Mittelallee. Das musst du dir ansehen.«

16

Freitag, 18.1.2019

Janne lag in der Wanne in ihrem Zimmer im Schweizer Hof und entspannte bei einem Kleopatra-Bad, das nach Mandeln und

Honig roch. Sie hatte die Kopie einer zehnseitigen Auflistung der Steuerung und Durchführung der Güter- und Informationswege sowie Lagermöglichkeiten von Brievenbuschs Firma auf ihrem Tablet. Den Angriff hatte sie abgehakt und war wieder im Reinen mit sich und der Welt. Den größeren Anteil daran hatte allerdings Miroslav Eschenbrosch.

Nach dem Anruf bei ihm hatte sie die Leichen, so gut es ging, versteckt, den blutdurchtränkten Schnee beseitigt und war dann verschwunden. Den Rest hatten Miros erfahrene Tatortreiniger erledigt. Abends bei einem Bier hatte sie Miro von ihrem Verdacht erzählt, dass der Angriff vielleicht von Malte Sandviks Leuten verübt worden war. Die Waffe, das Abzeichen der norwegischen Eliteeinheit. Und sein Racheschwur, ihr die Demütigung, die sie ihm vor allen Soldaten zugefügt hatte, heimzuzahlen. Nur wie konnte er sie gefunden haben? Miro hatte sie beruhigt. Er würde sich umhören und hier in St. Moritz für ihre Sicherheit sorgen.

Sie ließ heißes Wasser nachlaufen.

Heute Nachmittag hatte sie Abasov und Alma Brievenbusch beim zweiten Polospiel beobachtet. Mit ihrer blonden Perücke, der Sonnenbrille und den knallroten Lippen hätte selbst ihre Mutter sie nicht erkannt, und so hatte sie sich unmittelbar hinter die beiden gestellt.

Abasov hatte Alma die Taktik seiner Mannschaft erklärt und von den beiden argentinischen Stars geschwärmt. Alma hörte aufmerksam zu und stellte die ein oder andere interessierte Frage. In der ersten Pause des Spiels erhielt Abasov einen Anruf. Er hörte zu, sagte ein paar Worte und beendete das Gespräch schnell. Dann teilte er Alma mit, dass das Treffen mit der Geschäftsfreundin in der Conditorei Hanselmann stattfinden werde. Sie müssten nach dem Spiel also die Unterlagen aus dem Hotel holen. In diesem Moment hatte Janne gewusst, dass sie nicht mehr viel Zeit haben würde, der Beau Rivage Suite einen Besuch abzustatten, und dort war sie ja dann auch fündig geworden und hatte die Liste entdeckt.

Sie legte das Tablet beiseite. Nur was war die Gegenleistung?

Was bekam Alma Brievenbusch? Sie hoffte, dies auf der Gala zu erfahren.

Sie nahm einen Schluck Whisky und tauchte ihren Kopf unter Wasser. Sie liebte die wohlige Wärme, auch konnte es ihr nicht heiß genug sein. Natürlich wusste sie, dass bei einem Bad über vierzig Grad die Haut Fett und Feuchtigkeit verlor. Aber das konnte man ja im Anschluss mit Cremes wieder ausgleichen. Sie tauchte wieder auf, leerte ihr Glas und stieg aus der Wanne. Es wurde Zeit, sich für die Gala herzurichten. Aber vorher musste sie ihrer Freundin Liv noch eine Nachricht senden. *Arschloch MS ist aufgetaucht. Er jagt mich.*

Sie sah Miroslav Eschenbrosch in der großen Halle des Badrutt's Palace Hotel. Er stand mit drei Leuten zusammen und gab ihnen offensichtlich Instruktionen. Als diese sich dann in der Halle verteilten, kam er grinsend auf Janne zu.

»Blond steht dir nicht.«

»Ich habe gehofft, dass du mich nicht erkennst, schon gar nicht in dem roten Jumpsuit.«

»Ich gebe zu, ich musste zweimal hinschauen. Aber die weißen Sneakers haben dich verraten.«

Miro nahm zwei Gläser Champagner vom Tablett eines vorbeieilenden Kellners und stieß mit Janne an. »Wir haben alles vorbereitet. Du musst nur noch das kleine Mikro, das sich in der linken Hüfttasche deines Jumpsuits befindet, an Abasovs Revers heften.«

Janne griff in die Hüfttasche und ertastete eine kleine, flache Box. »Habe ich nicht bemerkt.«

»In der Box ist ein winzig kleiner Mikrofonchip. Dänische Entwicklung. Box öffnen, Zeigefinger in die Box und dann –«

»– aufs Revers kleben.«

»Genau, aber den Chip mit dem Zeigefinger abstreifen, sonst haftet er nicht auf dem Revers. Den Rest erledigen meine Leute.«

»Alles klar.« Janne trank ihr Glas aus. »Dann gehe ich mal arbeiten.«

Miro fasste sie am Handgelenk. »Ich habe mich ein wenig umgehört. Die beiden Typen, die du erledigt hast, waren Personenschützer und für den Schutz einer Geschäftsfrau aus Aserbaidschan während des Turniers verantwortlich. Ihr Name und der der Sicherheitsfirma stecken in deiner rechten Hüfttasche.«

»Wie machst du das bloß? Wieder nichts bemerkt.«

Miro lächelte. »Wenn du dich verfolgt fühlst, das ist Murat. Der passt auf dich auf.«

Janne ging einerseits erleichtert, andererseits beunruhigt zum Galadinner. Sie hatte keine Ahnung, welcher Tisch für sie reserviert war. Sie schritt die einzelnen Tische ab, suchte aber nicht nach ihrem Platz, sondern hielt Ausschau nach Abasov und Alma Brievenbusch. Sie zwängte sich durch die Tischreihen und entdeckte die beiden in der Nähe der Bühne. Sie schienen bester Laune und stießen gerade mit dem gegenübersitzenden Paar an. Janne öffnete das Döschen in ihrer Hüfttasche und steckte den Zeigefinger hinein. Sie hoffte, dass der Chip nun sicher an der Haut klebte. Abasov winkte gerade einen Kellner herbei. Janne nutzte die Gelegenheit, eilte durch die Tischreihen und erreichte ihn gleichzeitig mit dem Kellner. Sie zwängte sich an diesem vorbei, verlor scheinbar das Gleichgewicht, sodass sie sich auf Abasovs Schultern abstützen musste und den Chip auf dem Revers platzieren konnte.

»Excusez-moi, monsieur!«

Abasov blickte auf. »Kein Problem, Madame.« Er blickte Janne an. »Im Gegenteil.«

»Ich suche meinen Platz und habe mich schon verspätet.« Janne setzte ihr charmantestes Lächeln auf. Dabei blieb ihr Blick auf der Frau hängen, die Abasov gegenübersaß. Und sie wusste, welcher Name auf dem Zettel stand, den Miro ihr in die Tasche gesteckt hatte. Alexa Schewtschenko.

An ihrem Platz angekommen, bestellte sie sich einen Martini. Sie hoffte, dass das Mikrofon funktionierte und verwertbare Informationen aufgezeichnet werden konnten. Langsam legte sich ihre Anspannung, und sie konnte den geräucherten norwegischen Lachs genießen. Nach dem nächsten Martini holte sie den Zettel aus ihrer rechten Hüfttasche. Es war tatsächlich Alexa Schewtschenko, die ihr ihre Personenschützer von der Firma PSC auf den Hals gehetzt hatte. Zumindest lag diese Vermutung nahe, ohne dass Janne eine Erklärung dafür hätte. Der zweite Gang waren phantastische Ravioli mit Steinpilzen und Kalbsjus, leider sehr übersichtlich. Dann bekam sie eine Nachricht von Miro aufs Handy.

»Alles perfekt, Aufnahmen kommen im Laufe der Nacht.«

Jetzt freute sie sich auf das Kalbssteak und die Crêpes Suzette.

17

Samstag, 19.1.2019

Auf die Polo-After-Party hatte Janne verzichtet, und so saß sie ausgeschlafen vor ihrem Frühstück, das sie sich auf das Zimmer hatte bringen lassen. Sie köpfte ihr Frühstücksei und stellte sich dabei Abasov vor. Der Kerl hatte sie nach dem Dinner tatsächlich in der Bar zum Tanz aufgefordert. Janne war sich nicht sicher, ob er sie aushorchen wollte oder sich schlicht für unwiderstehlich hielt. Da er im Wesentlichen nur belangloses Zeug geschwätzt und sie viel zu häufig an den Hintern gefasst hatte, glaubte sie eher an eine plumpe Anmache. Dummerweise waren sein Gesäusel, ihr verlegenes Lachen und ihre zuckersüßen, wenn auch ironisch gemeinten Antworten auch aufgezeichnet worden. Miro hatte ihr die Aufnahme noch in der Nacht als Audiodatei zugeschickt. Noch wusste sie nicht, ob sie neue Informationen enthielten. Sie würde sie sich auf dem Rückflug anhören.

Sorgen bereitete ihr, dass die Bodyguards von Alexa Schewtschenko sie umbringen wollten. Anders konnte sie den Angriff nicht deuten. Nur was hätte Alexa Schewtschenko für einen Grund? Janne hatte noch nie mit ihr zu tun gehabt. Es lag viel näher, dass die beiden Killer einen anderen Auftraggeber hatten.

Sie musste herausfinden, wer hinter dieser Firma PSC steckte. Und sie hatte einen fürchterlichen Verdacht.

Janne blickte auf die Uhr. In einer Stunde würde das Taxi kommen, um sie zum Flughafen zu bringen. Zeit, die Sachen zu packen. In dem Moment blinkte ihr Handy auf. Eine Nachricht von Elias. *Treffen heute 19 Uhr. Weiterer Mord. Gleiches äußeres Erscheinungsbild.*

Donnerstag, 22. März 2018

Ich rücke die Kissen zurecht, will weich gepolstert im Sessel sitzen. Als ob das meine Schmerzen lindern, meinen Hass dämpfen, das Gefühl der inneren Zerrissenheit abschwächen, meine Angst mindern könnte. Angst vorm Alleinsein, Angst davor, ungeliebt zu sein, Angst vorm Verlassenwerden, Angst vor Schmerzen und Dunkelheit, Angst vor meinem Vater, Angst vor Menschen, vor Männern.

Angst ist nichts Schlechtes. Sie ist überlebenswichtig. Hast du Angst vor Hunden, läufst du weg, damit sie dich nicht beißen.

»Ich laufe nicht weg. Ich erstarre vor Angst. Bin gelähmt, paralysiert.«

Erinnerst du dich an eine solche Situation?

Wieder schließe ich die Augen, wieder trete ich eine Reise in die Vergangenheit an, und wieder befrage ich meine inneren Bilder, beschreibe sie.

»Ein reißender Fluss schießt durch meinen Körper, mäandert in jede Zelle und gibt mir das Gefühl zu ertrinken, in meinen eigenen wirren Gedanken und Qualen. Ich wache schweißgebadet auf, stehe im dunklen Badezimmer und höre sie kommen. Es wird hell, es wird dunkel.«

Du schilderst mir gerade einen Traum, Gefühle in bewegten Bildern. Erinnere dich jetzt einmal an eine reale Situation, in der dich eine Panik- oder Angstattacke überfallen hat.

Ich schaue auf das Foto an der gegenüberliegenden Wand. Es zeigt einen Birkenwald im Herbst. Goldgelb die Blätter, in strahlendem Weiß die Birkenstämme, durchbrochen von schwarz schimmernden Punkten, hervorgerufen durch die aufgebrochene Rinde. Ich verliere mich in dem Bild, die schwarzen Punkte beginnen, vor meinen Augen zu tanzen, ich tauche ein in dieses Dickicht, in einen dunklen, sehr dunklen Wald.

»Wir sind auf einem der seltenen Familienausflüge, mein Vater, meine Mutter und ich. Die Sonne scheint, es ist ein schöner

Herbsttag. Mein Vater läuft einige Meter vor uns, er hat sein Jagdgewehr geschultert. Wir sollen ihm in einigem Abstand folgen und keinesfalls vom Weg abweichen. Meine Mutter, in seltener Gelöstheit, trällert ein Lied, und ich laufe ein paar Meter hinter ihr her. Der Wind bewegt die Blätter, und das Blätterrauschen scheint den Gesang meiner Mutter zu begleiten.

Plötzlich bleibt sie stehen, ihr Gesang verstummt, ebenso das Blätterrauschen. Ich stehe neben ihr und nehme ihre Hand. Wir blicken auf eine Lichtung, an deren Ende ein stattlicher Hirsch steht. Mit großem Geweih auf dem Kopf blickt er stolz zu uns herüber. Dann folgt ein Schuss. Der Hirsch bricht zusammen und mit ihm meine Mutter. Ich blicke zum Hirsch, dann zu meiner Mutter. Sie bewegt sich nicht. Ich werfe mich auf sie und flehe sie an, die Augen zu öffnen. Mit mir zu reden. Doch nichts geschieht. Ich springe auf, schreie, die Erde beginnt, unter mir zu beben, die Bäume wanken. Ich halte die Hände über meinen Kopf, sinke über dem Körper meiner Mutter zusammen. Alles dreht sich in meinem Kopf. Dann höre ich weitere Schüsse. Ich habe das Gefühl, dass sie unmittelbar neben mir einschlagen, höre Schreie, Frauen, Kinder. Dann Schritte und höhnisches Gelächter. Ich will aufspringen und weglaufen, doch Geist und Körper sind wie gelähmt. Mein Kopf wird an den Haaren hochgezogen, und ich blicke in drei grinsende Männergesichter, die ich schon einmal gesehen habe und die mit ihren Lippen den Namen meiner Großmutter formen. ›Bernadette, Bernadette. Uns entkommt niemand.‹ Ich schließe panisch die Augen und bin mir sicher. Sie sind gekommen, um mich zu töten. Die dreiköpfige Hydra.«

Lege die Handflächen aufeinander. Presse sie fest zusammen. Jetzt öffne langsam die Augen. Und schau mich an.

Verstört blicke ich in ihr Gesicht mit der getönten Brille, wieder dieses Lächeln. Freundlich, mitleidig, triumphierend? Die Erinnerungen haben mich wieder weit in meine Kindheit zurückgeführt. Die Gedanken galoppieren davon und enden wie so oft in einer Katastrophe.

Weißt du, wie es weitergegangen ist? Und wo war dein Vater?

»Männerstimmen. Eine Autofahrt, begleitet von einem lähmenden Schweigen. Dann mein wütender Vater. Meine schluchzende Mutter. Mein Vater steht am Bettende. Er schüttelt den Kopf. Er schweigt. Aber ich sehe in seinen Augen, was er denkt. Du kannst einem alles verderben. Sein linkes Auge zuckt, dann verlässt er mein Zimmer. In dem Moment fühle ich mich wie ein elternloses Kind. An mehr kann ich mich nicht erinnern. Das ist so furchtbar. Wie ein Filmriss. Es ist einfach weg.«

Die fragmentarischen Erinnerungen schützen dich. Möglicherweise sind die Dinge, an die du dich nicht erinnerst, für dich besonders belastend, jedenfalls zurzeit. Und die Zeit spielt für die Verarbeitung eine ganz wichtige Rolle. Aber sie wird kommen, und dann kannst du deine Quälgeister vertreiben.

Ich leide im Stillen, begleite meinen inneren Zerfall. Fühle mich wehrlos gegen das Rauschen und Pfeifen in meinem Kopf, gegen die dunkle Gefühlswolke und kann niemandem genügen. Ich bin mit mir allein, und doch kenne ich mich nicht. Es gibt kein Du, somit auch kein Ich. Wen also soll ich vertreiben?

18

Samstag, 19.1.2019

Diesmal gab es nicht nur Kekse, sondern auch Pasteis de Nata, diese wunderbaren portugiesischen Vanillepuddingtörtchen, die Maja Gruber, Elias' Lebensgefährtin, gebacken hatte.

»Maja backt leidenschaftlich gerne, und ihre Natas sind einfach ein Gedicht. Deshalb war ich auch nicht damit einverstanden, dass sie dieses himmlische Gebäck euch Banausen vorsetzt, weil ihr es womöglich in euren Kaffee tunkt.«

Zille hatte das erste Törtchen schon verspeist, machte sich über das zweite her und reichte den Teller an Janne weiter. »Ich glaube eher, du hast Sorge, zu kurz zu kommen.«

»Wenn ich an dieser Stelle einmal Curt Goetz bemühen darf: ›Man soll die Dinge so nehmen, wie sie kommen. Aber man sollte auch dafür sorgen, dass die Dinge so kommen, wie man sie nehmen möchte.‹«

Zille und Janne schauten sich und dann Elias fragend an.

»In der Küche steht noch ein ganzer Teller voller Natas. Versteckt.«

Zille verdrehte die Augen. »Ich glaube es nicht.«

Janne räusperte sich und zeigte auf das Bild, das auf dem großen Bildschirm zu sehen war. Ein gut aussehender, älterer Herr mit braunem Teint und leicht angegrauten Haaren schaute auf sie herab. Er wirkte vertrauenswürdig und strahlte einen gewissen Sex-Appeal aus. »Wen sehen wir da? Ich vermute, den zweiten Toten.«

»Stimmt«, erwiderte Elias. »Das ist Lars Heiner Kettenbach, fünfundsechzig Jahre alt, Reeder. Saß zudem eine Legislaturperiode in der Bürgerschaft.«

»Das ist leider ein Problem. Die Porschefahrer-Partei macht wahnsinnigen Druck, sodass der leitende Oberstaatsanwalt, ein Parteifreund Kettenbachs, gedroht hat, den Fall zu übernehmen. Was eine Katastrophe wäre«, fügte Zille nach einer kurzen Pause hinzu.

»Kettenbach ist geschieden und Vater eines Sohns und einer Tochter. Beide sind allerdings längst volljährig.«

»Sieht ja ganz nett aus, ist aber sicher ein arrogantes Ekelpaket gewesen.«

»Zille, über Tote redet man doch nicht schlecht.«

»Bin mal gespannt, was du über ihn sagen kannst.«

»Okay, viel Gutes ist es in der Tat nicht.« Ein weiteres Bild mit Kettenbach vor einem Tanker war zu sehen, und Elias fasste seine Rechercheergebnisse zusammen. »Kettenbach hat die Reederei von seinem Vater übernommen. Sie ist nach der griechischen Meeresnymphe Thetis benannt.«

»Ich erinnere mich, sie spielte eine Rolle in ›Troja‹, diesem Filmspektakel von Wolfgang Petersen.«

»Die Reederei?« Janne blickte Zille verwirrt an.

»Nein, die Meeresnymphe Thetis alias Julie Christie. Thetis ist die Mutter von Achilles, der wiederum von Brad Pitt gespielt wurde.«

»Das wusste der Vater von Kettenbach aber nicht, als er die Reederei nach der Meeresnymphe benannt hat«, ergriff Elias wieder das Wort. »Die Reederei lässt hauptsächlich Tanker fahren, und damit hat sie Millionen verdient. Sie war jahrelang einer der Big Player im Geschäft. Und so führte sich Kettenbach auch auf. Landsitz in Südfrankreich mit Weinbergen, mehrere Yachten, ein Privatflieger und natürlich, wie es sich für einen Hamburger gehört, ein Haus auf Sylt, reetgedeckt mit Meerblick. Der Seeverkehr wuchs bis 2008 in rasantem Tempo. Kettenbach kaufte Schiffe wie andere Milch, dabei schreckte er auch nicht vor feindlichen Übernahmen kleinerer Reedereien zurück. Und er ließ einen Riesentanker bauen, denn nur wer den Größten hat, ist auch der Größte.«

»Und das hat er alles mit seinen Gewinnen bezahlt?«, fragte Janne nach.

»Nein«, Elias schüttelte den Kopf, »natürlich nicht. Finanziert hat er das im Wesentlichen mit Krediten der Hamburg-Schleswig-Holsteinischen Landesbank, die auch die Größten werden wollten.«

Elias ließ ein paar Fotos von Politikern der Hamburgischen Bürgerschaft und des Schleswig-Holsteinischen Landtages auf dem Bildschirm aufploppen. »Die Politik hat da kräftig mitgeholfen. Gerüchteweise auch der Erste Bürgermeister. Nur so war es möglich, dass Kredite in zwei-, dreistelligen Millionenbeträgen gewährt wurden.«

»Da war es ja praktisch, dass Kettenbach auch Politiker war.« Der Sarkasmus in Zilles Stimme war nicht zu überhören.

»Genau.« Elias fuhr sich über seinen Dreitagebart. »Er war zwar nur ein Hinterbänkler, aber er kannte die Mechanismen und die richtigen Leute in der Bürgerschaft.«

»Das war sicher sein Hauptmotiv, um in die Politik zu gehen«, sagte Zille abschätzig.

»Die haben alle mitgemischt. SPD, CDU, Grüne«, sagte Elias und fuhr dann fort: »Die große Finanzkrise 2008 markierte dann den Absturz. Der Seeverkehr brach zusammen, die Reedereien machten und machen seitdem nur Verluste. Nach acht Jahren konnte Kettenbachs Reederei Thetis die Kredite, die sich immerhin auf über eine Milliarde Euro beliefen, nicht zurückzahlen. Aber die Reederei war zu groß, um sie fallen zu lassen. Also erließ ihm die Bank über eine halbe Milliarde Euro Schulden.«

»Und den Rest konnte er stemmen?«, fragte Janne.

»Der Rest wurde aus der Firma abgezogen, was sein privates Vermögen nicht belastete, denn …«

»… schließlich war Thetis eine Gesellschaft mit beschränkter Haftung«, führte Zille den Satz zu Ende.

»Du triffst den Nagel auf den Kopf.«

»Kettenbach konnte somit weiter auf großem Fuß leben«, stellte Janne fest.

»Vor zwei Jahren hat Kettenbach dann Thetis kurz vor der Insolvenz zu einem Spottpreis an einen Großunternehmer verkauft und als Trostpflaster dafür ein paar Anteile an dessen Firma erhalten. Als Privatmann, versteht sich. Er ließ es sich weiter gut gehen, zog erst einmal in eine Villa an der Elbchaussee und zeigte sich gerne als schillernder, nicht alternder Lebemann.

Und dazu gehörten natürlich auch die entsprechenden jungen Damen.«

Elias zeigte einen Artikel, in dem über Kettenbachs Scheidung vor zwölf Jahren berichtet wurde. In aller Ausführlichkeit wurden seine diversen Affären mit sehr viel jüngeren Frauen dargelegt, von denen mindestens zwei nicht volljährig gewesen waren.

»Ich erinnere mich«, sagte Zille. »Und er hat natürlich hoch und heilig beteuert, er habe die jungen Frauen für sehr viel älter gehalten.«

»Wahrscheinlich hat er behauptet, dass die Mädchen ihn bewusst getäuscht hätten, weil sie entsprechend aufgebrezelt waren.« Janne war die Verachtung anzuhören.

»Die Scheidung artete jedenfalls in einen Rosenkrieg aus, mit gegenseitigen hässlichen Vorwürfen, die letztlich zu einer teuren Angelegenheit für Kettenbach wurden. Die beiden Kinder waren damals dreizehn und fünfzehn Jahre, und das Sorgerecht wurde Dorothee Kettenbach zugesprochen, die auch in der Villa an der Elbchaussee wohnen blieb.« Elias trank einen Schluck Wasser. »Der Vorwurf des sexuellen Missbrauchs gegen Kettenbach ist fallen gelassen worden. Beide jungen Frauen waren siebzehn Jahre, und der Richter ist davon ausgegangen, dass Kettenbach keine Zwangslage ausgenutzt hat.«

Janne verzog angewidert das Gesicht. »Für seine beiden Kinder muss das furchtbar gewesen sein.«

»Vor allem für seine Tochter, die ja nur unwesentlich jünger war«, stellte Zille fest.

»Bei dem Toten handelt es sich«, Elias überlegte kurz, »um einen gierigen und bisweilen skrupellosen Geschäftsmann.«

»Und um ein arrogantes Ekelpaket.« Zille grinste. »Habe ich doch gleich gesagt.«

»Also mir fallen spontan mehrere Gründe für einen Mord an Kettenbach ein.« Janne schaute zu Elias und Zille. »Wie seht ihr das?«

Zille nickte. »Und alle speisen sich aus einem Motiv: Rache.«

»Bei ihm ließe sich auch der abgeschnittene Penis erklären.«

Elias hob beschwichtigend die Hände. »Wir sollten keine vorschnellen Schlüsse ziehen. Denn das würde eher auf eine private Abrechnung schließen lassen und somit den Täterkreis einschränken. Das sollten wir zu diesem Zeitpunkt vermeiden.«

»Ein Gespräch mit der Frau und den Kindern wäre sicherlich hilfreich«, sagte Janne.

»Das hat mein Kollege Pöppelmann schon erledigt«, erwiderte Zille, »und keine brauchbaren Aussagen bekommen. Die hatten alle seit Jahren keinen Kontakt zu Kettenbach. Und bedauert hat keiner seinen Tod. Aber alle haben ein wasserdichtes Alibi.«

In dem Moment betrat Maja Gruber den Konferenzraum. »Warum hast du die Natas in das unterste Fach des Kühlschranks gestellt, Elias?«

»Damit sie frisch bleiben«, bemühte der sich um eine schnelle Erklärung, bevor Zille den wahren Grund kundtat.

Und der tat ihm auch den Gefallen, wenngleich er sich eine ironische Bemerkung nicht verkneifen konnte. »Elias ist eben sehr fürsorglich seinen Gästen gegenüber.« Zille tauschte den inzwischen leeren Teller mit Majas Teller voller Natas.

»Die schmecken phantastisch«, sagte Janne. »Leider kann ich nicht so schnell essen wie Zille.«

»Aber drei Stück hast du auch abbekommen.«

»Von zehn.«

»Und zwei hat Elias gegessen. Blieben gerade mal fünf für mich.«

Maja lachte. »Eine interessante Vorstellung von Gerechtigkeit.«

»Zehn lässt sich nun mal nicht durch drei teilen«, erwiderte Zille.

»Aber ich bin eigentlich hier«, sagte Maja, »um Elias zu sagen, dass Constantin Mügge angerufen hat.«

»Auf dem Festnetz?«

»An dein Handy konntest du ja nicht gehen.« Maja reichte es ihm lächelnd. »Lag auch im Kühlschrank. Er will sich morgen mit dir um elf Uhr treffen. Du wüsstest schon, wo, und sollst ihm sofort eine Bestätigung schicken.« Sie strich ihm über die Wange. »Ich geh dann mal wieder.«

Elias zeigte auf die Natas. »Greift ruhig zu, bevor sie wieder warm werden.« Dann schrieb er Constantin Mügge eine SMS.

Zille griff sich eine Nata. »Der wittert wohl die ganz große Story.«

»Vermute ich auch. Aber groß wird sie erst, wenn wir den Zusammenhang zwischen den beiden Morden wissen.«

»Dann sollten wir nach Gemeinsamkeiten zwischen Kettenbach und Brievenbusch suchen.« Zille wandte sich an Elias. »Öffne mal die Datei, die ich dir geschickt habe.«

Auf dem Bildschirm erschienen die Fotos der beiden Leichen nebeneinander.

»Sie sind im gleichen Alter, männlich, nackt und ohne Schwanz«, bemerkte Janne.

»Zudem sind beiden die Schamhaare abrasiert worden, und beide sind auf die gleiche Art umgekommen, nämlich aufgrund einer Überdosis Natriumpentothal.«

»Gab es weitere Verletzungen?«, wollte Elias wissen.

»Nicht direkt. Beide hatten zwei rote Punkte am Hals, die von einem Elektroschocker stammen. Damit wurden sie vor der Injektion ruhiggestellt.«

Janne schaute gebannt auf die Tatortfotos. »Das sind beides richtige Inszenierungen.«

»Und eine Inszenierung ist mehr als nur ein Mord.« Zille war in seinem Element. »Ebenso wichtig wie der Tod der Opfer ist das Zeigen der Opfer. Und zwar nicht nur, dass sie tot sind, sondern auch, dass sie nackt, ohne Schamhaare und schwanzlos sind. Dazu braucht man exponierte Orte wie das Grab von Helmut Schmidt und den Alten Schweden.« Zille trank einen Schluck Wasser.

Elias klickte das nächste Bild an. Jetzt waren ein Lageplan des Ohlsdorfer Friedhofs sowie ein Kartenausschnitt vom Elbufer mit dem Alten Schweden zu sehen. Auf beiden war der jeweilige Tatort eingezeichnet. »Kettenbachs Leiche lag mehr oder weniger mitten auf dem Friedhof«, stellte Elias fest. »Die

Leiche von Brievenbusch an einer Stelle, die auf der einen Seite vom Wasser und auf der anderen Seite vom Elbhang begrenzt wird. Wie hat der Mörder oder die Mörderin die Leichen allein dort platzieren können?«

»An beiden Tatorten hat die Spurensicherung zwar viele Spuren gefunden, die aber kaum verwertbare Informationen enthalten. Bei Kettenbach hat die SPD-Ortsgruppe aus Hagenow alles platt getrampelt, bei Brievenbusch waren es die Hunde und deren Besitzer. Und es hat in beiden Nächten geregnet und geschneit«, sagte Zille genervt. »Aber in der Nähe von Kettenbachs Leiche haben wir Reifenspuren eines Piaggio Porters gefunden. Die Friedhofsgärtner fahren solche Kleintransporter. Und damit könnte man eine Leiche sehr gut transportieren.«

Janne sah Zille fragend an. »Du vermutest, dass der Mörder sich so einen Porter geklaut hat?«

»Oder Hilfe hatte«, meinte Zille.

»So wie am Elbstrand«, ergänzte Elias. »Mit einem Boot von der gegenüberliegenden Seite. Etwa vom Yachthafen am Rüschweg.«

Janne blickte die beiden skeptisch an. »Ihr vermutet zwei Täter?«

»Wir sollten nichts ausschließen«, sagte Elias. »Allerdings glaube ich eher, dass es Helfer waren, die dafür bezahlt wurden, bei der Entsorgung der Leichen zu helfen.«

»Ich werde der Spur mal nachgehen«, sagte Zille mit Nachdruck. »Bei genauer Betrachtung und den Fakten, die wir bislang haben, lässt sich festhalten, dass der Täter alles sehr genau geplant und durchdacht haben muss.«

»Eine logistische Meisterleistung«, sagte Janne anerkennend, »zu der eine Verbrecherorganisation in der Lage wäre.«

»Stimmt, aber auch ein intelligenter, disziplinierter und risikoabwägender Täter, der aufgrund eines emotionalen Konflikts mordet.«

»Was ja nicht heißt, dass der Täter die Opfer unbedingt gekannt haben muss«, bemerkte Elias.

»Dann stellt sich aber die Frage: Wo und wie hat der Täter die Opfer kennengelernt?«

»Viele Fragen, auf die wir noch keine Antworten haben. Nur eins ist klar.« Zille nahm eine weitere Nata in die Hand. »Wir haben es mit einem Doppelmord zu tun.« Dann biss er genüsslich in das Gebäck.

In diesem Moment klingelte sein Handy. Er blickte kurz auf das Display, runzelte ungläubig die Stirn, stand auf und verließ das Zimmer. Bevor er die Tür schloss, hörte man noch, wie er mit vollem Mund und deutschem Akzent sagte: *»This is Zillinski.«*

Janne blickte ihm verwundert hinterher.

»Zille bekommt manchmal Anrufe aus allen möglichen Teilen der Welt«, sagte Elias beiläufig. »Aus Afrika, Südostasien oder Grönland.«

»Wie das?« Janne war überrascht.

»Nach dem Studium ist Zille zwei Jahre zur See gefahren. Ist auf Frachtschiffen gereist. Wo es ihn hintrieb.«

»Hat er auf den Schiffen gearbeitet?«

»Soweit ich weiß, hat er in der Regel der Crew beim Arbeiten zugesehen«, sagte Elias grinsend.

»Elias erzählt dir Seemannsgarn. Wenn es sein musste, habe ich auch Decks geschrubbt und Kartoffeln geschält.« Zille ließ sich wieder in den Sessel fallen. »Aber das ist lange her.« Für einen Moment war in Zilles Gesichtsausdruck etwas Melancholisches, Trauriges zu sehen.

»Alles okay?«, fragte Elias.

»Manchmal waren die Fahrten wie eine Lotterie. Man wusste dann nie, wo man ankam. Oder ob man überhaupt ankam.«

»Eines Mannes Ziel ist niemals ein Ort, sondern eine neue Art, die Dinge zu sehen.«

Zille lachte kurz auf. »Von dir?«

»Henry Miller.«

»Gar nicht schlecht.« Zille schloss kurz die Augen. Dann bat er Elias, in der Datei weiterzuklicken. »Ich habe die Fotos, die Janne in St. Moritz aufgenommen hat, ans BKA weitergeleitet. Die haben das durch ihre Datenbanken laufen lassen und hatten zwei Treffer. Ihr seht einmal Juri Tschitadze, Georgier. Er ist im Vorstand einer großen Privatbank, die sehr beliebt bei vielen ausländischen Unternehmen, aber auch Privatkunden ist, weil die georgischen Banken keine Auskunft über Finanzkonten an Steuerbehörden geben.«

»Er ist also der ideale Partner, um ganz legal Geld zu waschen«, warf Janne ein.

»So könnte man es sehen. Der zweite Treffer ist eine Frau. Sie ist ehemalige KGB-Agentin, war in Afghanistan im Einsatz und ist nach BKA-Erkenntnissen so eine Art Hauptkoordinator für Schmuggelgeschäfte im Kaukasus. Heroin, Cannabis, Waffen. Beim BKA wird sie als Tatjana Ruskow geführt. Ob das ihr richtiger Name ist, ist unbekannt. Was wir aber wissen beziehungsweise vermuten, ist, dass sie offenbar über sehr gute Beziehungen zu Politikern und Clanchefs in der Kaukasusregion verfügt.«

»Was führt euch zu der Vermutung?«, fragte Elias erstaunt.

»Es gibt keine Region, in der die Schmugglerrouten so oft verändert werden, und zwar immer, bevor sich die alten als zu gefährlich erweisen.«

»Ich weiß nicht, inwieweit ihr euch schon mit der Transportinfrastruktur von Brievenbuschs Firma ABRIE vertraut gemacht habt. Aber wenn Tatjana Ruskow mit Hilfe von Abasov und Alexa Schewtschenko deren Logistik in Osteuropa nutzen kann«, Elias kratzte sich an seinem Dreitagebart, »bietet ihr das neue Möglichkeiten zur Verschleierung ihrer Drogenlieferungen.«

»Und erschwert es den Behörden, diese abzufangen«, brachte Zille es auf den Punkt.

»Aber wie sollte das funktionieren?«, fragte Janne. »Alma Brievenbusch wird sich ja wohl kaum als Drogenkurierin verdingen.«

»Das glaube ich auch nicht.« Zille nickte zustimmend. »So wie ich das sehe, geht es Alma Brievenbusch nur ums Speditionsgeschäft. Sie will mit ihrer Firma Hauptspediteur zwischen Aserbaidschan und Deutschland werden.«

»Und genau das haben ihr Abasov und Schewtschenko vertraglich zugesichert, wie wir dem abgehörten Gespräch auf der Gala entnehmen konnten«, ergänzte Janne und fuhr fort: »Ruskow wird diese Transporte von ABRIE dann nutzen, um Drogen nach Deutschland zu bringen. Und Abasov und Schewtschenko werden ihr dabei helfen, das Zeug in den Containern mit den Importprodukten zu verstecken. Das Gespräch darüber konnten wir ebenfalls abhören. Die Datei mit den Gesprächen habe ich euch ja zugeschickt.«

»Also hat Alma Brievenbusch keine Ahnung, worum es Abasov eigentlich geht«, stellte Elias fest.

»Liebe macht eben blind«, bemerkte Janne trocken.

»Apropos«, sagte Zille. »Eine Passage in den abgehörten Gesprächen musst du mir noch erklären. Interessiert mich als Profiler.«

Janne schickte ihm einen giftigen Blick.

»Ihr Parfüm ist sehr betörend, meine Liebe«, imitierte Zille Abasov.

»Was tut man nicht alles, um den Männern zu gefallen«, ergänzte Elias mit glockenheller Stimme.

»Ihr könnt mich mal.« Janne stand auf. »Die Frage ist doch, inwieweit die Erkenntnisse aus St. Moritz mit unseren Mordfällen zu tun haben. Darüber könnt ihr mal nachdenken.« Janne spielte die Beleidigte. »Ich komme gleich wieder.«

Elias stand auf, holte eine Flasche Brandy und drei Gläser aus einem Schrank. Er schenkte Zille und sich ein. Dann hoben beide das Glas und prosteten sich schweigend zu. Elias stellte das Glas ab. »War das Tanaka?«

Zille nickte.

»Wann triffst du dich mit ihm?«

»In zwei Tagen.«

»Wie immer im Japanischen Garten?«

»So soll es sein.«

»Gibt es was Neues?«

»Ich hoffe.«

»Wie immer im Japanischen Garten!«

Dann hoben beide wieder das Glas und tranken.

»Krieg ich auch einen Drink?«

»Wir haben dich gar nicht kommen hören«, sagte Zille gedankenverloren.

Elias schenkte Janne ein. »Und?«, fragte sie keck. Dann prostete sie zwei fragenden Gesichtern zu. »Na, wie ist eure Einschätzung?«

Elias starrte in sein goldschimmerndes Glas. »Dass die beiden Morde zusammenhängen, liegt auf der Hand, und das Geschäftsgebaren der beiden Toten zeigt viele Ungereimtheiten. Doch ein gemeinsames Motiv auf geschäftlicher Ebene kann ich beim besten Willen noch nicht sehen.« Elias kramte in seiner Aktentasche. »Das Gespräch mit dem Vorstandsvorsitzenden Klaasen hat in dieser Beziehung auch keine Erkenntnisse gebracht. Hat Brievenbusch über alle Maßen als redlichen Kaufmann gepriesen. Sonst wich er allen Fragen aus. Aber ich konnte zumindest die Mitgliederliste hacken.« Elias schmiss eine Aktenmappe auf den Tisch. »Kettenbach war ebenfalls Mitglied in der Gesellschaft.«

»Das ist eine wahrscheinlich nicht unerhebliche Gemeinsamkeit in Bezug auf die Morde«, sagte Zille.

»Möglich. Aber welcher Hamburger Kaufmann ist nicht Mitglied dieser Gesellschaft? Über die ich im Übrigen bislang auch noch nichts Aufregendes in Erfahrung bringen konnte.« Elias kratzte sich am Kopf. »Doch ich habe etwas anderes Interessantes gefunden. In dem Vorvertrag, den Janne bei Brievenbusch entdeckt hat, gibt es eine handschriftliche Anmerkung, die besagt, der Vorsitzende der Gesellschaft Klaus Klaasen habe ebenfalls Interesse an dem Deal mit Abasov. Klaasen handelt mit Waffen und sensibler Elektronik.« Dann leerte er sein Glas.

»Der Kaukasus ist bestimmt ein guter Absatzmarkt«, bemerkte Zille sarkastisch und wollte nach der letzten Nata greifen, fand aber nur einen leeren Teller vor. »Ups, was ist das?«

»Ich dachte, du hättest genug.« Janne leckte sich mit der Zunge die letzten Puddingreste von den Lippen.

Zille schüttelte den Kopf. »Genug kann nie genügen.«

»Aber wir haben ja noch Kekse.«

Zille verzog das Gesicht.

»Die kannst du dann wieder in den Kaffee tunken.«

Sein Gesicht hellte sich wieder auf.

»Das überzeugt mich.« Und er griff nach einem Keks.

Janne schloss für einen Moment die Augen und atmete tief durch. Sie blickte erst Zille, dann Elias an und schließlich in die Luft. Die Worte, die folgten, ließen den beiden Männern den Atem stocken. »Ich habe in St. Moritz zwei Menschen getötet.«

Die aufkommende Müdigkeit war bei Elias und Zille auf der Stelle verflogen. Und mit dem, was sie nun zu hören bekamen, hatten sie wahrlich nicht gerechnet.

Ohne Janne zu unterbrechen, hörten sie ihrem Bericht zu. Als sie endete, schenkte Elias allen einen weiteren Brandy ein und ergriff als Erster das Wort. »Deine Ausbildung bei den Jegertroppen hat sich bezahlt gemacht«, sagte er erleichtert und betroffen zugleich.

»Und gleichzeitig macht sie mir Angst«, sagte Janne.

»Du hast die Abwehrautomatismen, die dein Überleben sichern, so verinnerlicht, dass du bei einem bedrohlichen Angriff nicht nachdenken musst.« Zille legte ihr eine Hand auf die Schulter. »Ohne diese würdest du jetzt hier nicht sitzen. Die Angst, dass du diese Fähigkeit in einer unpassenden Situation benutzt, ist nachvollziehbar. Doch genau diese Angst oder auch Befürchtung ist dafür verantwortlich, dass genau das mit hoher Wahrscheinlichkeit nicht geschehen wird. Die Angst führt nämlich dazu, dass du diese Gefahr im Auge behältst, sie nicht herunterspielst, sondern beherrschst.«

»Du willst sagen, dass meine Angst mich befähigt, meine Selbstverteidigungsautomatismen zum Ausschalten von Angreifern nur in den tatsächlich lebensbedrohlichen Situationen einzusetzen?«

Zille nickte. »Genau das meinte ich.«

»Darauf trinken wir.« Elias hob das Glas. »Und ich recherchiere mal die Firma PSC.«

Es war spät geworden. Die Straßenlaternen spendeten ein angenehm warmes Licht und beleuchteten Jannes dunkelroten Volvo wie auf einem Foto von Wim Wenders. Nur der Hund, der an das Hinterrad pinkelte, störte die beschauliche Szenerie.

Einige Meter entfernt saß Bio in seinem dunkelblauen Fiesta und beobachtete, wie die junge Frau auf den Volvo zuging. Er stand hier gefühlt schon den ganzen Tag, hatte immer wieder die Positionen gewechselt und war sich sicher, dass er niemandem aufgefallen war. Viel war in dieser Straße nicht los, aber er sollte ja auch nur die Leute, die das Haus Nummer 17 betraten, fotografieren. Das waren bislang zwei Personen gewesen. Die junge Frau, die gerade das Haus verließ, und ein Typ mit Zopf. Auch den Hausbesitzer hatte er auf einem Foto erwischt, als dieser die Tür öffnete. Jetzt sollte er der jungen Frau folgen.

19

Montag, 21.1.2019

Zille fuhr wie jeden Montagmorgen zu McDonald's am Bahnhof Dammtor und bestellte sich einen McToast, Rührei Tomato-Cheese. Eine Zeit lang war er jeden Morgen hier aufgeschlagen, doch sich nur von Junkfood zu ernähren, war auf die Dauer wohl doch nicht so gesund. Als er den Laden betrat, schaute er sich erst einmal um. Zwei Kameras über dem Bedienungstresen und drei geöffnete Kassen mit langen Schlangen davor. Aber natürlich kam Anstellen nicht in Frage. Er entdeckte Sammy an der Kasse gleich gegenüber der Eingangstür.

»Dicka, du willst die zehn Buletten alleine essen? *Holy shit.*«

Das konnte ja lustig werden. Zille ging an der Schlange vorbei und stellte sich neben den Knaben mit den zehn Buletten.

»Nimm die Burger und pass auf, dass du nicht platzt.« Und zu Sammy gewandt: »Und mir kannst –«

»Schon klar«, beeilte Sammy sich zu sagen. »Wie immer.«

Zille zückte seinen Ausweis, zeigte ihn der Schlange hinter sich mit der Bemerkung: »Bin im Einsatz«, und ging zu einem Platz am Fenster.

Kaum hatte er sich niedergelassen, setzte sich eine attraktive, sportlich gekleidete Frau mit langem blondem Zopf zu ihm an den Tisch. »Das ist ein Amtsdelikt, Zille.«

»Dir auch einen guten Morgen, liebe Britta.« Jedes Mal, wenn er sie traf, fragte er sich, wie das BKA eine so gut aussehende Ermittlerin einstellte, die schon aufgrund ihres Äußeren nie unerkannt bleiben konnte.

»Oder bist du tatsächlich im Einsatz?«

»Jetzt ja.« Zille grinste. »Werde ich überwacht von dir?«

Bevor Britta antworten konnte, brachte Sammy den McToast und einen Kaffee.

»Willst du auch was?«

Britta winkte ab.

»Das ist ein Fehler. Die McToasts sind einfach großartig. Saftig und frisch zubereitet.« Zille biss in seinen Toast. »Weißt du«, sagte er mit vollem Mund, »ich habe nie was Besseres zum Frühstück bekommen. Das heißt, als Kind habe ich auch den Zimthaferbrei mit in Honig gedünsteten Äpfeln meiner Großmutter geliebt, aber sie ist leider viel zu früh gestorben. Und so einen Haferbrei kriegt einfach niemand hin. Kannst du Haferbrei kochen?«

»Du arbeitest an den beiden Ritualmorden?«

»Ist das eine Frage?«

Britta lächelte. »Habe von deiner Anfrage gehört.«

Zille zuckte mit den Schultern.

»Beide Toten waren in einen Deal mit aserbaidschanischen Firmen verwickelt«, sagte Britta.

»Kettenbach auch?«

»Er hat immer noch Zugriff auf Schiffe, die von den baltischen Staaten Westeuropa beliefern. So eine Verkehrsroute ist für Schmuggler interessant.«

»Und ihr denkt, dass es sich bei dem Deal um den Aufbau neuer Schmugglerrouten handelt?«

Britta nahm Zilles Kaffeebecher und trank einen Schluck. »Jap, wir gehen davon aus. Was uns aber besonders beunruhigt, ist, dass auch Klaus Klaasen bei dem Deal mitmischt, weil der im Waffengeschäft tätig ist.«

»Aber noch lebt.«

»Alle drei sind Mitglieder in der Gesellschaft für freien Handel. Und wir gehen davon aus, dass noch mehr Mitglieder da mit drinhängen.«

»Warum erzählst du mir das?« Zille schob seinen leeren Teller beiseite und schaute Britta fragend an.

»Ihr werdet bei den Ermittlungen möglicherweise Dinge in Erfahrung bringen, die auch für uns von Nutzen sein können. Und ich möchte, dass du mich darüber informierst.«

»Das solltest du mit Pöppelmann klären.«

»Ich weiß, dass Elias Hopp für Lumen ebenfalls an dem Fall dran ist. Ich weiß auch, dass du ihn informierst und ihr zusammenarbeitet. Und ich weiß, dass ihr beide gut seid.« Britta setzte ein bezauberndes Lächeln auf. »Und ich habe dir einen Hinweis auf ein Motiv gegeben.«

»Du meinst, die Gesellschaft steckt hinter den Morden?«

»Zumindest gibt es einen Zusammenhang. Ich glaube, dass einzelne Mitglieder ihr eigenes Spiel spielen. Ich weiß nur noch nicht, wer und wie.« Britta beugte sich sehr dicht zu Zille herüber, sodass er ihr dezentes Parfüm riechen konnte. Ein Hauch von Zimt stieg ihm in die Nase. Dann flüsterte sie ihm ins Ohr: »Ich werde es herausfinden. Wir haben einen V-Mann in der Gesellschaft.«

Sie wollte sich gerade zurückbeugen, da hielt Zille ihre Hand fest und flüsterte ihr ins Ohr: »Deine Schmugglerroutentheorie ist richtig. Abasov und Schewtschenko von der aserbaidschanischen Investmentfirma haben Tatjana Ruskow, Ex-KGB, mit ins Boot geholt.«

Britta lehnte sich zurück, sah Zille an und nickte anerkennend. »Ich sagte ja, ihr seid gut.« Dann stand sie auf, warf Zille einen Handkuss zu und verließ den Junkfood-Palast.

Zille trank seinen Kaffee aus, ging zu Sammy, bezahlte und

ließ sich zum Geschäftsführer des Ladens bringen. Nach einem kurzen Disput darüber, ob die Videosequenzen der letzten dreißig Minuten gelöscht oder die Festplatte beschlagnahmt werden sollte, entschied sich der Geschäftsführer für die erste Variante. Auf der Filmsequenz war Britta beim Betreten und Verlassen des Ladenlokals zu sehen. Das war jetzt Geschichte.

20

Montag, 21.1.2019

Die Frau stand vor dem großen Nebengebäude, das im Gegensatz zur Villa ganz aus Holz war. Von außen machte es einen heruntergekommenen Eindruck. Die rote Farbe blätterte ab, die Latten am Giebeldreieck waren zum Teil morsch, und einige Fensterscheiben hatten Risse. Sie betrat das Haus durch eine quietschende Tür und stand gleich in der kleinen Küche mit den taubenblauen Schranktüren.

Sie betrat das Wohnzimmer, das diesen Namen jedoch nicht verdiente. Ihre Mutter hatte hier ihr Refugium gehabt, sie selbst hatte diesen Raum nur wenige Male betreten. Ihr Vater war, soweit sie das beurteilen konnte, nie hier gewesen. Vor dem großen Fenster stand der Steinway-Flügel, auf dem ihre Mutter ihre Melancholie zum Ausdruck gebracht hatte. Vor der in der Ecke platzierten zierlichen Récamiere stand ein kleiner Couchtisch. Überall lagen Skizzen von Bäumen, Feuer oder Blitzen herum.

An den Wänden hingen die Kunstdrucke »Der Selbstmörder« von Édouard Manet und »Der Schrei« von Edvard Munch, umrahmt von großformatigen Blättern mit Farbexplosionen, Collagen und Texten, chaotisch und ohne erkennbare Symbolik. Die Kunstdrucke hatten ihr damals Angst gemacht. Wenn sie sie heute betrachtete, war sie tief berührt. Die Arbeiten ihrer Mutter waren ihr damals fremd geblieben. Seit sie jedoch vor ein paar Wochen wieder diesen Ort betreten hatte, fand sie einen Zugang zu ihnen, verstand ihre Mitteilungen. Hier hatte jemand versucht, traumatische Erfahrungen zu verarbeiten, sich selbst zu spüren und aggressive Erregungszustände zu entladen. Es war eine Art Krisenbewältigung. So ging es ihr jetzt, wenn sie diesen Ort betrat und ihren Verrichtungen nachging.

Sie begab sich wieder zum Haupthaus. Im Wohnzimmer setzte sie sich in den Ohrensessel ihrer Mutter. Victor hatte ihr ein paar Kanapees mit Lachsmousse, Pesto und Mozzarella und Camembertcreme, die sie besonders liebte, auf den Teaktisch gestellt. Er war ein Engel. Schon immer. Dazu ein Glas Champagner. Sie nahm einen kleinen Schluck. Der Bildband von Capa lag immer noch auf dem Tisch. Sie schlug die schon abgegriffene Seite mit dem Foto der geschorenen Frau auf und betrachtete es lange. Wie konnte man zu so etwas fähig sein, dachte sie. Ein verächtliches Lächeln huschte über ihre Lippen. In der Tat, es waren Männer, die die Frauen schoren, sie bestraften. Im Mittelalter wurden Ehebrecherinnen geschoren. In Indien, wenn Frauen zum Christentum konvertierten. In Frankreich, wenn sie sich mit dem Feind einließen. Immer und überall. Männer. Sie nahmen den Frauen die Weiblichkeit, sie sollten keine Frauen mehr sein. Der Hass loderte in ihr auf.

Victor saß ein Stockwerk höher in seinem Zimmer. Es war das Gästezimmer, in dem er schon als Jugendlicher hin und wieder Zuflucht gefunden hatte, wenn er zu Hause rausgeflogen war. Camille hatte ihm immer geholfen, so wie auch er ihr immer in ihren dunklen Zeiten zur Seite gestanden hatte. Diese Dunkelheit hatte sie immer begleitet, sie immer gequält. Jetzt wollte sie sich aus dieser Dunkelheit befreien. Und dabei würde er ihr helfen. Bedingungslos. Aber er machte sich auch Sorgen um sie. Nach dem letzten Mord hatte er eine Wesensveränderung bemerkt. Einerseits umgab sie eine gewisse Leichtigkeit, andererseits auch eine Selbstverlorenheit, die sie zu beglücken schien. Irgendetwas war vorgefallen, und Victor hatte einen schrecklichen Verdacht, der ihn zum Handeln veranlasst hatte.

Ein »Pling« seines Laptops riss ihn aus seinen Gedanken. Er klappte ihn auf, gab eine Tastenkombination ein und setzte sich einen Kopfhörer auf.

»Ja?«

»Gratuliere.«

»Bei ihm war es mir eine besondere Freude.«

»Dieser Schritt war kühn. Und sehr erfolgreich.«

»Ich bin organisiert. Fokussiert.«

»Das ist gut. Du nimmst dein Leben in die Hand.«

»Ich verliere mich nicht mehr so oft.«

»Wenn du bei dir bist, agierst du, statt zu reagieren.«

»Und im entscheidenden Moment ist es wie ein Rausch.«

»Du bist fast am Ziel.«

»Der Rausch vergeht leider rasch.«

»Aber er kommt wieder.«

»Ich beginne wieder, innerlich zu frieren wie damals.«

»Das alles ist ein Prozess des emotionalen Erwachens. Erinnere dich. Wir haben darüber gesprochen. Leblosigkeit war ein Grundgefühl deiner Kindheit. Jetzt bist du erwacht, bekämpfst dein Leid und entwirfst ein neues Szenenbild für deinen Lebensfilm. Das ist Arbeit und begleitet von Rückschlägen. Aber du hast einen Drehplan, der dich immer wieder in die Spur bringt.«

»Mit deiner Hilfe.«

»Ich weiß, was du brauchst und wen du willst.«

»Und jetzt folgen die letzten Szenen.«

»Ja, aber hab Geduld. Die Besetzung für die nächste Szene ist noch nicht komplett.«

»Dafür steht die letzte Szene.«

»So ist es.«

Das Gespräch war beendet. Zunächst waren Victor Selbstzweifel gekommen, als er die Abhöreinrichtung auf Camilles Handy installiert hatte. Doch jetzt war er froh darüber, denn sein Verdacht gründete nun nicht mehr auf Vermutungen. Victor klappte den Laptop zu. Er wusste, dass er Camille nicht von ihrem Vorhaben abbringen könnte. Doch es sollte niemand ungeschoren davonkommen.

21

Montag, 21.1.2019

Nach seinem Treffen mit Britta fuhr Zille zum strahlenförmigen Rundbau am Bruno-George-Platz in Hamburg-Alsterdorf, das auch das LKA beherbergte. Auf dem Weg dorthin telefonierte er mit Elias.

Nachdem er in den Räumen des LKA eingetroffen war, kam ihm Pöppelmann aufgebracht entgegen. »Ich habe es gewusst«, fluchte er. »Auf die Sozis kann man sich nicht verlassen.«

»Bernhard«, Zille hatte ihn noch nie so angesprochen, aber in seiner Verfassung schien ihm das angebracht, »was ist los? Wurde unser Budget gekürzt?«

Pöppelmann japste derart nach Luft, dass Zille fürchtete, er würde gleich hyperventilieren.

»Beruhige dich.«

»Es ist ein Foto bei Twitter aufgetaucht. Von unserem Toten. Nackt …«

»… und ohne Glied«, fiel ihm Zille ins Wort.

»Es hat zwei Stunden gedauert, bis dieser Tweet verschwunden ist. Aber du kannst dir ja vorstellen, wie viele Menschen das gesehen und weitergeleitet haben.«

»Weiß Dürkopp das schon?«

»Der Staatsanwalt hat getobt und mich schon zur Schnecke gemacht.«

»Und die Presse?«

»Läuft Sturm.«

»Bringen sie das Foto?«

»Mit Balken.«

»*Shit happens*, Pöppelmann.«

»Den Typen bringe ich nach Bautzen.«

»Nun überlass das mal den Kollegen in Meck-Pomm. Und Bautzen liegt übrigens in Sachsen. Gibt's sonst noch was?«

Pöppelmann nickte, schnaufte durch und setzte Zille über den neuesten Stand der Ermittlungen ins Bild. Auf Zilles Tipp hin hatten die Kollegen alle Friedhofsmitarbeiter befragt, die Zugang zu den Transportern hatten. Dabei hatte sich herausgestellt, dass sich eine Aushilfe krankgemeldet hatte, unter der von ihm angegebenen Anschrift jedoch nicht zu erreichen war. Die Fahndung nach ihm lief auf Hochtouren. Auch wurde der Piaggio Porter, der offensichtlich zum Transport der Leiche benutzt worden war, sichergestellt. Obwohl bei ihm eine Ozonreinigung vorgenommen worden war, hatte die Spurensicherung Haare und Stoffreste gefunden.

Pöppelmann war zufrieden. »Wir können also davon ausgehen, dass zwei Leute an dem Mord beteiligt waren.«

»Zumindest waren zwei Leute an dem Transport der Leiche zu Schmidts Grab beteiligt«, präzisierte Zille. »Ich denke, du solltest das auch bei der Leiche vom Alten Schweden überprüfen.«

Pöppelmann sah ihn fragend an.

»Die Leiche allein an diese Stelle zu bringen scheint mir noch unwahrscheinlicher. Der oder die Mörder werden ein Boot benutzt haben und vermutlich vom gegenüberliegenden Ufer gekommen sein.«

»Das ist aber ziemlich weit.«

»Schräg gegenüber liegt die Marina Rüsch mit einigen Segelclubs. Schick da mal ein paar Leute hin. Die sollen fragen, ob jemand in der zweiten Januarwoche was Ungewöhnliches bemerkt hat.«

»Einen Versuch wäre es wert.«

Zille klopfte Pöppelmann aufmunternd auf die Schulter. »Sehe ich auch so.«

»Und dann liegt auch der Obduktionsbericht von Dr. Jensen vor. Es ist alles wie bei Brievenbusch. Tod durch eine Überdosis Natriumpentothal, Todeszeitpunkt etwa zwanzig Stunden nach

Auffinden der Leiche, Schamhaare rasiert, und der Schwanz ist an der exakt gleichen Stelle abgetrennt worden.«

»Das stand so im Bericht?«

»Nicht wortwörtlich.«

Zille fasste sich an seinen Zopf. »Also handelt es sich um ein und denselben Mörder.«

»Oder Mörderin.«

Zille blickte Pöppelmann spöttisch an. »Hast du gerade ›Life of Brian‹ gesehen?«

»Hä?«

»Schon gut.« Dann überlegte er kurz, ob er Pöppelmann oder den Staatsanwalt über das Treffen mit Britta informieren sollte, verwarf jedoch den Gedanken. Offiziell hatte es ja nie stattgefunden.

22

Montag, 21.1.2019

Nicht zu Unrecht wurde das Café und Restaurant Bobby Reich eine Perle an der Alster genannt. Es lag am nördlichsten Zipfel der Außenalster und bot einen grandiosen Blick auf Hamburgs Binnengewässer. Jedenfalls wenn es das Wetter zuließ, was Ende Januar meist nicht der Fall war. Constantin Mügge, der Herausgeber von »Lumen«, war hier Stammgast.

Als Elias das Restaurant betrat, saß Mügge schon an einem Fenstertisch. Vor sich einen heißen Kakao. »Willst du frühstücken?«

Elias winkte ab. »Ein doppelter Espresso und ein Croissant reichen.«

Mügge zeigte Elias das Foto von Kettenbach. »Heute auf Twitter gepostet.«

»Scheiße.«

»Allerdings. Morgen wird die gesamte Hamburger Presse

die beiden Morde groß und reißerisch thematisieren. ›Lesbische Serienkillerin jagt Hamburgs Männer!‹ – ›Eine Femme fatale geht auf Jagd!‹ Die Zurückhaltung war gestern. Und ich habe nichts.« Mügge löffelte in seinem Kakao.

»Und welche Schlagzeile schwebt dir vor?«

»›Was verschweigt die Polizei?‹«

Elias lächelte und nippte an seinem Espresso, der inzwischen gekommen war. »Das ist ja das Problem. Sie verschweigt fast nichts, weil sie im Dunkeln tappt.«

»Kein Motiv, kein Zusammenhang? Was hast du herausbekommen? Kannst du schon was schreiben?«

»Ich bin erst einmal deinen Hinweisen nachgegangen. Beide, Brievenbusch und Kettenbach, sind in illegale Geschäfte verwickelt. Sie machen Deals mit osteuropäischen Firmen, die wiederum die Infrastruktur der deutschen Firmen nutzen wollen, um Rauschgift zu schmuggeln.«

Mügges Augen leuchteten. »Das kannst du beweisen?«

»Inwieweit die beiden Kaufleute selbst in das Schmuggelgeschäft involviert sind, kann ich nicht sagen. Ich vermute, dass sie nur die neuen Märkte sehen, die sich ihnen öffnen. Und seitdem Alma Brievenbusch das Geschäft leitet, ist der Einfluss der aserbaidschanischen Investmentfirma gestiegen.« Elias biss in sein Croissant. »Und die Firma hat eine ehemalige KGB-Agentin als Geschäftspartnerin.«

»Und liegen in diesem Umfeld nicht die Motive für die Morde?«

»Wozu die Kuh umbringen, die ich melke? Das ergibt keinen Sinn. Interessant ist aber, dass weitere Mitglieder der Gesellschaft für freien Handel in die Geschäfte verwickelt sind. Bei einem gibt es Indizien, bei anderen sind es nur Mutmaßungen.«

Mügge blickte auf die Außenalster. »Wo liegt der Zusammenhang mit den Morden?«

»Das weiß ich nicht. Noch nicht. Vielleicht gibt es auch keinen.«

»Handelt es sich um zwei Fälle?«

»Was weißt du über die Gesellschaft?«

»Hast du Zeit?«

Und als Elias nickte, bestellte Mügge noch einen Kakao, diesmal mit Schuss. »Die Gesellschaft für freien Handel, in Hamburg auch als ›Die Gesellschaft‹ bekannt, ist ein traditionsreicher Zusammenschluss von Kaufleuten, Bankern, Wissenschaftlern und Politikern, die sich in erster Linie dem Freihandel und den Werten ihrer Gründerväter verpflichtet fühlen, die vor über dreihundert Jahren die Kaufmannsgilde gründeten. Der Handel soll anständig und fair verlaufen und das Wirken der Kaufleute immer auch von sozialer Verantwortung geprägt sein. So steht es zumindest in der Satzung.«

»Papier ist geduldig.«

»Schon, aber die Gesellschaft hat über tausend Mitglieder, praktisch sind alle Kaufleute, die etwas auf sich halten, in ihr organisiert. Und viele von ihnen glauben an diese Werte.«

»Aber nicht alle, wie wir wissen.«

»Das war aber immer schon so. Die Gesellschaft ist eine Lobby-Vereinigung. Die Mitglieder sind längst über die ganze Republik verteilt, sitzen in Aufsichtsräten, Unternehmensberatungen, stellen Präsidenten von Universitäten, sitzen in Parlamenten sowie Medienkonzernen und verfügen selbstverständlich über weitverzweigte Kontakte in alle gesellschaftlichen Bereiche in ganz Europa. Die Gesellschaft ist zwar in erster Linie ein Wirtschaftsverband, doch ihr politischer Einfluss ist enorm.«

Mügge wartete, bis der Kakao vor ihm stand, nahm einen Schluck und stieß ein wohliges »Aaah« aus.

»Sie hatte ihre Finger bei der Wiedervereinigung im Spiel, bei den Nord-Stream-Projekten, bei der Gründung der AfD, um nur einige aktuelle Ereignisse zu nennen. Und es gibt das Gerücht, dass einige Funktionsträger, die in Vorständen oder Ausschüssen sitzen, nicht davor zurückschrecken, unliebsame Konkurrenten in den Ruin zu treiben und gezielt auf Gesetzgebungsverfahren Einfluss zu nehmen.«

»Wahrscheinlich auch nicht mit legalen Methoden.«

»Sicher nicht. Aber bislang konnte das noch niemandem

nachgewiesen werden. Und Journalisten, die ihnen zu nahe kamen, wurden massiv eingeschüchtert.« Mügge machte eine Pause. »Ich weiß, wovon ich rede.«

»Möglicherweise haben wir jetzt einen Fall, mit dem wir sie in Bedrängnis bringen können.«

»Die Morde?«

»Wie ich schon sagte. Außer der Tatsache, dass beide Tote Mitglieder der Gesellschaft waren, gibt es keinen Hinweis, dass die Gesellschaft in die Morde involviert ist beziehungsweise ihre aktuelle Geschäftsverbindung nach Osteuropa etwas mit ihrem Tod zu tun hat. Aber über die Geschäftsverbindungen könnten wir sie vielleicht in Bedrängnis bringen. In zwei Tagen hast du einen Artikelentwurf.«

»Und über die Morde?«

»Heute Abend. Mit einer krachenden Überschrift.« Elias stand auf und ging zur Tür. Bevor er das Restaurant verließ, drehte er sich noch einmal um. »Ich schreibe unter meinem Pseudonym.«

Elias ging über die Krugkoppelbrücke Richtung Mittelstraße. Dort wollte er in den Bus Richtung Dammtor steigen. Es regnete ausnahmsweise einmal nicht, dafür blies ihm ein kalter, böiger Wind ins Gesicht, sodass er vorsichtshalber seinen Stetson festhielt. Elias schaute einem Ruderboot hinterher. Zweier ohne. Er fragte sich, wie man in so einem Boot das Gleichgewicht halten konnte. Aber die beiden Damen machten das ziemlich gut. Das Boot glitt gleichmäßig unter der Brücke durch. Er nahm die Abkürzung durch den Eichenpark, der sich an die Brücke anschloss.

Elias dachte über eine Schlagzeile nach. Auf was wollte er hinweisen? Dass der Mörder wahrscheinlich einen Helfer hatte? Dass die Morde Inszenierungen waren? Weiter kam er mit seinen Überlegungen nicht. Zilles Anruf erreichte ihn an der Bushaltestelle. Innerhalb von fünf Minuten hatte der Elias von dem Gespräch mit Britta vom BKA in Kenntnis gesetzt.

Die Informationen ließen die Gerüchte, die er von Mügge

erfahren hatte, immer wahrscheinlicher werden. Und es gab jetzt neben den Äußerlichkeiten auch einen geschäftlichen Zusammenhang zwischen beiden Morden. Er rief bei Klaasen, dem Vorstandsvorsitzenden der Gesellschaft, an, um einen Termin zu vereinbaren, musste allerdings erfahren, dass dieser sich auf einem Kurzurlaub befand und auf keinen Fall gestört werden wollte. Elias steckte sein Handy in die Tasche und stieg in den ankommenden Bus.

Freitag, 27. April 2018

Da sind sie wieder, die Panikattacken aus dem Nichts. In der U-Bahn, wenn die Nähe der Menschen mich in inneren Aufruhr versetzt, auf leeren Plätzen, die keine Möglichkeit bieten, mich zu verstecken. Verstörende Träume, tags wie nachts ist es dunkel.

Wieder dieses Lächeln meiner Therapeutin. Aufgesetzt, eingeübt, eingefroren. Diesmal fühlt der Sessel sich hart an. Das Blau des samtenen Stoffes lässt mich frösteln. Kälte ist im Raum. Liegt es an ihren getönten Brillengläsern, die heute dunkler erscheinen? Wieder soll ich mich erinnern. Erinnern an Dinge, an Situationen, die ich hasse, die mir Angst machen. Was macht mir keine Angst? Und an was erinnere ich mich tatsächlich? Sind es nicht nur Bilder? Bilder, die mein Gedächtnis tyrannisieren. Die mich jeden Tag mehrere Tode sterben lassen. Ich solle den Schrecken davor verlieren. Das Dunkelfeld verlassen. Wie soll das funktionieren? Ich schließe wieder die Augen. Das Frösteln wird stärker. Ich beginne zu frieren.

»Es ist Winter. Ein harter Winter. Die Außenalster ist zugefroren. Ich gehe wie so viele andere auf dem Eis spazieren. Die Sonne scheint, alle sind vergnügt, einige laufen Schlittschuh. Ich verspüre eine seltene Ruhe, alles ist so friedlich. Dann, ohne jede Vorwarnung, kommt der Schwindel. Ich rutsche auf dem Eis aus, stürze. Dann liege ich der Länge nach auf dem Eis. Ich blicke hoch und sehe, wie Menschen auf mich zukommen.«

Was denkst du, was diese Menschen wollen?

»Ich weiß es nicht. Ich sehe nur die Gestalten. Eingehüllt in dicke Schals, die Mützen tief ins Gesicht gezogen. Die Angst raubt mir den Atem und umkreist mich wie ein Geier einen Kadaver, der vor sich hin fault. Ich senke schnell wieder meinen Kopf, sehe auf das gefrorene, fast durchsichtige Eis. Aber auch dort unter der Eisdecke sind die Gestalten. Panik überkommt mich. Sie versuchen, die Eisdecke zu zerschlagen, mich nach unten zu ziehen. Um mich herum wird alles weiß. Keine Schatten, keine Bewegung, keine Konturen und kein Horizont, nur ein grelles, undurchdringliches Weiß. Kein Zufluchtsort ist in Sicht, es gibt kein Entkommen im Nichts, das so gnadenlos ist, leer und erdrückend zugleich. Und in diesem Nichts entstehen Risse, erst ganz fein, kaum sichtbar. Sie werden größer und tiefer, dringen bis in jeden Winkel, bis das Weiß zerbirst, sich ein endloser Abgrund öffnet und die Gestalten mich mit fratzenhaften Gesichtern angrinsen.«

Versuche, dich genauer zu erinnern, an Details. Wie sehen die Gesichter aus? Sprechen die Gestalten zu dir? Was wollen sie?

»Ich höre ein Stimmengewirr, deutsch, französisch, die Gestalten schütteln mich, junge Gesichter. Ich sehe ihre Hände, wie sie mich ergreifen wollen. Ich schreie. Da sind sie wieder. Die Gestalten sind Männer, deren Leiber zu einem einzigen verschmelzen. Sechs Hände greifen nach mir, berühren mich, nehmen mir die Mütze vom Kopf. In dem es schwirrt wie in einem Bienenstock. Ich sehe drei Köpfe auf dem Leib. Eine Hydra. Und dann kommt die Düsternis. Als ich wieder aufwache, sitze ich in eine Decke eingewickelt vor einer Getränkebude und habe ein Pflaster auf der Stirn, das eine kleine Platzwunde verdeckt.«

Wo sind die drei Männer?

»Ich sehe keine Männer mehr. Eine Frau mit ihrem Kind sitzt neben mir und reicht mir einen Kakao. Aber ich bin mir sicher, dass drei Männer auf mich zugestürmt sind.«

Für dich hat es sich auch so dargestellt. Nur die anderen haben sie nicht gesehen, weil sie in deinem Kopf sind, wie all die anderen Bilder, Gefühle und Gedanken, die in deinem Kopf Raum eingenommen haben. Und dann gibt es Situationen in deinem Leben, die Gefühle und Gedanken wie Konfetti auseinanderfallen lassen. Das lässt dein Blut kochen und einen Sturm in deinem Körper aufziehen. Ich biete dir einen Raum, in dem du nach Lösungen suchen kannst, die belastenden Bilder durch neue zu ersetzen.

Dieses zähe Ringen der letzten Wochen um das Licht hat etwas Lähmendes und Verzehrendes. Das eine folgt auf das andere wie die Nacht auf den Tag, in einer Regelmäßigkeit, die mir den Appetit nimmt und die Kraft, das Haus zu verlassen. Nur manchmal kann ich mir vorstellen, wer ich bin. Doch eine Vorstellung davon, wie ein Leben aussehen kann, das meinem Selbst gerecht wird, habe ich nicht.

23

Montag, 21.1.2019

Das reetgedeckte Friesenhaus lag nur wenige Meter von der dänischen Grenze und der Nordsee entfernt. Kaum eine andere Region war so stark geprägt von dem Zusammenspiel von Wolken, Wellen und Wind. Doch das Haus hatte schon über dreihundert Jahre dem Wetter getrotzt, lediglich die nach Südosten geneigten Bäume zeugten von dem oft stürmischen Wind. Nach wie vor ließen sie keinen Blick von der Straße auf das Haus zu.

Dank der vor zehn Jahren durchgeführten Modernisierung verfügte das Haus über allerlei Annehmlichkeiten wie zwei große Bäder, Whirlpool, Sauna, Fitnessraum, eine hochmoderne Küche, komfortable Aufenthalts- und Schlafräume, ausgestattet mit Fußbodenheizung, sowie ein Billardzimmer. Auch die Bibliothek mit ihren vielen historischen Büchern konnte sich sehen lassen. Inbegriffen in der Modernisierung waren zudem auch umfangreiche Überwachungs- und Sicherheitsmaßnahmen. Dazu gehörte neben Kameras, Bewegungssensoren und einem elektrischen Grundstückszaun auch der Verzicht auf eine Internetanbindung.

Klaus Klaasen befand sich seit zwei Tagen in dieser gottverlassenen Gegend. Das Umherstreifen in der Natur war für ihn ebenso Inspirationsquelle wie der Besuch des Nolde-Museums mit seinen farbintensiven Aquarellen des Meisters – beides half ihm beim Denken. Im Haus selbst setzte sich die Einkehr fort. Kein Handyempfang, zwei Bedienstete und ein Koch. Eine wunderbare, entspannende Stille, die ihm Kraft für die nächsten Aufgaben gab. Doch der wahre Grund für seinen Aufenthalt in dieser Ödnis war ein anderer.

Klaasen saß in der Bibliothek und bereitete das Treffen des »Inneren Kreises« der Gesellschaft für freien Handel vor. Dieser Kreis war vor etwa vierzig Jahren von Gustav Tollien hier gegründet worden, der damals auch das Haus erworben und der Gesellschaft zur Verfügung gestellt hatte.

Dieser Innere Kreis hatte sich im Rahmen der Gesellschaft etabliert und konnte viele wirtschaftliche und politische Vorteile für private Unternehmen, Banken und Investmentgesellschaften initiieren und durchsetzen. Letzteres nicht immer mit ganz legalen Mitteln.

Klaasen nippte gedankenverloren an seinem Cognac. Leider gab es vor ein paar Jahren eine strukturelle Änderung des Inneren Kreises, mit der er nicht glücklich war. Mit vier gegen zwei Stimmen wurde durchgesetzt, dass alle Mitglieder gleichberechtigt waren und sich die Zuständigkeit des Vorsitzenden der Gesellschaft auf die Organisation und Durchführung der Treffen beschränkte. Er war bestenfalls noch ein Primus inter Pares. Leider hatten sie in geheimer Wahl abgestimmt, sodass er nicht mit letzter Sicherheit wusste, wer sich für diese Änderung entschieden hatte. Eine Vermutung hatte er dennoch.

Klaasen schaute auf seine Armbanduhr. Es war spät geworden. Er trank seinen Cognac aus und schaute aus dem Fenster. Draußen hatte es wieder zu schneien begonnen. Morgen um diese Zeit würde das Treffen beginnen. Ein Treffen, das schon vor seinem Beginn aus dem Ruder gelaufen war. Eigentlich war es das jährliche Planungstreffen. Jetzt waren aber nur noch vier der sechs Mitglieder des Inneren Kreises am Leben. Und nicht nur das. Ihr Tod war eine öffentliche Inszenierung, und sie mussten herausfinden, wer und was dahintersteckte.

24

Dienstag, 22.1.2019

Trotz des schlechten Wetters und der glatten und nassen Straßen waren alle Teilnehmer pünktlich zum Brunch erschienen. Es war ein Büfett voller Köstlichkeiten. Eier Benedict, belgische Cheescake-Waffeln, eine Schinken-Sauerkraut-Quiche, Südtiroler Speck, Parmaschinken, Kaviar und Matjestartar – der

Koch meinte es gut mit ihnen. Nur der Champagner blieb auf Anweisung Klaasens dem Büfett fern.

Jetzt saßen sie im Konferenzraum. Ihm gegenüber saß Sylvia Braunsfeld, eine elegante und wohlhabende Frau um die fünfzig, die selbst im Fitnessstudio ein Outfit von weit über tausend Euro trug. Als Hauptaktionärin eines großen Krankenhauskonzerns und einer Energieholding hatte sie enormen Einfluss auf die Zusammensetzung innerhalb der Gesellschaft, und den nutzte sie konsequent für ihre Belange aus. In Verhandlungen war sie unberechenbar.

Rechts von ihr hatte Dr. Julius Rautlage Platz genommen. Er war Vorstandsvorsitzender einer altehrwürdigen Privatbank, die es mit der Geldwäschebekämpfung nicht so ernst nahm. Er selbst ging auch auf die siebzig zu, hatte sich aber gut gehalten, was nicht zuletzt auch sein immer noch volles, leicht ergrautes Haar bezeugte. Julius Rautlage lief jedes Jahr zwei Halbmarathons.

Links von Sylvia Braunsfeld saß der Jüngste in der Runde. Es war der achtunddreißigjährige groß gewachsene, leger gekleidete Fabian Schmitt, der trotz seiner Jugend eine erstaunliche Karriere hinter sich hatte. Als Student hatte er bei einem großen Transportunternehmen gejobbt und so ganz nebenbei deren Logistik neu konfiguriert. Mit dem Ergebnis, dass die Umsätze sich innerhalb eines Jahres verdoppelt hatten. Dabei hatte er aber auch keine Skrupel gezeigt, dass aufgrund seiner Umstrukturierungsvorschläge die Hälfte der Belegschaft wegrationalisiert wurde. Kurz nach Beendigung seines BWL-Studiums gründete Fabian Schmitt seine eigene Finanzberatungs- und Treuhandels-GmbH mit Sitz in Hamburg und wurde zu einem der erfolgreichsten und meistgehassten Firmensanierer Deutschlands. Klaasen hatte ihn mit Hilfe von Brievenbusch sehr zum Verdruss der damals noch vier weiteren Mitglieder in den Inneren Kreis der Gesellschaft geholt. Vor allem Sylvia Braunsfeld hielt das für völlig überflüssig.

»Ich freue mich, dass wenigstens wir vier uns hier unversehrt versammeln können. Erwin Brievenbusch und Heiner Klettenbach sind, wie ihr sicher wisst, ermordet worden.« Klaasen räusperte sich. »In den vor euch liegenden Mappen findet ihr detaillierte Unterlagen, die ich durch meine Kontakte in der Polizeibehörde beschaffen konnte.«

Klaasen blickte ernst in die Gesichter der übrigen Teilnehmer. Während die beiden Herren verunsichert schienen, was sie erwartete, wenn sie die Mappe aufschlugen, war bei Sylvia Braunsfeld keine Regung zu erkennen. Ihre starren Augen mit einer Iris-Heterochromie und ihr überhebliches Lächeln ließen keinen Blick in ihr Inneres zu. Die Arroganz lag ihr im Blut. Sie hatte einen Doktortitel in Medizin und Rechtswissenschaften, war in verschiedenen Vorständen und betrieb nebenbei eine Kette interdisziplinärer medizinisch-psychologischer Praxen. Ihr Ehrgeiz kannte keine Grenzen, und Klaasen hatte manchmal das Gefühl, dass sie auch im Inneren Kreis nach Höherem strebte.

Kaum hatten die drei Angesprochenen ihre Mappen aufgeschlagen, entfuhr Julius Rautlage ein »Oh mein Gott«. Und zu Klaasen gewandt: »Wieso legst du uns diese Fotos in die Mappe?«

»Ich wollte deutlich machen, was zwei Mitgliedern des Inneren Kreises angetan worden ist«, erwiderte Klaasen.

»Eine nette Inszenierung«, sagte Sylvia Braunsfeld lapidar. Sie betrachtete die Fotos und warf sie dann beiläufig auf den Tisch.

»Dein Mitgefühl ist überwältigend.« Klaasen runzelte die Stirn.

»Hier geht es nicht um Gefühle, sondern um Analysen«, mischte sich jetzt Schmitt ein, der beim Betrachten der Fotos einige Nuancen blasser geworden war. »Der Mörder will damit etwas sagen.« Er machte eine kurze Pause. »Nur wem und was?«

»Es ist sicher kein Zufall, dass beide Tote unserem Kreis angehörten«, sagte Klaasen mit Nachdruck.

»Gibt es dafür Hinweise?«

»Nicht wirklich. Wir wissen alle, dass beide in nicht ganz legale Transaktionen verwickelt waren.« Schmitt blätterte in den Unterlagen. »In den Papieren, die Klaus uns gegeben hat, werden auch von der Kripo wieder die üblichen Gerüchte über mögliche unsaubere Geschäfte kolportiert und daraus mögliche Motive konstruiert. Das sind für mich aber keine Hinweise und schon gar keine Beweise dafür, dass uns jemand mit den Morden eine Botschaft senden wollte.«

»Sehe ich genauso. Die beschriebenen illegalen Transaktionen betreffen doch nur das Geschäftsgebaren von mindestens der Hälfte der Mitglieder der Gesellschaft.« Rautlage zündete sich eine Zigarre an. »Mal abgesehen von dir, Sylvia. Du übertriffst sie alle.«

Braunsfeld warf ihm einen genervten Blick zu. »Du kannst mich mal, Julius.« Sie wedelte den Zigarrenrauch von sich weg. »Jetzt wird mein Chanel-Kostüm nach diesem widerlichen Kraut stinken.«

»Die Farbe steht dir sowieso nicht.« Rautlage blies den Rauch in die Luft.

Klaasen insistierte weiter. »Ihr scheint zu vergessen, dass wir alle und eben auch Kettenbach in den Deal mit Abasov und Schewtschenko involviert sind.«

»Den Brievenbuschs Frau jetzt aufs Spiel setzt«, bemerkte Braunsfeld.

»Inwiefern?«

»Indem sie dem Aserbaidschaner zu viel Mitspracherecht bei der Abwicklung eingeräumt hat. Brievenbuschs Firma ist nämlich fast pleite.«

»Woher weißt du denn das schon wieder?« Rautlage schaute Sylvia Braunsfeld gespannt an.

»Ich kenne seine Geschäftszahlen.« Sie sah Rautlages fragenden Blick. »Sind mir vor Kurzem zugespielt worden.« Sylvia Braunsfeld lächelte. »Ich habe so meine Quellen.«

»Das ist doch jetzt unwichtig.« Schmitt war gereizt. »Der Aserbaidschaner hat eine Ex-KGBlerin, die sich jetzt als Drogenschmugglerin verdingt, mit ins Spiel gebracht«, ergänzte Schmitt. »Die Information habe ich von der Sicherheitsfirma PSC.«

»Ist das glaubhaft?«, fragte Klaasen mit skeptischem Unterton.

»PSC überwacht in unserem Auftrag seit einiger Zeit bestimmte Mitglieder der Gesellschaft. Bislang stimmten ihre Informationen immer.«

»Wenn dem also so ist, dass es bei diesem Geschäft auch um Drogenschmuggel geht, dann könnte das schon ein Hinweis darauf sein, dass die Morde in Zusammenhang mit dem Inneren Kreis stehen«, schlussfolgerte Rautlage.

»Du meinst, die russische Mafia hat die beiden umgebracht und die abgeschnittenen Schwänze sind eine Warnung. ›Wenn ihr euch nicht an unsere Spielregeln haltet, nehmen wir euch euer Bestes.‹« Schmitts spöttischer Ton war nicht zu überhören.

»Dann bin ich ja aus dem Schneider«, grinste Braunsfeld, wurde dann aber ernst. »Wenn wir die Morde als Angriff auf uns verstehen, brauchen wir Personenschutz.«

»Wäre kein Problem«, warf Schmitt ein.

»Allerdings ist die Mordinszenierung doch ziemlich ungewöhnlich.« Braunsfeld wedelte den Zigarrenrauch weg. »Einen Finger abschneiden oder ein Ohr und dann jemandem von uns zuschicken, das wäre eine Warnung, aber ein abgeschnittener Schwanz?«

»Eine Warnung wovor?«, wollte Rautlage wissen.

»Das ist eine gute Frage, und wenn du deine verdammte Zigarre ausmachst, beantworte ich sie dir auch.«

»Ich finde den Rauch ebenfalls unangenehm«, unterstützte Klaus Klaasen Sylvias Bemerkung.

»Na gut«, knurrte Rautlage genervt und drückte die Zigarre aus. »Ich zerquetsche gerade hundertfünfzig Euro.«

»Mir kommen die Tränen.« Braunsfeld stand auf und öffnete ein Fenster. »Zu deiner Frage, Julius. Ich sehe keinen Grund. Alle diejenigen, die an dem Geschäft von Brievenbusch mit Abasov beteiligt sind, profitieren von ihm. Die Kaukasier brauchen Brievenbuschs und Kettenbachs Logistik und Klaasens Waffen. Und umgekehrt brauchen wir neue Absatzmärkte. Wer am meisten davon hat, spielt jetzt erst einmal keine Rolle.« Braunsfeld setzte sich und schaute in die Runde.

Schmitt schaute Braunsfeld anerkennend an. »Gute Analyse. Hätte von mir sein können.«

»War sie aber nicht.«

»Und du meinst, wir können die Morde damit ad acta legen?« Rautenberg war noch nicht ganz überzeugt.

»Sicher. Das hat nichts mit uns zu tun. Das war einfach Zufall. Und für die Aufklärung ist die Polizei zuständig.« Braunsfeld schenkte sich ein Glas Wasser ein. »Für mich liegt die Sache auf der Hand. Überlegt mal. Kettenbach war ein Pädophiler.«

»Jetzt übertreibst du aber.« Rautlage schüttelte den Kopf. »Die beiden jungen Frauen waren siebzehn.«

»Und das Gericht hat ihn freigesprochen«, ergänzte Klaasen.

»Aber sie waren minderjährig. Und ich kann mir gut vorstellen, dass die Eltern oder Freunde Kettenbach nicht für so unschuldig hielten.«

Schmitt runzelte die Stirn. »Und ihm deshalb sein, äh, ihr wisst schon, abgeschnitten haben?«

»Also ich wäre als Mutter empört über das Urteil. Und wenn die Justiz solchen Kerlen nicht das Handwerk legt, dann hilft nur noch die Selbstjustiz. Zumal Kettenbach nach dem Urteil den Gerichtssaal wie ein Gladiator verlassen und keinerlei Reue oder Mitgefühl gezeigt hat.«

»Und war Brievenbusch deiner Meinung nach auch ein Pädophiler?«, fragte Rautlage unsicher.

»Was wissen wir schon von ihm? Pädophile gibt es in allen Gesellschaftsschichten.«

»Dann vermutest du, dass die Morde ein Racheakt waren und Warnung für alle Kinderficker.« Schmitt blickte Sylvia Braunsfeld immer noch skeptisch an.

»Na ja«, Klaasen räusperte sich, »wenn ich beide Theorien gegeneinander abwäge, finde ich Sylvias Überlegungen überzeugender. Was meinst du, Julius?«

»Entbehrt nicht einer gewissen Logik.«

»Sag ich doch«, warf Braunsfeld schnippisch ein. Und zu Rautlage gewandt: »Willst du noch Personenschutz?«

»Nein, nein, schon gut. Kann auf mich selber aufpassen.«

»Ich hätte noch eine Frage.« Die Augen richteten sich auf Schmitt. »Woran sind die beiden gestorben? Doch nicht etwa –?«

Klaasen fiel ihm ins Wort. »Nein, auf der letzten Seite, die ich in die Mappe gelegt habe, steht die Todesursache. Es war eine Überdosis Natriumpentothal.«

»Das Glied wurde post mortem abgeschnitten. Wäre sonst auch eine echte Sauerei gewesen.«

»Du musst es ja wissen, Sylvia«, stichelte Schmitt. »Kommst ja vom Fach.« Er wandte sich Klaasen zu. »Deine Kontakte müssen ziemlich gut sein.«

»Unter Parteifreunden hilft man sich.« Klaasen stand auf und holte aus der antiken Glasvitrine vier Cognacschwenker und den Les Borderies. »Dann trinken wir auf die beiden und schließen diesen Punkt ab.« Er hob das Glas und nickte allen zu. *»Santé.«*

Dann ergriff er wieder das Wort. »Reden müssen wir über den Status des Kaukasus-Projekts, die Rolle der neuen Player, also Alma Brievenbusch und die KGB-Agentin. Dann über die vertagten Punkte bezüglich der Einflussnahme auf die anstehenden Wahlen sowie der Einstellung unserer Zeitschrift. Die üblichen Berichte und die Neubesetzung der vakant gewordenen Plätze im Inneren Kreis müssen ebenfalls diskutiert werden.«

»In dieser Reihenfolge?« Rautlage wollte sich wieder eine Zigarre anzünden, erntete aber einen bösen Blick von Braunsfeld.

»Was spricht dagegen?«

In diesem Moment spürte Fabian Schmitt, wie Sylvia Braunsfeld ihn gegen den Unterschenkel trat. Das war das verabredete Zeichen.

»Ich halte eine Neubesetzung für überflüssig.«

Irritiert schauten Rautlage und Klaasen zu Fabian Schmitt.

»Die Entscheidungsfindung in der Sechserrunde war völlig ineffektiv. Die Kompromisse, die wir schließen mussten, haben uns viel Geld gekostet.«

»Nicht nur das. Vor allem auch viel Einfluss«, pflichtete Sylvia Braunsfeld ihm bei.

»Wir waren immer sechs Leute im Inneren Kreis«, ereiferte sich Klaasen. »Die Vielfalt war eine Stärke.«

»So ein Unsinn. Alles Nostalgie. Es war ein Debattierclub.« Fabian Schmitt schlug sein Notizbuch auf und erläuterte, mit Zahlen belegt, wie hoch die finanziellen Verluste aufgrund der vertagten Entscheidungen gewesen waren.

»Ist ja schon gut, mein Junge«, zischte Rautlage, »ich weiß, dass du rechnen kannst. Aber das Leben besteht aus mehr als Statistik.«

»Du wirst alt, Julius, und erkennst nicht mehr die Zeichen der Zeit«, sagte Braunsfeld lächelnd und stellte sich vor, wie einfach es wäre, wenn nichts abgesprochen werden müsste.

»Die Entscheidung über die Zusammensetzung des Inneren Kreises fällst nicht nur du, Fabian.«

»Ich glaube, hier geht es mehr um eine Anregung, Julius.«

»Klaus, der Versöhner«, bemerkte Braunsfeld spöttisch. »Aber gut, vertagen wir diesen Punkt.« Sie blickte auffordernd zu Fabian, der die Augen verdrehte. »Du hattest doch noch einen Punkt.«

»Ich sage ja, Debattierclub.« Er schlug sein Notizbuch zu. »Es geht um unser ehrenwertes Mitglied Jochen Oven und seine Firma PUReTASTe.«

»Müssen wir das jetzt diskutieren?« Rautlage war immer noch erbost.

»Ja.«

»Gut, dann ist das jetzt unser erster Tagesordnungspunkt.« Klaasen versuchte zu deeskalieren. »Einverstanden, Julius?«

»Von mir aus. Macht er wieder Ärger?«

»Kann man so sagen. Er will von seinem Widerrufsrecht Gebrauch machen und zwei seiner Patente zurückziehen, obwohl er einem der weltgrößten Lebensmittelkonzerne schon eine Zusage erteilt hat.«

»Er ist mit dem Zeitpunkt der Markteinführung nicht einverstanden«, ergänzte Braunsfeld.

»Wann ist die Markteinführung geplant?«, fragte Klaasen.

»In zehn Jahren.«

»Verstehe, die wollen die Patente nur kaufen, aber ihre alten Sachen noch so lange im Markt halten, wie sie Gewinne abwerfen. Clever«, sagte Klaasen und nickte anerkennend. »Und das hat er vor Unterzeichnung nicht gewusst?«

»Keine Ahnung, spielt aber auch keine Rolle.«

»Und Fabians«, Rautlage schaute zu Braunsfeld, »und dein Problem ist, dass ihr an dem Deal beteiligt seid und nur abkassiert, wenn Oven unterschreibt?«

»Wir würden ihn gerne massiv unter Druck setzen«, sagte Braunsfeld.

Schmitts Grinsen stand dem von »Dallas«-Fiesling J.R. Ewing in nichts nach. Er schaute auf die vor ihm liegenden Fotos. »Und das Problem lösen.«

Rautlage zündete sich in aller Ruhe eine neue Havanna an und blies seinen Zigarrenrauch in die Luft. »Wenn auch etwas für uns dabei herausspringt, bin ich einverstanden«, sagte er.

Sylvia Braunsfeld schaute dem Zigarrenqualm hinterher. Julius Rautlage war ein unverbesserlicher, alter, sturer Bock. Aber er war ihr Bankier. Und Geschäfte mit ihm waren immer profitabel. »Wir werden uns schon einig, Julius.«

Klaasen nickte zustimmend. »Dann machen wir jetzt eine Pause. Ein kleiner Imbiss wird uns guttun.«

»Und frische Luft ebenfalls.« Sylvia Braunsfeld öffnete beide Fenster. »Ich gehe in die Bibliothek, ich brauche einen Moment Ruhe.«

25

Mittwoch, 23.1.2019

Es war fünfzehn Uhr, als Janne sich vom Dojo auf den Weg in ihre Wohnung machte. Sie war guter Dinge, nicht nur, weil sie gut trainiert hatte, sondern weil sie auch schon frühmorgens eine Stunde am Elbufer gelaufen war.

Janne bog in die Lange Straße ein. Als sie die Tür zum Hauseingang öffnen wollte, sah sie in der Scheibe, wie zwei etwa zwölfjährige Kids hinter einem großen BMW hervorschossen, Steine in die Böschung warfen und lachend davonliefen. Janne drehte sich zu dem BMW und schaute kopfschüttelnd hinter den Kids her. Sie war sicher, dass der BMW an der Beifahrerseite einige Kratzer im Lack hatte. Damit musste man rechnen, wenn man in dieser Gegend mit so einem protzigen Auto parkte. Nicht, dass sie das Verhalten der Kinder damit rechtfertigen wollte, aber Mitleid hatte sie mit den Besitzern auch nicht. Es war auch das erste Mal, dass sie so einen Wagen hier sah. Ob das Zufall war? Genau vor ihrer Haustür?

Janne betrat das Treppenhaus aufmerksamer als sonst. Sie schulterte ihre Sporttasche und lief vorsichtig in den fünften Stock. Sie kannte jede knackende Treppenstufe, und so kam sie geräuschlos bis vor ihre Wohnungstür. Nichts Auffälliges, weder im Treppenhaus noch vor ihrer Tür. Sie steckte den Schlüssel vorsichtig in das Schloss, betrat ihre Wohnung und gab der Tür einen Kick mit dem Fuß, sodass sie wieder ins Schloss fiel. In diesem Moment wurde sie von einem gleißenden Licht geblendet. Instinktiv hielt sie die linke Hand vor die Augen und schleuderte mit der rechten ihre Sporttasche Richtung Lichtquelle. Sie hörte es scheppern und schreien, verspürte aber zugleich auch einen Schlag auf die Schulter.

Mit schmerzverzerrtem Gesicht warf sie sich zu Boden und rollte zur Seite, sodass sie den folgenden Tritt nur an den Oberschenkel bekam. Inzwischen wurde sie nicht mehr geblendet. Sie sah den nächsten Tritt auf sich zukommen. Diesmal konnte Janne ganz ausweichen und bekam den Fuß des kräftigen Angreifers zu fassen. Sie drehte ihn blitzschnell nach links und dann nach rechts. Das Knacken des Fußgelenks wurde von dem Schrei übertönt, den der blonde Hüne ausstieß. Sekunden später stand Janne hinter ihm und wollte ihm gerade das Genick brechen, als sie ein leises »Plopp« hörte und einen brennenden

Schmerz am linken Oberarm spürte. Gleichzeitig verlor der Mann vor ihr seine Körperspannung, schrie auf und sackte zusammen. Mit Mühe konnte sie ihn halten und als Schutzschild nutzen.

Nun sah Janne den zweiten Mann, der wimmernd und zusammengekauert auf dem Boden kniete. Sein Gesicht sah furchtbar aus, übersät mit Verbrennungen. In der Hand hielt er eine Glock 17, die er hin und her schwenkte. Offenbar hatte er die Lampe ins Gesicht bekommen, konnte nichts sehen und schoss unkontrolliert in die Gegend, was die Angelegenheit nicht einfacher machte für Janne. Eine weitere Kugel schlug in die Decke ein, die nächste traf den Hünen im Bauch. Ein gurrender Laut entfuhr seinem Mund. Lange würde Janne den schweren Mann nicht mehr halten können. Dann hätte sie keinen Schutz mehr.

Sie musste reagieren, die Initiative ergreifen. Sie schubste den Kerl mit aller Kraft in Richtung des Schützen, in der Hoffnung, dass er auf seinem Kollegen landete, und warf sich selbst auf den Boden. Sie hörte noch zweimal ein leises »Plopp«, dann einen dumpfen Aufschlag und ein jammervolles Stöhnen. Blitzschnell war Janne neben den beiden Männern, die nun aufeinanderlagen. Die Glock war dem Schützen aus der Hand gefallen. Janne stieß sie mit dem Fuß weg und bereitete dem Stöhnen ein Ende, indem sie dem zweiten Angreifer einen gezielten Schlag gegen die Schläfe versetzte. Jetzt war endlich Ruhe.

Sie hob ihre Sporttasche auf, die ihr gute Dienste geleistet hatte. Sie war mit Wucht gegen den Scheinwerfer geflogen, und der hatte beim Umfallen dem knienden zweiten Mann die schweren Brandverletzungen zugefügt. Sein Pech, ihr Glück. Sie rollte den Hünen auf den Rücken. Er war voller Blut und tot, von vier Schüssen seines Komplizen durchsiebt. Der erste Schuss war wohl ein glatter Durchschuss, der sie am linken Oberarm gestreift hatte. Das erklärte das Blut auf ihrem Pullover. Die drei anderen Schüsse waren über seinen Körper verteilt. Das Blut, das aus den Wunden quoll, hatte nicht nur seinen Komplizen durchweicht, sondern auch ihren Fußboden versaut. Auch an der Wand gab es Blutspritzer, mal abgesehen von dem Putz, der durch den Einschuss in der Wand auf dem Boden lag.

Scheiße, dachte Janne, es sah aus wie nach einem Amoklauf. Sie setzte sich am Boden auf eine saubere Stelle und lehnte sich erschöpft an die Wand. Polizeisirenen waren nicht zu hören. Was sollte sie jetzt tun? Sie brauchte Hilfe. Sie nahm ihr Telefon, rief Miroslav Eschenbrosch an und schilderte kurz ihre Situation. Anschließend verarztete sie provisorisch ihre Wunde.

»In was bist du da hineingeraten, Janne Bakken?« Eschenbrosch schüttelte den Kopf und betrat die Wohnung. Janne hatte den noch lebenden Eindringling mit Kabelbinder und Gaffer-Tape verschnürt. Außerdem hatte sie seine Brandwunden mit einem Brandgel gekühlt, mehr konnte sie nicht tun.

»Hast *du* die beiden unschädlich gemacht?« Eine gewisse Hochachtung schwang in seiner Stimme mit.

»Den einen schon, der andere wurde von seinem Komplizen erschossen.«

»Woran du nicht ganz unschuldig warst?«

»War Glück, Miro.« Janne nahm die Flasche Bier, die Eschenbrosch aus seiner Tasche geholt hatte. Sie prostete ihm zu und ließ das Getränk genüsslich ihre Kehle hinunterlaufen.

»Weißt du, wer die beiden sind und was sie von dir wollten?«

»Keine Ahnung. Es kam wie in St. Moritz aus dem Nichts. Vielleicht hängt es mit den Morden zusammen, die wir untersuchen.«

Eschenbrosch stellte seine leere Bierflasche auf einer Kommode ab, streifte sich Handschuhe über und kniete sich zu dem Toten. »Mal sehen, was wir finden.«

Geschickt durchsuchte er seine Kleidung, fand aber nur den Autoschlüssel, den er Janne zuwarf. »Den Wagen nehmen wir uns später vor.« Dann wandte er sich dem anderen Mann zu und durchsuchte ihn. Aber auch hier keine Papiere oder sonstigen Hinweise. Eschenbrosch blickte ihn an. »Verbrennung zweiten Grades, Typ 2b. Werden wohl ein paar Narben zurückbleiben.« Er beugte sich dicht vor sein rechtes Ohr. »Und wenn du wieder was sehen willst«, flüsterte er leise, »solltest du uns schnell erzählen, was ihr hier wolltet. Sonst kommst du zu spät zum Onkel Doktor. Also, ich höre.«

Aber der Mann stöhnte nur schmerzvoll auf.

»Gut, ich verstehe. Du brauchst ein wenig Bedenkzeit.« Eschenbrosch richtete sich auf und holte sich ein weiteres Bier. »Janne, untersuch doch schon mal den BMW. Vielleicht findest du ja was.«

Janne blickte Miro an. Sie wusste, was in ihrer Abwesenheit geschehen würde. Aber sie hatte ihn nun mal um Hilfe gebeten. Miroslav Eschenbrosch war ein gutmütiger Mensch und verantwortungsvoller Arbeitgeber. So hatte Janne ihn kennengelernt. Er hatte immer ein offenes Ohr für die Probleme seiner Mitarbeiter und unterstützte sie, wo er konnte. Dafür erwartete er im Job Loyalität, Zuverlässigkeit und Ehrlichkeit. Tugenden, die ihm wichtig waren, auch im Privatleben.

Janne war inzwischen bei dem BMW angelangt. Sie umrundete ihn einmal und grinste, als sie die Lackkratzer an der Beifahrerseite sah. Hatte sie mit ihrer Vermutung also richtiggelegen. Und eigentlich musste sie den Jungs für ihren Unsinn dankbar sein, war sie doch dadurch auf den BMW aufmerksam geworden. Sie öffnete den Wagen und inspizierte erst einmal den Kofferraum. Sie fand eine Reisetasche mit Hosen, Hemden und anderen Kleidungsstücken, die Männer zum Wechseln benötigen, ein paar Spanngurte und zwei Schlafsäcke.

Interessant wurde es aber erst, als sie die Reserveradklappe öffnete. Dort entdeckte sie ein kleines Waffenarsenal. Zwei P30, eine MP5 und wieder ein HK416-Sturmgewehr. Darum würde sich Miro kümmern. Anschließend durchsuchte sie das Innere des BMWs. Im Handschuhfach lagen die Wagenpapiere, eine Taschenlampe und zwei Sonnenbrillen. In der Tür des Beifahrers steckte eine Colaflasche. Der Fußraum war zum Mülleimer auserkoren worden. Eine vergammelte Bananenschale, die für den penetranten Geruch verantwortlich war, diverse Kaffeebecher und Burgerverpackungen. Dazwischen entdeckte Janne einen zerknüllten Parkschein. Sie strich ihn glatt. Ausgestellt war er am »17.01.2019, 16:05 Uhr, Blumenau«, die Hausnummer war nicht zu erkennen.

Dann nahm sie sich den hinteren Teil des Wagens vor. Auf dem Sitz lagen Handschuhe und eine Wolldecke. Sie griff in die Zwischenräume. Nichts. Der hintere Fußraum war sauber wie in einem unbenutzten Neuwagen. Hier war wohl gründlich gesaugt worden. Janne setzte sich auf die Rückbank und schaute auf das Armaturenbrett. Der X5 war schon ein schickes Fahrzeug. Natürlich nicht zu vergleichen mit ihrem alten Volvo. Das war ein Auto, das man lieben konnte. Dieses Auto besaß man.

Eschenbrosch saß entspannt in der Küche und trank jetzt einen Kaffee. »Willst du auch einen?«

Janne nickte und setzte sich zu ihm. »Sind die beiden im Flur jetzt beide ...?«

»Nein.« Eschenbrosch schenkte Jane Kaffee ein. »Nur der eine, aber das weißt du ja. Der andere schläft jetzt eine Weile.« Eschenbrosch lächelte. »Humanitäre Maßnahme. So spürt er keinen Schmerz mehr.« Er nahm ein Zigarillo aus seiner Hemdtasche und hielt es in die Luft. »Darf ich?«

Janne nickte und holte ein paar Kekse aus dem Schrank.

»Manchmal brauche ich das, und jetzt ist so ein Zeitpunkt.« Er zündete das Zigarillo an und nahm einen tiefen Zug. »Hast du was gefunden?«

»Kann man so sagen. Ein kleines Waffenlager im Reserveradfach. Fahren als Vertreter von Heckler & Koch durch die Gegend.«

»Die Waffen sind ja auch nicht schlecht.«

Janne nahm einen Schluck Kaffee und tunkte einen Keks in den Becher. Sie und Eschenbrosch saßen sich einen Moment schweigend gegenüber.

»Wer ist hinter mir her?«, fragte sie mit vollem Mund.

»Die beiden Jungs waren hier, um dich zu entführen. Ich denke, das sollte auch in St. Moritz so laufen.«

»Und wer hat sie beauftragt?«

»Das wusste er nicht. Der Kontakt ist angeblich immer über seinen toten Kollegen gelaufen.« Miro dachte einen Moment nach. »Aber ich gehe mal davon aus, dass sie auch zu der Firma PSC gehören, wer auch immer dahintersteckt. Ich habe bislang noch nichts herausbekommen.«

»Und wo sollten sie mich hinbringen?«

»Auf die A 7, Richtung Norden fahren, und dann würden sie neue Instruktionen bekommen.«

Janne runzelte die Stirn. »Glaubst du ihm?«

Eschenbrosch lächelte vielsagend und nickte. »Da ist noch was. Der Tote hat ein Tattoo auf dem rechten Oberarm.«

»Lass mich raten. Ein Schwert mit Flügeln.«

Miro nickte.

»Scheiße, das Zeichen des Forsvarets Spesialkommando.« Janne schluckte. »Das kann kein Zufall sein. Er hat mich gefunden.«

»Du machst jetzt Folgendes: Sachen packen und umziehen. Hier kannst du nicht bleiben. Du ermittelst natürlich weiter. Das ist klar. Aber ihr müsst euch warm anziehen. Soll heißen, nicht nur vorsichtig sein, sondern auch auf jede erdenkliche Situation vorbereitet.« Er schaute sie ernst an. »Du weißt, was das heißt.«

Janne nickte. »Und wo soll ich hin, Miro?«

»In die Breite Straße 159, zwölfter Stock, bei Wittig. Dort meldest du dich in zwei Stunden. Du bekommst einen Schlüssel, eine Waffe und bleibst so lange, bis alles vorbei ist. Unter und über dir wohnen Freunde von mir. Die passen ein bisschen auf dich auf. Und ruh dich einen Tag aus.«

»Ist wenigstens nicht weit von hier.«

»Und du hast einen wunderbaren Ausblick auf die Elbe.« Eschenbrosch drückte sein Zigarillo aus. »Um deine Wohnung kümmere ich mich.«

Janne ging auf ihn zu und umarmte ihn. »Danke. Ich packe schnell ein paar Sachen und informiere dann Elias und Zille.«

26

Mittwoch, 23.1.2019

Zillinski hatte sich einen Tag freigenommen. Er musste sich auf das Treffen im Japanischen Garten konzentrieren. Vielleicht würde er endlich ein paar substanzielle Informationen erhalten. Wie immer hatte er den Tag mit einigen Yogaübungen begonnen und saß nun einigermaßen entspannt am Frühstückstisch. Er hatte sich French Toast zubereitet und natürlich mit Ahornsirup verfeinert.

Er blickte aus dem Fenster in seinen kleinen Garten. Seine Vormieterin hatte einige Winterblüher gepflanzt, und so konnte er sich an den gelben Blüten der Zaubernuss und den weiß blühenden Christrosen erfreuen. Er wohnte jetzt seit einem Dreivierteljahr in der Drei-Zimmer-Erdgeschosswohnung im Steenwisch. Stellingen war zwar nicht sein Lieblingsstadtteil, aber dort gab es viele Hinterhöfe mit Parkplätzen. Und hier im Steenwisch hatte er genau das Richtige für sich und seinen vier Jahre alten Ford Ranger Wildtrak, den er sich gebraucht gekauft hatte, gefunden.

Er hatte Pick-ups in den USA lieben gelernt. Vor allem der legendäre Ford F 150 hatte es ihm angetan, aber dieses Monstrum konnte man in Europa nicht fahren. Es war einfach alles zu klein hier. Aber der Ranger war ein guter Ersatz, extrem robust und mit allerlei Extras. Und im Hof konnte er ungestört an dem Wagen herumschrauben. Natürlich musste er sich immer wieder rechtfertigen, was er mit so einem Koloss in der Stadt wolle. Aber das prallte an Zille ab. Er fuhr dieses Auto nämlich nur auf langen Strecken.

Zille schaute auf die Uhr. Es waren noch zwei Stunden bis zum Treffen. Er klappte den Laptop auf und sah als Erstes, dass Janne eine verschlüsselte Mail an ihn und Elias geschickt hatte.

»Scheiße«, entfuhr es ihm, als er den Inhalt der Mail las. Was war da nur los? Wer hatte es auf Janne abgesehen? Denn nach diesem zweiten Angriff war er überzeugt, dass es sich um eine persönliche Angelegenheit handelte. Dennoch mussten auch Elias und er vorsichtig sein. Da entstand Rede- und Handlungsbedarf. Auch er empfahl Janne dringend, sich bis zur nächsten Lagebesprechung Ruhe zu gönnen. Dann schloss er die Mail und klickte sich durch die Berichterstattung des Tages.

Bei der zweiten Gazette stolperte er schon über die Überschrift. »Serienkillerin entmannt Männer!« Der Artikel reihte einige Aussagen der Pressekonferenz zusammenhangslos aneinander und endete mit der Behauptung eines Psychologen, dass das Entfernen des Gliedes ein eindeutiger Hinweis auf Männerhass sei, dessen Grundlage in der Kindheit von feministisch eingestellten Müttern gelegt würde. Daraus zog der Redakteur den Schluss, dass die Morde von einer Männer hassenden Frau begangen sein müssten. Fakten gab es natürlich keine.

Zille klickte weiter. Die nächste Überschrift haute in die gleiche Kerbe. »Männer, aufgepasst! Politische Aktivistinnen sind hinter euch her!« Der Artikel verdrehte eine Äußerung von Staatsanwalt Helge Dürkopp, dass aus dem Fundort der Leiche beim Grab des Altbundeskanzlers keinerlei belastbare Hinweise auf einen politischen Hintergrund gezogen werden könnten, in sein Gegenteil. Zille schüttelte den Kopf. Die Boulevardpresse übertraf sich wieder einmal selbst, und die seriösen Blätter hielten sich noch zurück. Die Frage war, wie lange noch.

Aus Neugier klickte Zillinski auch das Online-Magazin »Lumen« an. Und war überrascht. Auf der ersten Seite stand der Artikel einer Eliane Hipp. Zille grinste. Dieses Pseudonym kannte er. »Der Tod ist inszeniert!« Der Artikel schilderte zunächst die Umstände der beiden Todesfälle, wie sie auch auf der Pressekonferenz dargelegt worden waren. Daraus leitete die Autorin allerdings die Frage ab, inwieweit die Morde beziehungsweise die Inszenierungen der Morde von einer Person bewerkstelligt werden konnten. Bei Aufzählung aller bekannten Fakten schloss sie daraus messerscharf, dass genau dies nicht der Fall gewesen sein könne. Im Weiteren ließ sie sich zur Bedeutung von inszenierten Morden aus und stellte zum Schluss die Frage, welches Motiv die Ermittler vermuten würden.

Zille klappte den Laptop zu. Guter Artikel, dachte er. Ihm war klar, dass die Staatsanwaltschaft bald Ergebnisse liefern musste. Das Interesse an den beiden Morden war nämlich schon lange nicht mehr nur auf Hamburg begrenzt.

Zille verließ die Wohnung und traf im Treppenhaus seine Vermieterin Erna Kohl, eine ältere, alleinstehende Dame.

»Herr Zillinski, ich habe Sie ja schon lange nicht mehr gesehen.«

»Hab halt viel zu tun.«

»Ja, das kann ich mir vorstellen.« Sie kam ein bisschen näher und sagte in verschwörerischem Ton: »Sie müssen sich bestimmt mit den beiden Morden beschäftigen.«

Zille nickte.

»Dass Feministinnen zu so etwas fähig sind.« Sie schüttelte den Kopf.

»Da wissen Sie aber mehr als ich, Frau Kohl.«

»Das habe ich in der Zeitung gelesen, Herr Zillinski.«

Zille verdrehte die Augen. »Nicht alles, was in der Zeitung steht, ist auch wahr.«

»Aber seien Sie trotzdem auf der Hut. Die haben es ja auf Männer abgesehen.«

»Ich tue mein Bestes, Frau Kohl.«

Erna Kohl wandte sich zum Gehen. Auf der Treppe blieb sie noch einmal stehen. »Herr Zillinski, einer von uns beiden muss mal zum Friseur. Und das bin nicht ich.«

Zille blickte ihr lächelnd nach, wie sie in ihrer Wohnung im ersten Stock verschwand. Er fuhr sich durch die Haare. Sein Zopf war in der Tat etwas lang geworden. Aber seitdem er als Kind zu Jacques Gallet nach Barmbek zum Haareschneiden geschickt worden war, hatte er sein Vertrauen in das Coiffeur-Handwerk verloren. Jacques Gallet, der in Wahrheit Heinz-Helmut Knüffel hieß, war weder Weltmeister der Friseure, wie er behauptete, noch hatte er überhaupt jemals eine Ausbildung als Friseur absolviert. Entsprechend hatte Zille nach jedem Besuch bei ihm ausgesehen. »Schräg ist modern« war sein Credo, und so hatte er Zilles Koteletten immer schräg abgesäbelt. Nach jedem Besuch war Zille zwei Wochen mit Mütze herumgelaufen. Bei jedem Wetter. Deshalb schob er heute Friseurbesuche so lange wie möglich auf. Zille sah auf die Uhr. Er musste sich sputen.

Zille wartete vor dem Teehaus im Japanischen Garten, der zwischen dem Congress Center und der Hamburg Messe inmitten des Botanischen Gartens Planten un Blomen lag. Yoshikuni Araki war der japanische Landschaftsarchitekt, der dieses Kunstwerk geschaffen hatte. Der Garten, der größte seiner Art in Europa, war ein Ort der Stille in der Hektik der Großstadt. Zille hatte schon an vielen Teezeremonien im Teehaus teilgenommen. Es gab eine Zeit, da hatte er keine Teezeremonie versäumt. In dem Sommer, als seine beiden Kinder mit der Mutter verschwunden waren. Von einem auf den anderen Tag. Er wusste zwar, dass Hoshi Sehnsucht nach Japan hatte, doch dass sie einfach mit den Kindern verschwunden war, konnte er nach wie vor nicht verstehen. Das war vor achtzehn Jahren gewesen, kurz nach seinem Psychologieexamen. Die Zwillinge waren damals fast zwei Jahre alt.

Er betrachtete ein Foto der beiden Mädchen in seiner Hand. Mio und Yoko, schöner Kirschbaum und Sonnenkind. Damals hatte er gehofft, dass sie hier an diesem Ort wiederauftauchen würden. An dem Ort, den sie gemeinsam immer wieder besucht hatten. Aber diese Hoffnung war ebenso naiv gewesen wie der Glaube, mit Unterstützung des Auswärtigen Amts den Aufenthaltsort der Kinder in Erfahrung zu bringen. Hoshi und er waren nicht verheiratet, und er hatte kein Sorgerecht für die Kinder. Somit gab es für die japanischen Behörden überhaupt keinen Anlass, tätig zu werden, zumal man in Japan sowieso einem konservativen Rollenbild nachhing. Die Kinder gehörten zur Mutter. Aber er liebte seine beiden Mädchen, und so suchte er sie seit achtzehn Jahren. Bisher vergeblich. Bei etwa hundertsechsundzwanzig Millionen Einwohnern war es wie die Suche nach einer Nadel im Heuhaufen.

»Sie hatten vor einer Woche ihren zwanzigsten Geburtstag.«

Zille blickte vom Foto auf. Er hatte Haruko Tanaka, den japanischen Rechtsanwalt, nicht kommen hören.

»Ob sie sich überhaupt noch an mich erinnern?«

Haruko Tanaka lächelte sanft. »Auch wenn Ihre damalige Freundin sich nie bei Ihnen gemeldet hat, bedeutet das ja nicht zwangsläufig, dass die Kinder nichts von ihrem Vater erfahren haben. Schließlich werden sie zu einem bestimmten Zeitpunkt festgestellt haben, dass ihr Äußeres sich von dem der meisten japanischen Mädchen unterscheidet. Und dann möchte man irgendwann wissen, wieso.«

Zille steckte das Foto wieder zurück in seine Brieftasche. »Die Hoffnung stirbt zuletzt.« Ein wenig Sarkasmus lag in Zilles Stimme.

»Nach japanischem Recht sind Ihre Kinder jetzt volljährig, Herr Zillinski. Das erleichtert einiges.«

»Inwieweit?«

»Wenn Sie jetzt Kontakt mit den Kindern aufnehmen, geraten Sie nicht mehr in Konflikt mit den japanischen Behörden. Sie wissen ja, Sie hätten trotz internationaler Abkommen, die den grenzüberschreitenden Kindesentzug verbieten, nie eine Chance gehabt, Kontakt zu Ihren Kindern aufzunehmen, wenn die Mutter es nicht will. Und das scheint bei Ihnen ja der Fall gewesen zu sein.«

Zille nickte.

»Die Situation hat sich geändert. Die Mutter kann es nicht mehr verhindern.«

»Aber ich weiß nach wie vor nicht, wo ich suchen soll.«

»Ich habe eine erste Spur gefunden.«

Zilles Körper spannte sich. Er spürte, wie sein Adrenalinspiegel stieg.

»Japan ist ein konservatives Land, zumindest was die Vorstellung von Ehe und Ehre angeht. Und so hatten und haben es uneheliche Kinder schwer. Lange Zeit wurden nur in einer Ehe geborene Kinder unterstützt. Das hat sich seit April 2018 geändert. Kollegen in unserer japanischen Partnerkanzlei haben dieses Verfahren seit einigen Jahren begleitet.«

»Was hat das jetzt alles mit meinen Kindern zu tun?«, fuhr Zille ungeduldig dazwischen.

Tanaka legte seine Hände vor der Brust zusammen und bat Zille so um Geduld. »Ich war vor drei Wochen in Tokio bei unseren Partnern zwecks Recherche für einen Vortrag. In dem Zusammenhang habe ich mir alle Unterlagen bezüglich dieser Gesetzesrevision angeschaut. Ausgangspunkt, dass es überhaupt dazu kam, war eine Anfrage von drei alleinerziehenden Müttern beim japanischen Anwaltsverein. Eine dieser Mütter hieß Hoshi Yamamoto.«

»Dann haben Sie eine Anschrift?«

»Die Anfrage war vor zehn Jahren.«

Zille sackte enttäuscht zusammen.

»Ich sagte doch. Eine erste Spur. Wir bleiben dran.« Tanaka verschwand so leise, wie er gekommen war.

Zille blieb noch eine Weile stehen und schaute versonnen auf den Teich. Dann machte auch er sich auf den Weg. Er beschloss, dass auch er eine kleine Auszeit nehmen sollte.

27

Donnerstag, 24.1.2019

Elias versuchte, seinen Golf zu starten, musste jedoch nach dem fünften Versuch aufgeben. »Mist«, fluchte er. Er sollte in einer Stunde bei Klaasen sein. Endlich hatte dieser sich zu einem zweiten Treffen bereit erklärt. Elias' Andeutungen, dass er Informationen über Interna der Gesellschaft habe, hatten ihn schließlich überzeugt. Der Versuch, schnell ein Taxi zu ergattern, misslang. Eine Stunde konnte er nicht warten. Also rief er Janne an und bat sie, ihn abzuholen. Dann konnte er mit ihr auch über den Überfall sprechen. Ihre gestrige Mail hatte ihn sehr beschäftigt. Der Fall war gefährlich, lebensgefährlich. Doch wie damit umgehen?

Dreißig Minuten später saß Elias in Jannes Volvo. Sie fuhren eine Weile schweigend, dann fasste Janne die Ereignisse vom gestrigen Tag kurz zusammen. Dabei war ihr die Anspannung immer noch anzumerken.

»Der Überfall hätte auch schiefgehen können«, sagte Elias besorgt.«

»Klar, das Risiko besteht immer. Ich kann mich gut verteidigen, aber diesmal hatte ich auch Glück. Was mich sehr beunruhigt, ist, dass Malte Sandvik die Fährte aufgenommen hat. Und er wird nicht aufhören, mich zu jagen.«

Elias legte seinen Stetson auf den Hintersitz. »Offensichtlich hat er deine Spur im Zusammenhang mit den Morden gefunden. Die Frage ist, wie?«

»Vielleicht war es einfach Zufall.«

»Zufälle mögen zwar unvorhergesehene Ereignisse sein, aber einen Sinn haben sie dennoch.« Elias schmunzelte. »Ich glaube nicht wirklich an Zufälle.«

Janne bremste abrupt. Fast hätte sie eine rote Ampel überfahren. »Ich auch nicht«, sagte sie und sprang im selben Moment aus dem Wagen. Elias sah, wie sie zu einem dunkelblauen Ford Fiesta, der hinter ihnen stand, lief. Sie riss die Fahrertür auf, zerrte einen untersetzten, etwa fünfunddreißigjährigen Mann aus dem Auto, drehte ihm beide Arme auf den Rücken, presste ihn dann mit dem Bauch gegen die hintere Wagentür und schien ihm etwas ins Ohr zu sagen. Dabei drückte sie die Arme immer weiter Richtung Schulter. Elias schmerzten vom Zusehen schon die Schultergelenke. Schließlich schubste sie ihn unsanft wieder ins Auto, beugte sich kurz vor und verschwand mit dem Oberkörper im Wageninneren. Wenig später saß sie wieder neben Elias und warf einen Zündschlüssel sowie eine Fotokamera auf die Rückbank.

»Der Typ ging mir schon eine ganze Weile auf den Sack.« Sie blickte grinsend zu Elias.

»Es ist grün.«

Janne gab Gas.

»Was hast du ihm ins Ohr geflüstert?«

»Wenn er mir nicht sagt, für wen er arbeitet, würde ich ihm beide Arme brechen.«

»Und?«

»Für eine Sicherheitsfirma, die ein Norweger leitet. Mehr habe ich nicht aus ihm herausbekommen. Doch der Norweger kann nur Malte Sandvik sein«, sagte Janne grimmig und schlug wütend aufs Lenkrad.

»Und was hast du ihm noch gesagt?«

»Dass er ein lausiger Beschatter ist. Und er soll seinem Chef mitteilen, wenn er weiter solche Flaschen schickt, um mich zu entführen, hat er bald keine Männer mehr. Das muss er schon selber erledigen.«

»Du willst einen Showdown?«

»Wir sind gleich bei Klaasen.«

»Okay, er erwartet nur mich. Zurück kann ich mir ein Taxi nehmen.«

»Schon klar. Ich warte.«

Im Foyer der KKDC GmbH empfing ihn eine freundliche Dame, die ihm mitteilte, dass Herr Klaasen in etwa zehn Minuten Zeit für ihn habe. Sie führte ihn zu einer Sitzgruppe und drückte Elias ein Firmenprospekt in die Hand. Er überflog es und grinste. Die wirklich interessanten Geschichten dieser Firma und seiner Inhaber waren dort natürlich nicht zu lesen.

Klaasen war 1995 mit dreißig Jahren an die Spitze der Firma gekommen, nachdem sein Onkel, Horst Willenburg, einer der beiden Firmengründer, bei einem Attentat getötet worden war. Zuvor waren schon auf dessen Geschäftspartner Willhelm von Breitenscheid zwei Anschläge verübt worden, die dieser zwar überlebt hatte, nicht aber die Mutter und Ehefrau. Erst als noch ein Frachter der Firma im Hamburger Hafen explodierte, zog Breitenscheid sich aus dem Geschäft zurück. Die Hintergründe für die Anschläge wurden nie abschließend aufgeklärt, was die Gerüchteküche zusätzlich befeuerte. Konkurrenten, die die Firma aus dem Waffengeschäft drängen wollten, waren eines der Gerüchte.

»Tut mir leid, dass Sie warten mussten, Herr Dr. Hopp.« Klaasen kam auf ihn zu.

»Ich hatte ja eine interessante Lektüre«, erwiderte Elias lächelnd.

Klaus Klaasen begleitete ihn in sein Büro, das im vierten Stock lag. Beide nahmen in der Ledersitzgarnitur Platz.

»Darf ich Ihnen etwas anbieten?«

Elias schüttelte den Kopf.

Klaasen schenkte sich daraufhin einen Kaffee ein. »Sie sagten am Telefon, Ihnen seien einige Dinge über die Gesellschaft für freien Handel zu Ohren gekommen, zu denen Sie Fragen haben.«

»Ich recherchiere gerade für einen Artikel über Kaufleute in Hamburg. Und da kommt man an der Gesellschaft natürlich nicht vorbei, die ja seit Jahrzehnten aus dem Hamburger Wirtschaftsleben nicht wegzudenken ist.«

»Da haben Sie recht, und zugleich untertreiben Sie. Uns gibt es schon seit einigen Jahrhunderten, und unsere Aktivitäten gehen weit über Hamburg hinaus.«

»Darauf blicken Sie als Vorsitzender mit Stolz zurück, das ist nachvollziehbar.« Elias nahm ein paar Papiere aus seiner Aktentasche und warf einen Blick darauf. »Ich will jetzt nicht weiter die geschichtlichen Höhen und Tiefen der Gesellschaft besprechen, die sind hinlänglich bekannt, wie das Verhalten in der Nazizeit, aber auch die positive Rolle bei der Kapitulation Hamburgs. Was mich jedoch interessiert, sind die Aktivitäten der Gesellschaft. Und dabei können Sie mir als Vorsitzender sicher einige wertvolle Informationen geben.«

Klaasen trank einen Schluck Kaffee, der längst kalt geworden sein musste. Elias war die Unsicherheit Klaasens nicht entgangen. Schweißperlen auf der Stirn, unruhige Augenbewegungen und ein nervöses Spiel mit einem Kugelschreiber. Die Arroganz und Souveränität, die er beim ersten Treffen ausgestrahlt hatte, waren wie weggeblasen.

»Sicher kann ich über einige interessante Aktivitäten der Gesellschaft Auskunft geben. Was interessiert Sie denn im Besonderen?«

»Zum einen sind inzwischen einige weitere Details über die Geschäftsverbindungen von Erwin Brievenbuschs Firma zu aserbaidschanischen Firmen bekannt geworden, in die sowohl Kettenbach als auch Ihre Firma verwickelt sind.«

»Das können Sie nicht beweisen, weil es nichts zu beweisen gibt«, entgegnete Klaasen ungehalten.

»Doch, kann ich.« Elias blätterte demonstrativ in seinen Unterlagen, obwohl dort nichts über diese Vorgänge stand. Er sah aber, wie Klaasens Nervosität wuchs. »Mir ist bekannt, und entsprechende Unterlagen liegen mir vor, dass es bei diesem Geschäft im Wesentlichen um den Aufbau von Schmuggelrouten geht. Und Ihre Firma möchte diese unter Umgehung der Sanktionen für Waffenlieferungen in die kaukasischen Krisengebiete nutzen.« Elias war klar, dass Klaasen nur zwei Möglichkeiten hatte, zu reagieren. Entweder setzte er ihn wieder vor die Tür, oder er bestätigte seine Beteiligung, spielte sie aber herunter.

»Sehen Sie, Herr Dr. Hopp, der Handel mit Waffen und Elektronik ist sehr sensibel. Zudem ist die Konkurrenz enorm und muss nicht mit so strengen Auflagen leben wie wir in Deutschland. Deshalb muss eine Firma wie meine immer auch ausloten, ob es nicht andere, manchmal auch unkonventionelle Möglichkeiten gibt.«

»Die da wären?«

»Deutschland ist sehr daran interessiert, den Handel mit Osteuropa auszubauen. Es gibt im Kaukasusgebiet Länder, die sich der EU annähern wollen. Da muss man früh auf das richtige Pferd setzen, sowohl wirtschaftlich als auch politisch.«

»Mit Waffenlieferungen hat Ihre Firma ja Erfahrungen«, sagte Elias mit einem ironischen Unterton. »Sie wissen aber, wie das bei Ihren beiden Vorgängern endete.«

»Was ich sagen wollte«, Klaasen klang jetzt genervt, »falls Alma Brievenbusch, die jetzt die Geschäfte führt, Schmugglerrouten aufbauen wollte, habe ich damit nichts zu tun. Ich war davon ausgegangen und gehe nach wie vor davon aus, dass es um den Aufbau einer logistischen Infrastruktur geht, um die

Warenströme weniger bürokratisch und damit auch lukrativer fließen zu lassen.«

»Brievenbusch, Kettenbach, Klaasen, alles Mitglieder der Gesellschaft für freien Handel. Zufall?«

»Nein, es gibt kaum einen Kaufmann, der nicht bei uns Mitglied ist.«

»Das mag sein. Aber Sie sind Vorstandsvorsitzender, Brievenbusch war Herausgeber der Monatszeitschrift ›Freihandel‹ und Kettenbach bestens in der Politik vernetzt. Da liegt doch die Vermutung nahe, dass hier nicht nur Einzelpersonen gehandelt haben, sondern die Gesellschaft als Lobbyverband tätig war und dabei jemandem in die Quere gekommen ist. Schließlich sind zwei der an dem Deal beteiligten Männer tot. Ich frage noch einmal: Zufall?«

»Unterstellen Sie damit, dass die Gesellschaft etwas mit den abscheulichen Morden zu tun hat?«

Elias kratzte sich an seinem Dreitagebart. »Ich habe lediglich einen Gedankengang ausgeführt, den ich für nicht unwahrscheinlich halte.«

»Und ich betrachte ihn als bloße Spekulation.«

»Da halte ich es mit Karl Popper, der im spekulativen Denken einen Weg sieht, die Wahrheit zu finden.«

»Ihren Überlegungen fehlt jede rationale Grundlage.« Klaasen schaute auf seine Armbanduhr und blätterte demonstrativ in seinem Terminkalender.

»Ich habe Ihr Zeichen wahrgenommen, Herr Klaasen. Nur noch eine Frage. Im Zuge meiner Recherchen habe ich die Information erhalten, dass es neben den offiziellen Organen wie Vorstand, Ausschüssen und Redaktion auch einen inoffiziellen, ja geheimen Kreis geben soll, der die Geschicke der Gesellschaft lenkt. Einen Kreis, in dem nicht nur Mitglieder sitzen, sondern auch andere einflussreiche Menschen.«

Klaasen lachte, etwas gequält, wie es Elias schien. »Herr Dr. Hopp, das sind doch Verschwörungstheorien. Was sollte denn da gelenkt werden?«

»Gesetzgebungsverfahren, wirtschaftspolitische Entscheidungen, Krediterlasse, Einflussnahme auf Auftragsvergabe, Übernahmen, Einschüchterungen, da fällt mir einiges ein.«

»Jetzt bewegen Sie sich wirklich im Reich der Phantasie. Ich weiß nicht, woher Sie Ihre Informationen haben, aber ich kann Ihnen versichern, dass Ihr Informant ein Scharlatan ist. Mein Vorgänger als Vorstandsvorsitzender, Gustav Tollien, hatte Anfang der sechziger Jahre die Idee, einen, heute würde man Thinktank sagen, zu etablieren, der im Sinne der Werte unserer Gesellschaft auch politische Impulse geben sollte.«

»Das klingt nach Bilderberg-Konferenz.«

»Die ist ja nicht geheim.«

»Nein, nur informell.«

Klaasen schüttelte energisch den Kopf. »Es ist bei der Idee geblieben. Es hat niemals einen geheimen Zirkel innerhalb der Gesellschaft gegeben. Es gibt, soweit mir bekannt, auch keine weiteren Informationen über Tolliens Ideen, der übrigens schon 2012 verstorben ist. Da hat Ihnen jemand einen Bären aufgebunden. Aber es wäre eine hübsche Geschichte.« Klaasen stand auf. »Da fällt mir ein, was für Ihre weiteren Recherchen über unsere Gesellschaft von Interesse sein könnte. Tollien hat eine Tochter, die nach wie vor in dem Haus der Familie wohnt. Vielleicht gibt es ja dort noch ein paar Unterlagen, Tagebücher oder Ähnliches. Dann hätten Sie zumindest belegbare Informationen, Herr Dr. Hopp.« Klaasen ging zum Schreibtisch und griff zum Telefon. »Ich sage meiner Sekretärin Bescheid. Die sucht Ihnen die Anschrift heraus.« Dann begleitete er Elias zur Tür.

»Ich finde alleine zur Tür. Und vielen Dank für das Gespräch.«

Klaasen schaute Elias versonnen hinterher. Woher hatte dieser Hopp nur seine Informationen? Es wussten nicht viele vom Inneren Kreis. Er schloss seine Bürotür und griff zum Handy, stockte und legte es wieder beiseite. Wem konnte er noch trauen? Er musste nachdenken.

Elias hatte von Klaasens Sekretärin die Adresse von Gustav Tolliens Tochter erhalten. Das Haus stand im Bezirk Harburg. Ungewöhnlich für eine Fabrikantenvilla, dachte er. Dann eilte er ins Foyer und lief zu Janne, die in ihrem Volvo etwas abseits auf ihn wartete.

Janne hatte den Volvo ein paar Meter entfernt von der KKDC GmbH geparkt, sah aber noch den Eingang des Gebäudes. Und so konnte sie beobachten, wie Elias in dem alten Gebäude verschwand. Sie stellte sich auf eine längere Wartezeit ein und griff nach der Kamera, die sie ihrem Beschatter abgenommen hatte. Es handelte sich um eine Nikon Spiegelreflexkamera mit einem 28-bis-300-Millimeter-Zoomobjektiv und Wi-Fi-Funktion.

Janne hoffte, dass sich noch Fotos auf der Speicherkarte befanden, die neue Erkenntnisse bringen würden. Sie wurde nicht enttäuscht. Sie klickte sich durch etwa fünfzig Fotos und war überrascht, was sie zu sehen bekam. Der Kerl hatte Fotos vor fünf verschiedenen Wohnungseingängen gemacht. Bei Brievenbusch im Hofweg, bei Kettenbach an der Elbchaussee, bei Elias in der Albertistraße und bei ihr in der Lange Straße. Zudem noch von einem weiteren Hauseingang, den sie nicht zuordnen konnte.

Auf einigen der Fotos waren Elias und sie zu sehen, wie sie das Haus von Alma Brievenbusch verließen, andere Fotos zeigten Zille und sie beim Betreten von Elias' Haus. Auf zwei Fotos war zu sehen, wie sie vor ihrer Haustür in der Lange Straße stand. Und als Janne auch noch ein Foto der Tiefgarage in der Königstraße neben dem Penny-Markt sah, war ihr schlagartig alles klar. Es war natürlich kein Zufall, dass das Arschloch Malte Sandvik sie gefunden hatte. Da war sie jetzt absolut sicher. Aber was hatte Sandvik mit Brievenbusch und Kettenbach zu tun? Hatten er und seine Leute die beiden umgebracht? Und wenn ja, warum? In wessen Auftrag? Hatte es mit dem Geschäft zu tun, das Brievenbusch mit Abasov und Schewtschenko eingefädelt hatte?

Janne konzentrierte sich, versuchte, Zusammenhänge zu finden, doch das wollte ihr im Moment nicht gelingen. Dafür war ihr etwas anderes eingefallen. Sie legte die Kamera auf die Rückbank ihres Volvos, nahm stattdessen eine Taschenlampe in die Hand und stieg aus.

Das Foto von ihrer Tiefgarageneinfahrt war sicher nicht aufgenommen worden, um damit an einem Fotowettbewerb teilzunehmen. Sie ging davon aus, dass man ihr einen Peilsender am Auto angebracht hatte. Da in ihrem Volvo 245 keine elektronischen Systeme verbaut waren, musste der GPS-Tracker mit eigenem Akku ausgestattet sein. Und das wiederum bedeutete, dass er nur am Unterboden, am Benzintank oder in einem Radkasten angebracht worden sein konnte.

Janne parkte immer vorwärts ein. Also warf sie zunächst einen Blick unters Heck, konnte aber kein Kästchen entdecken. Als Nächstes tastete sie den hinteren Radkasten auf der Fahrerseite ab und hatte den Tracker bald gefunden. Sie leuchtete ihn mit der Taschenlampe an. Es war ein hochmodernes Gerät, das eine SIM-Karte benutzte, um Signale zu senden, und bei Stillstand in einen Stand-by-Modus ging, um den Akku zu schonen. Deshalb war es im Radkasten befestigt.

Janne überlegte. Sie musste den Tracker benutzen, um Sandvik auf ihre Fährte zu locken. Aber eben zu ihren Bedingungen. Nur wie? Bevor sie weiter über einen Plan nachdenken konnte, sah sie, wie Elias aus dem Bürogebäude von Klaasen trat. Er eilte auf sie zu und blieb vor dem Volvo stehen.

»Wir warten noch einen Moment.«

Janne nickte. »Okay?«

»Ich habe Klaasen sehr verunsichert, mal sehen, was geschieht.«

»Glaubst du, er will jemandem einen Besuch abstatten?«

Elias zuckte mit den Schultern, doch ehe er antworten konnte, trat auch Klaasen aus dem Bürogebäude. »Ich denke schon.«

Klaasen setzte sich in sein Auto. Janne zögerte kurz, griff dann in den Radkasten, entfernte den Tracker und sprang hinter das Steuer. »Wir sollten uns abhörsichere Handys beschaffen.«

Elias blickte sie fragend an.

Janne hielt den Tracker hoch. »Es gibt einiges zu berichten. Aber zunächst folgen wir Klaasen in seinem Mercedes.«

28

Donnerstag, 24.1.2019

Zille stellte die zwei Einkaufstüten vor seine Haustür im Steenwisch und wollte gerade aufschließen, als Erna Kohl die Treppe herunterkam.

»Herr Zillinski«, rief sie leise und stand dann neben ihm. »Sie haben Besuch.«

Zille schaute sie überrascht an. »Ich erwarte aber niemanden.«

Erna Kohl lachte verschmitzt. »Aber mir können Sie es doch sagen, so eine entzückende und hübsche Frau. Die passt zu Ihnen. Und glauben Sie einer alten Frau, ich spüre das sofort.« Dann packte sie ihn am Arm und sagte streng: »Aber warten lassen sollten Sie eine Frau niemals.«

Zille fuhr sich durch die Haare und band seinen Zopf neu. »Und wo ist der Besuch?«

»Hier«, schallte es aus der oberen Wohnung, und auf der Treppe erschien Britta vom BKA. Ihre schulterlangen, leicht lockigen blonden Haare fielen auf eine gefütterte Jeansjacke. Ein kleiner Rucksack hing lässig über ihrer Schulter. Sie strahlte über das ganze Gesicht und warf ihre Haare zurück. »Frau Kohl war so nett, mich in ihrer Wohnung warten zu lassen.« Britta war jetzt ebenfalls vor Zilles Haustür. Sie stellte sich neben ihn und gab ihm einen Kuss auf den Mund.

»Sonst wärst du ja auch in meine Wohnung eingebrochen«, sagte Zille trocken.

»Nun seien Sie mal ein bisschen netter zu Ihrer Freundin, Herr Zillinski.« Erna Kohl wandte sich zum Gehen. »Sie können ihr ruhig einen Wohnungsschlüssel geben. Tschüs, Britta, und viel Spaß heute Abend. Er hat sicher etwas Leckeres zum Essen eingekauft.« Sie zeigte auf die Tüten. »Und, Herr Zillinski, denken Sie an den Friseur.«

»Sehe ich auch so«, pflichtete Britta ihr bei. »Tschüs, Frau Kohl, war nett, Sie kennenzulernen.«

Zille sperrte die Wohnungstür auf, ließ Britta hinein und hörte noch, wie Frau Kohl sagte: »Wir werden uns jetzt bestimmt häufiger sehen.«

Zille schloss die Tür und schaute völlig irritiert auf eine lachende Britta. »Was war das denn?«

»Zille, freust du dich gar nicht, deine Freundin, die ein halbes Jahr in Indien war, endlich wieder in die Arme nehmen zu können?«

»Dir glaubt man auch alles.« Zille brachte die Einkaufstüten in die Küche.

»Was gibt es denn zu essen?«

»Steaks, Pommes und Caesar Salad.«

Britta ging zum Kühlschrank, holte zwei Bier heraus und reichte eins Zille. »Gibt's was zu feiern?«

»Die Rückkehr meiner Freundin. Prost.« Zille nahm einen Schluck. Sein Handy piepte. Eine Nachricht von Elias. Zille warf einen Blick auf die Mail. Er überflog sie kurz.

»Was Wichtiges?« Britta hatte es sich auf einem Sessel bequem gemacht.

»Elias war bei Klaasen, den hat er unter Druck gesetzt, und jetzt hat er einen neuen Namen. Tollkühn oder so ähnlich. Aber er hat noch mehr geschrieben. Das kann ich aber später lesen. Ich schmeiß erst einmal den Grill an, bevor es zu spät wird.«

Britta schnitt sich ein Stück vom Steak ab. *»À point.«* Sie steckte es sich in den Mund und kaute genüsslich darauf herum. »Außen intensiv gebräunt, innen rosarot.«

»Ich gebe eben immer mein Bestes.« Zille grinste. »Also grille ich auch im Winter.«

»Benutzt du überhaupt eine Pfanne zum Kochen?«

»Nur für French Toast.« Zille nahm noch einen Schuss Grillsoße. »Du bist doch nicht nur wegen des Essens gekommen.«

»Ich wusste nicht, dass du kochen kannst.«

»Du wusstest auch nicht, wann und ob ich in meine Wohnung zurückkomme.«

»Gib mir doch auch mal die Grillsoße.«

»Eine unserer Übungen in Quantico war übrigens, zwei Menschen bei einem Gespräch zu beobachten und ihnen zuzuhören. Im Anschluss daran sollten dann Profile der Beteiligten erstellt werden. Bei einer dieser Übungen«, Zille salzte seine Pommes nach, »unterhielten sich eine Frau und ein Mann beim Essen.«

»Was gab es?«

Zille lächelte. »Das Gespräch dauerte etwa zwanzig Minuten. Und nicht einer der beiden bezog sich einmal auf den anderen. Das ging ungefähr so:

Er: ›Darling, könntest du morgen mit den Jungs zum Football gehen?‹

Sie: ›Die Nudeln sind etwas zu sehr al dente, findest du nicht auch?‹

Er: ›Und der Brief, den ich an die Versicherung geschrieben habe, muss auch noch eingesteckt werden.‹

Sie: ›Das verträgt mein Magen auf die Dauer nicht. Ich finde, die Köche, die auf das bissfeste Zubereiten der Nahrung schwören, sind Verbrecher.‹

Und so ging das noch eine Weile weiter. Hin und her, scheinbar völlig zusammenhanglos.«

Britta hatte inzwischen zwei weitere Flaschen Bier geholt.

»Das Gespräch endete dann folgendermaßen:

Er: ›Ich habe morgen eine Verabredung mit Barbara.‹

Sie: ›Gib mir mal den Ketchup.‹

Daraufhin reichte er ihr den Ketchup. Sie öffnete die Flasche und spritzte ihren Mann von oben bis unten damit voll. Dann stand sie auf, setzte sich rittlings auf seinen Schoß und begann, den Ketchup abzulecken.«

»Und soll ich dich jetzt auch vollspritzen?«

Zille gab Britta die Grillsoße. Sie öffnete die Flasche und spritzte Zille damit voll. Dann ging sie zu ihm und setzte sich rittlings auf seinen Schoß. So nahmen die Dinge ihren Lauf, und keiner der beiden stellte sich dem in den Weg.

29

Freitag, 25.1.2019

Der Wetterbericht war zuverlässig. Wolken und Regen, es war stockdunkel. Ideale Bedingungen, um eine Leiche unerkannt und mit möglichst wenig Spuren so zu entsorgen, dass sie auf jeden Fall gefunden wurde. Bio schüttelte den Kopf. Er fand die Idee zwar bescheuert. Warum sollte man die Leiche am nächsten Morgen finden? Doch er hielt lieber die Klappe, hatte er doch den geballten Zorn seines Chefs zu spüren bekommen, als er ihm von der durchgeknallten norwegischen Tussi berichtete. Sein blaues Auge zeugte noch davon. Auf der Lagebesprechung hatte der Chef zunächst klargestellt, dass er mit »Captain« angesprochen werden wollte. Die Besprechung war straff organisiert, und alles war bis ins kleinste Detail geplant. Wie beim Militär. Sie hatten sich wieder in der Lagerhalle in Waltershof getroffen, wo mittags das Opfer umgebracht worden war.

Die Leiche war inzwischen in eine Plane verpackt und wurde in einem Rollstuhl über eine Rampe in den Van gefahren, der jetzt über die Baakenhafenbrücke fuhr. Sie waren zu viert. In der Mitte der Brücke vor dem Durchgang zum Fahrrad- und Fußgängerweg hielt der Van. Sie zogen Schutzanzüge an, entluden die Leiche und schoben sie im Rollstuhl Richtung HafenCity Universität. In der Hektik berührte Bio mit dem Rollstuhl einen Poller und wurde sofort vom Captain angefahren.

»Pass doch auf, du Trottel, sonst gibt es das nächste blaue Auge.«

Der Van fuhr weiter. Der Fahrer sollte langsam um den Baakenhafen fahren und sie in exakt zehn Minuten wieder auf der Brücke abholen. Um halb vier in der Nacht war bei diesem Wetter niemand unterwegs. Außerdem hatten sie dafür gesorgt, dass die Laternen nicht leuchteten, sodass es stockdunkel war. Die Szenerie wirkte unheimlich. Sie kamen an den Fahrradständern vorbei und gingen Richtung Treppe, die zum Eingang der Universität führte.

Der Captain gab exakte Anweisungen. »Die Leiche wird auf der dritten Stufe abgesetzt und an den Pfeiler des Geländers gelehnt. Wickelt die Leiche jetzt aus der Folie, aber vorsichtig, sie ist nackt. Und dann setzt sie auf die Stufe. Ihr habt drei Minuten.«

Bio und sein Kollege Ragnar folgten den Anweisungen. Die Leiche war schwer und die Plane glitschig. Sie hoben sie aus dem Rollstuhl, legten sie auf den Boden und entfernten die Plane. Bio griff ihr unter die Arme, und Ragnar umfasste die Fußknöchel.

»Auf drei«, sagte Bio. Ragnar blickte zu Bio, dann auf die Leiche und begann zu würgen. Seine Hände krampften.

»Soldat, reiß dich zusammen«, zischte der Captain. Mit Mühe und Not konnten die beiden die Leiche auf die Treppe und ans Geländer setzen, dann wandte sich Ragnar ab und kotzte dem Captain vor die Füße. Bio blickte auf die Leiche und sah, warum Ragnar gekotzt hatte. Dem Mann fehlte der Penis.

Der Platz vor der HafenCity Universität war nicht mehr dunkel. Gleißende LED-Lampen verwandelten den Platz in eine große Theaterbühne. Das weiße Scheinwerferlicht brach sich in den leichten Regentropfen, und an einigen Stellen konnte Pöppelmann einen schwachen Regenbogen ausmachen. Um dieses physikalische Schauspiel zu genießen, fehlte ihm aber die Muße. Schließlich stand er an einem weiteren Tatort, wohl wieder mit einem nackten Mann ohne Glied. Der Anblick, der sich ihm bot, wirkte irreal. Ein mit rot-weißen Bändern abgesperrtes Areal, an den jeweiligen Zufahrtsorten Polizeiwagen mit Blaulicht, Polizisten, die versuchten, die wenigen Schaulustigen hinter der Absperrung zu halten, und in der Mitte des Platzes saß eine Gruppe von Frauen in Kitteln und Regenschirmen auf den Bänken, wo sich sonst die Studierenden lümmelten. Pöppelmann schüttelte den Kopf. Er hob das Absperrband hoch und ging auf den Einsatzleiter zu.

»Kannst du mal dafür sorgen, dass die Frauen dort nicht im Regen sitzen müssen?«

»Und Sie sind …?«, kam es von oben herab zurück.

Pöppelmann hielt ihm seinen Ausweis unter die Nase. »Ich habe auch keine Lust, bei diesem Wetter und um diese Uhrzeit zu arbeiten. Ist aber nun mal unser Job.«

Der Einsatzleiter bellte einige Anweisungen in sein Telefon und wandte sich an Pöppelmann. »Decken und Zelt kommen gleich.«

»Geht doch. Und da wir uns gerade so gut verstehen: Es muss auf jeden Fall verhindert werden, dass hier jemand Fotos macht. Auch nicht die Presse. Mobile Sichtschutzwände wären da nicht schlecht.«

Und wieder bellte der Einsatzleiter seine Anweisungen ins Telefon.

Der muss ja sehr beliebt sein bei seinen Kollegen, dachte Pöppelmann. »Haben die Frauen die Polizei benachrichtigt?«

Der Einsatzleiter nickte.

»Wenn die Frauen im Zelt sind, bringt ihnen einen Tee.«

»Ist das hier eine Wohlfahrtsveranstaltung?«

Pöppelmann war schon auf dem Weg zur Leiche. Er drehte sich kurz um und sagte. »Ich habe jetzt hier das Sagen.«

Er blieb vor der Leiche stehen und zog die Decke zur Seite. Wieder nackt, wieder ohne Glied. Wie sehr hatte er gehofft, dass die Zeugen unrecht gehabt hätten. Er schaute auf die Uhr. Viertel nach sechs. Er grinste und griff zum Handy.

30

Freitag, 25.1.2019

Ein Handy klingelte. Britta schmiegte sich an Zille und zog die Decke über ihre Köpfe. »Lass es klingeln, Zille.« Aber das Handy hörte nicht auf zu klingeln. »Schalt es einfach aus.«

Zille griff nach dem Telefon und warf einen Blick aufs Display. Viertel nach sechs, und es war Pöppelmann. »Den Anruf muss ich annehmen.« Zille hielt sich das Handy ans Ohr. »Pöppelmann, weißt du, wie spät es ist?« Nach einer Minute richtete Zille sich auf.

»Es gibt einen neuen Toten.« Er blickte zu Britta, deren Kopf unter der Decke hervorlugte. »Textil- und schwanzlos.«

»Den schaue ich mir auch an.« Sie sprang aus dem Bett. »Gehe nur schnell unter die Dusche.«

In weniger als zehn Minuten waren beide abfahrtbereit und saßen in Zilles Pick-up. Zille fuhr an die nächste Tankstelle.

»Ich nehme einen Chai Latte und ein Franzbrötchen«, rief Britta Zille hinterher, der durch den Regen zum Shop lief.

»Sie hatten weder das eine noch das andere«, sagte er bei seiner Rückkehr und reichte Britta einen Milchkaffee und ein Croissant. Er selbst stellte seinen Becher in einen der vier Halter und fuhr los.

»Woher wusstest du, dass ich bleiben würde?«, fragte Britta unvermittelt. »Weil ich dich auf den Mund geküsst habe?«

»Nein. Ich wusste es schon, als du die Treppe herunterkamst.«

»Hatte ich so einen aufreizenden Gang?« Britta wischte die Croissantkrümel von ihrer Hose.

Zille grinste. »Den hast du immer.«

»Alter Chauvi.«

»Es waren deine offenen Haare in Kombination mit dem kleinen Rucksack.«

»Wieso das?«

»Der Rucksack ist zu klein, um Unterlagen zu transportieren. Ein typischer Frauenrucksack für Schminke und Wechselklamotten.« Zille blickte kurz zu Britta. »Gestern hattest du ein grünes und kein weißes T-Shirt an.« Zille trank einen Schluck aus seinem Kaffeebecher, stellte ihn aber schnell wieder zurück, weil er einem Radfahrer ausweichen musste.

»Und was hat es mit meinen Haaren auf sich?«

»Haare gehören zu den wichtigsten Schlüsselreizen bei der Beurteilung einer Person. Da du mir bislang immer mit Zopf gegenübergetreten bist, hast du mit deinen offenen Haaren meine Aufmerksamkeit in besonderer Weise herausgefordert. Und dein Hair-Flip war eine eindeutige Flirt-Attacke.«

Britta schüttelte den Kopf. »Psychologen.«

Zille lachte. »Nein, Männerphantasien.« Dann musste Zille wieder auf die Bremse treten. »Mist, so kommen wir nie an der HafenCity-Uni an.«

»Mit dem Pick-up könntest du alle zur Seite schieben«, schlug Britta lachend vor.

»Ich habe eine bessere Idee.« Zille ließ das Seitenfenster herunter, stellte sein Blaulicht aufs Dach und drückte das Gaspedal durch.

Eine Stunde nach dem Anruf waren Zille und Britta am Tatort angekommen. Zille hielt vor den beiden Rolltoren und stand somit unmittelbar vor der großen Aufgangstreppe. Die Kegel seiner Autoscheinwerfer strahlten direkt auf die Leiche, bei der sich gerade Rechtsmedizinerin Freya Jensen zu schaffen machte. Pöppelmann stand mit Staatsanwalt Dürkopp vor einem Zelt, der, wie immer gut gekleidet und frisiert, gerade seinen Schirm zusammenfaltete. Zille und Britta stiegen aus, legten Schutzkleidung an und gingen auf die beiden zu.

»Sind das jetzt die neuen Einsatzfahrzeuge für Profiler?«, fragte Pöppelmann.

»Sehr komisch. Sei lieber froh, dass ich überhaupt schon hier bin.«

Pöppelmann grinste. »Hat das BKA dich aufgehalten?«

»Dir auch einen guten Morgen.« Dann wandte sich Britta Dürkopp zu. »Britta Timmermann, BKA.«

»Ich bin …«

»… der zuständige Staatsanwalt, ich weiß.«

Dürkopp zog die Augenbrauen hoch. »Mir ist nicht bekannt, dass das BKA jetzt in den Fall involviert ist.«

»Ist es nicht. Darf ich mich trotzdem umschauen?«

Dürkopp blickte Britta an.

»Aus Neugier.« Britta strich ihre Haare nach hinten und lächelte. »Berufskrankheit.«

»Okay, wenn der leitende Kriminalhauptkommissar nichts dagegen hat.«

»Schon in Ordnung«, sagte Pöppelmann großzügig.

Britta drehte sich um und flüsterte Zille im Vorbeigehen zu: »Funktioniert tatsächlich.«

Die drei Männer blickten Britta Timmermann auf ihrem Weg zur Leiche hinterher. Der eine amüsiert, der andere verklärt und der dritte irritiert.

»Mir ist nicht ganz wohl dabei.« Staatsanwalt Dürkopp schlug den Mantelkragen hoch. »Jetzt sitzen uns nicht nur der leitende Oberstaatsanwalt und die Presse im Nacken, sondern auch noch das BKA.«

»Was wissen wir bisher?«, fragte Zille Pöppelmann.

»Um etwa fünf Uhr ging ein Anruf über die 110 bei der Polizei ein, und der Fund der Leiche wurde gemeldet.«

»Das war eine der Frauen, die im Zelt sitzen.«

»Genau. Die Frauen putzen hier, gehen normalerweise aber über den Hintereingang ins Unigebäude.«

»Und wieso diesmal nicht?«

Jetzt übernahm Dürkopp das Gespräch. »Ich habe mit den Frauen gesprochen, weil ich ein wenig Türkisch kann. Die Tür ist seit zwei Tagen defekt. Und da der Hausmeister krank ist, wurde sie auch noch nicht repariert.«

Zille verdrehte die Augen. »Was haben die Frauen denn gesehen?«

»Nichts.«

»Wie, nichts?«

»Als sie auf die Treppe zugegangen sind, haben sie dort schemenhaft jemanden sitzen gesehen. Das hat ihnen Angst gemacht. Also sind sie stehen geblieben und haben gerufen. Als keine Antwort kam, ist eine von ihnen etwas näher gegangen und hat bemerkt, dass die männliche Leiche nackt ist und keinen Pimmel mehr hat. Daraufhin ist sie kreischend zu den anderen Frauen zurückgelaufen, und alle sind ins Bushäuschen geflohen. Von dort haben sie angerufen.«

»Das Einzige, was ihnen aufgefallen ist, sind die defekten

Laternen. Es war hier heute Morgen um fünf Uhr ziemlich dunkel.« Pöppelmann steckte sich eine Zigarette an. »Die Spurensicherung hat auch noch nicht viel gefunden. Es hat die ganze Nacht geregnet.«

»Und Freya Jensen?«, fragte Zille. »Hat die schon was entdeckt?«

»Ist erst seit einer Viertelstunde hier.«

»Und warum hast du mich so früh hierherbestellt?«

»Noch sieht der Tatort fast so aus, wie ihn die Täter hinterlassen haben. Und ich finde, er unterscheidet sich von den beiden anderen.«

Zille verzog den Mund.

»Er ist nicht so einsam. Allein die beiden Gebäude gegenüber der U-Bahn-Station. Von dort aus kann man alle Zugangsstraßen und diesen Platz überblicken. Ganz schön großes Risiko.«

Zille ließ seinen Blick über den Tatort streifen. »Mensch, Pöppelmann, bereits um diese Uhrzeit in Höchstform. Weißt du schon, um wen es sich bei dem Toten handelt?«

»Keine Ahnung.«

»Können wir bald gehen?« Eine der Frauen aus dem Zelt kam auf die drei Männer zu. »Wir sitzen seit zweieinhalb Stunden in der Kälte, stehen immer noch unter Schock, und man hat alle unsere Anschriften und Aussagen zu Protokoll genommen.«

»Sie sprechen ja fließend Deutsch?« Dürkopp war überrascht.

»Sie ja auch.« Die Frau lächelte. »Wir sind wie Sie hier geboren.«

Dürkopp wirkte verlegen. »Aber sicher, Sie können natürlich gehen.« Er blickte zu Pöppelmann und Zille. »Oder wollen Sie noch mit ihnen sprechen?«

Zille schüttelte den Kopf.

»Wenn wir noch Fragen haben«, sagte Pöppelmann, »wissen wir ja, wo wir Sie erreichen können.«

Die Frau nickte. »Und danke für den Tee.« Dann verließ sie mit den anderen Frauen den Tatort.

»Die standen so unter Schock, dass sie alle Türkisch geredet haben«, versuchte Dürkopp sich zu rechtfertigen.

»Ich schau mich dann mal um«, sagte Zille und grinste.

Pöppelmann nickte. »Und ich versuch mal, was aus Meier von der Spusi rauszukriegen. Irgendetwas müssen die doch finden.«

Sein erster Weg führte Zille zur Leiche und zu Freya Jensen. »Guten Morgen, liebe Freya.«

»Du in Schutzkleidung?« Freya schaute ihn von oben bis unten an. »Die BKA-Tussi muss mächtig Eindruck auf dich machen.«

»Ich halte mich nur an die Vorschriften.«

»Eben. Das irritiert mich ja so.« Freya klopfte ihm auf die Schulter. »Aber sie ist ganz okay.« Sie zeigt auf die Leiche. »Schau mal auf die Fußgelenke.«

»Fällt mir nichts auf.«

»Musst schon näher herankommen. Bist doch sonst nicht so schüchtern.«

Zille beugte sich hinunter. »Sieht wie Druckstellen aus.«

»Genau. Da hat jemand beim Transport fest zugepackt. Das war bei den anderen Leichen nicht der Fall. Und das kann noch nicht lange her sein.«

»Ich schätze, zwischen vier und fünf Stunden.« Britta stand hinter den beiden.

»Wie kommst du darauf?« Zille reichte Britta die Hand und ließ sich von ihr hochziehen.

»Zu wenig Schlaf, Herr Kommissar?«, fragte sie und lachte ihn an.

»Das Alter«, kommentierte Freya süffisant. »Der natürliche Verfallsprozess lässt sich nicht aufhalten.«

»Es kann nicht jeder deine Jungbrunnen-Gene haben und aussehen wie Milch und Honig.« Dann stand er neben Britta. »Was veranlasst dich zu deiner Einschätzung?«

»Der Ort hier ist ziemlich gut einsehbar. Wer also die Gefahr minimieren will, jemandem zu begegnen, sollte zwischen drei und vier Uhr morgens hier auftauchen. Zwischen ein Uhr zwölf und vier Uhr vierundvierzig kommen an den Haltestellen weder Busse noch Bahnen an. Und statistisch betrachtet, ist um halb vier nachts am wenigsten los.«

»Klingt einleuchtend. Und du bist die Zweite, die darauf hinweist, dass dieser Ort nicht optimal ist, um eine Leiche unerkannt zu entsorgen.«

Freya Jensen hatte sich jetzt zu den beiden gesellt. »Vielleicht kann ich nach der Obduktion auch noch von einigen Abweichungen zu den ersten beiden Morden berichten.«

Zille schaute sie überrascht an. »Gibt es dafür Hinweise?«

»Nun ja, die Brandflecken am Hals fehlen. Und auch am Glied, also dem, was davon übrig ist, irritiert mich etwas. Aber das muss ich genauer untersuchen und mit den vorherigen Leichen vergleichen. Außerdem glaube ich, dass diese Leiche«, Freya suchte eine passende Beschreibung, »weniger vorsichtig platziert wurde.«

»Hinweise auf den Todeszeitpunkt?«, fragte Britta.

»Die Frage aller Fragen. Jedenfalls ist er schon ein paar Stunden tot und somit nicht an diesem Ort umgebracht worden.« Freya lächelte. »Genaueres, wie ich schon sagte, nach der Obduktion.«

»Ich werde jetzt den Tatort abgehen und auf mich wirken lassen.« Zille sah Britta an. »Begleitest du mich?«

»Damit ich noch was lernen kann?«

»Vielleicht, du weißt ja, wir Psychologen erahnen viele Dinge.«

Britta verpasste ihm einen Hieb auf den Oberarm. »Und danach gehen wir frühstücken.«

»Ich sollte mich beim BKA bewerben.« Freya sah, wie Britta und Zille die Stufen zum Eingang der Universität hinaufstiegen, und kümmerte sich dann wieder um die Leiche.

Oben angekommen, Zille hatte siebenundzwanzig, Britta dreißig Treppenstufen gezählt, hatte man einen guten Überblick über den Universitätsvorplatz und den Baakenhafen, der von der Baakenhafenbrücke überspannt wurde.

»Warum hier?«, fragte Britta.

»Wenn man der Logik der ersten beiden Morde folgt, sind die

Leichen an Orten abgelegt und in Szene gesetzt worden, wo sie viel Aufmerksamkeit bekommen. Das ist an einer Universität auch der Fall.«

»Stimmt, aber das Semester ist in zwei Tagen zu Ende.«

»Du meinst, hier laufen nicht mehr viele Studierende herum?«

»Siehst du welche?«

Zille warf einen Blick auf seine Uhr. »Also ich war um diese Uhrzeit auch nie in der Uni.«

»Die Zeiten haben sich geändert.«

»Du willst sagen, die Planung war nicht so perfekt wie bei den ersten beiden Morden?«

»Schau dich um. Die Bäume haben keine Blätter, gegenüber zwei Gebäude, zwei Straßen, die den Platz begrenzen.«

»Andererseits kannst du mit einem Van über die Brücke kommen, zwischen den beiden Gebäuden parken, dort die Leiche entladen und zum Beispiel mit einem Rollstuhl herfahren.«

»Riskant.«

»Es hat geregnet, es war dunkel. Kalkulierbares Risiko.« Zille schürzte seine Lippen und dachte nach. »Aber nicht so perfekt wie bei den beiden ersten Morden.«

Sie gingen die Treppen wieder hinunter.

Freya Jensen packte gerade ihre Sachen zusammen. »Die Leiche wird gleich abgeholt und ins Institut gebracht.« Zille sah sie an. Und Freya kannte diesen Blick. »Ja, ich beeile mich, Zille.« Sie nahm ihre Utensilien und machte sich auf den Weg. Nach einigen Metern drehte sie sich noch einmal um. »Und geht es jetzt zum Frühstück?« Die Ironie triefte aus ihrer Frage.

»Noch haben wir zu tun, Frau Doktor«, entgegnete Britta schnippisch.

Zille verdrehte die Augen.

Nach ihrer Runde über den Tatort landeten Britta und Zille wieder bei Pöppelmann, der sich gerade von Meier verabschiedete.

»Dürkopp hat sich schon aus dem Staub gemacht. Will aber über alles sofort informiert werden.« Pöppelmann steckte sich eine Zigarette an. »Einen ersten Bericht von der Spurensicherung bekommen wir heute Nachmittag. Ein paar Dinge hat Meier aber schon verraten. Sie gehen davon aus, dass die Täter von der Baakenhafenbrücke gekommen sind. Auf der Brücke wurden ein paar frische Spuren an einem Poller gefunden, der den Durchgang zum Fußweg markiert. Da ist jemand mit einem Gefährt, auf dem wahrscheinlich die Leiche lag, vorbeigeschrammt. Über den Fußweg kommt man dann problemlos auf den Platz vor der Uni und zur Treppe, wo sie die Leiche abgeladen haben. Dort hat die Spusi eine interessante Entdeckung gemacht. Vor den Stufen ist offensichtlich etwas weggeschrubbt worden. Was, wird noch untersucht.« Pöppelmann nahm einen tiefen Zug aus der Zigarette. »Ach ja, die Laternen waren manipuliert.«

Zille schaute sich um. »Das Ganze ist natürlich schon gut geplant worden. Aber eben nicht perfekt. Das ist der Unterschied zu den anderen Morden.«

»Was aber nicht zwangsläufig bedeutet, dass es andere Täter waren«, bemerkte Britta.

»Stimmt.« Pöppelmann fuhr sich über seine Glatze. »Schwänze abschneiden ist nicht jedermanns Sache. Ich gehe erst mal davon aus, dass hier wieder derselbe Täter zugeschlagen hat. Und dann hätten wir es mit einem Serienkiller zu tun.«

»Deine Einschätzung leuchtet mir durchaus ein.« Doch Zilles Skepsis war nicht zu überhören. »Aber wir sollten auch nicht ausschließen, dass es sich um einen Trittbrettfahrer handelt.«

»Wir werden die nächsten Stunden damit verbringen, Leute zu befragen. Das eine Gebäude ist ein Wohnhaus. Von dort hat man teilweise einen freien Blick auf das Gelände. Dahinter befindet sich ein Hotel. Vielleicht gibt es ja ein paar Nachtschwärmer, die was gesehen haben und brauchbare Hinweise liefern können.«

Zille rieb sich die Hände. »Ganz schön kalt. Apropos Leute befragen. Hat eigentlich die Befragung in der Marina Rüsch etwas ergeben?«

Pöppelmann schüttelte den Kopf. »Da hat niemand etwas bemerkt. Sonst hättest du es erfahren.«

»Der Tote ist ein Mann namens Jochen Oven, Kaufmann und

Wissenschaftler«, sagte Britta plötzlich und blickte von ihrem Handy auf. »Ich hatte so eine Ahnung und habe ein Foto von ihm durch unsere Datenbank laufen lassen. Als Amtshilfe.« Sie grinste.

»Ihr seid ja schnell«, sagte Pöppelmann anerkennend.

»Er ist auch Mitglied bei der Gesellschaft für freien Handel und hatte in letzter Zeit regen Kontakt mit einigen anderen Mitgliedern der Gesellschaft, die wir im Visier haben. Was er mit ihnen zu tun hat, wissen wir nicht.«

»Das lässt sich ja herausfinden.« Im Hintergrund erspähte Zille ein paar Fahrzeuge inklusive Ü-Wagen. »Hat diesmal aber ganz schön lange gedauert, bis die Presse auftaucht.«

»Zum Glück. So können sie keine Fotos von dem Mordopfer machen. Das ist gerade in den Leichenwagen geladen worden.« Pöppelmann holte einen kleinen Aschenbecher aus seiner Manteltasche und drückte seine Zigarette aus.

»Mensch, Pöppelmann, wie vorbildlich.«

»Habe ich von einer Pressetante bekommen, nachdem sie mich in Ohlsdorf erwischt hatte, wie ich die Kippe weggeschnippt habe. Das nächste Mal würde sie darüber berichten, hat sie gedroht.«

Britta lachte. »Du lässt dich ja leicht einschüchtern.«

»Was sollen meine Kinder von mir denken?«

Britta zog Zille am Arm. »Lass uns hier verschwinden, bevor die Presse mich hier sieht und das BKA ins Spiel bringt.«

»Ist sowieso Pöppelmanns Job, mit der Presse zu reden.«

Beim Pick-up angelangt, entledigten sich die beiden ihrer Schutzanzüge.

»Wieso hattest du die eigentlich im Auto?«

»Habe vor einiger Zeit mal einige hier deponiert.« Zille lächelte verlegen. »Leisten gute Dienste, wenn ich am Wagen herumschraube.«

Kaum saßen sie im Fahrzeug, holten beide ihre Handys heraus. Zille schrieb an Elias und Janne. *Neuer Mordfall. Wieder GffH-Mitglied und wieder nackt und ohne Glied. Name Jochen Oven. Leichte Abweichungen. Müssen uns treffen.*

Was und wem Britta schrieb, blieb ihr Geheimnis. Sie klappte ihr Handy zusammen. »Das Frühstück müssen wir auf morgen verlegen.«

Zille zog die Augenbrauen hoch.

Sie lächelte ihn an. »Bei dir.«

»Okay, wo soll ich dich absetzen?«

»Am Bellevue. Ich muss mich umziehen.«

31

Freitag, 25.1.2019

Zwei Stunden später stand Britta in der Hamburger Kunsthalle. Sie kaufte sich ein Ticket für die Werkschau über den flämischen Künstler Philippe Vandenberg, die im Sockelgeschoss der Galerie der Gegenwart zu sehen war. Sie wollten sich vor dem Bild »Aimer c'est flageller II« treffen. Ihr blieb noch etwa eine Viertelstunde, um sich umzusehen.

Britta wanderte durch die Ausstellung, die den Titel »Kamikaze« trug. Es ging offenbar um Zerstörung des Alten, damit Neues geschaffen werden konnte. Ein Gedanke, den Britta teilte. Doch aus den Werken des Künstlers erschloss sich ihr das nicht unbedingt. Dennoch sprachen einige der ausgestellten Bilder sie an. Sie waren verstörend und berührend zugleich. Aber Britta hatte weder die Zeit noch die Muße, sich weiter damit zu beschäftigen, denn sie hatte ihre Verabredung entdeckt.

Der ältere Herr mit dem vollen Haar schaute sich verunsichert immer wieder um, ging am verabredeten Treffpunkt vorbei, kehrte dann wieder um und blieb pünktlich auf die Minute vor dem Bild stehen. Britta ließ ihn noch zwei Minuten warten, dann stellte sie sich neben ihn.

»Ein Gemälde voller intensiver Dichte. Finden Sie nicht auch?«

»Kein Wunder, wenn die Leinwand mit Blut getränkt wird.«

»Gehen wir ein Stück, es gibt noch einige interessante Werke des Künstlers zu bestaunen.«

Die beiden machten sich auf den Weg und schlenderten wie Vater und Tochter durch die Ausstellung. Niemand würde auf die Idee kommen, dass hier eine BKA-Beamtin mit ihrem Spitzel durch die Räume der Kunsthalle ging.

»Es freut mich, dass Sie Zeit für dieses Treffen haben.«

Jetzt schaute der ältere Herr Britta zum ersten Mal an. Er lächelte. »Eine symbolträchtigere Ausstellung hätten Sie sich nicht aussuchen können.«

Britta schaute ihn fragend an.

»›Kamikaze‹ kann man mit ›göttlicher Wind‹ übersetzen. Die Japaner nannten so im Zweiten Weltkrieg ihre Angriffstechnik, bei der sich ein japanischer Pilot mit seinem Flugzeug in selbstmörderischer Absicht auf das feindliche Ziel stürzte. Im übertragenen Sinne kann man unter ›Kamikaze‹ also auch eine sich selbst schadende Handlung verstehen.«

»Nun, ich glaube, dass Ihre Tätigkeit für mich und Ihr heutiges Auftauchen Ihnen nicht schaden werden, sondern eher im Sinne des Künstlers auszulegen sind.«

Jetzt schaute ihr Begleiter sie fragend an.

»Für Vandenberg bedeutet Kamikaze einen radikalen Richtungswechsel, indem man Altes zerstört und Neues entstehen lässt. So müssen Sie das sehen.«

»Gehen wir dort drüben hin.« Er zeigte auf ein mindestens drei mal vier Meter großes Kunstwerk, auf dessen weißem Grund viele kleine abstrakte Bilder und Wortbotschaften abgebildet waren.

Britta trat dicht davor. »›Der Geist ist ein Reisender, die Seele ist ein Vagabund‹. Was für ein Titel.«

»Vor allem eine spannende Kombination aus dreiundsiebzig Einzelwerken. Bildliche und sprachliche Botschaften.«

»In Blut getaucht.«

»Opfer müssen wir alle bringen.«

The Cube, das Restaurant im Museum, war gut besucht, entsprechend laut war die Geräuschkulisse. Das war Britta und ihrem Begleiter sehr recht, auch wenn sie dadurch etwas enger zusammenrücken mussten. Britta hatte einen Tisch fernab vom Tresen reserviert, somit waren sie nur von zwei Nachbartischen umgeben. An dem einen saßen zwei Geschäftsleute, die hitzig über die neuen Kommunikationsstrukturen in ihrer Firma debattierten. Am anderen Tisch saß eine Familie mit zwei halbwüchsigen Kindern, die mit ihren Handys spielten, während die Eltern über den Kauf eines neuen Autos stritten.

Nachdem der Blattsalat mit gratiniertem Ziegenkäse für Britta und die Hummersuppe für ihren Begleiter serviert worden waren, konnte sie endlich zum Wesentlichen kommen.

»Dann folgen Sie mal Ihrer Seele, Herr Rautlage.«

Der lachte gequält. »Ich soll also zum Vagabunden werden.«

»Besser als sesshaft im Knast«, antwortete Britta trocken und erinnerte ihn damit an den Deal, den sie hatten.

»Gut. Vor einigen Tagen hat sich der Innere Kreis der GffH getroffen. Es sollte eigentlich ein Routinetreffen werden, um die geschäftlichen Planungen für die nächste Zeit zu besprechen und darüber zu reden, auf welche politischen Prozesse wir hinsichtlich der Bundestagswahl 2021 Einfluss nehmen wollen. Das muss ja von langer Hand vorbereitet werden.«

»Geht es etwas konkreter?«

Rautlage rührte nervös in seiner Suppe. »Die Morde an Brievenbusch und Kettenbach haben die ganze Tagesordnung auf den Kopf gestellt. Mit den beiden sind zwei Mitglieder des Inneren Kreises bestialisch umgebracht worden. Und damit gerät das Geschäft mit Abasov und Schewtschenko in Gefahr, weil auch Klaasen und wahrscheinlich auch Schmitt in das Geschäft involviert sind.«

»Und Braunsfeld?«

»Vielleicht.«

»Und neben dem Geschäft sehen Sie jetzt auch ihre Leben in Gefahr?«

»Das haben wir diskutiert und sind zu dem Schluss gelangt,

dass es aus geschäftlichen Gründen keinen Sinn ergibt, uns alle zu ermorden, zumal man Braunsfeld auch keinen, na, Sie wissen schon, abschneiden kann.«

Britta grinste. »Stimmt.«

»Mit den Morden an Brievenbusch und Kettenbach haben aus unserer Sicht weder Abasov und seine Leute noch die Gesellschaft zu tun. Das wäre«, und jetzt umspielte ein kleines Lächeln Rautlages Lippen, »Kamikaze.«

»Im klassischen Sinne.«

»Deshalb haben wir eine Sicherheitsfirma beauftragt, die Wohnungen der Opfer zu beobachten, um so vielleicht etwas über die Hintergründe der Morde zu erfahren, wobei wir glauben, dass es sich um Racheaktionen handelt.«

»Haben Sie was erfahren?«

»Nicht wirklich, aber das hat Schmitt alles organisiert. Der hält auch die Kontakte zu der Firma. Vielleicht hat er uns nicht alles erzählt.«

Britta runzelte die Stirn.

»Als Sie mich heute Morgen über den Mord an Jochen Oven informiert haben, hätte ich fast einen Herzinfarkt erlitten.« Rautlage schob seine Suppe zur Seite, sie war inzwischen kalt geworden.

»Sie hätten auch einen Salat nehmen sollen. Der wäre von vornherein kalt.«

»Sie haben gut lachen.« Rautlage klang genervt. »Sie wissen, dass ich mich auf den Deal nur eingelassen habe, weil Sie mich in der Hand haben mit Ihren Informationen –«

»Und Beweisen.«

»Das war nicht aus Überzeugung, sondern ich wollte meine Haut retten. Die Nachricht vom Mord an Jochen Oven hat aber tatsächlich in mir etwas in Bewegung gesetzt.«

»Einen Richtungswechsel?«

»Wenn man so will. Ich glaube, dass Schmitt aus dem Inneren Kreis dahintersteckt. Aber Mord ist nicht mein Geschäft.«

Und dann begann Rautlage mit der Zerstörung eines großen Teils seines bisherigen Lebens, um sich auf dieser Grundlage etwas Neues zu ermöglichen. Er machte sich Vandenbergs Kamikazebegriff zu eigen und plauderte aus dem Nähkästchen.

Britta winkte sich ein Taxi heran.

»Bringen Sie mich bitte in den Steenwisch.«

»Nummer?«

»Nächste Frage«, sagte Britta grinsend. »Ich sage, wenn Sie halten sollen.«

Auf dem Weg zu Zille rekapitulierte Britta noch einmal das Gespräch mit Rautlage.

Sie hatte erfahren, dass Klaasen detaillierte Kenntnisse über die Durchführung der Morde besaß, die er angeblich von einem Parteifreund hatte. Dazu Fotos. Schmitt hatte besonderes Interesse daran gezeigt und sich gleichzeitig die Zustimmung vom Inneren Kreis für eine Einschüchterungsaktion gegen Oven geholt, damit dieser seinen Rücktritt vom Vertrag für einen Fehler erklärte und sein Patent wie vorgesehen dem großen Lebensmittelkonzern verkaufte.

Auch ging Rautlage davon aus, dass Sylvia Braunsfeld, ebenfalls im Inneren Kreis, in dieses Geschäft involviert war. Doch obwohl er sie schon lange kannte, wusste er nicht viel über sie. Nur dass sie sehr vermögend war, konnte er mit Bestimmtheit sagen. Als Kundin seiner Bank hatte er einen gewissen Einblick in ihre Geldgeschäfte. Und die fanden nicht nur in Deutschland statt, sondern vor allen in Italien. Rautlage sprach mit einer gewissen Hochachtung von Sylvia Braunsfeld, und eine Beteiligung an einem Mord traute er ihr nicht zu.

Im Gegensatz zu Schmitt. Nach der Information über den Mord an Oven und dessen Inszenierung war Rautlage sofort überzeugt gewesen, dass der dahinterstecken musste. Er konnte Schmitt offensichtlich nicht leiden.

Das waren wichtige Informationen für Zille und die Soko. Britta interessierten vor allem die Informationen über den Deal mit Abasov und Co. Rautlage hatte erzählt, dass Klaasen mit den Schiffen von Kettenbach Waffen in den Kaukasus liefern wollte. Die sollten von Rostock nach Klaipėda oder Tallinn verschifft und dann über den Landweg nach Aserbaidschan oder wo auch immer hin transportiert werden. Den Landweg würden Abasov und Schewtschenko mit Hilfe der Logistik von Brievenbuschs Firma organisieren. Im Gegenzug würde diese Route für Waren aus Aserbaidschan zur Verfügung stehen.

Was Schewtschenko für ein Interesse hatte, wusste Rautlage nicht. Aber Britta. Die wichtigste Information, die Rautlage ihr jedoch lieferte, war die Rolle der Sicherheitsfirma PSC in diesem Spiel. Offensichtlich sollte sie für die Sicherung aller Transporte sorgen. Und das hieße, dass der Chef von PSC Routen und Zeitpunkte kannte.

»Ich biege jetzt in den Steenwisch ein.«

Der Taxifahrer riss Britta aus ihren Gedanken. Sie blickte auf ihre Uhr. »Halb drei, Freitagnachmittag in einer halben Stunde durch die Stadt. Nicht schlecht. Halten Sie in etwa hundertfünfzig Metern auf der linken Seite.«

»Steenwisch 65. Fürs nächste Mal.«

»Alles klar.« Britta nahm ihre Reisetasche, bezahlte und ging zur Wohnungstür. Von dort drang ihr laute Musik entgegen. Klingeln schien aussichtslos. Sie hörte genauer hin. So ähnlich wie ein Shanty, dachte sie.

Es war 'ne harte Überfahrt
Zehn Wochen nur das Deck geschrubbt
Hab die Welt verflucht
In den Wind gespuckt
Und salziges Wasser geschluckt

Britta kam das Lied bekannt vor, sie wusste aber im Moment nicht, wer da sang. Sie versuchte, sich mit dem Handy Gehör zu verschaffen. Ohne Erfolg. Blieb nur der Weg über den Garten. Bald stand sie vor der Terrassentür und traute ihren Augen nicht. Von der Decke hing ein Sandsack, auf den Zille eindrosch. Im Takt zur Musik.

Ich hab das Paradies gesehen
Es war um 1910
Der Steuermann hatte Matrosen am Mast
Und den Zahlmeister ha'm die Gonokokken vernascht
Aber sonst waren wir bei bester Gesundheit

Das sah zugegebenermaßen nicht schlecht aus. Linker Haken und rechte Gerade hatten ordentlichen Wumms. Als sie gegen die Scheibe klopfte, merkte Britta, dass sie das im Takt tat. »Aloha heja he, aloha heja he, aloha heja he.« Jetzt fiel es ihr wieder ein. Das war Achim Reichel.

Zille drehte sich um und grinste. Er zog die Boxhandschuhe aus und öffnete die Terrassentür.

Britta umarmte ihn. »Ich liebe starke Männer mit einem guten Musikgeschmack«, flüsterte sie ihm ins Ohr und zog ihn ins Schlafzimmer.

Zille hatte ein Chili aufgetaut und daraus ein Chili-Cheese-Dog gezaubert. Britta hatte zunächst ein wenig skeptisch auf den Zutatenmix aus Brötchen, Würstchen, Chili und Cheddar geschaut, doch Zille hatte sie beruhigt, nachdem er die Dogs in den Ofen geschoben hatte. »Das ist das Originalrezept aus dem besten und bekanntesten Imbiss in den USA: Ben's Chili Bowl. Da haben schon Duke Ellington, Ella Fitzgerald, George W. Bush und Barack Obama gegessen.«

»Und du natürlich auch.«

»Klar, ich bin mehrmals aus Quantico nach Washington, D.C., gereist.«

So groß wie Brittas Skepsis zunächst gewesen war, so groß war nach dem Essen ihre Begeisterung. »Zille, das war köstlich. Das kannst du häufiger machen.«

»Für dich?«

»Für wen sonst?«

Zille küsste sie.

»Sag mal, mit wem hast du dich heute Morgen getroffen?«

»Nach der Tatortbesichtigung war ich zwiegespalten. So wie

du. Es sah einerseits nach einem weiteren Ritualmord aus. Aber es war zu viel unter der Oberfläche, was nicht zusammenpasste. Und da habe ich einfach einen Schuss ins Blaue gewagt. Und ins Schwarze getroffen.« Dann erzählte Britta ihm von dem Treffen mit ihrem Spitzel.

Zille hörte aufmerksam zu.

»Mit diesen Informationen kannst du die ganzen so ehrbaren Kaufleute hochnehmen.«

»Dann müsste Rautlage als Kronzeuge aussagen. Ich habe ihm das angeboten, aber er ist noch nicht so weit.«

»Gibt es eine Alternative?«, fragte Zille.

»Am liebsten würde ich den ganzen Schmugglerring zerschlagen. Doch dafür brauche ich noch mehr Informationen. Und dabei spielt eine Sicherheitsfirma mit dem Namen PSC eine zentrale Rolle.«

»Aha. Interessant.« Zille fasste sich an seinen Zopf, was er meistens tat, wenn er versuchte, sich an etwas zu erinnern. »Den Namen hat Janne auch schon mal erwähnt.«

»Kenn ich die?«, fragte Britta gespielt schnippisch.

»Glaube ich nicht. Solltest du aber kennenlernen. Eine toughe junge Frau. Sie arbeitet mit Elias zusammen.«

»An den Morden?«

»Genau. Hat schon einige wichtige Informationen beschafft.« Zille grinste. »Nicht immer ganz legal. In St. Moritz hat sie Alma Brievenbusch und Abasov beschattet.« Zille stockte. »Jetzt erinnere ich mich. Dabei wurde ein Anschlag auf sie verübt, und zwar von Schewtschenkos Bodyguards, die für eine Firma namens PSC arbeiteten. Vor der hat allerdings noch niemand etwas gehört.«

»Hat sie ihn überlebt?«

»Sie schon.«

Britta nickte anerkennend. »Wenn PSC Alexa Schewtschenko beschützt, die wiederum in den Deal mit Brievenbusch und den anderen verwickelt ist, dann ist das ein weiteres Indiz, dass diese Sicherheitsfirma mehr über dieses Geschäft weiß.«

»Und dass Rautlage die Wahrheit sagt.«

Britta öffnete zwei Bierflaschen, und die beiden prosteten sich zu. »Rautlage hat übrigens auch gesagt, dass Klaasen detaillierte Informationen von einem Parteifreund über die Morde hatte. Und die Informationen hat er im Inneren Kreis verbreitet.«

»Somit verfügten vier Leute über Täterwissen. Scheiße.«

Britta stand auf und ging zu Zilles DVD-Regal. »Schöne Sammlung. Ein bisschen einseitig vielleicht.«

Zille stand neben ihr. »Ich habe auch zwei Liebesfilme und drei Komödien.«

»Aber zweihundert Thriller.«

»Zweihundertfünfzig.«

Ein paar Minuten später saßen Britta und Zille mit Chips und Bier vorm Fernseher und schauten sich »Spy Game« mit Robert Redford und Brad Pitt an. Hätte sie jemand beobachtet, wäre er davon ausgegangen, dort ein lange verheiratetet Ehepaar zu sehen. Britta war nur mit einem viel zu großen Hemd bekleidet, und Zille saß in einem blauen Bademantel neben ihr.

»Zille, es ist schön bei dir«, sagte Britta und lehnte ihren Kopf auf seine Schulter.

Zille strich ihr über die blonden Haare. »Es ist schön, dass du hier bist.«

In dem Moment klingelte Zilles Handy. Er schaute aufs Display und verzog das Gesicht. »Pöppelmann.« Er nahm den Anruf an. »Wird das jetzt zur Gewohnheit, dass du immer zu unmöglichen Zeiten anrufst?«

»Der Obduktionsbericht ist da.«

»Hat das nicht bis Montag Zeit?«

»Gute Nacht, Papa«, krächzte eine Stimme.

»Was?«

»Oskar, halt die Klappe«, war Pöppelmanns Stimme gedämpft zu hören.

»Seit wann wohnt dein Sohn wieder bei dir?«

»Tut er nicht.«

»Aber –«

»Gute Nacht, Papa.«

»Da, schon wieder.«
»Ich gehe jetzt in ein anderes Zimmer.«
Zille hörte, wie eine Tür fest ins Schloss gezogen wurde.
»Jetzt können wir in Ruhe reden.«
»Pöppelmann, was verschweigst du mir?«
»Ich habe einen Graupapagei. Der quatscht ununterbrochen.«
Zille konnte sich das Lachen kaum verkneifen. »Bring ihn doch mal aufs Präsidium mit. Da kann er noch was lernen. Zum Beispiel ›Stopp, Polizei!‹ oder ›Ich will deine Hände sehen‹.«
»Mach dich nur lustig über mich. Meine Kinder wollten ihn nicht mitnehmen. Also ist er hiergeblieben.«
»Schon in Ordnung. Sind ja kluge Tiere.«
»Klüger als so mancher Erwachsene. Jetzt hör mal zu, Zille. Freya Jensen hat mir heute Abend noch den vorläufigen Obduktionsbericht geschickt. Er bestätigt, was du auch schon als Möglichkeit angedeutet hattest. Der Mord wurde nicht von dem Mörder der beiden ersten Morde begangen. Ich dachte, das interessiert dich.«
»Ja klar.«
Pöppelmann schilderte Zille jetzt in aller Ausführlichkeit, was die Rechtsmedizinerin herausgefunden hatte. Wieder einmal bestätigte sich ihr großes Können.
»Du sagtest ›vorläufig‹?«
»Sie hat in den wenigen Haaren des Opfers Pollen gefunden.«
»Und was will sie damit?«
»Sie will untersuchen, um was für Pollen es sich handelt, also von welcher Pflanze sie stammen, und wenn sie das weiß, könnte sie wahrscheinlich herausfinden, wo das Opfer ermordet wurde.«
»Das wäre natürlich hilfreich.«
»Allerdings, dann könnten wir am Montag auf der PK wenigstens ein paar Fortschritte vermelden.«
»Kriegt sie das denn so schnell heraus?«
»Morgen Abend haben wir das Ergebnis. Schreibt sie jedenfalls.«

»Hat Freya kein Privatleben?«

»Sie ist seit ein paar Wochen geschieden. Die Arbeit lenkt sie wahrscheinlich ab.«

»Wusste ich nicht. Eine Frage habe ich noch. Warum hat sie an den beiden ersten Leichen keine Pollen gefunden?«

»Keine Ahnung. Aber wo wir gerade so nett plaudern: Wir haben noch mehr.«

»Nun mach's nicht so spannend.«

»Die Spurensicherung hat DNA-Spuren gesichert. Vor der Treppe, wo die Leiche lag, hat jemand hingekotzt.«

»Ist mir nicht aufgefallen.«

»Nee, war auch alles weggeschrubbt. Jedenfalls oberflächlich.«

»Und wissen sie, wer da einen sensiblen Magen hatte?«

»Die sind nicht so schnell wie Freya.«

»Jetzt habe ich noch eine Frage an dich. Wer hat Zugang zu den Ermittlungsunterlagen über die Mordfälle, die wir gerade bearbeiten?

»Alle Soko-Mitglieder, der Staatsanwalt, der Oberstaatsanwalt. Und ich denke, auch die Großkopferten. Polizeipräsident, Generalstaatsanwalt, wahrscheinlich auch der Justizsenator. Wieso fragst du?«

»Und wer von denen ist Mitglied in irgendeiner Partei?«

»Na, der Senator.«

»Das hätte auch Oskar gewusst.«

»Von den anderen weiß ich es nicht.«

»Gut, dann sehen wir uns Montag.«

Zille blickte zu Britta, die auf dem Sofa döste. »Wollen wir weitergucken, oder willst du wissen, was Pöppelmann erzählt hat?«

»Bring mir noch ein Bier, dann hör ich dir zu.«

Donnerstag, 7. Juni 2018

Wo ist meine Mutter gewesen? Hat sie mich im Stich gelassen? Ihre Tochter, die Hilfe gebraucht hat, Zuwendung und Anerkennung. Sie muss es doch gespürt haben, wie wichtig das gewesen wäre. Wieso hat sie aus ihrem eigenen Verlust nichts gelernt? Wieso hat sie geschwiegen und mich nicht beschützt? Alles Fragen, die mich mein Leben lang begleiten und auf die ich erst jetzt Antworten und Erklärungen finde. Kann ich ihr verzeihen?

Das Zimmer hat sich verändert. Der Sessel ist mit einem grünen Stoff bezogen, den ein Blättermuster dezent durchzieht. Dort, wo das Waldbild die Wand geschmückt hat, ist nun ein blaues Meer zu sehen, dessen hohe Wellen gegen das Felsenufer schlagen.

Das Meer ist ein Sehnsuchtsort für viele Menschen.

Unendlichkeit, Weite, Tiefe und Größe. Voller Geheimnisse und der ursprüngliche Ort des Lebens. Voller Kraft und Dynamik. Eine Urgewalt, gleichförmig und wild, unbezähmbar.

Wieder dieses Lächeln. Versonnen, hintergründig, mehrdeutig. Ist ihre Brille heute dunkler?

Nimm Platz und lass das Meer mit seiner Kraft in dich hineinströmen. Wir sind zu einer langen gemeinsamen Reise aufgebrochen, haben viele Täler und einige Höhen durchschritten. Jetzt nehmen wir das Ziel in Angriff. Schließ die Augen und erzähle mir von Angstattacken in deiner Jugendzeit.

Beim letzten Mal habe ich davon berichtet, dass mich immer noch diese Angstattacken überkommen. Im Bus, im Schwimmbad, beim Einkaufen oder beim Friseur. Angstattacken, die je nach Heftigkeit Herzrasen, Zittern oder Schweißausbrüche mit sich bringen. Machen mir die Menschen Angst? Sind es nur die Männer? Ist es der Einfluss meines Vaters? Oder sind die Attacken vererbt? Von meiner Mutter? Von ihrer Mutter? Über Generationen hinweg? Meine Großmutter hat Angst gehabt.

Meine Mutter ebenfalls. Und ich habe Angst. Furchtbare Angst. Bin verzweifelt. Aber in mir brodelt etwas.

Ich zucke zusammen, als ich eine Hand auf meiner spüre. Ich blickte meine Therapeutin an. Sie nickt mir aufmunternd zu.

»In der Jugendzeit habe ich Angst vor dem Einschlafen gehabt. Mit offenen Augen habe ich im Bett gelegen. Das Licht angelassen, weil ich mich im Dunkeln fürchte. So vermeide ich die Dunkelheit, denn wenn ich aufwache, weiß ich sofort, wo ich mich befinde. Und ich wache oft auf, aufgeschreckt von Geräuschen. Ich höre jedes Geräusch. Schon immer. So wie das Haustürklingeln. Stocksteif liege ich dann im Bett.

Wer kommt so spät zu Besuch? Freunde meines Vaters? Männer und Frauen? Nur Männer? Böse Männer? Dieselben wie beim letzten Besuch? Denen ich Wein aus dem Keller holen muss? Dem dunklen Keller, in den ich freiwillig nie gegangen bin, weil ich Angst habe, dass mir dort unten was Böses widerfahren wird. Sind es die Männer, die später betrunken um mein Bett stehen, um sich für den Wein zu bedanken? Mich dann aber ausgelacht haben, weil ich vor Angst ins Bett pinkele? Und die nur gehen, weil mein Vater sie aus dem Zimmer gescheucht hat?

Dann läuft mir ein Schauer über den Rücken. Mein Herz klopft vor Aufregung. Ich hyperventiliere. Ich kratze mich, nehme eine Schere und ritze in meine Haut. Will mich spüren, will aufstehen. Doch es geht nicht. Ich kneife in meine Arme, presse die Hände gegeneinander. Ich muss mich spüren. Nehme all meinen Mut zusammen. Springe auf und laufe ins Bad.

Ich sehe mich im Spiegel, kahl geschoren und nackt. Im Zeitraffer irre ich durch Straßen, überall Menschen, die mich mit faulem Gemüse bewerfen, mich auslachen. Brennende Häuser und Höfe, weinende Kinder, klagende Mütter, zerstörte Städte. Alles im Bruchteil einer Sekunde. Dann wird es hell, gleißendes Licht, und den Flammen entsteigen drei wabernde Wesen, die mich umkreisen. Mal in Gestalt von jungen Burschen, mal in Gestalt von Freunden meines Vaters. Schließlich schweben sie als dreiköpfige Hydra über mir. Ich will weglaufen, bleibe aber vor Angst wie angewurzelt und gelähmt stehen und sinke in mir zusammen. Bevor es um mich herum dunkel wird, reiße ich die Augen auf. Ich bin schweißgebadet. Zum Glück brennt das Licht.

Woher kommt nur diese Angst?«

Die Angst vor der Hydra rettet dein Leben, denn sie ist kaum zu töten. Schlägst du ihr einen Kopf ab, so wachsen zwei nach. Herkules besiegte sie nur, indem er sich Hilfe holte.

Stell dir vor, du würdest als dein heutiges erwachsenes Ich in das Badezimmer treten und die verängstigte Jugendliche zusammengesackt am Boden sehen, bedroht von einer Hydra. Wie kannst du ihr helfen?

»Ich werde sie aufrichten, sie schützend in den Arm nehmen. Doch was soll ich gegen eine dreiköpfige Hydra ausrichten?«

Denk nach. Du bist erwachsen. Groß. Stark. Siehst die Hydra im Spiegel.

»Ich balle die Hand zur Faust und zerschlage den Spiegel.«

32

Samstag, 26.1.2019

»Maja ist in den dritten Mordfall involviert und kann uns Informationen über das Opfer geben«, erklärte Elias ihre Anwesenheit im Besprechungsraum.

»Eher mittelbar betroffen«, erwiderte Maja. »Ich kenne Agnes Oven.«

Zille, der gerade die von seinem Lieblingsbäcker mitgebrachten Franzbrötchen in eine große Schüssel füllte, blickte zu Maja. »Ist das seine Tochter?« Dann fischte er selbst als Erster ein Brötchen heraus und biss genussvoll hinein. »Göttlich.«

»Ja, ich bin mit ihr zur Schule gegangen. Wir haben dann beide Biologie studiert und sind bis heute befreundet. Den Vater kenne ich zwar auch schon seit dieser Zeit, habe ihn aber selten gesehen. Wie Agnes auch. Sie hatte immer schon ein distanziertes Verhältnis zu ihm, was im Wesentlichen mit seinem übersteigerten Ego zu tun hatte. Länger als zehn Minuten konnte man es mit ihm nur aushalten, wenn man bedingungslos seiner Meinung war. Und das war Agnes immer schon schwergefallen. Einerseits war ihr Vater ein aufgeklärter Wissenschaftler und Chemieingenieur, der viele umweltfreundliche Innovationen vor allem für die Lebensmittelindustrie auf den Weg gebracht hatte. Er befasste sich hauptsächlich mit der Erforschung von Alternativen zu Agrarrohstoffen wie Palmöl, Soja, Zucker und so weiter. Und dabei legte er sich gerne mit den großen Konzernen an. Andererseits war er aber auch erfolgreich. Mit jedem neuen Patent, das er vermarktete, wuchs nicht nur sein Konto, sondern leider auch seine Überheblichkeit.«

»Er war also ein erfolgreicher Kaufmann«, bemerkte Elias.

»Das kann man sagen. Er hatte bestimmt viele Neider und vielleicht auch Feinde.«

»Auch solche, die ihn umbringen und dann so entblößt präsentieren würden?«, fragte Janne ungläubig.

»Wie meinst du das, entblößt?«

Elias bediente kurz den Computer, und auf dem großen Bildschirm erschien ein Foto des Toten.

»Gütiger Gott!«, entfuhr es Maja. »Wer macht denn so etwas?«

»Das fragen wir uns auch. Ich habe nach ähnlichen Fällen gesucht. Weltweit.« Zille war enttäuscht. »Nichts, kein einziger vergleichbarer Fall. Die Russenmafia schneidet Hände ab, die italienische Mafia Finger, Ohren oder auch mal eine Nase – aber den Penis?«

»Vielleicht hat Agnes eine Ahnung, wer ihn so hassen könnte.« Auch Janne machte sich jetzt über die Franzbrötchen her. »Wir sollten mit ihr sprechen.«

»Das wird schwierig sein. Sie ist gerade auf einer Expedition in der Arktis. Irgendwo in der Beaufortsee.«

»Oder mit seiner Frau.«

»Die ist gestorben, als Agnes sechzehn Jahre alt war. Agnes hat sehr darunter gelitten, es aber nicht gezeigt.«

»Das ist ganz typisch für Jugendliche.« Zille trank einen Schluck Kaffee. »Sie halten sich sonst nicht an die Norm, warum dann beim Trauern? Zu ihrem Lebenskonzept gehört es, in Opposition zu den erwachsenen Konventionen zu stehen. Wahrscheinlich ist sie nach der Beerdigung auf eine Party gegangen oder ins Kino.«

»Stimmt«, warf Maja ein. »Wir haben einen ›Star Wars‹-Film gesehen. Ich glaube, es war ›Die Rückkehr der Jedi-Ritter‹.«

Zilles Augen leuchteten. »Ein großartiger Film und würdiger Abschluss der ersten Trilogie. Aber auch die folgende Prequel-Trilogie von George Lucas ist phantastisch. In den USA habe ich mal tagelang die ersten sechs ›Star Wars‹-Filme gesehen, natürlich chronologisch. Ich fühlte mich hinterher wie ein Jedi-Ritter. Je nach Stimmung auch mal wie Darth Vader. Das war in Charlotte in North Carolina. Auf einer Beschattungstour habe ich ein kleines Kino gefunden –«

Elias unterbrach Zilles Ausführungen, bevor sie in einen Vortrag ausarteten. »Kannst du uns noch weitere Dinge über

Jochen Oven erzählen, die du in unserem Kontext für wichtig hältst?«

Maja überlegte kurz und schüttelte dann den Kopf.

»Ich habe noch was über die Firma in Erfahrung gebracht.« Das Foto einer alten Villa erschien auf dem Monitor. »Die Firma oder besser das Institut nennt sich PUReTASTe, European Institute for Applied Food Research, und hat ihren Sitz in der Blumenau 88 im Stadtteil Eilbek«, erläuterte Elias. »Die CEO heißt Dr. Veronica Pleiter, ist Biochemikerin und stellvertretende Leiterin. Leitbild des Instituts ist, einen Beitrag zur nachhaltigen Lebensmittelproduktion zu leisten, zum Beispiel mit alternativen Proteinquellen für die Herstellung von Fleischersatz, Schnittkäse aus Lupinenproteinen, Zuckerersatzstoffen und ähnlichen Dingen.«

»Das soll schmecken?« Zille verzog das Gesicht.

»Nicht nur das«, erwiderte Maja, »es ging Jochen Oven auch darum, den Soja- und Zuckerrohranbau zu reduzieren –«

»Und damit den Großkonzernen die Einnahmequellen streitig zu machen«, ergänzte Elias.

»Und das birgt natürlich Konfliktpotenzial.« Janne überlegte kurz. »Gab es denn Streit zwischen den Konzernen und PUReTASTe?«

»Viel konnte ich nicht in Erfahrung bringen.« Elias zeigte ein Zeitungsfoto eines zufrieden aussehenden Jochen Oven, wie er ein Gerichtsgebäude verließ. »Es gab dazu eine kleine Meldung, die besagte, dass Oven einen Rechtsstreit um ein Patent mit der Archer Daniels Midland Company, weltweit einem der führenden Nahrungsmittel- und Agrarkonzerne, gewonnen hat. ADM verarbeitet unter anderem Sojaschrot, Sojaöl und Palmöl.«

»Vielleicht hat Jochen Oven mit einem seiner Patente eine wichtige Einnahmequelle des Konzerns gefährdet. Also wollte ADM das Patent kaufen«, vermutete Janne.

»Und Oven wollte es nicht verkaufen«, nahm Zille den Faden auf, »oder er wollte mehr Geld haben.«

»Ich werde euch jetzt mal bei euren Spekulationen allein lassen.« Maja Gruber erhob sich. »Haltet mich auf dem Laufenden.« Dann schnappte sie sich das vorletzte Franzbrötchen. »Wirklich köstlich, Zille«, sagte sie und verließ den Besprechungsraum.

Es entstand eine kurze Pause.

»Sie hat recht«, sagte Elias. »Wir sollten das Gespräch mit den Mitarbeitern von PUReTASTe suchen, bevor wir weitere Vermutungen über Motive anstellen.«

»Das übernehme ich«, sagte Zille. »So kann ich Pöppelmann entlasten.«

Elias tippte Janne, die eine Zeit lang geschwiegen hatte, an den Oberarm. »Janne, an was denkst du?«

»Wahrscheinlich, ob sie das letzte Franzbrötchen nehmen oder mir überlassen soll«, grinste Zille.

»Welche Adresse hast du eben genannt?«, fragte Janne Elias und nahm sich das letzte Franzbrötchen.

Zille stöhnte auf und bekam die Hälfte ab.

»Du meinst die Anschrift von PUReTASTe?«

Janne nickte.

»Blumenau 88.«

Janne griff nach ihrem Rucksack und wühlte darin herum. Dann hielt sie einen Parkschein in der Hand. »Den habe ich in dem Wagen der beiden Männer gefunden, die mich überfallen haben.« Sie reichte den Schein an Elias.

»›17.1.2019, 16:05 Uhr, Blumenau‹. Das kann kein Zufall sein.«

Zille nahm den Zettel ebenfalls in die Hand. »Bestimmt nicht. Hast du nicht gesagt, dass diese Männer wahrscheinlich auch zu diesem Sandvik gehören?«

»Sie hatten das Abzeichen der norwegischen Eliteeinheit auf dem Oberarm tätowiert. Wie die in St. Moritz.« Jannes Körper spannte sich. »Und alle haben was mit PSC zu tun.«

»PSC wird wohl von diesem Typen geleitet«, sagte Elias und ließ ein unscharfes, stark verpixeltes Foto von einem Mann auf dem Smartboard erscheinen. »Ich habe dieses Foto in einem seltsamen Forum im Netz gefunden, mit dem Hinweis, dies sei der Captain, Chef der geheimnisvollen Firma PSC.«

»Das ist Sandvik, mit Sicherheit«, sagte Janne aufgeregt. »Ich kenne seine Körperhaltung.«

»Es gibt keine Sicherheit, nur verschiedene Grade der Unsicherheit, hat Tschechow mal gesagt.« Elias lächelte. »Und bei diesem Foto, Janne, trifft diese Aussage tatsächlich zu.« Elias trank einen Schluck Wasser. »Also habe ich im Darknet gesucht. Viel habe ich da auch nicht gefunden, und was ich herausfand, ist vage. Angeblich sollen dort nur Leute mit militärischer Ausbildung arbeiten, hauptsächlich aus Norwegen und Schweden. Ansonsten ist die Firma im Netz ein Phantom. Dann habe ich Freunde aus der Hackerszene kontaktiert und um Hilfe gebeten und dieses Foto erhalten.« Auf dem Smartboard erschien nun das gleiche Foto wie vorher, nur diesmal scharf.

Janne sprang von ihrem Stuhl auf. »Ich habe es doch gleich gesagt. Das ist Malte Sandvik.«

»Gehen wir mal davon aus, dass diese Firma existiert. Dann stellt sich die Frage, welche Rolle spielt PSC im Zusammenhang mit den Morden?« Zille blickte fragend in die Runde.

»Gibt es irgendwelche Hinweise?«

»Wir wissen aufgrund der Fotos, die auf der SD-Karte der Kamera gespeichert waren, die Janne ihrem Verfolger entwendet hat, dass PSC die Wohnungen der Mordopfer sowie Jannes und meine hat überwachen lassen.« Elias ließ auf dem Display alle Wohnungseingänge nebeneinander erscheinen.

»Da ist ja auch der Eingang von Ovens Firma zu sehen.«

Zille wies auf das Foto mit einem goldenen Schild. Dort war zu lesen: »PUReTASTe, European Institute for Applied Food Research«.

»Kann man herausfinden, wann die Fotos von den Wohnungen der Opfer gemacht wurden?«

»Klar«, sagte Janne, »die Metadaten verraten alles.« Sie holte einen Zettel aus dem Rucksack. »Hier habe ich alles notiert. Die Aufnahme vom Eingang bei PUReTASTe wurde am 19. Januar 2019 um Viertel vor zehn gemacht. Also vor seinem Tod. Die Aufnahmen bei Brievenbusch und bei Kettenbach«, Janne stockte kurz, »nach ihrem Tod, und zwar am –«

»Das wollte ich wissen«, unterbrach Zille sie.

»Ich denke, dass uns die Fotos einige neue Erkenntnisse liefern.« Elias kratzte sich am Dreitagebart, der wie immer akkurat auf der gleichen Länge gehalten war. »Erstens wissen wir, wie Janne gefunden werden konnte, höchstwahrscheinlich von ihrem Erzfeind Sandvik. Das war wohl tatsächlich Zufall, weil wir bei Alma Brievenbusch aufgetaucht sind, als die Wohnung von PSC beobachtet wurde. Und zweitens können wir davon ausgehen, dass PSC entweder in die Morde oder in die Geschäfte, die Brievenbusch angeleiert hat, involviert ist.«

»Und warum nicht in beides?«, fragte Janne.

»Die Frage ist berechtigt.« Zille schenkte sich noch einen Kaffee ein. »Es ist inzwischen klar, dass der letzte Mord nicht vom Täter der beiden ersten Morde begangen wurde. Im Obduktionsbericht der dritten Leiche werden nämlich erhebliche Unterschiede zu den beiden anderen Leichen festgestellt. Schon die äußere Besichtigung hat ergeben, dass die Farbe der Totenflecke bei der dritten Leiche eine andere war, was darauf schließen lässt, dass zwischen Eintritt des Todes und dem Auffinden der Leiche weniger Zeit als bei den anderen Opfern verstrichen war. Auch hat die Rechtsmedizinerin keine Brandwunden am Hals festgestellt. Demzufolge wurde kein Elektroschocker benutzt, um das Opfer ruhigzustellen, damit die Spritze präzise gesetzt werden konnte. Stattdessen hat er einen Schlag gegen die Schläfe bekommen. Besonders auffällig sind jedoch zwei Dinge. Der Einstich, um das Natriumpentothal zu spritzen, ist auf der linken und nicht der rechten Halsseite. Ebenso ist der Schnitt am Penis anders gesetzt worden.«

Zur Veranschaulichung nahm Zille einen Bleistift, umschloss diesen mit der rechten Hand, sodass nur noch das Ende des Stifts zu sehen war. Dann führte er mit der linken Hand einen imaginären Schnitt von rechts nach links, als würde er das Ende des Bleistifts abschneiden. »Bei Oven war also ein Linkshänder am Werk.«

»Sandvik ist Linkshänder«, bemerkte Janne. »Ich weiß«, sie hob die Hände, »höchstens ein Indiz.«

»Das heißt, entweder haben Sandvik und seine Leute zwei oder einen Menschen umgebracht.«

»Oder gar keinen«, gab Elias zu bedenken. »Aber auf jeden Fall haben wir es beim dritten Mord mit einer Nachahmungstat zu tun, die uns glauben lassen will, dass hier ein Serienkiller am Werk ist.«

»Hier hat jemand definitiv mit Täterwissen gehandelt. Und das engt den Kreis auf den oder die Mörder des dritten Opfers ein. Denn wie Britta von ihrem Spitzel bei der GffH erfahren hat, ist Täterwissen in den Inneren Kreis der Gesellschaft gelangt. Ist Klaasen von einem Parteifreund gesteckt worden. Protokolle, Fotos, Zeugenaussagen.«

»Die kompletten Ermittlungsakten?«, fragte Janne ungläubig.

»Sieht so aus.«

»Aber an die kommt ja auch nur ein begrenzter Kreis.«

Zille zuckt mit den Schultern. »Das sind schon ein paar Leute. Und man muss bei der Einstellung beim LKA nicht sein Parteibuch auf den Tisch legen.«

Elias war am Computer zugange. »Es sind ja nicht nur LKA-Mitarbeiter, die Zugang haben, sondern auch die Staatsanwaltschaft.« Auf dem großen Display erschien nun ein Porträtfoto. »Das ist Oberstaatsanwalt Dr. Cornelius Grothekamp.«

»Das ist doch der Typ, den Klaasen getroffen hat, als wir ihm gefolgt sind«, sagte Janne.

Zille schaute fragend von Janne zu Elias. »Im Moment verstehe ich gar nichts.«

»Ich habe dir doch in einer Mail von unserem Besuch bei Klaasen berichtet.«

»Habe ich kurz überflogen.« Zille hob entschuldigend die Schultern.

»Jedenfalls hat er nach dem Besuch fluchtartig sein Büro verlassen, und wir sind ihm gefolgt.«

Zille zeigte auf den Oberstaatsanwalt. »Und er ist zu ihm gefahren?«

»Sie haben sich am Johannes-Brahms-Platz bei Toto & Malta

getroffen«, berichtete nun Janne. »Wahrscheinlich hat er ihn aus dem Auto heraus angerufen.«

Elias hatte inzwischen das Porträt gegen ein weiteres Foto ausgetauscht. Auf dem waren Oberstaatsanwalt Grothekamp und Klaasen gemeinsam zu sehen. »Das zeigt die beiden auf dem Herbstempfang der FDP 2018 im Großen Festsaal des Hamburger Rathauses.«

»Vielleicht alles Zufall.« Aber die Skepsis war Zille anzuhören.

»Der Wunsch ist Vater des Gedankens. Kein Zufall, Zille. Die beiden kennen sich gut und lange. Ich habe nachgeforscht. Haben beide am selben Gymnasium Abitur gemacht und sind mit sechzehn Jahren in die Arbeitsgemeinschaft Junger Liberaler eingetreten, die dem neoliberalen Flügel der FDP nahesteht.« Elias blickte zu Zille. »Da hast du deinen Parteifreund.«

»Ich kann es kaum glauben.« Zille war fassungslos. »Was wollte er da?«

»Vielleicht juristischen Rat holen«, sagte Janne ironisch. »Oder neue Unterlagen.«

»Ich kann Grothekamp zwar nicht leiden, aber blöd ist er nicht.«

»Obwohl er in der FDP ist.« Elias konnte es nicht lassen.

»Ich wollte sagen«, fuhr Zille fort, »dass Grothekamp sicher nicht der Mörder ist. Rautlage, das ist der Informant von Britta, verdächtigt Fabian Schmitt, den Jüngsten im Inneren Kreis. Und der hält den Kontakt zu PSC.«

»Jetzt musst du dich näher erklären«, sagte Elias.

»Der Innere Kreis der Gesellschaft hat die Wohnungen der beiden Opfer überwachen lassen, weil sie wissen wollten, wer hinter den Morden steckt. Schließlich waren beide Opfer Mitglieder des Inneren Kreises und in das Kaukasusgeschäft involviert, wie die anderen Mitglieder wohl auch. Neben Klaasen und Schmitt vielleicht auch Sylvia Braunsfeld. Sie hatten Angst, dass es sie als Nächste erwischt. Und sie haben PSC mit der Überwachung beauftragt.«

»Diese Sicherheitsfirma scheint eine Schlüsselrolle zu spielen, weil sie offensichtlich sowohl mit den Morden als auch mit dem Kaukasusgeschäft zu tun hat.« Elias kaute auf seinem Stift herum. »Leider sind unsere Informationen über PSC äußerst vage. Wie soll ich sie in dem Artikel für ›Lumen‹ unterbringen?«

»Ich würde auf keinen Fall Namen nennen und es zunächst bei Andeutungen belassen«, sagte Zille mit ernstem Gesicht. »Sie dürfen nicht gewarnt werden. Wir müssen Malte Sandvik finden.«

Janne kramte in ihrem Rucksack und hielt dann den Peilsender in der Hand. »Ich habe eine Idee. Dieses Teil hing, wie ihr wisst, in der Radkappe des Volvos. Er sendet aber nur Signale, wenn der Volvo fährt.«

»Weil er mit einem Bewegungssensor ausgestattet ist«, ergänzte Zille.

»Genau. Und jetzt steht der Volvo in der Garage.«

»Und Sandvik kann dir somit nicht folgen und kennt auch nicht deinen Aufenthaltsort«, sagte Elias.

»Wenn du nicht weiter beschattet wirst.« Zille lächelte. »Aber das hättest du wohl gemerkt.«

»Davon kannst du ausgehen«, erwiderte Janne mit fester Stimme. »Aber wir können es ja darauf anlegen, dass Sandvik mir folgt, und ihm eine Falle stellen.«

»Und damit wirst du von der Gejagten zum Jäger.« Elias nickte anerkennend.

»Das muss aber sehr genau geplant werden. Und wir benötigen Unterstützung.« Zille stand auf. »Das besprechen wir später. Wir müssen jetzt zum Fußball, sonst rostet Elias noch völlig ein.«

33

Samstag, 26.1.2019

Wenn Dr. Freya Jensen den Obduktionsraum des Instituts für Rechtsmedizin an der Universitätsklinik Eppendorf betrat, hatte sie immer das Gefühl, eine Großküche zu betreten. Ein chromglänzender Spülschrank mit drei Schubladen, links und rechts flankiert von Edelstahl-Arbeitsschränken mit Schiebetüren, und in der Ecke, äußerst unpraktisch platziert, eine ebenfalls silberglänzende Turbo-Spülmaschine mit Thermostop-Technologie, die für die Sicherstellung der hygienischen Reinigung sorgte und mit einem Bodenabfluss ausgestattet war. Über der Zeile hing ein Wandhängeschrank ebenfalls aus Edelstahl und mit Schiebetüren. Daneben war ein Abzug montiert.

Freya überlegte gerade, ob wohl ihre Küchenutensilien noch Platz in den Schränken finden würden, schließlich musste sie sich eine neue Bleibe suchen. Aus der gemeinsamen Wohnung mit ihrem Ex wollte sie jedenfalls so schnell wie möglich ausziehen. Da sie ja sowieso die meiste Zeit in diesem Raum verbrachte, fand sie diese Überlegung gar nicht abwegig.

Eine Espressomaschine hatte sie schon in ihrem Büro stehen, und eine Couch zum Schlafen hätte dort auch noch Platz. Das Einzige, was sich auf die Dauer eventuell störend auf ihr Gemüt auswirken könnte, wäre die Anwesenheit der Leichen im benachbarten Kühlraum. Freya ging durch den Raum und passierte dabei auch den Seziertisch, auf dem sie gestern Jochen Oven untersucht hatte. Vielleicht sollte sie sich doch lieber eine neue Wohnung suchen.

Sie betrat ihr Büro und zog sich einen Kittel über ihre Kleidung. Der würde bei der heutigen Untersuchung reichen. Schließlich musste sie nur die Blütenstaubpartikel, die sie gestern bei Oven im Haar und an den Augenlidern gefunden hatte, untersuchen, und zwar mit Hilfe der forensischen Pollenstaubanalyse. Es gab nicht viele Rechtsmediziner, die dieses Verfahren beherrschten oder überhaupt davon wussten. Freya Jensen gehörte zu diesen Exoten.

Sie hatte vor ein paar Jahren eine Fortbildung an der University of Aberdeen besucht, die sich mit der Geoforensik auseinandersetzte. Seit dieser Zeit hatte sie das Verfahren der Pollenanalyse einige Male angewandt, vor allem dann, wenn der Fundort einer Leiche nicht der Tatort war. Und das war bei allen drei Leichen, die nebenan im Kühlraum lagen, der Fall. Aber nur bei der letzten Leiche hatte sie Pollen entdeckt.

»Hey, Freya, ich hoffe, ich störe nicht.«

Freya Jensen zuckte zusammen. »Mensch, Pöppelmann, du erschreckst mich zu Tode.«

»Tut mir leid.«

»Hab dich nicht kommen hören.«

Pöppelmann schaute sich interessiert im Obduktionssaal um. »Hier amüsierst du dich also mit all den Leichen.«

»Ja, es ist das reinste Lachkabinett.« Sie zeigte auf den Seziertisch. »Erst gestern war es zum Brüllen komisch, als ich Jochen Oven mit einem T-Schnitt von Schulter zu Schulter und dann abwärts bis zum Schambein aufgeschlitzt habe. Dann habe ich das Brustbein und paar angrenzende Rippen entfernt, damit ich –«

»Schon gut«, Pöppelmann hob entschuldigend die Hände, »habe verstanden. Hast du schon Ergebnisse deiner Staubanalyse? Der Staatsanwalt sitzt mir im Nacken.«

»Erstens fange ich gerade erst an, zweitens mache ich eine Pollenanalyse, und drittens ist mir der Staatsanwalt ziemlich egal.«

Sie nahm einen weiteren Kittel aus dem Schrank. »Zieh an, wenn du schon hier bist, kannst du dich nützlich machen.«

Die beiden gingen in den Kühlraum.

»Willst du mal die Toten sehen?« Freya grinste.

»Danke, hatte schon das Vergnügen. Und in deinen Berichten steht ja auch alles Wissenswerte.«

»Du bist doch ein Schisser.«

»Männer sind nun mal empfindsam.«

»Da wärst du aber eine rühmliche Ausnahme.«

»Ich habe es schon gehört. Tut mir leid mit deinem Mann.«

»Red nicht so einen Quatsch. Mein Ex-Mann ist ein Idiot. Nichts muss dir leidtun.« Freya ging zu einem Schrank und reichte Pöppelmann einen Kasten. »Bring den mal nach nebenan, ich hole noch ein paar Chemikalien.«

Pöppelmann ging zum Spülschrank, stellte den Kasten ab und bestaunte die Apparaturen, die überall herumstanden. »Sieht aus wie eine Salatschleuder.«

Freya stelle die Chemikalien ab. »Ist es auch. Wir sagen allerdings ›Zentrifuge‹ dazu. Die brauchen wir gleich noch.« Dann machte sie sich daran, die Proben zu waschen und zu filtern. »Pollen sind überall und zu jeder Jahreszeit. Allergiker hassen sie, Forensiker lieben sie. Die meisten fliegen durch die Luft oder lassen sich von Tieren herumtragen oder herumfliegen. So verschieden, wie sie sind, haben sie dennoch zwei Dinge gemeinsam. Sie haften sehr gut und wollen alle nur das eine.«

»Kommt mir bekannt vor.«

Pöppelmann erntete einen tadelnden Blick. »Sie wollen zum weiblichen Blütenstand ihrer Art, weil sie das männliche Erbgut in sich tragen.« Freya beendete das Filtern. »Jetzt kommen die Proben in die Zentrifuge.«

Pöppelmann sah fasziniert zu, mit welcher Geschwindigkeit die Zentrifuge ihre Arbeit tat.

»Bleib da mal stehen und halte dir die Nase zu.« Freya ging zum Abzug, zog sich Schutzhandschuhe an und setzte sich eine Schutzbrille auf. »Gleich stinkt es ein bisschen«, sagte sie grinsend. Dann begann sie, aus den Chemikalien ein Säurebad zu mischen.

Pöppelmann blickte zu ihr herüber und hielt sich dabei tatsächlich die Nase zu. »Was mischst du da zusammen?«

»Essigsäureanhydrid und Schwefelsäure.«

»Ist das gefährlich?«

»Trinken würde ich es nicht.«

Anschließend versetzte sie den Bodensatz, der sich in der Zentrifuge gebildet hatte, mit dem Gemisch. »Das zerstört alles, bis auf ein paar Pollenkörner, die von einer Außenhaut umgeben werden, die von Sporopollenin, einem sehr widerstandsfähigen Biopolymer, gebildet wird.«

Pöppelmanns Gesicht war ein einziges Fragezeichen. »Chemie habe ich schon in der Schule nicht begriffen.«

Freya lachte. »Und Biologie auch nicht.«

»Nein, in beiden Fächern habe ich immer von meinem Nachbarn abgeschrieben.«

»Diese Pollenkörner leg ich nun unter das Mikroskop, zähle sie und versuche, sie zu bestimmen. Das dauert jetzt eine Weile.«

»Ich habe eine Idee. Ich besorge uns was zu essen.« Man sah Pöppelmann an, dass er froh war, den Obduktionssaal für eine Weile verlassen zu können.

»Aber bitte keine Burger.«

Pöppelmann war schon an der Tür. »Ich kenne in der Nähe ein phantastisches chinesisches Restaurant.«

»Okay, und anschließend hilfst du mir beim Saubermachen. Lass dir ruhig Zeit.«

Es war schon dunkel, als Pöppelmann mit zwei China-Boxen und zwei Cola im Obduktionsraum auftauchte.

Freya Jensen saß vor ihrem Computer. »Wurde auch Zeit, ich verhungere.« Sie blickte zu Pöppelmann. »Ich schreibe gerade meinen Bericht. Mit Hilfe der weltgrößten Pollendatenbank habe ich die Proben bestimmen können. Es handelt sich einwandfrei um Erlen- und Haselpollen. Wenn wir gegessen haben, versuchen wir, entsprechende Orte in Hamburg zu finden, wo das Opfer mit solchen Pollen in Berührung gekommen sein könnte. Dann habt ihr vielleicht schon den Tatort.«

»Super.« Pöppelmann hielt abwechselnd die Boxen hoch. »Ich habe je einmal Bami Goreng und Nasi Goreng.«

»Und das wäre?«

»Gebratene Currynudeln mit Shrimps, Hühnerfleisch, Erdnüssen und Gemüse oder gebratener Curryreis mit Shrimps, Hühnerfleisch, Erdnüssen und Gemüse.«

Freya schob zwei Stühle an den Seziertisch. »Ich nehme die Nudeln.«

»Du willst an diesem Tisch essen?« Pöppelmann war sichtlich irritiert.

»An einem hygienischeren Essplatz hast du noch nie gesessen.«

Pöppelmann nahm dennoch etwas verhalten an dem Tisch

Platz. »Aber die Vorstellung, dass hier gestern Jochen Oven lag und du ihn aufgeschnitten hast, …«

»Gib mir jetzt die Box und die Cola.« Freya öffnete die Flaschen mit einem Skalpell, nahm die Stäbchen und begann, die Nudeln aus der Box zu fischen.

Pöppelmann hingegen klappte seine Box auf. »Jetzt habe ich einen Teller.« Er hob seine Cola und prostete Freya zu.

Während Freya in aller Ruhe das Essen zu sich nahm, sah sie, wie Pöppelmann es in sich hineinschlang. »Dein Essverhalten ist nicht gerade gesund«, sagte sie.

Pöppelmann zuckte mit den Achseln. »Ich kann es kaum erwarten, den Tatort zu suchen.«

Freya lächelte, legte die Stäbchen zur Seite, nahm den letzten Schluck Cola und stand auf. »Ich bin sowieso satt.«

Anschließend setzte sie sich an den Computer. »Vielleicht können wir die Suche eingrenzen, wenn du mir erzählst, welchen Weg der Lieferwagen mit der Leiche zur HafenCity Universität vermutlich genommen haben könnte.«

»Der Wagen ist zu hundert Prozent über die Baakenhafenbrücke zur Universität gekommen. Mehr können wir nicht mit Gewissheit sagen.«

Freya Jensen rief Google Maps auf, gab den Namen der Brücke ein und hatte Sekunden später die Karte mit der Brücke, dem Baakenhafen und der HafenCity Universität vor sich. Sie vergrößerte den Ausschnitt, sodass sie und Pöppelmann jetzt die Stadtteile Kleiner Grasbrook, Elbinselquartier, Steinwerder und Waltershof im Blick hatten.

»Ich würde einen Mord im Hafengebiet begehen, Steinwerder oder Waltershof«, sagte Pöppelmann, »da gibt es viele Hallen und leer stehende Gebäude.«

»Alles klar, jetzt rufen wir das Straßenbaumkataster der Stadt Hamburg auf und lassen uns die Erlen und Haseln in dieser Stadt anzeigen.«

»So etwas gibt es?«

»Alte deutsche Tradition. Es wird alles registriert.« Freya bediente ein paar Filter im Online-Kataster und drückte auf

Enter. »Voilà. Ich würde in Waltershof suchen. Auf der Westseite des Finkenwerder Vorhafens finden sich sowohl Erlen als auch Haseln. Da der Wind um diese Jahreszeit meistens aus Westen kommt, dürften die Pollen auch in Waltershof zu finden sein.«

»Am Amsterdamer Kai befinden sich einige Hallen. Da werden wir uns mal umgucken.« Er blickte zu Freya. »Saubere Arbeit. Du bist einfach die Beste. Pöppelmann blickte sich um. »Und jetzt räumen wir auf.«

»Lass mal, ich habe eh nichts vor heute Abend. Den Bericht hast du morgen Vormittag.«

34

Sonntag, 27.1.2019

Es war kalt. Temperaturen um den Gefrierpunkt. Ab und zu kam die Sonne zwischen den Wolken hervor, aber der Temperaturanstieg war kaum spürbar. Janne saß mit einem gefütterten Armeeparka, der ihr schon in Norwegen gute Dienste erwiesen hatte, in Elias' Auto. »Es soll heute noch schneien.«

»Habe ich auch gehört. Und dass die Straßen glatt werden.« Elias startete das Auto. »Es geht nach Hausbruch, die Straße heißt Wulmstal.« Elias sah Jannes fragenden Blick. »Das ist auf der anderen Seite der Elbe. Wir fahren durch den Elbtunnel, Kreuz Heimfeld auf die B 73, Richtung Buxtehude.«

Während der Fahrt befühlte Elias immer wieder seine Oberlippe und verzog das Gesicht. Eine kleine Wunde war dort zu sehen.

Janne betrachtete Elias' Gesicht mit einem spöttischen Blick. »Schmerzt es?«

»Nicht wirklich.«

»Fußball kann manchmal ganz schön hart sein.«

»Kleiner Zusammenstoß. Aber einer der Mitspieler ist Arzt,

und er hatte ein Fläschchen Fibrinkleber in seiner Sporttasche. In spätestens zehn Tagen sieht man nichts mehr.« Elias grinste. »Die Wunde stört nur ein wenig beim Biertrinken.«

»Versuch's doch mal mit einem Strohhalm.«

»Sehr witzig.«

Janne kicherte und zog die Jacke enger um den Körper. »Ganz schön kalt in deinem Auto.«

»Die Heizung geht leider nicht. Ich fahre morgen in die Werkstatt.«

»Ich bin noch nie im Süden Hamburgs gewesen.«

»Die Harburger Berge sind ganz schön.«

»Berge?« Janne kicherte erneut.

»Für Hamburger schon.«

»Zille …«, Janne zögerte einen Moment, doch dann fuhr sie mit ernster Stimme fort, »… hatte neulich nach dem Anruf aus dem Ausland einen deprimierten und melancholischen Ausdruck im Gesicht.«

Elias schwieg eine Weile, dann bog er links ab. »Ihn bedrückt schon seit einiger Zeit etwas. Aber frage ihn bitte selbst. Der Zeitpunkt ist ganz gut. Es gibt nämlich ein wenig Hoffnung.«

Glücklicherweise war am Sonntag nicht so viel los auf den Straßen, sodass Elias zügig vorankam und nach zwanzig Minuten die B 73 verlassen konnte. Bald folgte er einem kleinen Wegweiser, auf dem schon leicht verblasst der Name Tollien zu lesen war. Sie bogen auf einen Waldweg, der offensichtlich schon zum Grundstück gehörte; nach etwa zweihundert Metern tauchte eine alte, zweistöckige große Villa in Massivbauweise auf. Besonders auffällig war der halbrunde Wintergarten. Im Hintergrund war noch ein Holzhaus zu sehen, fast ebenso groß, aber ziemlich heruntergekommen.

»Hübsch-hässlich, würde ich sagen.« Elias stieg aus dem Auto, nahm seine Aktentasche, setzte sich seinen Fedora auf den Kopf und knöpfte seinen gefütterten Trenchcoat zu.

»Der Eingang muss wohl auf der anderen Seite sein«, bemerkte Janne, die schon einige Meter gegangen war, froh darüber, dass sie ihre alten Lederstiefel angezogen hatte. Der Boden war aufgeweicht und matschig. Beim Umrunden des Hauses kamen sie an einem zweiten, noch größeren Wintergarten vorbei, der aber offensichtlich ebenso wenig genutzt wurde wie der Swimmingpool im sich daran anschließenden Lichthof. Hier war lange niemand mehr geschwommen. Ein paar Meter weiter befand sich dann der Eingang zur Villa, wo sie von einer schlanken, attraktiven Frau Anfang fünfzig empfangen wurden. Sie trug ein elegantes Kostüm aus grau-braunem Bouclé-Stoff und war dezent geschminkt, sodass ihre langen goldenen Ohrringe besonders ins Auge fielen.

»Tut mir leid, dass Sie durch den matschigen Garten laufen mussten, aber die offizielle Zufahrt ist noch gesperrt.« Sie reichte Elias und Janne die Hand. »Camille Tollien. Sie sind Herr Hopp, und Sie sind?«

»Janne Bakken.«

»Meine Partnerin«, ergänzte Elias. »Es ist wirklich sehr nett, dass Sie an einem Sonntag Zeit für uns haben.«

Durch den Windfang betraten sie eine eindrucksvolle Eingangshalle. Prunkstück war eine geschwungene Treppe ins obere Stockwerk. Diese war allerdings mit einem rot-weißen Band abgesperrt. Die Eingangshalle glich mehr einem Bauhof, fand Janne, als dem repräsentativen Entree einer Villa. Farbeimer, Säcke mit Mörtel, Kacheln und Kleinwerkzeug lagen überall herum. In einer Ecke stand sogar ein Betonmischer.

»Ich will ein paar Dinge in diesem Haus verändern. Doch so recht komme ich nicht voran«, sagte Camille Tollien entschuldigend. »Ich wohne hier allein und renoviere fast alles selbst. Aber folgen Sie mir doch bitte.« Sie führte Janne und Elias ins Wohnzimmer.

Elias fielen sofort die dunklen, mit Büchern vollgestopften Regale ins Auge, während Janne vom Fischgrätparkett fasziniert war. Camille Tollien bot ihnen Platz auf der ausladenden Couch an, sie selbst setzte sich in einen Ohrensessel ihnen gegenüber.

»Sie sagten am Telefon, dass Sie mit mir über meinen Vater sprechen wollen und«, der süffisante Ton von Camille Tollien war nicht zu überhören, »dass es eilig sei.«

»Das mag vielleicht verwunderlich auf Sie wirken«, sagte Elias, »weil Ihr Vater schon 2012 verstorben ist. Aber wir recherchieren für einen großen Artikel über die Hamburgische Kaufmannschaft, der in Kürze erscheinen soll, und da kommt man an der Gesellschaft für freien Handel nicht vorbei.«

»Ich verstehe. Mein Vater war jahrelang Vorsitzender der Gesellschaft.«

»Er war mehr als das, er war ein Visionär.« Elias' Stimme klang bewundernd.

»Visionär«, wiederholte Camille Tollien leise und blickte zu Janne, ohne sie anzuschauen. Dann schloss Camille Tollien für einen Sekundenbruchteil ihre Augen und schüttelte kaum wahrnehmbar ihren Kopf.

»Entschuldigen Sie bitte«, entfuhr es ihr leicht stotternd, dann stand sie auf. »Wie unaufmerksam von mir. Ich habe ein Tablett vorbereitet und es in der Küche stehen lassen. Ich bin sofort wieder bei Ihnen.«

»Was war das?« Elias war diese Situation nicht entgangen.

»Irgendwie merkwürdig.« Janne wischte durch ihr Gesicht, als ob sie einen Schleier entfernen wollte. »Komische Atmosphäre.«

»Vielleicht sind es die dunklen Regale, die mit Büchern überladen sind.« Elias machte eine ausladende Handbewegung. »Sie erdrücken alles in diesem Raum.«

»Vielleicht. Aber ich glaube, es ist die Aura dieser Frau.«

Janne hatte ihr Handy herausgeholt und machte ein paar Fotos vom Raum. »Ist eine Angewohnheit von mir.« Als sie Schritte hörte, steckte sie das Handy wieder ein.

Camille Tollien stellte ein Tablett mit zwei dampfenden Kaffeeschalen, Milch und Madeleines auf den Tisch. »Bedienen Sie sich doch.« Dann nahm sie wieder in dem Ohrensessel Platz und schlug die Beine übereinander.

Janne nahm sich ein Madeleine. »Die sind ja köstlich«, sagte sie mit vollem Mund.

Camille Tollien lächelte. »Das Rezept ist von meiner *grand-mère*.«

Dann wandte sie sich an Elias. »Sie haben meinen Vater als Visionär bezeichnet. Interessant.« Sie schwieg einen Moment, fuhr dann aber fort: »Wie kommen Sie darauf?«

»Nun, ich habe mit dem jetzigen Vorsitzenden der Gesellschaft Klaus Klaasen gesprochen, und der hat mir von einer Idee Ihres Vaters berichtet, einen Kreis von klugen Leuten um sich herum zu versammeln, die sich regelmäßig, aber ohne Vorgaben über politische und wirtschaftliche Fragen Gedanken machen sollten.«

»Wissen Sie, ich habe erst Ende des letzten Jahrtausends ein wenig Einblick in die geschäftlichen Aktivitäten meines Vaters erhalten. Er war ein Einzelgänger, dem man nicht widersprechen durfte. Ich weiß, wovon ich rede«, sagte Camille Tollien verbittert. »Insofern kann ich mir nur vorstellen, dass er einen Kreis von willfährigen Leuten um sich ertragen hätte. Ob die vielen Besucher, die hier ein und aus gingen, zu diesem Kreis gehörten und ob sie zudem klug waren, kann ich nicht beurteilen.« Jetzt lächelte Camille Tollien und hatte dabei einen versonnenen Gesichtsausdruck.

»Waren unter diesen Leuten auch Politiker oder Künstler?«, wollte Janne wissen.

»Jetzt weiß ich, worauf Sie hinauswollen. Mein Vater war weder ein Schöngeist noch ein Freigeist«, antwortete Camille Tollien. »Und für Kunst hatte er schon gar nichts übrig, deshalb war mein Kunstgeschichtsstudium für ihn auch ein Affront. Er war Geschäftsmann, der den Erfolg ungern dem Zufall überließ.«

Elias setzte die Kaffeeschale auf dem Tisch ab und konnte gerade noch verhindern, dass sie ihm aus der Hand rutschte. Offensichtlich hatte er sich an seiner kleinen Wunde verbrannt. »Um den Erfolg beeinflussen zu können, wäre ja ein inoffizieller Kreis von Gleichgesinnten mit Schlüsselpositionen von Vorteil.«

»Ich war zwölf Jahre, als meine Mutter starb. Danach hat mein Vater endgültig meine Erziehung übernommen oder das, was er darunter verstand. Dazu gehörte jedenfalls nicht, dass er mich an seinem Leben teilhaben ließ oder mich von irgendetwas in Kenntnis setzte. Auch nicht, als ich älter wurde. Und als ich mich gegen ein Betriebswirtschaftsstudium entschied, war ich für ihn gestorben. Ich habe bis zum Ende meines Studiums nichts mitbekommen.« Camille Tollien schwieg kurz und schaute gedankenverloren zwischen Janne und Elias hindurch. Dann hörte man sie leise sagen: »Jedenfalls nichts, was Ihnen weiterhelfen könnte.«

Janne nahm sich ein weiteres Gebäck und tunkte es in den Milchkaffee. Plötzlich sah Camille Tollien sie an und lächelte. »Das hat meine Mutter auch immer gemacht.« Dann wandte sie sich Elias zu. »Es tut mir leid, dass ich Ihnen nicht weiterhelfen kann, Herr Hopp.«

»Gibt es denn noch Unterlagen über die Gesellschaft? Schriftverkehr, persönliche Aufzeichnungen oder Ähnliches?«

»Mein Vater hat sich in den letzten Jahren seines Lebens immer mehr zurückgezogen. Mit der Konsequenz, dass er als Vorsitzender der Gesellschaft zurückgetreten ist und einen Geschäftsführer in seiner Firma installiert hat, der sich zunehmend um alle Angelegenheiten kümmerte. Diese Übergänge hat mein Vater genau vorbereitet und abgewickelt. Das bedeutet auch, dass es in diesem Haus keine Unterlagen mehr gibt.« Camille Tollien machte eine Pause und trank einen Schluck Wasser. Dann stand sie auf. »Außer einer Sache.« Sie machte ein vielsagendes Gesicht und ging zum Regal. Sie räumte ein paar Bücher zur Seite und griff nach einer Mappe. Dann kam sie zurück, nahm sich ein Madeleine und ging zu ihrem Sessel.

»Hierin sind die einzigen handschriftlichen Aufzeichnungen, die ich von meinem Vater besitze.« Sie holte drei Blätter und ein umfangreicheres Schriftstück hervor. »Das habe ich vor ein paar Monaten zufällig gefunden. Schreiben an einen Makler und einen Kaufvertrag über ein Haus in Nordfriesland.« Sie reichte Elias den Vertrag.

»Der Kauf ist auf den 1. Juni 1988 datiert, und als Käufer ist Ihr Vater eingetragen.«

»Drei Monate vorher ist meine Mutter gestorben.« Camille

Tolliens Gesichtsausdruck verhärtete sich. »Für sie war es eine Erlösung. Sie war nie in dieser Welt, immer in ihrem Dunkelfeld.« Ihr Gesicht wurde ausdruckslos und starr, für ein paar Sekunden war Camille Tollien abwesend. Als Janne mit ihrem Löffel in der Kaffeeschale herumrührte und dabei mehrmals gegen den Rand schlug, schreckte sie hoch. Das hatte Janne bei ihrer Großmutter früher immer gemacht, wenn sie Absencen hatte.

Dann sagte Camille Tollien: »Ich denke, mein Vater hat sich in dem Haus häufiger mit Geschäftsleuten getroffen.«

»Darf ich mal Ihre Toilette aufsuchen?«

»Sicher, Frau Bakken. Gehen Sie am Bücherregal vorbei in den Flur und dann die erste Tür rechts.«

Janne nickte Elias zu und machte sich gemächlichen Schrittes auf den Weg.

Elias gab Camille Tollien den Kaufvertrag zurück. »Waren Sie schon mal in diesem Haus?«

Sie schüttelte den Kopf. »Nein, ich wusste ja bis vor Kurzem gar nichts von seiner Existenz.«

»Ich hatte Ihnen erzählt, dass Klaus Klaasen, der aktuelle Vorsitzende der Gesellschaft, mir von Ihrem Vater berichtet hat. Kennen Sie Herrn Klaasen?«

»Ja, der ist früher oft Gast hier gewesen.«

Elias holte Fotos der drei Toten aus seiner Aktentasche und reichte sie Camille Tollien. »Kennen Sie diese Männer? Sie waren Mitglieder der Gesellschaft.«

Camille betrachtete die Fotos eingehend. Elias beobachtete sie dabei genau, konnte aber ihrer Mimik nichts entnehmen. Dann reichte sie Elias zunächst zwei Fotos zurück. »Die beiden kenne ich. Brievenbusch und Kettenbach. Waren häufiger zu Besuch bei meinem Vater.« Sie schaute Elias in die Augen. »Aber es waren viele hier.«

Dann blickte sie nochmals auf das letzte Foto und reichte es Elias. »Diesen Herrn kenne ich nicht. Habe ich nie gesehen.«

In diesem Moment kam Janne wieder ins Wohnzimmer. Sie blieb vor dem Bücherregal stehen. »Sie haben spannende Bücher im Regal. Sartre, Camus, Proust und ganz viele Bücher von Simone de Beauvoir.«

Camille Tollien stand jetzt hinter Janne und legte ihre Hand auf deren Schulter. Janne fuhr ein Schauer durch ihren Körper, gleichzeitig roch sie den süßlichen Geruch, der von Camille Tolliens Parfüm ausging.

»Ja, meine Mutter hat diese Bücher geliebt und ich vor allem die Bücher von Simone de Beauvoir und Marguerite Duras.«

»Ich habe diese Autorinnen nie gelesen, aber meine Großmutter hat auch davon geschwärmt.« Janne ließ ihre Augen weiter über die Regale gleiten und blieb dann bei zwei Büchern hängen. Es handelte sich um zwei norwegische Bücher, eins ins Deutsche übersetzt: »Kinder der Schande«. Janne war verblüfft. Sie drehte leicht ihren Kopf und sah, dass Camille Tollien sie anschaute. Die Nähe dieser Frau bewegte etwas in ihrem Inneren und ließ sie gleichsam erschaudern. Kurz sah sie lange vergessene Dämonen. Janne machte einen Schritt zurück und wäre fast über den Beistelltisch neben dem Ohrensessel gestolpert.

»Die vielen Bücher erinnern mich an zu Hause«, sagte sie verlegen. Dann fiel ihr Blick auf den Fotoband, der auf dem kleinen Tisch lag. Janne nahm ihn in die Hand und schaute Camille Tollien an, die etwas gequält lächelte. »Robert Capa. Darf ich mal?« Janne schlug den Bildband auf und blickte auf ein Foto, das eine kahl geschorene Frau zeigte, die mit einem Baby auf dem Arm durch die Straßen einer Stadt lief, umringt von einer Menschenmenge. »Ein ausdrucksstarkes Foto«, murmelte Janne, klappte den Fotoband zu und reichte ihn Camille Tollien.

Die sah sie eindringlich an und sagte leise: »Ausdrucksstark und bestürzend.«

Und da waren sie wieder, kurz, aber keineswegs schmerzlos. Jannes Dämonen.

Elias war inzwischen aufgestanden, die Aktentasche unter dem Arm und den Fedora in der Hand. »Frau Tollien, wir danken Ihnen, dass Sie sich Zeit für uns genommen haben.«

»Gerne. Ich hoffe, Ihr Besuch war nicht umsonst.«

»Sicher nicht. Falls Ihnen noch etwas einfällt, rufen Sie mich an.« Elias legte seine Visitenkarte auf den Tisch.

Als Elias und Janne im Auto saßen, schauten sie sich lange an.

»Was war das, Janne?«

»Ich weiß es nicht.« Sie atmete einige Male tief ein und aus. »Ich brauche jetzt etwas zu trinken.«

»Gute Idee.« Elias startete den Wagen. Im Rückspiegel sah er Camille Tollien am Fenster stehen. Sie telefonierte.

Camille Tollien hatte die Haustür hinter Janne und Elias geschlossen. Kurze Zeit später kam Victor die Treppe herunter.

»Wie war es?«

»Weiß nicht, sie wollten etwas über meinen Vater wissen wegen eines Artikels.«

»Was hast du ihnen erzählt?«

»Nicht viel. Ich weiß ja kaum etwas. Jedenfalls was seine Geschäfte und sein Wirken als Vorsitzender dieser Gesellschaft betrifft.«

Sie waren jetzt im Wohnzimmer.

»Aber diese junge Frau hat mich fasziniert. Ich habe eine Verbindung gespürt.«

Das Telefon klingelte. Camille Tollien sah auf das Display. Sie nahm das Gespräch an, trat ans Fenster und sah Elias und Janne wegfahren.

»Ja?«

»Wie fühlst du dich?« Die Stimme klang weich.

»Die Nacht war zunächst dunkel und voller Gefahren. Mitten in der Nacht bin ich aufgewacht. Schweißgebadet. Voller Angst.«

»Was hast du gemacht?«

»Was wir verabredet haben.« Camille strich sich eine Strähne aus dem Gesicht. »Mich eine Stunde wach gehalten, mich dann erneut ins Bett gelegt und bin wieder eingeschlafen.«

»Hattest du einen Klartraum?«

»Ja, ich habe den dritten Mann umgebracht.«

»Und bist du heute Morgen in deinem Bett aufgewacht?«

»Ja, sicher. Warum fragst du?«

»Nun, es gibt einen dritten Toten mit abgetrenntem Glied.«

»Das kann nicht sein. Es war nur ein Traum.«

»Vor zwei Tagen ist er an der HafenCity Universität abgelegt worden.«

»Aber nicht von mir«, entgegnete Camille Tollien energisch. »Wer ist der Tote?«

»Jochen Oven, auch ein Mitglied der Gesellschaft.« Die Stimme verstummte kurz. Camille spürte, wie am Ende der Leitung nachgedacht wurde. »Das soll dich aber nicht verunsichern. Es gibt kein öffentliches Foto. Du machst weiter, damit du deine Geister und Dämonen besiegen kannst. Und das wirst du. Du hast schon so viel Stärke gezeigt.«

»Ja, einer fehlt noch.«

»Ich habe einen neuen Namen für dich.«

Der Name, den Camille jetzt zu hören bekam, war ihr unbekannt. »Ist er –?«

»Ja, er ist auch einer von ihnen.«

Das war gut. Camille lächelte. Sie hatte schon einen schönen Platz für ihn.

»Weitere Informationen folgen in Kürze.«

Dann war das Gespräch beendet.

Camille Tollien blickte noch einige Zeit aus dem Fenster. Es hatte zu schneien begonnen. Dann ging sie zurück zum Ohrensessel, machte es sich bequem und blickte zu Victor, der auf der Couch saß. »Bringst du mir auch ein Glas Wein?«

35

Sonntag, 27.1.2019

Die Rückfahrt von Hausbruch hatten sie schweigend verbracht, jeder von ihnen ließ das Gespräch und das eben Erlebte auf sich wirken. In Altona angekommen war aber beiden auch klar, wie wichtig es war, die Eindrücke von dem Besuch bei Camille Tollien sofort festzuhalten und zu besprechen.

Jetzt saßen sie im Knuth, einem der Hamburger Kultcafés im Stadtteil Ottensen. Janne sah ihr Spiegelbild im Fenster, das sie verwundert anblickte. Sie bestellte sich einen Weißburgunder und Elias ein Alsterwasser.

Janne stützte den Kopf auf beide Hände. »Beginnen wir mit den Fakten?«

»Haben wir denn welche?«

»Sicher, auf meinem Ausflug zur Toilette habe ich wieder einiges entdeckt.«

»War diese Methode eigentlich Bestandteil deiner Ausbildung bei den Jegertroppen?«, fragte Elias verschmitzt.

Janne richtete ihren Oberkörper auf. »Unterschätze die Bedeutung eines Scheißhauses während einer knüppelharten Ausbildung nicht. Vor allem, wenn man vieles auch mit Kerlen gemeinsam machen muss. Es gewährte mir Zuflucht, aber auch Entspannung.« Janne lachte. »Es war schließlich der einzige Ort, wo ich allein sein konnte mit mir und meinen Gedanken.«

»Was hast du diesmal entdeckt?«

»Camille Tollien wohnt definitiv nicht allein in diesem Haus, sondern mit einem Mann.«

»Kannst du hellsehen?«

»Zum einen roch es nach einem herb-männlichen Eau de Toilette, das mit Sicherheit nicht von Camille Tollien benutzt wird. Als ich neben ihr am Regal stand, habe ich ein süßes Parfüm gerochen, entweder Poison von Dior oder Sun Delight von Jil Sander.« Janne sah Elias' überraschten Blick.

»Das benutze ich auch«, sagte eine Stimme, und die junge Bedienung stellte den Wein und das Alsterwasser auf den Tisch. »Hier«, sie hielt Elias ihren Unterarm hin, »riech mal.«

Elias bewegte seine Nase ein wenig in Richtung des dargebotenen Arms und schnupperte. »Das riecht gut.«

»Finde ich auch.« Die junge Frau lächelte und ging wieder zum Tresen.

»Und, was hast du gerochen?«

»Eine Komposition aus Nikotin und Amber mit einem Hauch Vanille.«

Janne hob grinsend das Weinglas, prostete Elias zu und nippte am Glas. »Doch was eindeutig auf einen Mann hinwies, war der hochgestellte Toilettendeckel plus Sitz. Das macht keine Frau.«

»Warum sollte sie uns die Anwesenheit eines Mannes verschweigen?«

»Keine Ahnung. Erst einmal geht es ja nur um Fakten. Und die Hinweise auf eine weitere Person im Haus werden untermauert durch die Spuren, die ich auf der Treppe in der Eingangshalle gesehen habe. Im Staub waren frische Schuhabdrücke zu sehen, die nach oben führten.«

»Das ist mir nicht aufgefallen«, sagte Elias anerkennend und trank einen großen Schluck.

»Wäre mir auch nicht, wenn ich nicht einen Verdacht gehabt hätte.«

»Was ist dir noch aufgefallen?«

»Im Flur, der zum Bad mit der Toilette führte, war eine mit Drucken, Fotos und Urkunden übersäte Wand, die alle Gustav Tollien auszeichneten. Diplomurkunde, Ehrungen, Verdienstorden, alles Mögliche. Nur eine einzige Urkunde betraf nicht ihn, sondern seine Frau, die Mutter von Camille Tollien. Es war ihre Approbationsurkunde zur Apothekerin.«

»Interessant.«

Janne schwieg einen Moment. Im Hintergrund lief gerade ein Stück von Anne Clark. »Our Darkness«. Danach hatte sie in Bergen immer auf den Partys bei Liv die Nacht durchgetanzt. Ein versonnenes Lächeln erschien auf ihren Lippen.

»Janne?« Elias riss sie aus ihren Erinnerungen.

»Das war es erst mal an Fakten.«

»Okay, jetzt ich.« Er kramte in seiner Aktentasche herum und zog ein Notizbuch hervor. »Dass Gustav Tollien seine ganzen Auszeichnungen zur Schau stellte, passt zu dem, was ich über ihn vor unserem Besuch bei Frau Tollien herausgefunden habe. Er war ein Egomane.«

»Fakt?«

»Auf Fakten basierende Interpretation«, antwortete Elias schlagfertig, hob sein Glas und machte sich bei der gut duftenden Bedienung bemerkbar. »Bekomme ich noch eins? Und einen Grauburgunder«, rief er hinterher. Dann wandte er sich wieder Janne zu. »Gustav Tollien, das ist übrigens ein hugenottischer Name, lernte seine Frau Susette, die Mutter von Camille, im Haus von Reiner Kloppenburg kennen. Dem Großvater von Camille, ehemaliger Wehrmachtsoffizier und Besitzer einer Maschinenfabrik. Tollien war fünfzehn Jahre älter als seine Frau und, soweit ich das recherchieren konnte, rechtskonservativ eingestellt, mit einem entsprechenden Menschen- und Frauenbild. 1965 heiratete er Susette Kloppenburg, und 1968 kam die Tochter Camille zur Welt.«

Elias machte eine kurze Pause, in der er ein bisschen hin und her blätterte. »Dann habe ich nichts Privates mehr gefunden, nur noch Angaben über die Entwicklung von Tolliens Firma, die ebenfalls eine Werkzeug- und Maschinenfabrik war. Aber jetzt wird es interessant. Susette, also Gustavs Frau, hat nach dem Tod ihrer Mutter Bernadette die Firma von Reiner Kloppenburg geerbt. Im Jahr von Camilles Geburt kam es dann zur Fusion mit der Firma von Tollien. 1980, Camille war zwölf Jahre, starb Susette unter ungeklärten Umständen. Es gab zwar eine polizeiliche Untersuchung, die aber eingestellt wurde.«

»Und dann hat sich Camilles Vater um sie gekümmert, wie sie uns erzählt hat.«

»Aber offensichtlich nicht sehr einfühlsam.«

Die Getränke kamen, und die junge Bedienung stellte eine große Schale Erdnüsse auf den Tisch. »Gruß vom Tresen«, sagte sie und schaute Elias freundlich an.

»Wie heißt du?«

»Marie.« Sie strahlte über das ganze Gesicht und ging.

»Da mag dich aber jemand.«

Leicht verlegen fuhr Elias fort. »Das Gespräch selbst hat uns in Bezug auf unser eigentliches Anliegen, nämlich Näheres über den Inneren Kreis zu erfahren, nicht weitergebracht. Aber vielleicht einen Hinweis geliefert, wo die Treffen stattgefunden haben.«

»Du meinst das Haus in Nordfriesland.« Janne nahm einen Schluck von dem Grauburgunder. »Weit weg von Hamburg, abgeschieden im Nirgendwo.«

Elias trank sein Alsterwasser aus und verzog das Gesicht. »Vielleicht sollte ich doch auf die Idee mit dem Strohhalm zurückkommen.«

Janne grinste.

»Zurück zu den Fakten. Camille Tollien kannte zwei der drei Toten. Brievenbusch und Kettenbach.«

»Besucher ihres Vaters und Opfer eines Mörders.«

»Genau. Jochen Oven kannte sie nicht.«

»Bedeutet das etwas?«

»Wahrscheinlich war Oven nie bei Tollien zu Gast. Was auch zu den Aussagen Majas in Bezug auf die Person Oven passt. Tollien und Oven waren wohl eher wie Feuer und Wasser.«

Janne nahm sich ein paar Nüsse aus der immer noch vollen Schale. »Du isst gar keine Nüsse, Elias.«

»Ich habe eine Nussallergie.«

»Gut für mich«, lachte Janne und zog die Schale zu sich.

»Kommen wir nun zum esoterischen Teil unseres Besuches.« Elias blickte Janne in die Augen. »Was war da los, Janne?«

»Wenn ich das wüsste.« Janne lehnte sich im Stuhl zurück. »Diese Frau hat etwas bei mir getriggert. Etwas, was tief in mir ist.« Janne beugte sich wieder vor, stützte ihre Ellbogen auf den Tisch und legte ihre Handflächen gegeneinander. »Gleich zu Beginn des Besuchs hatte sie doch diesen kurzen Moment der Abwesenheit.«

»Ich erinnere mich.«

»Sie blickte durch mich hindurch, und das hat ein inneres Zittern bei mir ausgelöst. Und als ich vor dem Regal stand und mir die französischen Bücher anschaute, die auch meine Großmutter so liebte, hat sie mir ihre Hand auf die Schulter gelegt. Mich durchlief ein Schauer, wie ich ihn noch nie empfunden habe. Es war berührend und unangenehm zugleich. Dann entdeckte ich zwei norwegische Bücher, was mich überrascht hat. Als ich dann meinen Kopf zur Seite wandte, sah ich in ihre Augen. Ich bin mir sicher, dass sie meinem Blick auf die Bücher gefolgt war und dann in mein Inneres blicken und sehen wollte, wie es dort aussah.«

Elias hatte aufmerksam zugehört. »Und was hätte sie sehen können?«

»Dämonen und Monster.« Janne legte ihre Hände auf den Tisch, Handinnenflächen nach oben. »Ich war in Bhutan in einem Kloster, dort hat mich einer der Mönche von meinen Alpträumen befreit. Eine wichtige Übung war der Energieball. Ich sollte die Handflächen gegeneinanderreiben, bis sie warm wurden, dann auseinanderziehen und aus der Wärmeenergie eine Kugel formen. Anschließend die Kugel zusammendrücken und so die Energie in mich hineinfließen lassen. Diese Übung sollte ich vor dem Einschlafen machen, vier Mal. Das habe ich zwei Wochen lang jeden Abend gemacht. Und plötzlich waren die Alpträume weg. Keine Dämonen, die mich jagen, keine Monster mit hässlichen Fratzen, die mir die Haare ausreißen. Das ist zwei Jahre her. Diese Frau hat meine Dämonen wiederbelebt.«

»Dann solltest du heute Abend unbedingt wieder die Energieballübung machen.«

36

Montag, 28.1.2019

Der große Sitzungssaal des Polizeipräsidiums am Bruno-Georges-Platz war voll besetzt. Das LKA hatte für elf Uhr zur Pressekonferenz eingeladen, um über die bislang gewonnenen Erkenntnisse und Hintergründe des Ermittlungsverfahrens bezüglich der Morde zu berichten. Auf dem Podium saßen Oberstaatsanwalt Dr. Grothekamp, LKA-Chef Schepanski sowie der

Leiter der Sonderkommission Pöppelmann. Die Leitung der PK oblag der Pressesprecherin Dr. Elif Uslu.

Elias saß neben Constantin Mügge, Zille lehnte lässig im hinteren Teil des Raumes an der Wand. Er machte einen eher uninteressierten Eindruck, was nicht weiter verwunderlich war. Was sollte er schon Neues erfahren? Elif Uslu hatte nach einer kurzen Begrüßung und Einführung das Wort an Oberstaatsanwalt Grothekamp weitergegeben. Der wollte sich die Gelegenheit nicht entgehen lassen, über erste Fahndungserfolge zu berichten.

Nach dem üblichen Geplänkel, dass man mit Hochdruck an der Aufklärung der Morde arbeite, die Sonderkommission des LKA mit Unterstützung noch einmal personell aufgestockt worden sei – damit war offensichtlich Zille gemeint –, kam Grothekamp zum Wesentlichen.

»Meine Damen und Herren, wir können nun mit fast hundertprozentiger Sicherheit davon ausgehen, dass es sich bei den drei Morden nicht um eine Serie handelt. Der letzte Mord an Jochen Oven wurde nicht von dem Mörder der beiden ersten Morde begangen, wenn es auch einige Ähnlichkeiten gibt. Um welche es sich dabei im Einzelnen handelt, können wir aus ermittlungstaktischen Gründen nicht sagen. Nur so viel: Der Fundort der Leiche ist nicht der tatsächliche Tatort. Dazu kann aber Herr Schepanski noch Genaueres ausführen.«

Die Pressesprecherin wollte gerade dem LKA-Chef das Wort erteilen, doch Grothekamp war noch nicht fertig.

»Aus staatsanwaltlicher Sicht möchte ich noch hinzufügen, dass wir es durch diese neuen Erkenntnisse nun mit zwei unterschiedlichen Mordermittlungen zu tun haben, die aber zurzeit noch beide von der schon erwähnten Soko geführt werden.«

»Momentan können wir nämlich nicht ausschließen«, ergriff jetzt Schepanski das Wort, »dass die Morde in der ein oder anderen Weise miteinander zu tun haben.«

»Geht es nicht ein bisschen genauer?«, war ein Zwischenruf zu hören.

»Sie haben ja gehört, was der Oberstaatsanwalt gesagt hat«,

ging Schepanski darauf ein, »zum jetzigen Zeitpunkt wollen wir nicht zu viel Täterwissen preisgeben.«

»Ist Jochen Oven ebenfalls nackt aufgefunden worden?«

»Herr Kroske«, ergriff Elif Uslu das Wort, bevor Schepanski dem Chefredakteur vom lokalen Fernsehsender etwas Unbedachtes erwiderte, »ich verstehe Ihre Neugier, aber verstehen Sie bitte auch die Polizei, dass wir bei der Schwere und Brutalität dieser Morde sehr vorsichtig und umsichtig vorgehen müssen. Sie bekommen gleich noch wichtige Informationen.« Sie drehte sich zu Schepanski und nickte ihm zu.

»Vielen Dank, Frau Dr. Uslu. Ich kann Ihnen bisher sagen, dass Jochen Oven in einer leer stehenden Halle in der Nähe des Amsterdamer Kais an der Ostseite des Finkenwerder Vorhafens ermordet worden ist. Diese Erkenntnis verdanken wir der außerordentlich guten Arbeit unserer Rechtsmedizinerin Dr. Freya Jensen und Kriminalhauptkommissar Pöppelmann, der die Soko leitet und an den ich jetzt weitergebe.«

Pöppelmann räusperte sich und berichtete dann ausführlich über die Blütenstaubanalyse, die die Polizei letztendlich zum Tatort in Finkenwerder geführt hatte.

»Woher nehmen Sie die Sicherheit, dass dort der Mord stattgefunden hat?«, wollte die Journalistin einer überregionalen Zeitung wissen.

»Wir haben in der Halle in Waltershof Blutspuren gefunden, die wir Jochen Oven zuordnen konnten. Zudem haben wir dort DNA-Spuren sichergestellt, die nicht von Jochen Oven stammen, wie auch an der Treppe der HafenCity Universität in unmittelbarer Nähe der Leiche.«

»Bei dem Fundort handelte es sich um den Eingang einer Universität, da herrscht viel Betrieb«, wandte die Journalistin ein.

»Wir konnten die DNA relativ frisch Erbrochenem entnehmen, das nur unvollständig weggeschrubbt war.«

»Konnten Sie anhand der DNA eine Person identifizieren?«

»Bislang leider noch nicht, Herr Mügge, zurzeit läuft aber noch eine Anfrage bei Interpol. Und wir hoffen auf einen Treffer.«

Pöppelmann räusperte sich und trank einen Schluck Wasser. »Wir konnten auch den Transportweg der Leiche vom Ort der Tat bis zum Fundort genau nachverfolgen. Die genaue Streckenbeschreibung finden Sie in der Pressemappe. Die Auswertung von zwei Überwachungskameras hat leider nichts ergeben. Jetzt suchen wir gerade nach Augenzeugen, und da können Sie als Medienvertreter unsere Arbeit unterstützen, indem Sie in Ihren Berichten darauf hinweisen.«

»Nachts ist auf dieser Strecke über die Köhlbrandbrücke nicht viel los, da sind Augenzeugen eher unwahrscheinlich«, bemerkte der Journalist eines Privatsenders mit einer gewissen Ironie.

»Unwahrscheinlich vielleicht, aber sicher nicht unmöglich.«

Zille war überrascht über Pöppelmanns Schlagfertigkeit, aber auch die Schärfe in der Stimme und hielt ihm den aufgerichteten Daumen entgegen.

Bei Pressesprecherin Uslu kam die Bemerkung allerdings nicht gut an, was an ihrem säuerlichen Gesichtsausdruck abzulesen war. »Wir wollen jede Chance nutzen und wären Ihnen dankbar, wenn Sie uns dabei unterstützen würden«, sagte sie mit besänftigender Stimme und setzte ihr charmantestes Lächeln auf.

Aber als ob Pöppelmanns Replik ein Signal gewesen wäre, brach jetzt eine hörbare Unruhe im Saal aus, die sich in einer Flut von Zwischenrufen äußerte.

»Vielleicht wäre es mal an der Zeit, uns weitergehende und konkretere Informationen zu geben als immer nur einige Häppchen.«

»Über die beiden vorherigen Morde haben wir noch gar nichts gehört.«

»Angst und Schrecken gehen in dieser Stadt um, und Sie tun nichts für die Sicherheit der Bevölkerung.«

»Meine Damen und Herren, ich bitte Sie, Ruhe zu bewahren.« Elif Uslu sprach laut und bestimmt, blieb aber sehr souverän. »So können wir weder einen Diskurs führen noch Antworten geben.« Sie machte eine kurze Pause. »Weil Sie durcheinanderreden und keine Fragen stellen.«

Die Pressesprecherin ließ ihren Blick durch den Saal schweifen. Mit einem leicht provokanten Gesichtsausdruck, fand Zille.

Dann ging eine Hand zwei Reihen hinter Elias nach oben.

»Sie sind?«

»Conny Janus von K6.«

Elias blickte sich um und beugte sich zu Constantin Mügge. »Wer ist das?«

»Die Frau kenne ich nicht, aber K6 ist eine Art Flugschrift, erscheint unregelmäßig, mal mit vier Seiten, mal mit zehn. Zwei Exemplare habe ich gelesen. Sind gar nicht schlecht.« Mügge grinste. »Das Motto heißt übrigens: ›Wahrhaftige Zeitung von gottlosen Gesellinnen.‹ Die Redaktion sitzt in der Thadenstraße.«

»Frau Janus, bitte Ihre Frage.«

»Wenn morgen ein Foto veröffentlicht würde, auf dem der tote Jochen Oven nackt und ohne Glied zu sehen wäre, würde Sie das überraschen, Herr Grothekamp?«

Es war auf der Stelle ruhig im Saal. Alle Blicke lagen auf dem Oberstaatsanwalt. Er blickte unsicher zur Pressesprecherin, die ihm fast unmerklich zunickte.

Grothekamp räusperte sich. »Das käme darauf an, wo es veröffentlicht würde.«

»Das heißt, das, was Sie zu sehen bekämen, würde Sie nicht überraschen?«

»Das habe ich nicht gesagt. Sehen Sie –«

»Mir liegt ein solches Foto vor, Herr Grothekamp. Ich frage Sie, wie Sie nur von einigen Übereinstimmungen bei den drei Morden sprechen können, wenn eine fast identische Inszenierung der Toten vorliegt.«

Elias drehte sich noch einmal zu Conny Janus, machte unbemerkt ein Foto. Im selben Moment prasselten die Fragen der Journalisten wie Maschinengewehrsalven auf das Podium nieder.

»Wenn alle Männer im fast gleichen Alter waren –«

»Wenn alle drei toten Männer Mitglieder in der Gesellschaft für freien Handel waren –«

»Steckt die Gesellschaft hinter den Morden?«

»Gibt es Verbindungen zur Politik?«

Und eine alle übertönende Stimme brachte mit zwei Fragen das Fass zum Überlaufen. »Wenn dann tatsächlich ein zweiter Täter im Spiel ist, woher hat er das Täterwissen? Gibt es einen Spitzel in der Behörde?«

Grothekamp war aufgesprungen. Er hatte einen hochroten Kopf und war kurz davor, zu explodieren.

Dr. Elif Uslu stand sofort neben ihm. »Sie verlassen ohne ein Wort diesen Raum«, flüsterte sie ihm ins Ohr. Dann winkte sie einen Polizisten herbei. »Bringen Sie den Oberstaatsanwalt in sein Büro. Und keinen Kontakt zu irgendjemandem.« Anschließend scheuchte sie auch Pöppelmann und Schepanski vom Podium. All das geschah in wenigen Sekunden.

Nun wandte sie sich den Journalisten zu. »Meine Damen und Herren, die Pressekonferenz ist hiermit beendet. Ich danke Ihnen und wünsche eine gute Heimreise.« Damit verließ auch Dr. Elif Uslu das Podium und hinterließ eine aufgebrachte Meute von Pressevertretern.

Elias zückte sofort sein Handy und rief bei Janne an. Das Gespräch dauerte keine zwei Minuten. Dann wandte er sich an Constantin Mügge. »Und, wie schlachtest du die PK aus?«

»Neben deinem Artikel über das Geschäftsgebaren einiger Mitglieder der ehrenwerten Gesellschaft platziere ich noch einen Bericht und Kommentar über diese wundersame Pressekonferenz«, sagte Constantin Mügge, als er sich von Elias verabschiedete. Man sah ihm die diebische Freude an, mit der er die Polizei vorführen würde.

Elias wünschte ihm gutes Gelingen und ging zu Zille.

»Was war das denn hier?«

Zille stand immer noch lässig an die Wand gelehnt, als wäre er nicht gerade Zeuge einer denkwürdigen Pressekonferenz geworden. »Ich habe mal an einer sehr speziellen Fortbildung in den USA teilgenommen, bei der es um Verhörtaktiken ging. Interessanterweise ging es nicht darum, wie man ein Verhör führt, sondern darum, wie man sich zu verhalten hat, wenn man selbst verhört wird. Eine goldene Regel war, nie auf die Fragen direkt zu antworten. Analogien bilden, Beispiele finden, Begriffe definieren und so weiter. Bei einer dieser Verhörübungen wurde dem Gefangenen vorgeworfen, ein Spitzel zu sein. Er echauffierte sich, zählte seine Verdienste am Vaterland auf, dass er niemals etwas verraten würde, stritt alles ab. Im Ergebnis verstrickte er sich in diverse Widersprüche und wurde für schuldig befunden.«

Zille legte eine Kunstpause ein, bevor er weitersprach. »Bei der zweiten Übung lief es anders. Der Beschuldigte fragte erst einmal nach, ob er es richtig verstanden habe, dass man ihn als Spitzel beschuldige. Wenn dem so sei, wolle er erst einmal klarstellen, was er unter einem Spitzel verstehe, damit man sich über dieselbe Sache auseinandersetzen würde. Und dann legte er ausführlich dar, dass ein Spitzel nicht nur ein Spitzel sei, sondern auch ein Spion, Agent, Verräter, ein Aushorcher, Kundschafter sein könne. All das sei ja nicht dasselbe und auch nicht das Gleiche. Aber unter einem Spitzel könne man auch einen Konfidenten verstehen. Also letztendlich einen Freund, der jemandem einen Gefallen tut. Er würde also vorschlagen, dass sie sich jetzt auf etwas einigten, um sich dann weiter zu unterhalten. Und als sie ihm sagten, sie hielten ihn für einen Verräter, schaute er sie kurz an und sagte: ›Nein, das bin ich nicht.‹ Stand auf und verließ das Verhör.«

Elias hatte Zille zunächst amüsiert, dann aber immer aufmerksamer zugehört. »Grothekamp ist auch gegangen.«

»Aber ohne Stellung zu beziehen.«

»Was wohl auch besser war. Er war ja rot wie ein Krebs.«

»Er hätte gepöbelt, alles abgestritten. Niemand hätte ihm das abgenommen.«

»Dann kann er sich bei seiner Pressesprecherin bedanken, die Schlimmeres verhindert hat.«

»Sehe ich auch so, wird er aber nicht tun. Er wird sich jetzt damit beschäftigen, wie er seinen Freundschaftsdienst Klaasen gegenüber vertuschen kann.« Zille machte eine kleine Pause. »Das wird ihm aber nicht gelingen.«

Elias grinste. »Dafür wirst du schon sorgen.«

In diesem Augenblick ging Conny Janus an den beiden vorbei.

»Meinst du, diese Frau hat tatsächlich ein Foto vom nackten Oven?«, fragte Zille.

»Janne kümmert sich.« Elias griff zu seinem Handy und rief Janne erneut an.

»Wie gut, dass wir sie haben.«

»Wie gut, dass du mich ermutigt hast, sie einzustellen.« Elias klopfte Zille auf die Schulter. »Komm, gehen wir in eurer Kantine noch einen Kaffee trinken. Ich habe Infos über deine Kinder.«

Auf dem Weg zur Kantine begegneten sie der Pressesprecherin Elif Uslu.

Zille blieb stehen. »Du warst gut.«

»Da bist du aber einer der wenigen, die das so sehen.« Elif Uslu zog die Augenbrauen hoch. »Grothekamp war stinksauer und hat mir mit Konsequenzen gedroht, und Schepanski war ebenfalls *not amused*.«

Zille schüttelte den Kopf. »Wenn du sie nicht aus der Schusslinie genommen hättest, wären sie von der Pressemeute zerpflückt worden.«

»Davon kann man ausgehen. Aber Grothekamp ist außer sich.«

»Er ist ein eitler Pfau«, mischte sich Elias ein. »Er fühlt sich von einer Frau vorgeführt. Das kratzt an seinem Ego.«

»Er befindet sich leider in einer besseren Position als ich«, erwiderte Uslu bedrückt.

»Kopf hoch, Elif«, sagte Zille und fügte geheimnisvoll hinzu: »Morgen früh sieht die Welt hier schon ganz anders aus.«

Dann trennten sich ihre Wege.

Die Kantine war gut besucht und die Pressekonferenz das Hauptgesprächsthema. Zille und Elias holten sich einen Kaffee und setzten sich in eine ruhige Ecke.

»Willst du die Bombe platzen lassen?«, fragte Elias.

»Ich gehe anschließend zu Schepanski und werde ihm erzählen, dass Grothekamp die Ermittlungsakten an seinen Freund Klaasen weitergegeben hat.« Zille hatte sich zwei Cantuccini gegönnt und tunkte nun eins in den Kaffee. »Das muss er dann an den Justizsenator weiterleiten, und der wird den Oberstaatsanwalt vorläufig beurlauben.« Zille schlürfte genüsslich das Mandelgebäck in den Mund. »Aber du wolltest mir etwas erzählen.«

Elias gab zwei Stückchen Zucker in den Kaffee. »Ich habe die letzten Tage versucht, Informationen über deine beiden Töchter zu bekommen. Mit den Namen allein bin ich nicht weit gekommen, schließlich sind Mio und Yoko Yamamoto häufige Name in Japan. Auch die japanischen Schriftzeichen machten eine Recherche schwierig. Ich habe an Universitäten, Fachhochschulen, technischen Instituten und so weiter gesucht. Doch da habe ich nichts gefunden. Dann habe ich mir in den sozialen Medien die Nächte um die Ohren geschlagen und bin nur aufgrund meines guten Brandys nicht wahnsinnig geworden.«

»Aber besoffen.« Trotz seiner spürbaren Anspannung war Zille erstaunlich geduldig.

»Ich bin immerhin so nüchtern geblieben, dass ich dann bei Line, das ist ein japanischer Instant Messenger und Konkurrenz von WhatsApp, etwas gefunden habe. Zum Glück hat dieser Dienst erhebliche Sicherheitslücken.« Elias grinste. »Jedenfalls habe ich Nachrichten einer Mio Yamamoto in einem englischsprachigen Chat gefunden, wo sie Fotos geteilt hat. Unter anderem ein Kinderfoto von sich und ihrer Zwillingsschwester Yoko. Mit der Bildunterschrift: ›*Snapshot from Germany, where we are born.*‹« Dann legte Elias zwei Fotos auf den Tisch und schob sie zu Zille. »So sieht Mio heute aus.«

Zille nahm die Fotos in die Hand und betrachtete sie. Dann flossen ihm Tränen über die Wange. Mit feuchten Augen blickte er Elias an. »Danke, mein Freund.«

Elias lächelte. »Mit Hilfe einer Gesichtserkennungssoftware habe ich dann weitergesucht. Heute Morgen hatte ich dann einen Treffer. Mio studiert an der International University of Japan in Minamiuonuma, das ist etwa zweihundertzwanzig Kilometer nordwestlich von Tokio.«

37

Montag, 28.1.2019

Janne kam von einem ausgiebigen Morgentraining zurück. Fünfzehn Kilometer war sie in fünfzig Minuten gelaufen und erreichte verschwitzt und erschöpft ihre neue Wohnung in der Breite Straße im zwölften Stock. Vielleicht hätte sie die Treppen doch nicht hinauflaufen sollen, dachte sie einen Moment und lehnte sich an die Wohnungstür. Nach einer kurzen Verschnaufpause betrat sie die Wohnung.

Sie war funktional eingerichtet, Einbauküche, Einbauschränke in Flur und Schlafzimmer sowie Möbel von IKEA und Kaufhauskunst an den Wänden. Nicht schön, aber praktisch. Außer ihrer Kleidung und ein paar Büchern gab es nichts Persönliches. Doch die Wohnung verfügte über ein Highlight, und zwar den grandiosen Ausblick über den Hafen. Janne nahm sich einen Proteinshake aus dem Kühlschrank und stellte sich ans Fenster. Das Wohnen im Gorch-Fock-Haus sollte keine Dauerlösung werden, und sie hoffte, dass die Bedrohung durch Malte Sandvik bald der Vergangenheit angehören würde. Ein großes Containerschiff verließ gerade mit zwei Lotsenschiffen den Steinwerder Vorhafen, und das Fernweh machte sich bei Janne breit.

Gestern Abend hatte sie mit ihrem Lehrer im Kloster Tamshing geskypt. Nach dem Besuch bei Camille Tollien und dem anschließenden Gespräch mit Elias hatte sie das Gefühl einer emotionalen Schwerelosigkeit erfasst, und sie wusste nicht, wo und wie sie Halt finden sollte.

Auch waren die Dämonen wieder zurückgekehrt und diese

Melodie, deren Herkunft sie nicht kannte. Schnell wurde ihr klar, dass sie sich wieder in die virtuelle Obhut ihres Lehrers Acharya Lama Sonam Nawang begeben musste. Ein paar Meditationsübungen würden ihr diesmal nicht helfen. Zu irritierend waren ihre physischen und psychischen Reaktionen auf die Begegnung mit Camille Tollien gewesen.

Und so hatte sich Janne an den Rechner gesetzt und Kontakt mit dem Kloster aufgenommen und einen Skype-Termin mit ihrem Lehrer vereinbart. Glücklicherweise betrug der Zeitunterschied zwischen Hamburg und Bhutan nur vier Stunden. Als sie dann um achtzehn Uhr Hamburger Zeit anrief, saß Sonam Nawang in seiner dunkelrot-violetten Robe lächelnd in einem kleinen Meditationsraum und begrüßte sie herzlich.

Sie begannen die Sitzung mit Stille- und Achtsamkeitsmeditationen, und so gelang es Janne bald, ihre Emotionen und körperlichen Reaktionen im gegenwärtigen Augenblick intensiv wahrzunehmen und ihre Aufmerksamkeit auf die Gefühle zu lenken, die sie in sich trug. In diesem Zustand berichtete Janne über die Begegnung mit Camille Tollien, die Bilder und Empfindungen, die sie ausgelöst, und die körperliche Anspannung, die ihre Nähe bei ihr hervorgerufen hatte. Dann begab sie sich auf eine Reise in ihr Inneres und navigierte mit Sonam Nawangs Hilfe zurück in ihre Kindheit, bis sie bei ihrer *farmor*, ihrer norwegischen Großmutter, ankam, von der sie bis zum Ende der vierten Klasse nach der Schule betreut wurde.

Diese Zeit hatte Janne als sehr schön in Erinnerung. Sie hatten gebacken und gelacht, gemeinsam gesungen und im Winter Schneemänner gebaut und ihren selbst gebrauten alkoholfreien Punsch getrunken. Es gab aber auch Situationen, in denen sie Angst gehabt hatte. Wenn die Großmutter gedankenverloren vor sich hinstarrte und für sie zusammenhanglose Sätze murmelte oder wenn ihr wie aus dem Nichts die Tränen über die Wangen liefen. Und wenn sie sich richtig erinnerte, hatte sie in dieser Zeit auch häufig schlechte Träume.

Warum das so war, dem kam Janne an diesem Abend nicht auf die Spur, auch weil Sonam Nawang sie an dieser Stelle aus ihren Erinnerungen herausholte und sie in das Hier und Jetzt führte.

»Diese Reise ist jetzt zu Ende«, hatte er ihr mit seiner sanften Stimme gesagt, »aber eine andere Reise steht dir noch bevor.«

Er empfahl ihr, nach Norwegen zu fahren. Sie sollte dort auf Spurensuche gehen und bei ihrer Großmutter beginnen. Und er gab ihr noch zwei weitere Ratschläge. Den Tag mit Meditation zu beginnen und zu beenden. Und beim Sport möglichst an die physische Grenze zu gehen, damit sie sich spüre, den Herzschlag, den Puls, den Atem, die Muskeln. Zumindest Letzteres hatte sie heute schon umgesetzt. Janne lächelte und sah verträumt dem Containerschiff hinterher.

Ein Handyklingeln riss sie aus ihren Gedanken. Sie ging in die Küche, wo das Handy neben der Kaffeemaschine lag. Es war Elias.

»Ich habe dir ein Foto geschickt. Wie schnell kannst du in der Thadenstraße sein?«

»Wo genau?«

»Redaktion K6, das ist –«

»Kenn ich, haben ihr Büro in einem Hinterhaus beim Buddhistischen Zentrum. Schaffe ich in fünfundzwanzig Minuten.«

»In dieser Redaktion arbeitet eine Conny Janus, deren Foto ich dir geschickt habe. Sie hat auf der PK eben behauptet, sie habe ein Foto vom nackten und toten Jochen Oven, was eigentlich nicht sein kann.«

»Okay, und ich soll herausfinden, ob es nicht doch sein kann.«

»Und ob sie noch weitere Fotos besitzt. Noch ist sie hier auf der PK und redet mit einer Gruppe von Leuten. Ich rufe dich an, wenn sie sich auf den Weg macht. Sie benötigt zur Redaktion dreißig Minuten. – Und, Janne, das Foto sollte nicht veröffentlicht werden.«

»Alles klar.«

Auf dem Weg ins Bad aß Janne einen Müsliriegel, duschte in Windeseile, zog sich ebenso schnell an und legte Jacke, Handschuhe und Neck Gaiter bereit. Nach sieben Minuten war sie startklar. Eine Minute später erhielt sie den Anruf von Elias und machte sich auf zur Thadenstraße.

Trotz des Nieselregens schaffte sie es in zwanzig Minuten und betrat das Buddhistische Zentrum. Vom Foyer hatte man einen guten Blick in den Hinterhof. Da Janne bis Ende letzten Jahres regelmäßig im Zentrum an Meditationskursen teilgenommen hatte, kannte man sie hier, und so konnte sie in Ruhe den Hof beobachten und auf Conny Janus warten. Die Redaktionsräume waren ebenerdig, und Janne vermutete, dass die beiden Räume zum Hof zu K6 gehörten. Wahrscheinlich gab es im hinteren Bereich nur einen weiteren Raum und eine kleine Küche sowie Toilette.

Nach einer Viertelstunde kam eine etwa fünfunddreißigjährige Frau in roter Winterjacke und mit einer ebenfalls roten Pudelmütze in den Hof. Janne schüttelte den Kopf. Wie dämlich sieht das denn aus, dachte sie, konnte dann aber ihr Gesicht sehen. Es war Conny Janus. Eine Fototasche hing über ihrer Schulter. Sie ging zielstrebig auf den Eingang der Redaktionsräume von K6 zu. Kurze Zeit später konnte Janne Conny Janus dank ihrer roten Jacke in einem der beiden vorderen Räume ausmachen. Sie verließ das Buddhistische Zentrum und näherte sich vorsichtig den Redaktionsräumen. Schon bald hörte sie eine aufgeregte Stimme durch ein Fenster, das in Kippstellung war. Jetzt schlich Janne sich heran und verharrte an der Wand neben dem Fenster.

»Die Pressekonferenz war der Hammer«, hörte sie eine Stimme, die Conny Janus gehören musste. »Zunächst das übliche Gelaber, allgemein und nichtssagend. Bis auf die Info, dass der dritte Mord von einem neuen Täter verübt wurde. Dann kamen die ersten kritischen Fragen, die die Pressesprecherin aber geschickt abgeblockt hat.« Janne hörte ein hämisches Lachen. »Aber meine Frage hat sie dann alle aus den Socken gehauen. Und es ist völlig klar. Der dritte Tote war ebenfalls nackt und ohne Schwanz. Auch wenn man das auf dem Foto von meinem Freund Patrick nicht wirklich erkennen kann.«

Janne hatte sich ein wenig aufgerichtet und konnte jetzt

durch den Spalt des gekippten Fensters die drei Frauen sehen. Sie standen vor einem Schreibtisch und blickten auf den Bildschirm eines Laptops. Die Fotokamera lag daneben.

»Das Foto hat echt eine Scheißqualität«, sagte eine der Frauen. »Wirkt dadurch aber sehr authentisch.«

»Und ihr meint, wir sollten das Foto veröffentlichen?«, fragte die dritte Frau.

»Auf jeden Fall«, antwortete Conny Janus bestimmt. »Die Reaktion von Oberstaatsanwalt Grothekamp auf meine Frage war regelrecht panisch. Und als einer der Kollegen schlussfolgerte, wenn der dritte Mord ausgeführt worden war wie die beiden ersten, aber von einem anderen Täter begangen wurde, müsse doch ein Spitzel bei der Polizei sitzen, der Täterwissen weitergebe, wurden der Oberstaatsanwalt und die beiden Kommissare mit Fragen bombardiert. Es herrschte völliges Chaos. Dann hat die Pressesprecherin die drei Typen vom Podium gescheucht und die PK abgebrochen.« Conny Janus hatte sich in Rage geredet. »Eine Veröffentlichung des Fotos ist unsere Chance. Sie werden uns die Flugschrift aus den Händen reißen.«

Das hörte sich nicht gut an. Janne überlegte nicht lange, zog sich ihren schwarzen Neck Gaiter über die Nase und betrat die Redaktionsräume. »Ich glaube, das wird nichts, Mädels«, sagte sie und ging auf die Frauen zu.

Die drei Frauen blickten überrascht zu Janne.

»Was fällt dir ein, du kannst nicht einfach hier reinstürmen«, sagte eine von ihnen ängstlich.

»Doch, kann ich.« Janne stand jetzt neben Conny, schubste sie kräftig zur Seite, sodass sie gegen den Heizkörper fiel. Aus den Augenwinkeln sah sie, wie sich eine der Frauen positionierte und eine Kampfstellung einnahm. Sieht nach Karate aus, dachte Janne, die aber keine Lust hatte, sich zu prügeln. Sie griff nach der Kamera, erwischte sie am Tragegurt, zog sie mit Schwung vom Tisch und schleuderte sie gegen den Kopf ihrer Angreiferin. Es gab ein knackendes Geräusch und einen Aufschrei. »Scheiße, meine Nase.«

Janne schnappte sich den Laptop. »Tut mir leid«, sagte sie, bevor sie zur Tür hinausstürmte.

38

Montag, 28.1.2019

Zille stand schon eine Weile vor der weißen Gründerzeitvilla, in der PUReTASTe, das European Institute for Applied Food Research von Jochen Oven, untergebracht war. Aus seinem Pick-up hatte er einen guten Blick auf die Vorderfront der Villa, wo ein großer Erker die Aufmerksamkeit des Betrachters auf sich zog. Der Eingang war seitlich, und seit seiner Ankunft vor zehn Minuten hatten eine Frau und ein Mann das Institut betreten. Vermutlich Mitarbeiter, überlegte Zille, da sie nacheinander ihre Handflächen auf ein Display legten, um Zutritt zu erlangen. Zille schaute auf seine Uhr. Er war um zwei Uhr mit Dr. Veronica Pleiten, CEO von PUReTASTe und stellvertretende Leiterin des Instituts, verabredet. Es war Zeit, sich auf den Weg zu machen.

Von der Empfangsdame wurde er in den ersten Stock geschickt, und dort empfing ihn eine hagere Frau Mitte vierzig.

»Herr Zillinski, vermute ich.« Und mit einem gequälten Lächeln fügte sie hinzu: »Ich bin Dr. Veronica Pleiten.«

Zille musterte die Frau kurz. Hinter der freundlichen Fassade schlug ihm Misstrauen entgegen.

»Schön, dass Sie so kurzfristig Zeit für mich haben.«

Veronica Pleiten bat Zille in ihr Büro. Sie betraten einen großen Raum mit Blick in den Garten, der im Frühjahr sicherlich eine üppige Blütenpracht zur Schau stellte. Obstbäume und Rhododendronbüsche bestimmten das Bild. Die Einrichtung war ganz im Bauhausstil, das Mobiliar strahlte elegante Schlichtheit und Klarheit aus, aber wenig Wärme. Insofern passte Veronica Pleiten bestens in den silbergrauen Gropius-

Sessel, während Zille sich in einem Freischwinger niederließ. Er liebte diese Stühle, mit ihnen konnte man so schön wippen.

»Nun, Herr Zillinski, womit kann ich Ihnen weiterhelfen?« Veronica Pleiten eröffnete das Gespräch, und mit der nächsten Feststellung brachte sie deutlich zum Ausdruck, dass für sie die Unterredung reine Zeitverschwendung war. »Der Tod von Herrn Oven ist sehr bedauerlich, aber ich werde der Polizei sicher nicht weiterhelfen können.« Großes Mitgefühl konnte Zille da nicht hören.

»Frau Pleiten«, erwiderte er mit einem leicht ironischen Unterton, »manchmal sind es Kleinigkeiten, die leicht übersehen oder für unwesentlich gehalten werden. Oder Selbstverständlichkeiten, die unwichtig und deshalb nicht erwähnenswert erscheinen.« Zille lächelte. »Und die meisten Verbrechen werden deshalb aufgeklärt, weil wir Ermittler Kleinigkeiten suchen und Selbstverständlichkeiten in den Verbrechenskontext stellen.«

»Dann stellen Sie Ihre Fragen.«

»Woran haben das Institut und im Besonderen Herr Oven aktuell geforscht?«

»Letzteres kann ich Ihnen nicht seriös beantworten. Herr Oven hat mich seit zwei Jahren an seinen persönlichen Forschungen nicht mehr intensiv teilhaben lassen.«

»Gab es dafür einen Grund?«

Zille sah, wie sich die Gesichtszüge von Veronica Pleiten verhärteten. »Da Herr Oven sich kaum noch um die allgemeine Arbeit des Instituts kümmerte, also Controlling der laufenden Arbeit, Akquise neuer Projekte oder Veröffentlichungen, um nur einige Aspekte zu nennen, habe ich mich darum gekümmert. Insofern hatte ich weniger Zeit, um Herrn Oven zu unterstützen.« Veronica Pleiten räusperte sich. »Das genügte ihm nicht, deshalb hat er sich zwei persönliche Assistenten zugelegt.«

»Namen?«

»Dr. Francesco Weiss und Dr. Julia Kaminski.«

»Mit denen würde ich auch gerne sprechen, am besten heute

noch.« Zille blickte ihr in die Augen. »Könnten Sie das arrangieren?«

Wortlos stand Veronica Pleiten auf und griff zum Telefon. Nach einem Zwanzig-Sekunden-Telefonat stand der Termin. »In dreißig Minuten holt Frau Kaminski Sie hier ab«, sagte sie emotionslos.

Das hat sie geschickt arrangiert, um unser Gespräch zu begrenzen, dachte Zille. Aber egal, die verbleibenden dreißig Minuten würden ihm reichen. »Dann berichten Sie mir doch bitte einmal kurz von den weniger aktuellen Projekten des Instituts.«

»Kennen Sie sich aus mit Lebensmittelchemie?«

Zille schüttelte den Kopf. »Ich kenne nur die Inhaltsstoffe von Burgern.«

Veronica Pleiten verzog abfällig das Gesicht. »Nun, dann die Version für Laien.«

In den folgenden fünfzehn Minuten musste sich Zille eine Abhandlung über die Erfolge des Instituts anhören. Alternative Proteinquellen für die Herstellung von Fleischersatz, Schnittkäse aus Lupinenproteinen, Zuckerersatzstoffe, Buchweizen, Hirse, Quinoa als glutenfreie Alternative zu Weizen – alles Dinge, die auch dem Leitbild des Instituts entsprachen und einen Beitrag zur nachhaltigen Lebensmittelmittelproduktion leisten sollten.

Obwohl Zille bei der Vorstellung, dass seine Burger aus Fleischersatz hergestellt werden könnten, schlecht geworden war, riss er sich zusammen und unterbrach Veronica Pleiten an dieser Stelle. »Wenn ich das richtige verstehe, geht es unter anderem auch darum, zum Beispiel den Soja- und Zuckerrohranbau zu reduzieren.«

Veronica Pleiten nickte.

»Und damit Großkonzernen die Einnahmequellen streitig zu machen. Das birgt doch Konfliktpotenzial.«

»Sicher, aber die Zeiten harter Auseinandersetzungen sind vorbei. Selbst die vier größten Agrarkonzerne ADM, Bunge, Cargill und Louis Dreyfus, auch ABCD-Gruppe genannt, haben die Zeichen der Zeit erkannt und sind zu einer konstruktiven

Zusammenarbeit bereit. Sie wollen ihren Marktanteil behalten.« Und als Veronica Pleiten Zilles fragenden Blick sah, ergänzte sie: »Ungefähr siebzig Prozent bei Weizen, Mais und Soja.«

»Nein, das meinte ich nicht. Wie sieht die konstruktive Zusammenarbeit aus?«

»Nun, die Konzerne kaufen unsere Patente und bringen sie auf den Markt. Schließlich haben sie die Kapazitäten.«

Zille ließ zum Leidwesen von Dr. Pleiten nicht locker. »Und den Zeitpunkt der Markteinführung bestimmt wer?«

»Natürlich die Konzerne.« Veronica Pleiten schaute auf ihre Armbanduhr.

»Und Jochen Oven war damit einverstanden?«

»Nicht bei allen Produkten.«

»Eine Frage habe ich noch. Wie sahen die Auseinandersetzungen früher aus?«

»Es gab den ein oder anderen unschönen Brief oder auch Klagen gegen das Institut, aber wie gesagt –«

Zille fiel ihr ins Wort. »Drohungen gegen Herrn Oven?«

»Ja, die gab es auch«, antwortete Veronica Pleiten widerwillig.

»Wann die letzten?«

»Das weiß ich nicht.«

»Worum ging es bei den Drohungen?«

»Herr Oven war manchmal etwas störrisch und wollte, wie ich schon erwähnte, Patente nicht verkaufen.«

»Und dann hat man nachgeholfen und ihn bedroht«, sagte Zille lakonisch und machte eine kleine Pause. »Mit Erfolg?«

»Nein. Er hat nie nachgegeben.«

»Haben Sie einen Verdacht, wer Herrn Oven umgebracht haben könnte?«

Veronica Pleiten überlegte einen Moment. »Er hatte bestimmt Neider und vielleicht sogar auch Feinde. Aber dass ihn jemand umbringt, kann ich mir nicht vorstellen.«

»Können Sie mir eine Aufstellung über seine Geschäftskontakte im letzten Jahr machen?«

»Ich sage es seiner Sekretärin.«

»Als ich das Institut betreten habe, sind mir Überwachungskameras aufgefallen. Werden die Aufnahmen gespeichert?«

Veronica Pleiten zog die Augenbrauen hoch. »Ich denke schon. Darum kümmert sich Herr Weiss.«

In diesem Moment klopfte es an der Tür.

»Ja bitte«, sagte eine erleichtert klingende Stimme.

Julia Kaminski betrat das Büro. »Ich wollte Herrn Zillinski abholen.«

»Ja, wir sind hier auch fertig.«

Veronica Pleiten und Zille erhoben sich.

»Dann wünsche ich Ihnen viel Erfolg bei Ihren Nachforschungen.«

Zille ergriff die ausgestreckte Hand. »War mir eine Freude, mit Ihnen zu reden, Frau Dr. Pleiten.« Der Sarkasmus war sicher nicht zu überhören.

Das Büro von Francesco Weiss und Julia Kaminski lag im Dachgeschoss des Hauses. Es war nur halb so groß wie das von Veronica Pleiten, dafür aber höher. Die Dachbalken und Stützständer waren sichtbar, und auf einer Dachseite gab es eine große Gaube mit bodentiefen Fenstern. Das verlieh dem Raum eine besondere Atmosphäre und wirkte nicht wie ein Büro, obwohl die beiden Schreibtische einen Großteil der Fläche beanspruchten und keinen Platz für eine Sitzgruppe ließen. Die restlichen freien Flächen waren mit Kartons vollgestellt. Julia Kaminski befreite einen Stuhl von einem Karton und schob ihn Zille hin.

»Wir sind gerade umgezogen«, erklärte sie entschuldigend, »und die Regale müssen an die räumlichen Gegebenheiten angepasst, also noch angefertigt werden.«

Mit ihren kurzen, strubbeligen schwarzen Haaren und dem runden Gesicht erinnerte Julia Kaminski ihn an Juliette Binoche in dem Film »Der englische Patient«. Anfang, Mitte dreißig, schätzte Zille. Sie hatte ein schelmisches Lächeln, und mit ihren offenen Augen wirkte sie sehr jugendlich.

»Mein Kollege Francesco Weiss kommt gleich, er besorgt uns noch Kaffee und Kekse.«

»Einen Kaffee kann ich jetzt gut gebrauchen«, erwiderte Zille.

»War das Gespräch mit Frau Dr. Pleiten so anstrengend?«, fragte Julia Kaminski mit einem spöttischen Unterton.

»Nein, nein, ich habe erfahren, was ich wollte.« Zille schaute sich im Büro um. »Ganz schön eng für zwei Wissenschaftler«, stellte er trocken fest.

»Frau Dr. Pleiten meinte, ein gemeinsames Büro wäre kommunikationsfördernd, außerdem wären wir ja auch die meiste Zeit im Labor, das sich im Keller befindet.«

Zille ging zu den bodentiefen Fenstern und schaute in den Garten. Er sah eine rauchende Veronica Pleiten, die angeregt mit einem älteren Kollegen zu diskutieren schien. »Im Sommer ist es bestimmt sehr schön hier«, hörte er sich sagen. In Gedanken war Zille jedoch bei der Geschäftsführerin des Instituts. Zu gerne hätte er gewusst, worüber Dr. Pleiten sprach.

»So, dann nutzen wir die unverhoffte Pause zu einem Kaffeekränzchen.« Eine sonore Männerstimme riss Zille aus seinen Gedanken. »Francesco Weiss, Best Boy des Instituts.« Er stellte das Tablett auf seinem Schreibtisch ab, kam auf Zille zu und gab ihm die Hand. »Noch schöner ist der Garten im Frühling, wenn alles zu blühen beginnt.«

»Und das Leben erwacht«, ergänzte Zille. »Mein Name ist Heiner Zillinski, Kriminalhauptkommissar.« Er schaute den großen, kräftigen Mann an. Schwarze, lockige, schulterlange Haare, markante Gesichtszüge, Lippen- und Kinnbart. Gut sah er aus. Er erinnerte ihn an Orlando Bloom in »Fluch der Karibik«. Zille blickte noch einmal aus dem Fenster. »Mit wem spricht Frau Dr. Pleiten dort so angeregt?«

»Das ist Steffen Rogalski, unser CTA. Ist schon Ewigkeiten hier.«

»Und unverzichtbar im Labor«, ergänzte Julia Kaminski.

»Dann machen wir es uns mal gemütlich.« Francesco Weiss machte eine einladende Handbewegung, zeigte auf die Stühle, verteilte die Kaffeebecher und stellte die Kekse vor Zille auf den Schreibtisch.

»Wir waren völlig am Ende, als Frau Dr. Pleiten uns über den Tod von Herrn Oven informierte.« Julia Kaminski kämpfte mit den Tränen.

»Und erschüttert«, pflichtete Francesco Weiss mit brüchiger Stimme bei und gab seiner Kollegin ein Taschentuch. »Wie und wann ist es denn passiert?«

»Wahrscheinlich wurde er am letzten Mittwoch oder Donnerstag ermordet, gefunden wurde er am Freitagmorgen vor dem Eingang zur HafenCity Universität.«

»Und wie wurde er umgebracht?«

»Mit Gift. Aber mehr darf ich Ihnen nicht sagen, Herr Weiss. Wir müssen etwas über das Motiv herausfinden. Deshalb bin ich hier. Ich benötige Informationen über das Institut und die Arbeit von Jochen Oven.« Zille machte eine kurze Pause. »Frau Dr. Pleiten erzählte mir, dass Sie über seine letzten Projekte besser als sie informiert seien.«

Francesco Weiss nickte zur Bestätigung. »Das sind wir. Wir waren kurz vor dem Durchbruch, eine echte Alternative zum Palmöl zu entwickeln.«

»Eine Revolution in der Lebensmittelindustrie, die will man doch miterleben, wenn man der Auslöser ist«, sagte Julia Kaminski mit vibrierender Stimme.

»Können Sie mir das näher erläutern?«

»Wir haben gemeinsam mit einem kleinen Unternehmen in Indonesien ein neuartiges Öl entwickelt, das aus Käferlarven gewonnen wird«, erläuterte Francesco Weiss. »Und der Ertrag aus den Larven ist um ein Vielfaches höher als der von den Palmölplantagen. Zudem ist die Produktion weniger umweltschädlich und vor allem viel günstiger.«

»Auch die Nutzungsmöglichkeiten sind großartig«, sagte Julia Kaminski. »Die Öle und Fette kann man nicht nur zum Kochen und Backen nutzen …«

»Nehmen Sie doch mal einen Keks.« Francesco Weiss hielt Zille die Keksschale hin und blickte ihm in die Augen.

»… sondern auch für Kosmetik und Pflegeprodukte.«

Zille tauchte den Keks in seinen Kaffee und biss ein Stück ab.

Francesco Weiss lächelte. »Die Kekse, die Sie gerade essen, werden auch aus Insektenmehl hergestellt.«

Zille verschluckte sich sofort, musste aber zugeben, dass sie wirklich sehr schmackhaft waren.

»Wenn Ihre Forschungsergebnisse so vielversprechend sind, warum weiß dann Ihre CEO nichts darüber?«, fragte Zille.

»Dass sie darüber nichts wusste, halte ich für Unsinn.« Francesco Weiss legte sich nun seine Worte genau zurecht. »Allerdings glaube ich, dass ihr die Dimensionen und der Stand der Entwicklungen nicht bekannt waren. Oven hat die Kommunikation mit ihr auf das Nötigste reduziert. Und wir mussten uns zur Verschwiegenheit ihr gegenüber verpflichten.« Er machte eine Pause. »Jetzt werden wir es ihr allerdings erzählen müssen.«

»Warten Sie damit, bis Ovens Tochter in Hamburg ist. Sie ist über seinen Tod informiert und kommt in wenigen Tagen.« Zille hatte diese Information von Maja und hielt es für sinnvoll, die beiden jungen Wissenschaftler darüber zu informieren.

»Okay«, erwiderte Francesco Weiss, »dann halten wir Frau Dr. Pleiten noch ein paar Tage hin.«

»Erzählen Sie noch mal was zu den Dimensionen Ihrer Forschung«, sagte Zille.

»Indonesien und Malaysia produzieren fünfundachtzig Prozent des weltweiten Palmölbedarfs. Der drittgrößte Palmölproduzent ist die Europäische Union.« Julia Kaminski trank einen Schluck Kaffee. »Wilmar ist einer der größten Agrarkonzerne Asiens und der größte Verarbeiter und Vertreiber von Palmöl. Der größte Abnehmer ist Unilever mit eins Komma fünf Millionen Tonnen pro Jahr. Nestlé verbraucht ungefähr vierhundertfünfzigtausend Tonnen pro Jahr. Kein Wunder also, dass Palmöl in jedem zweiten Supermarktprodukt enthalten ist. Ich glaube, wenn durch Käferlarven die Palmölproduktion massiv einbrechen würde, hätten diese Konzerne ein Problem.«

»Und weniger Geld und Einfluss«, brachte Francesco Weiss es auf den Punkt. »Jochen Oven war sicher kein einfacher Mensch. Wankelmütig, aber letztlich prinzipientreu. Deshalb hat er auch seine Zusage über den Verkauf der Forschungsergebnisse und Patente an Wilmar Anfang des Jahres zurückgezogen.«

»Weshalb? Das wäre doch ein lukratives Geschäft.« Zille war hellhörig geworden.

»Wir hatten uns sowieso gewundert, dass er überhaupt eine solche Zusage gemacht hat«, antwortete Julia Kaminski. »Ausgerechnet Wilmar.«

»Er hatte Ende des letzten Jahres häufig Besuch, vermutlich von Abgesandten von Wilmar.« Francesco Weiss strich sich seine Locken aus dem Gesicht. »Die haben ihn vielleicht unter Druck gesetzt.«

»Aber womit?«

Julia Kaminski zuckte mit den Schultern. »Keine Ahnung. Oven war nicht sehr gesprächig. Aber er hatte auch Anfang dieses Jahres Besuch von zwei Leuten, einer Frau und einem Mann, mit denen er sich lautstark gestritten hat. Ich habe sie unfreiwillig belauscht, als ich zu ihm ins Büro wollte.« Julia grinste. »Ich habe nur kurz vor der Tür gestanden.«

»Und haben Sie etwas verstanden?«, fragte Zille.

»Sie sagte, er sei verrückt und ein verdammter Prinzipienreiter. Mit dem Vertrag werde er so viel Geld wie noch nie in seinem Leben haben. Das sei ihm scheißegal, entgegnete Oven erregt, denn seine wichtigste Bedingung sei nicht erfüllt worden. Er lasse sich von dem Konzern nicht verarschen. Seine Sturheit werde er noch bereuen, brüllte daraufhin der Mann. Dann bin ich schnell gegangen.«

Zille nahm sich noch einen Keks und tunkte ihn in den inzwischen kalten Kaffee. »Kann es sein, dass es bei der nicht erfüllten Bedingung um den Zeitpunkt der Markteinführung ging?«

»Wenn die Markteinführung erst in acht oder zehn Jahren sein sollte, wäre das in der Tat ein wichtiger Grund, die Patente nicht zu verkaufen.« Francesco Weiss lehnte sich in seinen Stuhl zurück. »Aber tot kann er ja auch nicht unterschreiben.«

»Aber bei der wahrscheinlich neuen Leitung dieses Hauses bin ich mir da nicht so sicher«, sagte Julia Kaminski im Flüsterton.

»Frau Dr. Pleiten sagte mir, dass Sie für die Aufzeichnungen der Videoüberwachung zuständig sind.« Zille blickte zu Francesco Weiss.

»Das stimmt.«

»Wie lange bewahren Sie die Aufzeichnungen auf?«

»Drei Monate.«

»Können wir uns die Aufzeichnungen von diesem Monat anschauen?«

»Klar.« Francesco Weiss ging zu seinem Rechner und rief die entsprechenden Dateien auf. »Viel gibt es nicht zu sehen, Besuch ist selten.«

»Im Moment interessieren mich vor allem die beiden Leute, die Anfang des Jahres im Institut waren.«

»In jeder Datei ist immer eine Woche gespeichert.« Er wandte sich zu Julia Kaminski. »Wann waren die beiden hier? Kannst du dich erinnern?«

»Es war der 8. Januar«, antwortete sie wie aus der Pistole geschossen, »mein zweiter Arbeitstag dieses Jahr. Du warst da noch in Urlaub«, fügte sie neckisch an.

»Was heißt hier Urlaub? Meine Familie aus Italien war über Silvester in Hamburg, das war kein Urlaub, sondern Stress pur.«

»Mir kommen die Tränen«, sagte Julia Kaminski lachend.

»So, hier sind sie.« Dann spielte er die Datei ab, und nach kurzer Zeit waren zwei Personen vor dem Eingang gut zu sehen.

»Wissen Sie, wer das ist?«, fragte Zille.

Die beiden schüttelten gleichzeitig den Kopf.

»Können Sie mir ein Foto der beiden ausdrucken und eine Kopie der Aufnahmen der letzten drei Monate zumailen?« Zille gab Weiss seine Visitenkarte.

»Kein Problem«, antwortete er und reichte Zille die Ausdrucke. »Die Dateien schicke ich Ihnen gleich zu.«

Zille verabschiedete sich, ließ sich von der Empfangsdame die Liste der Besucher aushändigen und ging zu seinem Pick-up. Er war zufrieden mit dem Besuch. Er hatte ein Motiv und möglicherweise sogar Hinweise auf die Täter. Er fotografierte den Ausdruck der beiden Besucher ab und schickte ihn an Elias,

Pöppelmann und Britta. Irgendjemand von ihnen würde die Identität der beiden feststellen. Die Überwachungsvideos würde er später weiterleiten.

Dann sah er, dass auch ihm Fotos zugeschickt worden waren. Janne hatte wieder ganze Arbeit geleistet und war offenbar an die Fotos der K6-Journalistin gelangt. Es war tatsächlich ein Foto des nackten Jochen Oven dabei, wobei die Aufnahme sehr dunkel und zudem unscharf war. Weitere Fotos zeigten einen Van und drei Männer, die jemanden im Rollstuhl Richtung HafenCity Universität schoben. Hier war mehr zu erkennen. Zille leitete die Fotos an Pöppelmann weiter. Er war sich sicher, dass die Techniker im LKA herausbekommen würden, von welchem Ort die Aufnahmen gemacht wurden. Zumal der Fotograf, wie Janne schrieb, mit Vornamen Patrick hieß.

Anschließend machte er sich auf den Weg. Britta hatte ihn für heute Abend zum Essen eingeladen. Aber vorher musste er noch nach Bergedorf. Dort gab es eine Spezialwerkstatt, die ihm einen Frontbügel an den Ranger montieren sollte. Andere nannten das Teil auch Rammbügel.

Donnerstag, 30. August 2018

Verschwitzt und außer Atem betrete ich den Raum. Ich höre meinen Pulsschlag, finde kaum den Weg zum Sessel. Ich stehe vor ihm, starre auf das grüne Blättermuster. Die Blätter bewegen sich, verschwimmen vor meinen Augen. Sie werden größer, verformen sich zu Kugeln, aus denen Messer wachsen. Ich schließe die Augen, doch die Kugeln bleiben, kommen näher, und von den Messern tropft eine klebrige, dunkelrote Flüssigkeit. Eine leichte Berührung lässt mich die Augen öffnen. Meine Therapeutin tupft mit einem Taschentuch über meine Wange.

Das Blättermuster spricht etwas in dir an. Die Farben, die Formen, das gesamte Motiv lösen Vorstellungen aus, die deine Wahrnehmung beeinflussen und psychische wie physische Reaktionen hervorrufen. Wie ein geplatztes Äderchen.

Sie wirft das mit roten Flecken übersäte Taschentuch in den Papierkorb, während ich mich langsam in den Sessel setzte. Ich lehne mich vorsichtig an, fürchte die Messer. Aber nichts geschieht.

»Die Blätter haben getanzt, sich verändert und mich bedroht. Ich habe meine Augen geschlossen, in der Hoffnung, die Bilder würden dann verschwinden.«

Aber sie sind geblieben. Kommen sie dir bekannt vor?

Ich schaue auf das blaue Meer, das beruhigend auf mich wirkt. Ich atme tief ein, mein Puls beruhigt sich, und ich beginne, von einem Traum zu sprechen, der mich seit ein paar Tagen quält.

»Ich bin achtzehn oder neunzehn Jahre alt. Sitze in einem dunklen, dreckigen Raum, der von Ratten bevölkert ist. Die ganze Nacht habe ich dort verbracht, begleitet vom Fiepen und Fauchen der Ratten. Höre Schreie anderer Frauen und höhnisches Gelächter von Männern. Wenn ich mich an die Wände lehne, kommen die Ratten auf mich zu. Sie laufen durcheinander, sind wie ein wabernder lebender Organismus. Dann stehen sie still und starren mich mit ihren glühenden Augen an. Aus ihnen schleudern sie Blitze, heiße Kugeln, Messer. Ich lege meine Arme schützend um meinen Kopf. Ich schreie, dann bin ich wütend, voller Zorn. Am Ende sacke ich zusammen und weine leise.«

Wie bist du wieder herausgekommen?

»Drei Männer sind gekommen. Spucken mich an, zerren an mir und reißen mir die Kleider vom Leib. Bedrohen mich mit Scheren und Messern. Fuchteln damit vor meinem Gesicht herum. Beschimpfen mich als Schlampe und Flittchen. Schließlich halten mich zwei der Männer an den Armen fest und pressen sie auf den Rücken. Der dritte verletzt mich an der Brust und am Kopf, bis das Blut über meinen Körper läuft. Dann muss ich meine zerrissenen Kleider wieder anziehen, und sie scheuchen mich raus.«

Du bist im Laufe der letzten Wochen und Monate schon vielen Dämonen entgegengetreten, hast sie verscheucht, tief in dein Innerstes zurückgedrängt. Aber sie sind nicht verschwunden und können unter bestimmten Umständen wieder an die Oberfläche zurückkehren. Du wirst etwas erlebt oder getan haben, was diesen Prozess begünstigt hat.

Ich sehe, wie sie hintergründig lächelt, und weiß in diesem Moment, was sie meint.

Wir haben verabredet, dass du während der Therapie nicht mehr in dem Tagebuch deiner Großmutter liest. Ich vermute, dass du genau das getan hast.

Ich nicke.

Du wirst deine Gründe dafür haben. Und nichts geschieht ohne Hintersinn. Überkommen dich ähnliche Bilder auch wieder in alltäglichen Situationen?

Ich fahre mir durch die Haare und spüre, dass das Herz mein Blut in Aufruhr versetzt. Wie vor wenigen Tagen, als ich wieder einen dieser Flashbacks hatte, die seit einiger Zeit verschwunden waren. Ich schaue auf die Tapete mit dem blauen Meer und den mächtigen Wellen. Ich lasse sie in mich fließen, und ich kann das aufgewühlte Blut zur Ruhe bringen.

»Ich bin in einer Menschenmenge. Hundert, zweihundert Leute, die Plakate hochhalten und etwas rufen. Aufgebracht, teilweise voller Hass. Die schrillen Töne von Trillerpfeifen erfüllen die Luft. Unerträglich laut. Mir stockt der Atem. Mir wird schwindlig. Ich muss stehen bleiben, bin wie gelähmt. Lehne mich an eine Häuserwand. Die Geräuschkulisse wird leiser und verschwindet. Und plötzlich sind sie in meinem Kopf und erfassen meinen ganzen Körper. Fremde, furchtbare Bilder. Ich laufe auf einer Straße, die von großen und kleinen Menschen gesäumt ist. Verachtende Blicke treffen mich, einige spucken vor mir aus, als wäre ich eine Aussätzige. Verstoßen und verdammt. Begleitet werde ich von Polizisten. Sie treiben mich halb nackt durch die Straßen. Und je länger ich durch die Straßen getrieben werde, umso mehr Menschen laufen hinter mir her. Nachbarn, Arbeitskollegen, ehemalige Klassenkameraden, alle waren in der Menge. Drängelten sich nach vorn, um ja nichts zu versäumen, was immer das auch sein mochte. Es ist wie eine Hexenjagd, ein Sündenbock wird gefunden und verstoßen. Bei einem kurzen Blick zurück sehe ich Victor, meinen besten Freund, in der Menge. Ein Hoffnungsschimmer flackert auf. Doch er ist umgeben von wütenden Menschen. Er scheint starr, hat Tränen in den Augen, und dann ist er verschwunden. Gesenkten Hauptes werde ich vor die Stadt geführt und in ein graues Nichts geschickt. Gedemütigt, entehrt, missachtet.«

Ich schrecke auf. Ich zittere. Spüre ihre Hand auf meinen Schultern. Sie steht hinter mir. Und spricht mit leiser, aber eindringlicher Stimme.

Wir haben von dem Drehbuch gesprochen, das du neu schreiben kannst, wenn dich Bilder aus der Kindheit quälen. Diese Bilder, die dich in diesem Flashback überwältigen, entspringen nicht deinen Erlebnissen. Sie spiegeln die Erlebnisse und Gefühle deiner Großmutter wider. Eine Mischung aus den Beschreibungen im Tagebuch deiner Großmutter und Übertragungen über die Generationsgrenzen hinweg. Du durchlebst auch das Leid deiner Mutter. Und dann bringst du auch deine eigenen Projektionen mit ein wie die Bilder deines Vaters, der dich miss-

achtet und demütigt, oder die Bilder seiner Geschäftsfreunde, die dich bedrängen.

Sie macht eine Pause und setzt sich wieder auf ihren Stuhl.

Wer ist Victor?

Ich lächele.

»Der einzige Mensch, der mich versteht.«

Sie nimmt meine Hände und blickt mir in die Augen. Trotz der getönten Brille spüre ich ihren eindringlichen Blick.

Du bist den Träumen und Flashbacks nicht ausgeliefert. Die erwachsene Camille hat schon einmal der jugendlichen Camille geholfen. Du erinnerst dich.

»Ja, ich erinnere mich. Die Hydra im Spiegel, den ich zerschlage. Womit ich die Hydra in Stücke breche.«

Jetzt stell dir vor, du begleitest die junge Camille, wie sie durch die Stadt getrieben wird. Hilf ihr, das Leid zu ertragen.

Mir wird schwindelig. Ich will nicht mehr in diese Straße. Mich dem Pöbel aussetzen. Bespuckt und beworfen werden. Aber ich weiß, dass ich es tun muss.

»Ich begleite die junge Camille auf ihrem Weg, nehme sie in den Arm. Schütze sie vor den Blicken. Ich gebe ihr meinen Mantel, damit sie nicht mehr halb nackt durch die Straßen laufen muss.

Ich stocke. Ich denke an Victor, den ich in der Menge gesehen habe. Victor, den ich selbst als Kind beschützt habe, als er von den anderen Kindern in unserer Straße gehänselt wurde.

Ich blicke mich um. Sehe Victor. Sehe, wie er in den nächsten Sekunden von der Menge verschluckt werden wird. Ich schubse den Polizisten zur Seite, entwende ihm seinen Gummiknüppel und nehme Camille an die Hand. In der anderen Hand halte ich den Gummiknüppel. Wir rennen los. Mit dem Gummiknüppel kämpfe ich mich durch die aufgebrachte Menge und erreiche schließlich Victor. Er nimmt die junge Camille in den Arm, verscheucht alle, die ihnen zu nahe kommen. Gemeinsam schaffen wir es, dem Pöbel zu entfliehen. Am Stadtrand nimmt Victor Camille auf den Arm und trägt sie aus der Stadt.«

Das war mutig, entschlossen und voller Kraft. Diese Kraft

steckt in dir, du bist nicht nur voller Leid. Doch wenn du zulässt, dass dein Leid die Oberhand über dein Leben gewinnt, spürst du deine Kraft nicht. Gestalte deine Welt so, wie sie für dich richtig ist. Alles ist erlaubt, was dir hilft, wer dir hilft. Und mit der Kraft, die du dann spürst, wirst du deine Dämonen endgültig besiegen.

Ich stehe auf und blicke auf das Meer und die Wellen. Mächtig und stark. Voller Energie, die sich weiterpflanzt, immer weiter, aus sich heraus, bis sie am Ende bricht und mit aller Gewalt gegen Felsen klatscht.

39

Dienstag, 29.1.2019

»Hemmungslos, gierig, kriminell – der Niedergang des Ehrbaren«. Das war die Überschrift, die Elias unter seinem Pseudonym dem Artikel für das Online-Magazin »Lumen« gegeben hatte. Constantin Mügge hatte ihm gerade geschrieben, dass der Artikel »viral gegangen« sei. Elias schüttelte den Kopf. Warum konnte er nicht schreiben, der Artikel habe viel Aufmerksamkeit erhalten? Wie dem auch sei, der Erfolg freute ihn natürlich.

Der Artikel war provokant, eine gnadenlose Abrechnung mit dem Mythos des ehrbaren Kaufmanns und des Politikers als Volksvertreter. Der Artikel spannte den Bogen dubioser Handelsgeschäfte von Beginn der Naziherrschaft über das Nachkriegsdeutschland, die Wiedervereinigung bis zur Schifffahrtskrise. Geschäfte, die alle im Desaster endeten, für den Steuerzahler. Er sezierte kenntnisreich und pointiert die skandalösen Verstrickungen von Kaufleuten, Bankern und Politik, die solche Geschäfte erst möglich machten. Hier ging es nicht um ehrbaren, anständigen Handel, hier ging es nur um Macht und Geld.

Daran anknüpfend rollte der Artikel den aktuellen Fall auf, in den führende Mitglieder der GffH verwickelt waren. Er deutete den Aufbau eines Osteuropakartells an, das nicht vor Schmuggel und Mord zurückschreckte. Geschickt kombinierte er die bekannten Fakten miteinander und stellte am Ende die Frage: »Der ehrbare Kaufmann als Krimineller in Nadelstreifen?«

Elias stand vor dem Grab seiner Mutter. Er hatte sich vorgenommen, einmal in der Woche für frische Blumen zu sorgen, gelbe Rosen oder rote Tulpen, ihre Lieblingsblumen. Zum Glück hatte er es nicht weit, der Nienstedtener Friedhof lag um die Ecke, das Blumengeschäft gegenüber, und so hatte er seinen Vorsatz seit dem Tod der Mutter vor einem Jahr einhalten können. Jetzt stand er gegenüber dem schlichten Grabstein, entsorgte die verwelkten roten Tulpen und stellte gelbe Rosen in die Vase.

Bei aller Trauer konnte er vor dem Grab auch Entspannung finden. Ihm kamen nicht nur Bilder von der Flucht in den Kopf oder die vielen Fragen, die er hatte, sondern auch die vielen Kinderlieder, die seine Mutter ihm immer auf Arabisch vorgesungen hatte. Er hörte ihre Stimme und kam ihr auf diese Weise ganz nah.

Doch es tauchten auch immer wieder dieselben Fragen auf, wenn er hier stand. Wer war mein Vater? Warum wurde ihr Konvoi angegriffen? Hatte sich ein gesuchter Anführer einer Widerstandsgruppe in dem Konvoi versteckt? War es ein brutaler Vergeltungsschlag? Seine Mutter konnte oder wollte ihm die Fragen nicht beantworten, aber nach all den Recherchen, die er in der Zwischenzeit angestellt hatte, konnte er an keinen Zufall glauben, auch wenn er nichts Konkretes hatte zutage fördern können. Wahrscheinlich würde er mit der Ungewissheit leben müssen, genau wie hinsichtlich seines Stiefvaters Sören Hopp.

Auch er war bei einem Anschlag umgekommen. Im Chaos des äthiopischen Bürgerkriegs hatte eine der vielen Milizen eine Bombe in dem Hotel in Addis Abeba gezündet, in dem sich auch sein Stiefvater befunden haben soll. Allerdings wurde seine Leiche nie gefunden. Elias hatte herausgefunden, dass der Anschlag einem hochrangigen Mitglied der Militärdiktatur gegolten hatte. Warum Sören Hopp sich in dem Hotel aufgehalten haben sollte, konnte ihm im Auswärtigen Amt auch niemand nachvollziehbar erklären. Aber warum sollte er nach den vielen Jahren an seinem Tod zweifeln? Es war sein Schicksal, zwei Väter in Kriegen verloren zu haben, die nie enden wollten. Elias lächelte ein wenig verbittert. »Nur die Toten haben das Ende des Krieges gesehen.« Wie recht hatte er doch, der gute Platon. Und trotzdem, man durfte nie aufgeben, den Frieden herbeizusehnen beziehungsweise, in seinem Fall, ihn herbeizuschreiben.

Elias schaute in den Himmel. Nicht weil er hoffte, seine Mutter dort zu sehen, wobei er natürlich davon überzeugt war, dass sie den Weg dorthin gefunden hatte, sondern um abzuwägen, ob er einen Spaziergang an der Elbe wagen könnte, ohne dabei nass zu werden. Er sah keine Regenwolken. So setzte er seinen Stetson auf, schlug den Mantelkragen hoch und machte sich auf den Weg. Es standen turbulente Stunden und Tage bevor, das hatte er im Gefühl.

40

Dienstag, 29.1.2019

Heiner Pöppelmann, Zille und sieben weitere Kolleginnen und Kollegen der Soko Ritualmord saßen zusammen in einem der Besprechungsräume des Landeskriminalamts. Staatsanwalt Dürkopp war ebenfalls anwesend und bat als Erster ums Wort. Zille grinste, denn dass Dürkopp bei Pöppelmann um Erlaubnis fragte, war noch nie vorgekommen. Da stand jemand gewaltig unter Druck, was durch die roten Flecken im Gesicht noch deutlicher wurde.

»Sie haben ja wahrscheinlich alle von der gestrigen PK gehört, die nicht in unserem Sinne abgelaufen ist. Vor allem der Vorwurf, dass wir einen Spitzel im LKA hätten, hat Wellen geschlagen, wie in der heutigen Berichterstattung deutlich wurde. Für diese Behauptung gibt es überhaupt keine Belege.«

»Wobei die Übereinstimmungen des letzten Mordes mit den vorherigen schon erstaunlich sind«, warf Pöppelmann ein.

»Das ist augenscheinlich, und deshalb hat die Staatsanwaltschaft eine interne Untersuchung angeordnet, um, und das möchte ich hier in aller Deutlichkeit betonen, den Vorwurf bezüglich eines Spitzels ad absurdum zu führen.«

»Sieht der Oberstaatsanwalt das auch so?« Für diese Frage erntete Zille einen bösen Blick von Dürkopp.

»Davon gehe ich aus, Herr Zillinski«, antwortete Dürkopp unterkühlt, und da nun alle Augen auf ihn gerichtet waren, fuhr er, wenn auch widerwillig, fort: »Der Oberstaatsanwalt hätte selbstverständlich heute an dieser Besprechung teilgenommen. Leider ist er erkrankt.«

Dieser Nachricht folgte ein allgemeines Gemurmel, und auch Dürkopp war klar, dass er damit die Gerüchteküche angeheizt hatte. Aber hätte er sagen sollen, dass Grothekamp damit einer vorläufigen Suspendierung zuvorgekommen war? »Meine Damen und Herren, Sie werden diese Information für sich behalten, und keiner von Ihnen wird auf die Idee kommen, Fragen der Presse diesbezüglich zu beantworten.«

»Das ist angekommen, Herr Dürkopp, nur noch eine Frage.« Zille blickte ihn freundlich an. »Wie soll die interne Untersuchung ablaufen?«

»Nun, ich werde mit jedem Einzelnen, der mit diesem Fall befasst ist, ein Gespräch führen.«

Jetzt schaltete sich Pöppelmann ein. »Gut, aber das tun Sie bitte erst, wenn der Fall geklärt ist.«

Wieder musste Zille grinsen. Auch das war noch nie vorgekommen. Pöppelmann machte dem Staatsanwalt eine Ansage. Und er hatte natürlich recht.

»Da muss ich den Kollegen unterstützen. Eine solche Befragung wäre zum jetzigen Zeitpunkt kontraproduktiv, Herr Staatsanwalt, weil dadurch die Ermittlungen erheblich behindert würden.« Zille sah Dürkopps fragendes Gesicht. »Die Leistungsfähigkeit eines Ermittlers hängt im hohen Maße von seiner psychischen Verfassung ab. Wenn er aber nun unter Verdacht steht, und das tut er bei einer internen Untersuchung, setzt ihn das erheblich unter Stress. Adrenalin und Cortisol werden im Übermaß ausgeschüttet. Und in der Folge können strukturierendes und schlussfolgerndes Denken und damit die Urteilsbildung eingeschränkt werden.«

Zille legte eine kleine Kunstpause ein und sah, dass Dürkopp mit sich kämpfte, ob er explodieren oder nachgeben sollte. Also legte Zille nach. »Mal ganz davon abgesehen, was bei Stress in der Bauchspeicheldrüse los ist. In meiner Zeit in Quantico –«

»Zillinski, wenn Sie weiterreden, suspendiere ich Sie. Ich habe ja verstanden.«

Zille winkte beschwichtigend ab. »Schon gut. Aber eines möchte ich noch sagen. Beginnen Sie Ihre Befragung doch mit dem Oberstaatsanwalt.«

Dürkopp stand auf. »Ich weiß schon selbst, wie ich meine Arbeit zu machen habe.« Er ging zur Tür, drehte sich aber noch einmal um. »Lösen Sie den Fall, wir brauchen Ergebnisse.« Dann war er verschwunden.

Die Kolleginnen und Kollegen schauten auf den grinsenden Zille und klopften anerkennend auf den Tisch.

»Können wir jetzt mit der Arbeit beginnen?« Pöppelmann nickte Anna Ratke, der groß gewachsenen jungen IT-Forensikerin zu. Sie war Anfang dreißig und seit zwei Jahren beim LKA. Pöppelmann hatte sie unbedingt in der Soko haben wollen.

»Ich habe die Fotos, die mir Pöppelmann zur Verfügung gestellt hat, angesehen.« Auf der Leinwand erschien ein unscharfes und dunkles Foto vom Fundort der Leiche an der HafenCity Universität. »Es ist aus großer Entfernung mit einem relativ lichtstarken Teleobjektiv gemacht worden. Sonst würde man auch gar nichts erkennen. Aber mit einer entsprechenden Bildbearbeitungssoftware, viel Phantasie«, jetzt sah man das bearbeitete Foto, »und der entsprechenden Bildunterschrift hätte man den Lesern schon nahebringen können, dass auch diese männliche Leiche nackt und ohne Penis ist.«

»Aber ob der Schniedel nun weg ist oder nur ganz klein, kann man doch wirklich nicht erkennen«, warf eine Kollegin ein.

»Ich sagte doch«, Anna schürzte spöttisch ihre vollen Lippen, »mit Phantasie.«

Es folgten weitere Fotos. Einige zeigten den Lieferwagen, mit dem die Leiche transportiert worden war, andere, wie drei Personen die Leiche in einem Rollstuhl zur Treppe fuhren.

»Ich habe diese Fotos alle bearbeitet und konnte Folgendes feststellen: Bei dem Transporter handelte es sich um einen Mercedes Sprinter von der Firma Guterpreis. Sind die Einzigen, die schwarze Transporter verleihen. Es gibt sieben Verleihstationen in Hamburg, auch eine in Harburg.«

Auf der Leinwand erschien das Bild eines etwa fünfunddreißigjährigen Mannes, kurze Haare, markante Nase.

»Und dieses Gesicht konnte ich extrahieren. Zugegeben, etwas unscharf, aber mehr haben wir nicht. Hoffe trotzdem auf einen Treffer in den Datenbanken. Anfrage läuft.«

Anna Ratke trank einen Schluck Wasser, fuhr sich mit beiden Händen durch ihre schulterlangen lockigen Haare und band sie mit einem Gummi zu einem Zopf zusammen. »Das Beste zum Schluss.«

Jetzt war ein Foto eines siebenstöckigen weißen Wohnhauses zu sehen, dessen Loggien alle zur Baakenhafenbrücke ausgerichtet waren. Die Randloggien im sechsten und siebten Stock waren eingekreist.

»Was ich aber ohne Phantasie, dafür mit Mathematik herausfinden konnte, ist, dass diese Aufnahmen alle von einer dieser beiden Loggien aus gemacht wurden. Ich habe alle Fotos hinsichtlich ihres Kamerawinkels und des Abstands der Motive zum Haus verglichen. Wahrscheinlich ist es die im sechsten Stock.«

»Gute Arbeit, Anna. Und da wir den Vornamen des Fotografen kennen, werden wir die richtige Wohnung ausfindig machen können.« Pöppelmann schaute in erstaunte Gesichter. »Die Information und die Fotos stammen von einer seriösen Quelle.«

In diesem Moment bekam Zille eine Nachricht auf sein Handy. Sie war von Britta. Er klickte sie an und las: *Habe die Fotos der beiden Besucher bei PUReTASTe durch Datenbanken geschickt. Es handelt sich um Fabian Schmitt und Sylvia Braunsfeld. Mitglieder bei der Gesellschaft für freien Handel und beide im Inneren Kreis der Gesellschaft. Potenzielle Täter.*

Zille nickte zufrieden, steckte sein Handy in die Tasche und stellte dann zwei Tüten Kekse auf den Tisch. »Hab ich von PUReTASTe mitgebracht. Greift zu. Schmecken köstlich.« Zille grinste und berichtete dann vom Besuch bei PUReTASTe.

41

Dienstag, 29.1.2019

Zille traf Britta in der Lobby des Hotels Bellevue. Er saß in einem der mit rotem Kunstleder bezogenen Sessel, und wenn er sich streckte, konnte er einen Blick auf die Außenalster werfen. Da es aber wieder einmal regnete und die Wolken tief hingen, war der Ausblick eher öde. Zille konnte von seinem Platz aber auch den Treppenaufgang mit seinem messingverzierten Geländer sehen, der in die höher gelegenen Etagen führte. Von dort sah er jetzt Britta herunterkommen, und dieser Anblick ließ sein Herz höherschlagen. Er musste sich wohl eingestehen, dass er sich in diese BKA-Frau verliebt hatte.

Britta hauchte ihm einen Kuss auf die Wange. »Wir sind im Dienst«, flüsterte sie ihm ins Ohr. »Aber hoffentlich nicht zu lange.« Sie setzte sich neben ihn. »Haben euch die Fotos weitergebracht?«

»Denke schon, aber wie konkret, werden wir hoffentlich heute Nachmittag wissen. Die Kollegen werten gerade die Informationen aus.«

»Ich habe ein paar Dinge über Braunsfeld und Schmitt recherchiert. Sind erst einmal unspektakulär. Frau Dr. Dr. Sylvia Braunsfeld ist eine knallharte Geschäftsfrau und verdient ihr Geld im Gesundheitswesen. Nebenbei frönt sie ihrem Hobby als Psychotherapeutin. Sie ist Teilhaberin einer Gemeinschaftspraxis im Hamburger Westen. Fabian Schmitt ist ein Karrierist. Immer auf der Überholspur, ohne Rücksicht auf andere. Sein Motto: *Fabian first*.«

»Das habe ich schon mal gehört. Und wo das endet, sehen wir.«

»Seine Finanzberatungs- und Treuhandels-GmbH ist aber sehr erfolgreich. Er ist Spezialist für Firmensanierungen.«

»Vielleicht war er deshalb bei Oven.«

»Wobei PUReTASTe kein Sanierungsfall ist.« Britta holte einen Notizblock aus ihrer Tasche. »Im Gegenteil. Mit den

Patenten, die Oven angemeldet hat, sind Umsatz und Gewinn der Firma in den letzten Jahren unaufhaltsam gestiegen.«

»Vielleicht wollte Schmitt an diesem Erfolg teilhaben. Die neueste Entwicklung, die PUReTASTe auf den Markt bringen wollte, würde eine Revolution auf dem Ernährungssektor bedeuten und der Firma wiederum viel Geld einbringen. Wobei es wohl zwei Modelle der Vermarktung gab. Wenn ich das richtig verstanden habe, wollte Oven die Big Player davon überzeugen, anstelle der Palmölproduktion mit seiner Idee ein neuartiges Öl aus Käferlarven zu gewinnen.«

»Das heißt, die Palmölproduktion sollte eingestellt werden?«

»Ja, und zwar so schnell wie möglich. Die großen Firmen wollten aber nur das Patent kaufen und erst dann, wenn es mit dem Palmöl kein Geld mehr zu verdienen gäbe, Ovens Patent einführen.«

»Also nie.«

»Irgendwann schon, denn der Widerstand gegen die Palmölproduktion wächst, weil dafür massenhaft Regenwälder gerodet werden. Aber noch lässt sich damit eben Geld verdienen. Deshalb hat Oven von seinem Widerrufsrecht Gebrauch gemacht und den Verkauf des Patentes zurückgezogen. Frage mich nur, was Braunsfeld und Schmitt damit zu tun haben?«

»Das kann ich dir sagen. Schmitt war bei den Vertragsverhandlungen dabei. Ist ja sein Geschäftsbereich. Und er verdient nur, wenn der Vertrag zustande kommt. Und Braunsfeld, so mein Informant, war an diesem Deal ebenfalls beteiligt. Nur, wenn Oven tot ist, wer verkauft dann das Patent?«

»Das wiederum kann ich dir sagen. Alle dachten, dass dies dann die CEO Dr. Veronica Pleiten machen könnte. Aber es gibt noch eine Tochter, die die Firma erbt. Das hatte aber wohl niemand auf dem Schirm.«

»Ich habe einen Termin mit Braunsfeld gemacht. Schmitt besuchen wir jetzt spontan, den habe ich nicht erreicht.«

Eine Stunde später standen Britta und Zille vor einem modernen Stadthaus im Treppenviertel in Blankenese. Die Villa hatte eine Holzfassade mit bodentiefen Fenstern und stand auf einem für diesen Stadtteil überaus großen Grundstück. Zille betätigte die Klingel, die am Tor der Einfahrt angebracht war. Es dauerte eine Weile, bis sich jemand meldete.

»Ja bitte?«, dröhnte eine tiefe Stimme aus der kleinen Gegensprechanlage. Zille sah Lurch, den Butler aus der Addams Family, vor sich, und das »Ja bitte?« hörte sich an wie »Sie haben gedonnert«.

Britta schien keine solchen morbiden Assoziationen zu haben. »Britta Timmermann vom BKA. Ich würde gerne mit Herrn Fabian Schmitt sprechen.«

»Herr Schmitt ist nicht zugegen.«

»Dann könnten Sie uns vielleicht Auskunft über den Verbleib von Herrn Schmitt geben.«

»Nein, das kann ich nicht.«

»Ich denke schon. Wenn Sie mich und meinen Kollegen nicht ins Haus lassen, bestelle ich ein Sondereinsatzkommando, das uns dann den Eintritt verschafft.«

Es herrschte einen Moment lang Stille. Dann ertönte der Summer, und das Tor öffnete sich.

Am Hauseingang erwartete sie eine ältere Frau, und Zille entschuldigte sich innerlich bei ihr. Sie sah Lurch gar nicht ähnlich. Sie stellte sich als Frau Meisel vor, und Britta und Zille zeigten ihre Ausweise, die sie aber nicht beachtete. Dann führte sie sie durch den großen Flur in ein Kaminzimmer, das wohl auch als Bibliothek diente. Wobei nur Bücher über Betriebswirtschaft, Management oder Investmentfonds zu sehen waren. Sie setzten sich auf ein Plüschsofa, während Frau Meisel stehen blieb.

»Sie sind die Haushälterin von Herrn Schmitt?«, fragte Britta freundlich.

»Ja.«

»Wann haben Sie Herrn Schmitt zuletzt gesehen?«

»Heute Morgen.«

Zille verdrehte die Augen. »Geht es ein bisschen genauer?«

»Ich habe wie jeden Morgen um acht Uhr das Haus betreten, Frühstück für Herrn Schmitt vorbereitet und dann die Küche aufgeräumt. Herr Schmitt ist gegen halb neun zum Frühstück erschienen.«

Ihre Stimme klang mechanisch, roboterhaft. Zille beobachtete Schweißperlen auf ihrem Gesicht. Die Frau stand eindeutig unter Stress.

»Ist Ihnen etwas aufgefallen?«, fragte Britta.

Diese Frage brachte Frau Meisel völlig aus dem Konzept. »Was meinen Sie?«

»War er unruhig, aufgeregt, unfreundlich?«

»Wir reden nicht.«

Zille fuhr sich mit den Händen durchs Haar. Er war kurz irritiert.

»Hat er sich anders verhalten?«

Frau Meisel sah ihn mit einem verstörten Gesichtsausdruck an.

»Ist er hin und her gelaufen? Hat er ständig auf die Uhr geblickt? War er anders als sonst gekleidet?« Britta wurde langsam ungeduldig.

»Seine Sachen waren sauber.« Sie hielt einen Moment inne. »Sein Mantel war schmutzig.«

»Hatte er schon beim Frühstück einen Mantel an?«

»Ich glaube«, sagte Zille zu Britta, »Frau Meisel spricht von dem Mantel, der an der Garderobe hing.«

»Genau«, bestätigte diese Zilles Vermutung. »Das ist ungewöhnlich.«

»Dürften wir den Mantel einmal sehen?« Zille stand auf.

»Ich muss ihn aber gleich entsorgen.«

»Kein Problem, Frau Meisel.«

Zille nickte Britta zu, und beide gingen sie zur Garderobe. Dort hing ein gefütterter hellgrauer Trenchcoat, der Verschmutzungen am unteren Saum und an den Ärmeln aufwies.

»Hatte Herr Schmitt diesen Mantel gestern an?«

»Nein.«

»Er hängt also schon lange hier?«, fragte Zille geduldig.

Frau Meisel nickte.

»Seit wann genau?«

»Seit Mittwoch letzter Woche.«

»Und erst heute sollen Sie ihn wegwerfen?«, fragte Britta.

»Als Herr Schmitt um halb zehn Uhr ging, sagte er mir, ich solle ihn entsorgen.«

»Wissen Sie was, Frau Meisel«, Zille nahm den Mantel, »das können wir doch für Sie erledigen. Sie wissen doch, die Polizei, dein Freund und Helfer.«

»Nein, ist mir nicht bekannt. Aber es ist nett, wenn Sie ihn entsorgen.«

»Eine Frage habe ich noch«, sagte Britta an der Haustür. »Wann kommt Herr Schmitt wieder nach Hause?«

»Das weiß ich nicht.«

»Wann wollte er denn heute kommen?«, präzisierte Zille die Frage.

»Um vierzehn Uhr.«

»Das war vor einer Stunde.«

»Stimmt. Und das ist ungewöhnlich.«

Zille und Britta gingen durch das Treppenviertel Richtung Blankeneser Bahnhof. »Zille, was war das eben?«

»Frau Meisel ist Autistin. Reden stresst sie, vor allem wenn sie mit anderen Menschen kommunizieren muss. Deshalb ihre knappen Antworten. Außerdem versteht sie keine Metaphern oder Sinnsprüche, und sie antwortet präzise auf die Frage und nicht auf das, was du im Subtext meinst.«

»Aber ihre Aussagen sind verlässlich?«

»Auf jeden Fall. Wenn sie antwortet, dann wahrheitsgemäß.«

»Und den Haushalt kann sie managen?«

»Sicher, sie ist normal intelligent, vielleicht sogar mehr als das.«

Sie gingen eine Weile schweigend nebeneinander.

»Ich habe einen Moment gebraucht, um das zu begreifen«, sagte Zille. »Als ich sie in der Gegensprechanlage hörte, musste ich an Lurch von der Addams Family denken. Peinlich.«

»Wer zum Teufel ist Lurch?«

Zille grinste. »Der Butler.«

»Muss ich den kennen?«

»Nicht zwingend.«

»Hat uns dieser Besuch weitergebracht?«

»Vielleicht bringt uns die Untersuchung des Flecks am Mantel etwas. Fühlt sich an wie Öl. Zeitlich würde das mit dem Mord an Oven passen.«

»Glaubst du, Schmitt ist so nachlässig, dass er dann den Mantel nicht sofort reinigen lässt oder gleich entsorgt statt erst jetzt?«

»Wahrscheinlich nicht. Aber einen Versuch ist es wert. Wir müssen auf jeden Fall noch mal mit Schmitt reden und sein Alibi überprüfen. Ein Mordmotiv hat er.«

Bevor die beiden in die Blankeneser Bahnhofstraße einbogen, warf Britta einen Blick auf das hinter ihnen liegende Treppenviertel. »Ganz nett hier.«

»Von den Nachbarn mal abgesehen, stimme ich dir zu.«

Britta hakte sich den Rest des Weges bei Zille unter. »Hast du schon Pläne, wenn der Fall abgeschlossen ist?«

Zille atmete tief durch. »Vielleicht ein langer Urlaub. Überstunden hätte ich genug. Aber ob man mich lässt, steht in den Sternen.«

»Und wo soll es hingehen?«

»Würdest du mitkommen?«

Britta blieb stehen und schaute Zille in die Augen. »Ich denke schon.« Dann küsste sie ihn. »Der Termin bei Braunsfeld ist in einer Stunde. Lass uns noch ein Stück Kuchen essen, und dann erzählst du mir von deinen Traumzielen.«

Zille lächelte. »Das wird aber eine besondere Erzählung.«

»Wenn du mich dabeihaben willst, komme ich mit nach Japan und helfe dir bei der Suche nach deinen Kindern.« Dieser Satz hallte bei Zille nach, als sie auf dem Weg zu Sylvia Braunsfeld waren. Er hatte Britta in der Kürze der Zeit die Geschichte seiner Kinder erzählt und damit auch seine Verletzlichkeit preisgegeben. Aber es war ihm nicht schwergefallen, er hatte ein tiefes Vertrauen in diese Frau, trotz der Kürze ihrer engen Beziehung. Doch das Band, das sich zwischen ihnen spann, war fest. Britta hatte zugehört und dann diesen einen Satz gesagt. Seitdem fühlte er eine innere Ruhe, die er so noch nicht erlebt hatte. Vielleicht lag es auch daran, dass Elias' Recherchen über einen möglichen Aufenthaltsort seiner Kinder die Hoffnung auf ein Wiedersehen wiederaufkeimen ließen.

Jetzt saßen sie bei Dr. Braunsfeld in ihrem Behandlungszimmer. Britta saß auf einem grünen Sessel mit Blümchenmuster, Zille hatte sich einen Holzstuhl aus der Ecke neben Britta gestellt. Beide schauten auf eine Wandtapete, die das Meer zeigte.

»Tut mir leid, dass ich Sie in den Praxisräumen empfangen muss, aber ich renoviere gerade im Haus.« Braunsfeld gab Britta und Zille die Hand, nahm ihren Schreibtischstuhl und platzierte ihn vor die beiden.

»Ich hoffe, dass wir trotz dieser Umgebung kein Therapiegespräch führen werden«, sagte Britta.

»Und auch kein Kreuzverhör«, erwiderte Braunsfeld schlagfertig. Dann blickte sie Britta durchdringend an. »Was kann ich für Sie tun?«

Britta war einen Moment irritiert, irgendetwas stimmte mit den Augen nicht. Dann fiel ihr auf, dass Sylvia Braunsfeld unterschiedliche Augenfarben hatte. Das linke Auge war blau, das rechte grün. Das kannte Britta nur von Katzen. Wer weiß, was in dieser Frau schlummert, dachte Britta.

»Frau Dr. Braunsfeld«, ergriff Zille das Wort, »Sie haben gehört, dass Jochen Oven, der Direktor von PUReTASTe, ermordet worden ist?«

»Davon habe ich gehört, ja.«

»Was wollten Sie und Fabian Schmitt am 18. Januar dieses Jahres bei Jochen Oven?«

»Sie scheinen meine Termine besser zu kennen als ich, Herr Zillinski«, antwortete Braunsfeld, ohne eine Miene zu verziehen.

Jetzt schaltete sich Britta ein. »Frau Dr. Braunsfeld, wir ermitteln in einer Mordangelegenheit.«

»Verdächtigen Sie mich?«

Zille lächelte. »Wissen Sie, wie man beim FBI vorgeht? Da

werden Listen gemacht. Auf Liste eins stehen die Verdächtigen, auf Liste zwei die Mitwisser und Helfer und auf der dritten Liste die Unverdächtigen. Ich selbst habe mehrere Male erlebt, wie ein Ermittler eine vierte Liste angelegt hatte. Und wissen Sie, wer dort stand? Wahrscheinlichste Täter.« Zille beugte sich leicht vor und sah Braunsfeld in die Augen. »Und was meinen Sie, auf welcher Liste Sie bei uns stehen?« Zille nahm ein Augenflackern wahr, ein kleines Zeichen der Verunsicherung. »Beantworten Sie einfach unsere Fragen.«

»Also, was wollten Sie und Schmitt bei PUReTASTe?«, stellte Britta die Frage erneut.

»Oven hatte ein neues Verfahren entwickelt, aus dem man Öl gewinnen konnte, das sehr viel preisgünstiger und umweltschonender ist als die Herstellung von Palmöl. Wie Sie sicherlich wissen, ist Jochen Oven auch Mitglied bei der GffH gewesen, und wir wollten ihn bei der Vermarktung unterstützen. Das ist ja wohl nicht verwerflich.«

»Woher wussten Sie von dieser Entwicklung?«

»Oven hat uns selbst um Unterstützung gebeten, weil wir über die entsprechenden Kontakte verfügen.«

Zille griff in seine Jackentasche und holte ein Notizbuch hervor, schlug es auf und blätterte. »Wenn ich das richtig notiert habe, meinen Sie die Archer Daniels Midland Company?«

Braunsfeld nickte. Man sah ihr die Nervosität an. Sie war es nicht gewohnt, die Gesprächsführung abzugeben.

»ADM ist nicht gerade für fairen Handel bekannt. Das war aber für Oven wichtig.«

»Das stimmt, und wir haben einen guten Vertrag ausgehandelt.«

»Gut für ADM, gut für Sie und Schmitt, aber nicht gut für Oven.

»Er hätte ein Menge Geld bekommen, wenn er das Patent verkauft hätte.«

»Aber dann hat er von seinem Rücktrittsrecht gebraucht gemacht, weil ADM das Patent kaufen, aber nicht nutzen wollte.«

Britta legte sofort nach. »Und darum ging es bei Ihrem Besuch im Januar. Sie wollten Oven dazu bringen, den Rücktritt vom Vertrag wieder rückgängig zu machen.«

»Er wollte aber nicht.« Zille blätterte weiter in seinem Notizbuch. »Ich habe hier notiert, dass Ihre Auseinandersetzung sehr laut war an diesem Tag, Sie haben ihm gedroht.«

»Das stimmt nicht.« Braunsfeld war jetzt aufgestanden. »Fabian ist vielleicht ein bisschen heftig geworden. Es ging schließlich um viel Geld.«

Zille klappte sein Notizheft zu. »Eben.«

»Habgier, Macht, Wut, Hass, mir ist schon klar, dass Sie auf Motivsuche sind.«

»Zu suchen brauchen wir nicht mehr. Dass Sie und Schmitt ein Motiv hätten, steht außer Frage.«

»Und nun?«

»Stehen Sie so lange auf Liste vier, bis Sie uns ein Alibi für den 23. und 24. Januar geben können.«

Braunsfeld starrte Zille mit hasserfülltem Blick an. Dann verließ sie das Zimmer.

»Jetzt hast du eine neue Feindin«, sagte Britta.

»Ihr seid aber auch keine Freundinnen.«

»Diese Geschichte mit den Listen …«

»… habe ich mir ausgedacht.«

»Und dieses Notizbuch?«

»Ist leer, aber es signalisiert, dass ich gewissenhaft arbeite, informiert bin, nichts in Vergessenheit gerät.«

»Was ist mit ihren Augen? Das ist ja irre.«

»Sie hat eine komplette Iris-Heterochromie. Zwei völlig unterschiedliche Augenfarben. Kommt äußerst selten vor.«

Britta schwieg einen Moment. »Hat sie ein Alibi?«

»Ich denke schon. Sie ist zwar wütend und fühlt sich gedemütigt wegen des Kontrollverlustes, ist aber trotzdem selbstsicher aus dem Zimmer gegangen. Und selbst wenn es nicht lückenlos sein sollte. Sie war es nicht.«

Die Tür öffnete sich, und Braunsfeld drückte Britta eine Mappe in die Hand. »Dort finden Sie das Veranstaltungsprogramm einer Tagung vom 23. und 24. Januar in Kopenhagen, meine Flugtickets, Hotelrechnung sowie drei Namen mit Telefonnummern, die Ihnen meine Anwesenheit an allen Tagen bestätigen können. Und jetzt bitte ich Sie, meine Praxis zu verlassen.«

»Danke für Ihre Zeit, Dr. Braunsfeld«, sagte Britta kühl und reichte ihr die Hand. »Ich hätte nur noch zwei kurze Fragen. Wann haben Sie Fabian Schmitt zuletzt gesehen?«

»Einen Tag, bevor ich nach Kopenhagen geflogen bin.«

»Und mit ihm telefoniert«?

»Gestern. Wir haben uns für morgen zum Essen verabredet.«

Zille reichte Sylvia Braunsfeld ebenfalls die Hand zum Abschied und sagte augenzwinkernd: »Jetzt stehen Sie auf Liste zwei.«

42

Dienstag, 29.1.2019

Fabian Schmitts Tag war heute nicht so abgelaufen, wie er es gewohnt war. Das brachte ihn immer aus dem Konzept, er brauchte eine klare Struktur. Veronica Pleiten von PUReTASTe hatte ihn davon in Kenntnis gesetzt, dass sie das Patent für die Ölproduktion aus Käferlarven nicht verkaufen könne, weil sie in diesem Fall nicht unterschriftsberechtigt sei. PUReTASTe würde nämlich im Falle von Ovens Tod an dessen Tochter übergehen. Das habe ihr heute Ovens Anwalt mitgeteilt. Nun musste er sich mit dieser Tochter auseinandersetzen, wusste aber weder, wo, noch, wie sie zu erreichen war. Über den Anwalt hatte er nur erfahren, dass Frau Agnes Oven voraussichtlich in zwei Tagen in Hamburg zu erreichen sei. Dann hatte der Anwalt das Gespräch beendet.

Fabian Schmitt war außer sich gewesen. Wutentbrannt hatte er sich in seinen Aston Martin gesetzt und war wild in der Stadt herumgefahren. Vermutlich war er dabei zehnmal geblitzt worden. Nach zwei Stunden sinnloser Zeitvergeudung war er wieder ins Büro gefahren, wo ihn seine Sekretärin an seinen Clubabend erinnerte. Bevor er seine schlechte Laune weiter an ihr auslassen konnte, hielt sie ihm einen Whisky vor die Nase.

»Trinken Sie den und fahren Sie in den Club, wie jeden Dienstag.«

Er nahm den Whisky, trank ihn aus und atmete tief durch. »Danke. Wie jeden Dienstag.« Natürlich, er brauchte sie, seine Struktur. Die immer gleichen Abläufe.

Jetzt war er auf dem Weg in den »Silver Club«, den Nachtclub für die gehobenere Gesellschaft. Auf drei Ebenen konnte man nach den unterschiedlichsten Musikrichtungen tanzen, klassisch, verschlungen, ekstatisch. Die Bar im Keller zog diejenigen an, die exquisite Weine und Whiskys liebten oder auf der Suche nach einem Partner für die Nacht waren. Fabian Schmitt ging immer in die Bar. Jeden Dienstag. Seit drei Jahren.

Camille Tollien hatte einige Kleider im Wohnzimmer ausgebreitet, legte sie an, und Victor sollte den Daumen heben oder senken. Am Ende blieben Camille drei Kleider zur Auswahl. »Du hast einen guten Geschmack. Die Kleider sind wirklich sehr schön. Mal sehen, ob sie mir auch stehen.«

Sie verschwand mit den Kleidern im Ankleidezimmer. Nach einer halben Stunde kam sie wieder ins Wohnzimmer. Sie trug ein figurbetontes silberfarbenes Midikleid mit einem leichten V-Ausschnitt und Seitenschlitz. Dazu schwarze Pumps und eine rote Perücke.

»Sieht phantastisch aus. Ein bisschen gewagt vielleicht.«

Camille lächelte. »Ich betrachte es als Therapiekleid.«

»Ich meinte die Perücke.«

Camille setzte sich in den Ohrensessel. »Wie wäre es mit einem kleinen Aperitif, Victor?«

Victor stand auf und holte Camille und sich einen Calvados.

Camille hob das Glas. »Auf gutes Gelingen.«

Victor nippte an seinem Glas. »Bist du dir sicher, dass du das machen willst? Du zeigst dich mit deinem Opfer in der Öffentlichkeit.«

»Mit roter Perücke.«

»Dennoch. Es ist gefährlich.«

»Als Kind habe ich innerlich nur gefroren. Nur du warst immer eine Flamme, die mich manchmal wärmte. Aber das Grundgefühl meiner Kindheit war Leblosigkeit. Ein Leben lang hat die Geschichte meiner Familie und im Wesentlichen die meiner Großmutter die Bilder des Bühnenbildes entworfen, die für mein Lebenstheater prägend waren. Ich habe Kränkungen, Ungerechtigkeiten, Hass gespürt und erfahren. Hass, der umso größer wurde, je stärker ich meine eigene Schwäche und Ohnmacht empfand. Die Therapie hat einen Prozess des emotionalen Erwachens in Gang gesetzt. Jetzt endlich entwerfe ich die Bilder und strebe nach Rache.« Camille trank ihren Calvados aus. »Ich bin bereit für den letzten Akt.«

Victor nickte. Es hatte keinen Sinn, sie umzustimmen. »Aber ich werde dich begleiten«, sagte er und leerte sein Calvadosglas.

Das Licht in der Bar des »Silver Clubs« war gedämpft, ebenso die Stimmen. Als Camille die Bar betrat, verklangen gerade die letzten Töne von »Mack the Knife«. Der Pianist und die junge Sängerin bekamen zurückhaltenden Applaus, für den sie sich ebenso zurückhaltend bedankten. Aber die Leute waren nicht hier, um Musik zu hören. Sie wollten vergessen, träumen, sich bemitleiden oder Trost suchen. Im Alkohol oder im Bett. Es war eine traurige Gesellschaft.

Camille hörte, wie der Pianist die ersten Klänge von »As Time Goes By« intonierte. Zwei Paare gingen auf die Tanzfläche und bewegten sich eng umschlungen zur Musik. Sie ließ ihren Blick umherschweifen. Der in violettes Licht getauchte Tresen war ein Halbkreis, also bestens geeignet für Blickkontakte. Die pinkfarbenen Barhocker hatten eine Rückenlehne und standen dicht beieinander. Seitlich vor der Bühne standen ein paar kleine Bistrotische. Die meisten Sitzgelegenheiten bestanden allerdings aus Sitznischen, die an den verbleibenden zwei schwarz gestrichenen Wänden angeordnet waren.

Soweit Camille das erkennen konnte, waren die Nischen gut

besetzt, obwohl es erst halb zehn war. Camille steuerte den Tresen an, sie hatte Fabian Schmitt entdeckt. Er saß allein seitlich an der Theke, vor sich ein Whiskyglas. Sie setzte sich auf einen der wenigen freien Barhocker. Weit genug, um nicht aufdringlich zu wirken, nah genug, damit er ihre Beine sehen konnte. Eine Barkeeperin und ein Barkeeper kümmerten sich um die Gäste, und sie bestellte bei der jungen Frau einen Whisky sour. Dann drehte sie sich zur Bühne, schlug die Beine übereinander, sodass der Schlitz ihres Kleides genügend von ihrem Bein freigab. Passend zu ihrem silbernen Kleid hatte sie rosafarbenen Nagellack und einen entsprechenden Lippenstift aufgetragen. Das alles hatte sie mit einem süßlichen Parfüm abgerundet.

Ihre Therapeutin hatte Fabian Schmitt als Muttersöhnchen bezeichnet. Erfolgreich im Job, aber privat unselbstständig und in Beziehungsfragen unerfahren. Das erkläre auch seine Schwäche für elegante, ältere Frauen, die erfahren waren und in der Regel viele Wege kannten, um Männer glücklich zu machen. Wie seine Mutter. Camille lächelt. Sie wusste, dass ihre Therapeutin ihr Handwerk verstand. Sie blickte zu Fabian Schmitt hinüber. Er hob sein Glas und bestellte sich einen weiteren Whisky. Dann blickte er kurz zu Camille. Nachdem sein Glas erneut gefüllt war, sprach er mit der Barkeeperin.

Camille wandte sich wieder der Bühne zu und applaudierte den Musikern, die offenbar eine kurze Pause einlegen wollten. Sie nahm ihr Make-up-Puder aus ihrer Clutch und tupfte sich die Nase. Da sah sie in dem kleinen Spiegel die Barkeeperin und wandte sich ihr zu.

»Der Whisky sour ist von dem Herrn.« Die Barkeeperin zeigte auf Fabian Schmitt und stellte den Cocktail vor Camille.

Diese nahm das Glas, lächelte und prostete Fabian Schmitt zu. Sie war ihrem Ziel ein Stück näher gekommen.

Es dauerte nicht lange, da rutschte Fabian Schmitt von seinem Barhocker, ging auf Camille zu und blieb neben ihr stehen. »Darf ich mich zu Ihnen setzen?«

»Vielen Dank für den Drink.« Camille schaute ihn an und zeigte auf den Hocker neben sich. »Bitte.«

Etwas umständlich hievte er sich auf den Barhocker. Er hatte offensichtlich schon einige Whiskys getrunken. »Carina, bringst du mir noch einen?«

Carina grinste und nickte.

»Mein Name ist Fabian Schmitt.«

»Angenehm«, Camille reichte ihm die Hand. »Charlotte Bernard.«

»Schöner Name.« Schmitt nahm ihre Hand und deutete einen Handkuss an. Dabei wanderten seine Augen über ihren Körper und blieben an dem nackten Bein hängen. Dann riss er sich los. »Kommen Sie aus Frankreich?«

»Nein, aus Osnabrück.«

»Sind Sie zum ersten Mal hier?«

»Eine Freundin hat mir den Club empfohlen.« Camille nahm einen Schluck von ihrem Cocktail. »Man soll hier angenehme Bekanntschaften machen können«, sagte sie mit einem koketten Unterton.

Schmitt lachte und nippte an dem Whisky, den Carina inzwischen auf den Tresen gestellt hatte. »Da hat sie recht.«

Die Musik setzte wieder ein.

»Mein Lieblingslied«, sagte Camille als ›Mr. Bojangles‹ erklang.

»Na, dann sollten wir doch tanzen«, sagte Schmitt sogleich.

Camille blickte kurz zur Tür. »Gerne.«

Sie glitt vom Barhocker, und der Schlitz ihres Kleides gab noch ein bisschen mehr von ihrem Bein frei, was Fabian Schmitt ebenso wenig entging wie dem in Schwarz gekleideten großen Mann, der schon eine Weile neben der Eingangstür stand.

Victor sah die beiden zur Tanzfläche gehen. Zwei weitere Paare gesellten sich zu ihnen. Damit war die Tanzfläche voll. Schmitt nahm Camilles rechte Hand und zog sie an seine Schulter, während er seinen rechten Arm um ihre Taille legte und sie zu sich heranzog. Das entsprach nicht der klassischen Tanzhaltung, aber Camille ließ es zu und legte ihren rechten Arm ebenfalls um seine Taille. Nun passte kein Blatt mehr zwischen sie beide, und so bewegten sie sich Wange an Wange rhythmisch zur Musik.

Victor ging langsam auf den Tresen zu. Er stellte sich zwischen die beiden Barhocker, auf denen Camille und Fabian Schmitt gesessen hatten, und bestellte sich einen Cuba Libre. Nicht, dass er diesen Cocktail wirklich mochte, er hatte aber beobachtet, wie Carina ihn mixte. Der weiße Rum stand seitlich im Wandregal und die Cola in dem Kühlschrank unterhalb der Regale. So musste sie ihm zweimal den Rücken zukehren. Genug Zeit für Victor, Schmitts Whisky mit K.-o.-Tropfen zu mischen. Er nickte Carina zu, legte einen Zehn-Euro-Schein auf den Tresen und ging wieder Richtung Tür.

Er lehnte sich an einen Pfeiler und beobachtete Schmitts Todestanz. Die K.-o.-Tropfen, auch als Liquid Ecstasy bekannt, wirkten schnell, nach zehn, fünfzehn Minuten würde Schmitt schläfrig werden. Koordinationsstörungen könnten auftreten sowie Übelkeit und Kopfschmerzen. Er würde das auf seinen Alkoholkonsum zurückführen und Camilles Hilfe, ihn an die frische Luft zu begleiten, dankbar annehmen. Victor hoffte nur, dass er es noch bis vor die Tür schaffte, bevor die narkotisierende Wirkung einsetzte.

Victor trank einen Schluck vom Cuba Libre, verzog das Gesicht und stellte ihn beiseite. Camille und Schmitt tanzten immer noch. Inzwischen lag Schmitts Hand allerdings auf Camilles Hintern, und sein rechtes Bein drängte sich immer mehr zwischen ihre Beine. Der Schlitz war definitiv zu groß, befand Victor. Glücklicherweise hauchte die Sängerin ein letztes Mal »Mr. Bojangles« ins Mikrofon und beendete das Lied mit einigen Pfeiftönen in Sammy-Davis-jr.-Manier. Camille löste sich von Schmitt und applaudierte den Künstlern, dann gingen beide zurück zum Tresen.

Camille hob ihr Glas und prostete Schmitt zu. »Danke für den schönen Tanz, Fabian«, säuselte sie.

Schmitt trank seinen Whisky in einem Zug aus. »Immer wieder, meine Schöne.«

Camille beugte sich zu ihm und flüsterte etwas in sein Ohr. Dann nahm sie ihre Clutch und ging Richtung Toilette. Victor verließ die Bar. Alles verlief nach Plan.

Zwanzig Minuten später kam Camille mit einem schwankenden Fabian Schmitt aus der Bar und trat auf die Straße. Sie blickte sich um und winkte einem Taxi zu, das sich sofort in Bewegung setzte.

»Ich weiß gar nicht, was mit mir los ist«, lallte Schmitt, »lass uns doch weitertanzen.«

»In einem anderen Leben vielleicht.«

Das Taxi hielt, und Victor stieg aus. Gemeinsam verfrachteten sie Schmitt auf die Rückbank. Sobald Camille sich neben ihn gesetzt hatte, fuhr Victor los. Nach einer halben Stunde waren sie in Hausbruch. Der Alkohol hatte die Wirkung der Droge verstärkt, und Schmitt hatte das Bewusstsein verloren, sein Puls schlug noch schwach.

»Mit dem Elektroschocker brauchen wir ihn nicht mehr zu bearbeiten.« Victor stieg aus dem Auto und beschaffte eine Holzkarre, auf die er Schmitt legte, um ihn ins Holzhaus zu transportieren.

Camille ging sich umziehen. Als sie das Holzhaus betrat, lag Schmitt schon auf dem abgedeckten Holztisch in der Küche.

»Es ist spät. Ich bringe das Taxi weg.«

Camille nahm Victor in den Arm. »Ich gebe ihm die Spritze, und morgen früh erledigen wir den Rest.« Sie gab Victor einen Kuss, zog sich den Schutzanzug an und ging in die Küche.

43

Mittwoch, 30.1.2019

Britta lag bäuchlings auf dem Bett und beobachtete von Zille unbemerkt dessen Yogaübungen. Sie war ziemlich beeindruckt von seiner Beweglichkeit. Jetzt lag auch er auf dem Bauch und startete die nächste Übung. Er hob seine Hände, um mit ihnen die Fußgelenke zu umgreifen. Dazu musste er die Knie beugen und die Fersen an seinen Hintern bringen. Er hob Kopf und

Oberkörper und umschloss dann die Gelenke. In dieser Stellung verharrte er etwa eine halbe Minute.

»Super machst du das.« Britta applaudierte ihm, sprang nackt aus dem Bett und legte sich auf Zilles Rücken. »Bist du in Kamasutrastellungen auch so bewandert?«, flüsterte sie ihm ins Ohr.

»Vielleicht, aber nicht um sechs Uhr morgens«, stöhnte Zille.

»Schade, aber ich komme darauf zurück.« Dann lief sie ins Badezimmer.

Zille zog sich ein T-Shirt an, ging in die Küche, stellte die Espressomaschine an und setzte den Eierkocher in Gang, seine neueste Anschaffung. In wenigen Minuten würde das SEK ein Lagerhaus in Wilhelmsburg stürmen, wo sich vermutlich die Schaltzentrale von PSC befand.

Auf der gestrigen Besprechung konnten viele relevante Informationen zusammengetragen werden. So hatten die Kollegen die Station des Autoverleihers gefunden, bei der der schwarze Van, mit dem man die Leiche zur HafenCity Universität gefahren hatte, angemietet worden war. Mit Hilfe des von der Vermittlerfirma versteckt eingebauten GPS konnten sie den gesamten Streckenverlauf rekonstruieren. Und so war es kein Problem gewesen, die Adresse der Lagerhalle zu lokalisieren. Auch konnte der Typ mit der markanten Nase identifiziert werden. Es handelte sich um Bionbyr Jepsen, ehemaliger norwegischer Elitesoldat, der nach einem Einsatz in Afghanistan wegen psychischer Probleme entlassen worden und dann ins Kriminelle abgerutscht war.

Die Einsatzkräfte waren also vorgewarnt, die Leute, die sie überwältigen sollten, waren Profis. Das stimmte auch mit den Aussagen von Patrick Focke, dem Fotografen der Aufnahmen des Leichentransports, überein, der genau in dem Apartment wohnte, wie es die IT-Forensikerin vorausgesagt hatte. Er habe keine einzige Laterne leuchten sehen, und die Aktion sei mit militärischer Präzision abgelaufen. In weniger als zehn Minuten sei der Spuk vorüber gewesen.

»Frühstück schon fertig?«, hörte er Britta aus dem Bad rufen.

»Zumindest die Eier.« Zille deckte den Tisch und grinste.

Pöppelmann trank jetzt wahrscheinlich den letzten Schluck seines lauwarmen Kaffees.

»Widerlich«, fluchte Pöppelmann und kippte seinen letzten Rest Kaffee aus dem Fenster. »Diese Thermoskanne taugt auch überhaupt nichts.«

Er saß seit drei Stunden in einem der Laster, die in der Industriestraße in Wilhelmsburg parkten. Mit seinem Nachtsichtgerät hatte er einen guten Blick auf das alte Gebäude am Veringkanal, das einige Zeit leer gestanden hatte. Nach Auskunft der benachbarten Geschäftsleute war es erst vor zwei Jahren instand gesetzt worden und seit dieser Zeit der Sitz einer Beraterfirma.

Allerdings mussten die Instandsetzungsarbeiten wohl hauptsächlich im Inneren des Gebäudes erfolgt sein. Die Fassade war notdürftig repariert, und nur einige der alten Fenster waren ausgetauscht worden. Lediglich ein neuer Anstrich versuchte, das Provisorische zu übertünchen. An der Vorderseite gab es zwei Eingänge, über die man in das Gebäude gelangen konnte: eine große Schiebetür sowie eine normale Tür an der linken Seite des Hauses, die in ein Treppenhaus führte.

Auf der Rückseite, das wusste er von den Kollegen, war noch ein weiterer Zugang zum Gebäude, in dem sie die Zentrale von PSC vermuteten.

Vor dem Gebäude standen zwei Wagen. Ein schwarzer SUV und ein dunkler Ford Fiesta. Alles war ruhig. Die Kollegen vom SEK hatten sich auf beiden Nachbargrundstücken verschanzt. Von der Nordseite hatten sie freies Sicht- und Schussfeld. Auf der Südseite reichten Bäume bis an das Gebäude, die genügend Schutz boten, um sich von der Rückseite anzuschleichen. Die Vorderseite des Gebäudes mussten die Einsatzkräfte von der Straße aus erreichen. Das barg ein gewisses Risiko, da die letzten Meter keinen Schutz boten. Glücklicherweise verdeckten schwere Wolken den Himmel und damit das Mondlicht. Dennoch musste alles sehr schnell gehen.

Im Gebäude selbst waren die SEK-Männer auf ihre Intuition und ihr Reaktionsvermögen angewiesen. Die Grundrisse, die ihnen vorlagen, waren alt. Niemand wusste, wie es tatsächlich im Gebäude aussah.

Definitiv wussten sie nur, dass sie es mit drei Personen zu tun hatten, die sich alle in einem Raum zur Straße aufhielten. Diese Information hatte ihnen die Wärmebildkamera geliefert. Eigentlich hatten sie mit vier Personen gerechnet, so viele hatten die Leiche zur HafenCity Universität gebracht. Entweder war die vierte Person von der Wärmebildkamera nicht erfasst worden, oder sie war nicht im Gebäude. In beiden Fällen konnte die Person plötzlich auftauchen und die Aktion des SEK gefährden. Sie hatten sich dennoch für einen Zugriff entschieden.

Pöppelmann blickte auf die Uhr. Es war sechs. Gleich würde das Gebäude gestürmt werden. Zwei Minuten später war es so weit. Pöppelmann sah, wie sich von der Straße dunkle Gestalten auf das Gebäude zubewegten und sich an der Vorderseite verteilten. Er vermutete, dass das Gleiche an der Rückfront geschah. Einige der Polizisten positionierten sich vor der großen Schiebetür, andere an der Seitentür. Dann flogen Blendgranaten durch das Fenster, das zum vermuteten Aufenthaltsraum der Verdächtigen gehörte. Es folgten ein lauter Knall und helle Blitze. In der Hoffnung, die kurzzeitige Orientierungslosigkeit der Personen zu ihrem Vorteil nutzen zu können, wurde die Schiebetür aufgezogen, und die Polizisten stürmten ins Innere des Gebäudes. Die Kollegen auf der Rückseite drangen ebenfalls ins Gebäude ein, wie Pöppelmann den Befehlen, die über seine Ohrhörer zu ihm drangen, entnehmen konnte. Schüsse fielen. Aufgeregte Stimmen und Schreie waren zu hören. Dann wieder Schüsse, zwei in kurzer Abfolge. Dann war es ruhig.

»Zwei Personen sind gefasst, eine ist tot. Hier ist alles unter Kontrolle.«

»Scheiße«, fluchte Pöppelmann vor sich hin. »Ich komme«, sagte er, stieg aus dem Lastwagen, zog seinen Mantel an und telefonierte mit Meier von der Spurensicherung.

44

Mittwoch, 30.1.2019

Zehn Kilometer weiter südlich standen in der Küche des Holzhauses in Wulmstal zwei Gestalten in weißen Schutzanzügen, die ein völlig steriles Arbeiten ermöglichten. Fabian Schmitt lag nackt auf dem Küchentisch, der jedoch mehr einem Seziertisch glich. Abgedeckt mit Schutzfolie wurde er von einer hellen Neonröhre beleuchtet. Nachdem Camille gestern Abend Fabian Schmitt das Natriumpentothal injiziert hatte, war dieser von der Bewusstlosigkeit durch die K.-o.-Tropfen übergangslos in den Tod geglitten.

Victor stand am Fußende und betrachtete die Leiche. »Eigentlich ein angenehmer Tod. Letztlich ist er in den Armen einer schönen Frau gestorben.«

»Ich fand das nicht romantisch. Es hat mich einige Überwindung gekostet, mich von ihm begrapschen zu lassen.« Camille schluckte. »Doch ich habe es durchgestanden, für meine Großmutter.«

»Und für dich.«

»Ja, aber der nächste Schritt ist der entscheidende für mein Seelenheil. Das Ende für all das Leid.« Camille griff zum Ladyshaver. »Das hoffe ich jedenfalls.«

»Viel abrasieren musst du ihm nicht. Selbst der Intimbereich ist glatt wie ein Babypopo.« Victor schaute genauer. »Der war in einem Waxing-Studio.«

Ein Summen ertönte. »Die Augenbrauen fehlen noch.« Camille entfernte zunächst die linke, dann die rechte Augenbraue. Anschließend blies Victor mit einer Akku-Luftpumpe die Härchen von Schmitts Körper. Dann nahm Camille ein Skalpell in die rechte Hand. Die Finger ihrer linken Hand umfassten die Vorhaut von Fabian Schmitts Glied. Sie zog es nach oben und durchtrennte den Penis etwa zwei Zentimeter oberhalb der Haarwurzeln. Der Schnitt ging glatt durch, Blut trat wegen der Gerinnung keines aus.

Camille legte das Skalpell beiseite und betrachtete ausdruckslos das entfernte Geschlechtsorgan. Victor reichte ihr ein mit Ethanol gefülltes Glas und verschloss es dann wieder, nachdem diese letzte Trophäe hineingeglitten war. Anschließend stellte Camille es zu den zwei anderen Gläsern ins Regal neben dem Fenster. Sie starrte auf die drei Gläser und schloss die Augen. Nach einer halben Minute öffnete sie sie wieder. Sie blickte zu Victor. »Nichts. Keine Bilder, keine Männer, keine dreiköpfige Hydra.« Tränen liefen ihr über die Wangen. »Das Böse ist weg.«

Victor nahm sie in den Arm. Nach einer Weile flüsterte sie in sein Ohr: »Freitagmorgen bringen wir es zu Ende. Dann können meine Großmutter und ich ihren Frieden finden.«

45

Mittwoch, 30.1.2019

»Der Einsatz ist im Großen und Ganzen erfolgreich verlaufen. Kein verletzter Polizist, zwei Personen mit leichten Blessuren überwältigt, und wir konnten diverse Waffen beschlagnahmen.« Peer Distelmeyer, Einsatzleiter des SEK, behielt sich die schlechte Nachricht für das Ende seines Berichts vor. »Eine dritte Person ist leider tot.«

Er saß mit Pöppelmann im Büro des leitenden Staatsanwalts Dürkopp.

»Was ist geschehen?«, fragte der ungehalten, denn er hörte schon die Vorwürfe, dass der Einsatz unverhältnismäßig gewesen sei.

»Die drei Personen hielten sich zwar in einem Raum auf, allerdings lag die dritte Person hinter einem Schrank, der als Raumteiler diente. Das hatte zur Folge, dass die Blendgranaten seine Wahrnehmungssinne nicht sonderlich beeinträchtigt haben und er deshalb auch nicht orientierungslos war wie die beiden anderen. Als wir in den Raum eindrangen, eröffnete er das Feuer.«

Dürkopp runzelte die Stirn. »Aber ihr seid doch personell überlegen gewesen.«

»Sicher, wir haben das Problem ja auch gelöst. Allerdings kannte er das Gebäude besser als wir. Das waren Profis, die einen Fluchtweg vorbereitet hatten. Bevor wir zu ihm vordringen konnten, ist er in die dahinterliegende Küche geschlichen, hat die Tür verbarrikadiert und ist dann über eine Treppe in den Keller. Durch die Kellergänge ist er zur Rückseite des Gebäudes gelaufen und über eine Kohlenrutsche ins Freie geklettert. Glücklicherweise waren an der Rückseite zwei Kollegen postiert, die ihn bemerkten, als er zum Kanal lief. Nach der Aufforderung, stehen zu bleiben, schoss er auf die Kollegen, die beide zurückschossen. Eine Kugel traf ihn in den Oberschenkel, die zweite in den Hals.« Distelmeyer räusperte sich. »Vermutlich hätte ihn die zweite Kugel auch ins Bein getroffen. Da er aber nach dem ersten Treffer zu Boden ging, ist er quasi in die Schussbahn gefallen.«

»Das hört sich aber abenteuerlich an«, sagte Dürkopp.

»Der erste Schuss geht immer auf das Bein«, erwiderte Distelmeyer.

»Steht so auf dem Trainingsplan«, ergänzte Pöppelmann.

»Stimmt«, bestätigte Distelmeyer. »In meinem Bericht werde ich das noch einmal detailliert erläutern.«

»Das will ich hoffen. Schließlich muss ich der Presse Rede und Antwort stehen.« Dürkopp kratzte sich am Kopf. »Was wissen wir noch?«

»Wir hatten gehofft, dass sich Malte Sandvik, ein norwegischer Elitesoldat und Söldner, ebenfalls in der Lagerhalle aufhalten würde«, erwiderte Pöppelmann. »Er ist der Kopf von PSC.«

»Was zum Teufel verbirgt sich hinter PSC?«, wollte Dürkopp wissen.

»Wir vermuten, dass sich hinter diesem Kürzel eine Organisation aus ehemaligen Elitesoldaten verbirgt, die vom Personen- und Objektschutz bis zu Auftragsmorden alles übernimmt.«

»Und was bedeutet PSC?«

Pöppelmann zuckte mit den Schultern. »Wissen wir noch nicht. Alle Recherchen sind bisher ergebnislos gewesen.«

»Umso wichtiger wäre es ja, wenn wir diesen Malte Sandvik finden würden.«

»Zurzeit wissen wir nicht, wo er sich aufhält.«

»Dann seht zu, dass ihr ihn auch noch erwischt.« Dürkopp schwieg einen Moment. »Aber lebendig.«

»Das ist nicht mehr mein Job«, sagte Distelmeyer. »Untersucht den Laptop, den wir dem Toten abgenommen haben. Den hat er sicher nicht mitgenommen, um ›World of Warcraft‹ zu Ende zu spielen.«

»Das ist ein guter Hinweis, Distelmeyer. Und vielen Dank für den SEK-Einsatz. Zumindest haben wir drei Mordverdächtige.«

Distelmeyer und Pöppelmann verließen Dürkopps Büro und trafen im Flur Anna Ratke, die IT-Forensikerin. Sie hielt den Laptop unterm Arm. »Ich habe was für dich, Pöppelmann.«

Distelmeyer war sichtlich verlegen und wandte sich zum Gehen. »Den Bericht schicke ich dir auch zu.«

Pöppelmann betrat sein Büro mit Anna Ratke. Dort saß Zille auf dem Besucherstuhl, die Füße auf dem Schreibtisch, und war in den Bericht der Spurensicherung vertieft.

»Die waren ja echt fix. Haben sogar schon die DNA verglichen.« Zille blickte auf. »Anna sieht aus wie das blühende Leben, während du eher einem leibhaftigen Sensenmann gleichst.«

»Sitz du mal die halbe Nacht in einem kalten Laster und starre auf ein altes Gebäude.« Pöppelmann ließ sich in seinen Schreibtischstuhl fallen. »Außerdem ist Anna viel jünger.«

»Hattest du keine warme Decke und ein gutes Buch?«

»Sehr witzig.«

»Du hättest doch Oskar mitnehmen können. Der hätte dich unterhalten und dir vielleicht auch helfen können.«

»Wer ist Oskar?«, fragte Anna, die sich einen Stuhl geholt hatte.

Zille wollte gerade antworten. Als er aber Pöppelmanns grimmigen Blick sah, überließ er ihm die Antwort.

»Das ist mein Graupapagei.«

Zille war perplex. Er hatte mit irgendwelchen Ausflüchten gerechnet, nicht mit der Wahrheit. Doch Pöppelmann hatte ihn schon seit einiger Zeit überrascht. Er war nicht nur zugänglicher geworden, sondern auch erstaunlich engagiert auf seine alten Tage.

»Das glaube ich nicht.« Anna strahlte. »Ich habe auch einen Papagei zu Hause. Der quatscht ununterbrochen.«

»Und wie heißt er?«

»Ist ein Mädchen und heißt Blacky.«

»Und was sagt sie so?«, wollte Zille wissen.

Anna errötete ein wenig. »›Hallo, Kleine, wie wär's mit uns beiden?‹ Manchmal auch: ›Ahoi, Käpt'n. Noch 'nen Rum.‹«

»Ihr solltet eure Papageien zusammenbringen. Die hätten sich viel zu erzählen.«

Anna schaute zu Pöppelmann. »Was hat deiner denn für Sprüche?«

»Vielleicht könnten wir das später klären. Wir haben noch ein paar Vernehmungen zu führen, zumindest inoffiziell.«

»Spielverderber«, sagte Zille lachend.

In diesem Moment klopfte es an der Tür, und Freya Jensen trat ein.

Pöppelmann stand auf. »Freya, was machst du denn hier?«

»Komme ich ungelegen?«

»Nein, überhaupt nicht.« Pöppelmann organisierte noch einen Stuhl. »Setz dich doch.«

»Das ist lieb, aber ich habe eigentlich keine Zeit.« Sie zeigte auf den Mantel, den sie über dem Arm trug. »Den hat Zille mir vorbeigebracht. Und da es wie immer brandeilig war, habe ich mir die Flecken gleich angeschaut.«

»Und?«, fragte Zille.

»Es handelt sich um Schwarzstaub.«

Freya sah in fragende Gesichter.

»Darunter versteht man dunkle Beläge an Zimmerdecken, Wänden oder Heizkörpern, die hauptsächlich im Winter auftreten. Ursache kann alles Mögliche sein. Sieht aus wie nach einem

Schwelbrand oder wird mit Schimmelsporen verwechselt. Auf jeden Fall fühlt es sich wie Schmiere an, ein bisschen wie Öl.«

»So wie auf dem Mantel?« Anna zeigte auf die Garderobe.

»Das ist meiner«, sagte Pöppelmann. »Hatte ich heute Morgen an.«

Freya ging zum Mantel und befühlte die dunklen Stellen. »Fühlt sich tatsächlich ähnlich an. Aber ich müsste das natürlich genauer untersuchen.«

»Hattest du diesen Mantel auch in dem Gebäude an, wo ihr heute den Zugriff gemacht habt?«, fragte Zille.

»Ja, und ich habe ihn frisch angezogen.«

»Soll ich ihn auch untersuchen?«, fragte Freya.

»Auf jeden Fall«, erwiderte Zille, »denn wenn die Schmiere identisch ist, dann wissen wir, dass Fabian Schmitt ebenfalls in der Lagerhalle war.«

»Gut, heute Nachmittag kannst du ihn im Labor abholen.« Freya lächelte ihn an und verließ mit beiden Mänteln das Büro.

Anna Ratke räusperte sich und verband den Laptop mit dem Beamer, damit alle auf dem Screen mitlesen konnten.

»Viel war nicht auf der Festplatte, einiges ist vor Kurzem unwiderruflich gelöscht worden. Aber ich habe noch einige Daten gefunden, die ich knacken konnte. War gar nicht so einfach. PSC oder Privat Security Company ist vor zwei Jahren gegründet worden. Aber nicht als offizielle Firma, sondern als Netzwerk. Sie hat dreizehn Mitarbeiter, davon einige Norweger. Einer von ihnen ist übrigens Bionbyr Jepsen.«

»Den haben wir heute Morgen verhaftet«, sagte Pöppelmann.

»Ich konnte noch elf weitere Namen finden und habe sie durch die Datenbanken geschickt. Fünf Norweger waren bei derselben Spezialeinheit des norwegischen Militärs wie Jepsen. Insgesamt also sechs. Wahrscheinlich der harte Kern. Dann gibt es noch drei Deutsche und drei Osteuropäer, über die ich nichts gefunden habe. Die drei Deutschen sind unehrenhaft aus der Bundeswehr entlassen worden und haben sich dann als Söldner verdingt.«

»Hast du Namen?«

»Holger Kosak, Bernd Hinrich und Bastian Roderich.«

»Dann haben wir jetzt zwölf Namen, der dreizehnte wird Malte Sandvik sein. Dann ist der mit fünf Leuten auf freiem Fuß und unterstützt das Kaukasusgeschäft von Brievenbusch und wahrscheinlich einigen weiteren Mitgliedern der Gesellschaft für freien Handel«, sagte Zille.

»Kosak hieß übrigens der Tote.« Pöppelmann blätterte in den Unterlagen. »Wie kommst du darauf, dass nur noch fünf plus eins Leute von Sandviks Company aktiv sind? Ich zähle zehn plus eins.«

»Vier von den zwölf Leuten, übrigens alles Norweger, hat Janne Bakken ausgeschaltet, als die sie überfallen haben.«

»Ausgeschaltet?«, fragte Pöppelmann.

»Janne Bakken?«, fragte Anna.

»Ihr fragt zu viel.«

»Also gut«, sagte Pöppelmann genervt. »Auch mit fünf Leuten lässt sich Unheil anrichten.«

»Also, ich hätte da noch was für euch«, meldete sich Anna zu Wort. »Es handelt sich bei dem Laptop offensichtlich um eine Art Verwaltungsrechner. Jedenfalls habe ich noch ein Dokument gefunden, wo ein paar Auftraggeber aufgelistet sind. Zwei Firmen aus Aserbaidschan, eine davon eine Investmentfirma sowie ABRIE aus Hamburg und die Gesellschaft für freien Handel –«

»Ebenfalls aus Hamburg«, ergänzte Zille. »Das passt alles zu den Informationen, die wir bisher haben. Malte Sandvik ist der Schlüssel zu diesen Schmugglerrouten, denn um nichts anderes geht es hier.« Zille stand auf. »Ich muss telefonieren.«

»Und dann knöpfen wir uns die beiden Typen von PSC vor. Wir haben noch einen Mord aufzuklären.« Pöppelmann gähnte.

»Aber vorher brauchst du einen Energydrink. In unserem Büro ist der Kühlschrank voll damit. Wie das so ist bei Nerds«, sagte Anna lachend. »Und wir können noch ein bisschen über unsere Papageien plaudern.«

Gestärkt und gut gelaunt hatte Pöppelmann mit Zille die Vernehmung mit Ragnar Haugen geführt, wobei es offiziell nur ein

Gespräch war, das sie in englischer Sprache führten. So mussten sie Janne, die Zille vorsichtshalber als Dolmetscherin geordert hatte, noch nicht hinzuziehen.

Sie hatten Ragnar von den Mordvorwürfen in Kenntnis gesetzt. Er hatte mit einem Satz alles abgestritten und dann geschwiegen. Als sie ihm dann Beweise vorlegten, wurde Ragnar Haugen bleich, schwieg zunächst aber weiter. Daraufhin hatte Pöppelmann ihm das weitere Prozedere erläutert und ihn dann im Raum zurückgelassen.

Schon nach zwei Minuten wollte Ragnar doch noch einmal mit ihnen sprechen. Und er hatte viel zu berichten und schob alle Schuld auf Malte Sandvik, den er als den Kopf des Netzwerks beschrieb. Er vermutete Sandvik in Hamburg, weil noch eine Lieferung zu überwachen war. Deshalb war er auch nicht im Gebäude in der Industriestraße gewesen, als der Zugriff passierte. Mehr wusste Haugen nicht, konnte sich aber vorstellen, dass Jepsen über mehr Details verfügte.

Jetzt standen sie mit Janne vor ihrem offiziellen Vernehmungsraum, um mit Bionbyr Jepsen zu sprechen. Wahrscheinlich würde er nicht so schnell kooperieren, er schien der Standhaftere der beiden zu sein. Sie betraten, zunächst wieder ohne Janne, den fensterlosen Raum mit den grauen Wänden, der hell erleuchtet war. In der Mitte stand ein Tisch, an dem Bionbyr Jepsen in Handschellen saß. Pöppelmann setzte sich ihm gegenüber. Zille lehnte sich an die Wand hinter dem Norweger.

»Herr Jepsen, dies ist keine Vernehmung, sondern nur ein Gespräch. Mein Name ist Bernhard Pöppelmann, hinter Ihnen steht der Kollege Heiner Zillinski.« Pöppelmann machte eine kurze Pause und breitete seine Arme aus. »Zugegeben, keine angenehme Umgebung, aber leider ist dies der einzige Raum, der zurzeit nicht belegt ist.«

Jepsen zeigte keinerlei Regung.

»Herr Jepsen, verstehen Sie mich? Sprechen Sie Deutsch?«

Keine Antwort.

»Kein Problem. Wir sind mehrsprachig.« Pöppelmann stand auf und tauschte den Platz mit Zille.

»Most Scandinavians speak English very well. You too, Mr. Jepsen?«

Zille wiederholte auf Englisch, was Pöppelmann schon erzählt hatte, aber auch diesmal kam keine Regung von Jepsen. Zille schaute auf die Uhr und lächelte. »Wie du ja schon erwähnt hast«, sagte er an Pöppelmann gewandt, »wir sind mehrsprachig.«

Er stand auf und verließ den Raum. Kurze Zeit später kam er mit Janne wieder zurück. Die beiden setzten sich vor Jepsen.

»Das ist unsere Dolmetscherin, Janne Bakken.« Zille sah sein Augenblinzeln. Er erkannte sie.

»Hei Mr. Jepsen. Jeg har hørt at du hverken snakker tysk eller engelsk.« Janne schaute ihn durchdringend an. *»Men det gjør ikke noe. For jeg snakker norsk.«*

Jepsens Gesichtsmuskeln zuckten, aber er blieb stumm.

»Ich habe ihm gesagt, dass wir jetzt Norwegisch reden können.«

»Er kennt dich«, sagte Zille.

»Ich ihn auch. Wir hatten vor ein paar Tagen das Vergnügen, als ich ihn aus dem Auto gezerrt habe.«

»Dann hat er ja vielleicht Angst vor dir.« Aus Pöppelmanns Stimme war Anerkennung zu hören. »Sag ihm, dass das nur ein Gespräch ist und es nicht aufgezeichnet wird. Wir wollen ihn davon in Kenntnis setzen, was wir ihm vorwerfen.«

Janne nickte und übersetzte.

Dann konkretisierte Zille die Anklage. »Wir beschuldigen Sie des Auftragsmords an Jochen Oven. Dieser Mord ist besonders verwerflich, ja geradezu verachtenswert, weil die Beweggründe nach allgemeiner sittlicher Wertung auf tiefster Stufe stehen. So hat das mal unser oberstes Gericht formuliert.«

»Das ist sprachlich eine Herausforderung«, sagte Janne, »ich werde es mal in meinen Worten sagen.«

Jepsen zeigte nun zum ersten Mal eine deutliche Regung, er ballte seine Hände, die in Handschellen auf dem Tisch lagen, zu Fäusten. *»Det kan du ikke bevise«*, platzte es aus ihm verächtlich heraus.

»Doch, mein Lieber, das können wir.«

Zille holte aus der vorliegenden Mappe Fotos von dem Transport, auf denen Jepsen zu erkennen war. »Ich glaube, das brauchst du nicht zu übersetzen«, sagte er zu Janne und legte Jepsen die Fotos vor. »Auch wenn es nicht die besten Aufnahmen von Ihnen sind, aber Ihre Hakennase erkennen Sie schon.«

Jepsen warf einen flüchtigen Blick auf die Fotos, zuckte mit den Schultern und schwieg.

Aus dem Hintergrund tauchte jetzt Pöppelmann auf, tauschte mit Zille den Platz und legte eine weitere Mappe auf den Tisch. »So, mein lieber Jepsen, jetzt geht es ans Eingemachte.«

»Soll ich das übersetzen?«

»Nein, Frau Bakken, das –«

»Janne.«

»Also, Janne«, sagte Pöppelmann eindringlich, »meine nächsten Ausführungen sind wichtiger.« Er schlug die Mappe auf und zog ein Blatt heraus. »Herr Jepsen, unsere Spurensicherung hat DNA-Spuren sowohl im Transporter als auch an dem Ort, wo Sie Jochen Oven getötet haben, gefunden. Die sind mit Ihrer DNA verglichen worden, und siehe da, Treffer.«

Kaum hatte Janne die Übersetzung beendet, sprang Jepsen auf, stützte sich mit den Händen so gut es ging auf den Tisch und brüllte Janne an. Zille war sofort bei ihm und drückte ihn wieder sanft auf den Stuhl, was Jepsen nicht daran hinderte, seine Tirade fortzusetzen. Janne war seelenruhig sitzen geblieben und hatte ihn fixiert. Jetzt stand sie auf, ging um den Tisch herum, setzte sich auf die Tischkante und beugte sich dicht zu Jepsen hinunter, sodass sie ihm direkt ins Gesicht sah. Was sie dann sagte, war wohl ebenso wenig nett wie Jepsens Worte. Nur zischte sie ihre Worte mit einer Kälte, dass Zille das Blut in den Adern gefror.

»Janne«, sagte Pöppelmann, »setz dich wieder.«

»Was hat er und was hast du ihm gesagt?«, fragte Zille.

»Erst mal habe ich ihm gesagt, wenn er noch einmal aufspringt, würde ich ihm seinen Arsch nicht so sanft auf den Stuhl drücken.«

»Das war aber nicht alles, Janne.«

»Und sollte er mich noch einmal ›Schlampe‹ nennen, würde ich seine Eier packen, kräftig zudrücken, drehen und mit aller Kraft ziehen.«

»Jetzt verstehe ich, was Zille mit ›ausschalten‹ meinte«, sagte Pöppelmann.

Janne schaute ihn fragend an.

»Zille hat vorhin von deinen Treffen mit den Leuten von Sandvik berichtet.«

»Ich kann aber auch ganz nett sein.« Janne klimperte mit den Augen.

»Und was hat der Kerl dir sonst noch an den Kopf geworfen?« Zille stand immer noch direkt hinter Jepsen.

»Wir sollten uns zum Teufel scheren, und ohne Anwalt werde er nichts mehr sagen.«

»Okay, das ist sein gutes Recht.« Pöppelmann nickte Zille und Janne zu, dann gingen die drei zur Tür. Dort blieb Pöppelmann stehen und drehte sich um. »He, Jepsen. Mord zieht eine lebenslange Haft nach sich, das Strafmaß bei Beihilfe zum Mord liegt zwischen drei und fünfzehn Jahren.«

Janne übersetzte. Dann verließen sie den Raum, und zwei Kollegen gingen zu Jepsen.

In Pöppelmanns Büro ließ Zille sich auf einen Stuhl fallen. »Jetzt erst einmal ein Päuschen. Aber eine Frage habe ich noch: Hast du dir das ausgedacht mit der DNA von Jepsen aus dem Van?«

»Nein, die Spusi hat tatsächlich was gefunden, obwohl der Wagen zwei Mal gereinigt wurde.«

»Zwei Mal?«

»Das erste Mal wurde er von der Private Security Company mit Natriumhypochloritlösung gereinigt, um möglichst alle Spuren zu beseitigen. Das hat so gestunken, dass die Verleihfirma den Wagen auch noch mal gründlich geschrubbt hat.«

»DNA ist eben hartnäckig«, warf Janne ein.

»Und unsere Spurensicherung gründlich.« Pöppelmann blickte auf seine Uhr. »Ich würde gerne mal zu Freya fahren. Vielleicht hat sie schon Ergebnisse.«

»Mach das.« Zille grinste. »Ich gehe davon aus, dass Jepsen sich gleich meldet. Wenn er nicht blöd ist, muss er den Wink mit dem Zaunpfahl verstanden haben. Ich nehme dann Anna mit.

»Gute Idee.«

»Und lade Freya mal zum Essen ein.«

Jetzt grinste Pöppelmann und verschwand dann wortlos.

»Wie groß ist der Hass von Sandvik auf dich?«, fragte Zille Janne unvermittelt.

»Ich glaube, es gibt niemanden, den er mehr hasst. Ich junges, unerfahrenes Huhn mit einer großen Klappe und einem noch größeren Ego habe ihn vor seiner Kampfeinheit, immerhin dreißig Leute, verprügelt. Er hatte keine Chance gegen mich. Vor allem deshalb, weil er mich unterschätzt hat, aber auch, weil ich gut war. Er lag unter mir und musste aufgeben. Aber warum fragst du?«

»Eine schwere narzisstische Kränkung. Demütigung, Erniedrigung, Bloßstellung. Wahrscheinlich musste er anschließend Spott und Häme über sich ergehen lassen.«

»Er war als Anführer verbrannt. Keiner nahm ihn mehr ernst. Insofern ist sein Austritt aus der Armee konsequent gewesen.«

»Du hast sein Leben zerstört.«

»Ich habe ihn gewarnt«, entgegnete Janne betont gleichgültig.

»Und deshalb will er deins zerstören. Ich vermute, dass er dafür alles andere zurückstellen würde.«

»Jetzt weiß ich, warum du das wissen willst. Ich soll Köder spielen, und Sandvik soll anbeißen.«

Zille fuhr sich durch die Haare. »Ich war mal auf den Keys in Florida mit einem Freund angeln. Er wollte unbedingt Snooks fangen, das sind sehr begehrte Küstenedelfische, die in der Regel bis sieben Kilogramm schwer werden, manche auch mehr. Wir fuhren also aufs Meer, hatten Angeln und Fangnetze dabei sowie einen halben Fischladen: lebende Sardinen, Shrimps und Krebse. Das waren die Köder. Am Ende der Tour hatten wir vier Snooks aus dem Meer geholt, und die Köder waren alle tot.«

»Verstehe«, sagte Janne. »Keine schöne Perspektive.«

»Eben. Deshalb bist du ein Lockvogel, mit dem wir Sandvik eine Falle stellen. Und der Vogel fliegt, kurz bevor die Falle zuschnappt, davon.«

»Das gefällt mir besser. Und hast du eine Idee, wie wir das bewerkstelligen wollen?«

Bevor Zille antworten konnte, kam ein Polizist ins Büro.

»Jepsen will euch sprechen.«

Janne blickte triumphierend zu Zille. »Wie du vorhergesagt hast.«

»Alles andere wäre auch dämlich von Jepsen gewesen.« Er griff zum Telefon und rief bei Anna an.

46

Mittwoch, 30.1.2019

Zille hatte sich mit Pöppelmann in der Kantine des Polizeipräsidiums zu Kaffee und Kuchen verabredet. Jetzt ließen sie sich jeder ein Stück Marzipantorte und einen Milchkaffee schmecken.

»Freya hat den Dreck an den beiden Mänteln verglichen. Es ist der identische Schwarzstaub. Das heißt, Schmitt war in dem Gebäude bei PSC.« Pöppelmann trank einen Schluck Kaffee. »Bezüglich einer Beteiligung am Mord ist das allerdings nur ein Indiz.«

»Stimmt. Aber es passt zur Aussage von Jepsen«, sagte Zille mit vollem Mund. »Er ist dann doch sehr redselig geworden. Wir haben ihm ein Foto von Schmitt vorgelegt, und er hat bestätigt, dass er ihn häufiger in der Lagerhalle gesehen hat. Und zwar mit Sandvik. Damit ist endgültig klar, dass Malte Sandvik zu PSC gehört und deren Chef ist. Der letzte Kontakt zwischen den beiden war Anfang letzter Woche. Da hat Jepsen gehört, wie Schmitt Sandvik den Auftrag gab, Jochen Oven auf eine ganz bestimmte Weise zu ermorden.«

»Und wird er das auch unter Eid bezeugen?«, fragte Pöppelmann.

»Ich denke schon, schließlich will er nur wegen Beihilfe zum Mord angeklagt werden. Und er wird noch mehr vor Gericht aussagen.«

»Nun mach es nicht so spannend.«

»Er hat die Aussage von seinem Kollegen Haugen bestätigt. Sandvik hat Oven mit der Spritze umgebracht und anschließend seinen Schwanz abgeschnitten. Dann haben sie gemeinsam die Leiche zur HafenCity-Uni gefahren und dort abgelegt. So wie Schmitt das wollte. Sowohl Haugen als auch Jepsen werden das morgen früh zu Protokoll geben. Staatsanwalt Dürkopp ist informiert.«

»Dann ist der Mord ja aufgeklärt«, sagte Pöppelmann zufrieden und verschlang das letzte Stück seines Kuchens. »Nur schade, dass wir den Mörder nicht haben.«

»Und ihn auch nicht kriegen werden.«

»Ist Sandvik verschwunden?«

»Ja und nein. Wo er sich genau aufhält, ist Jepsen nicht bekannt. Aber er weiß von einer Lieferung, die schon im Hafen lagert und nach Rostock gebracht werden soll. Sandvik soll das organisieren und überwachen.«

»Also ist er noch in Hamburg.«

»Wahrscheinlich.«

»Dann schreiben wir eine Fahndung nach ihm aus. Und schnappen ihn.«

»Nur nach Fabian Schmitt können wir fahnden, Sandvik gehört dem BKA.«

Pöppelmann schüttelte verwundert den Kopf. »Das kann nicht sein.«

»Doch. Die Staatsanwaltschaft und der LKA-Chef sind unterrichtet.« Zille fuhr sich durchs Haar. »Sie sind seit einiger Zeit hinter einer Schmugglerbande aus Osteuropa her, die gemeinsam mit einigen ehrenwerten Damen und Herren aus der Hamburger Kaufmannsgesellschaft Geschäfte machen will. Im Wesentlichen Waffen- und Drogenschmuggel. Sandvik hat Informationen über die tatsächlichen Transportwege, vielleicht auch über die Zwischenlager und die Zeiten der Warenlieferungen. Deshalb will das BKA Sandvik selbst erwischen. Und dazu brauchen sie unsere Hilfe.«

Jetzt grinste Pöppelmann. »Dann kriegen wir ihn ja doch.«

»Vielleicht das, was nach dem Verhör im Safe House von ihm übrig bleibt.«

47

Donnerstag, 31.1.2019

Britta Timmermann war eine durchsetzungsstarke Frau. Was in der Regel Wochen dauerte und oft an Zuständigkeitsfragen zu scheitern drohte, hatte im Fall Sandvik nur ein paar Stunden gedauert. Der Plan, ihm eine Falle zu stellen mit dem Lockvogel Janne Bakken, war schnell gefasst und ausgearbeitet. Ebenso schnell wurde das Team zusammengestellt, das diesen Plan umsetzen sollte.

Jetzt saßen Elias Hopp und Anna Ratke, die junge IT-Forensikerin vom LKA, im Besprechungsraum im Albertiweg in Nienstedten. Seit sechs Uhr hatten sie die Rechner aufgebaut und mit dem Server vernetzt. Zweieinhalb Stunden später saßen sie vor ihrer Schaltzentrale und konnten alle Wagen, die sie am Abend vorher mit GPS-Trackern bestückt hatten, verfolgen. Alles funktionierte, und Jannes IP-Kamera lieferte brauchbare Bilder. Elias hatte Maja gebeten, sie den Tag über zu versorgen. Ihre Zusage hatte er sich mit dem Versprechen erkauft, mit ihr nach Abschluss des Falles eine Woche in den Urlaub zu fahren. Es würde ihnen also an nichts fehlen.

»Janne und du, arbeitet ihr schon lange zusammen?«

Elias lächelte. »Das ist unser erster gemeinsamer Fall.«

»Eine echte Bewährungsprobe, wie mir scheint.«

»Bei den bisherigen Erlebnissen und Ergebnissen ist diese

Phase schon lange abgeschlossen. Ohne sie wären wir in diesem Fall noch ganz am Anfang.«

Sie wurden von Janne unterbrochen, die seit etwa zwanzig Minuten mit ihrem Volvo im Hamburger Westen herumfuhr und darauf achtete, dass sie sich auf Umwegen der Autobahnauffahrt Stellingen näherte. »Redet ihr über mich?«

Janne lachte, als geschätzte sechsmal ein »Ja« an ihr Ohr drang.

»Oh, ich habe vergessen, dass ihr alle zuhört«, sagte Anna.

»Lob kann ich mir stundenlang anhören«, kam es prompt von Janne. »Ich glaube, ein schwarzer SUV folgt mir.«

»Ich sehe ihn auch«, antwortete Anna. »Fahr am besten noch einen kleinen Umweg, bieg auf die Kieler Straße ein und dann auf die Autobahn. Sollte der SUV dir immer noch an der Stoßstange hängen, können wir sicher sein, dass er dir folgt.«

»Okay.«

Elias legte ein Blatt zur Seite, auf dem die Namen der beiden Mitarbeiter von Miroslav Eschenbrosch, den Janne mit ins Team geholt hatte, standen. »Frank, in etwa dreißig Minuten passieren Janne und Sandvik Bad Bramstedt.«

»Dann gebt Bescheid, damit ich rechtzeitig losfahre.«

»Du folgst ihnen etwa fünfundvierzig Minuten. Hinter dem Nord-Ostsee-Kanal fährst du auf die Raststätte Hüttener Berge, dort übernimmt deine Kollegin Melanie. Du verlässt die Raststätte über den Mitarbeiterzubringer und fährst sofort nach Fleckeby und löst wieder Melanie ab. Dann sehen wir weiter.«

»Alles klar, warte auf eure Anweisung.«

»Ihr habt überall freie Fahrt«, sagte Anna. »Keine Staus.«

»Zille, Britta, Pöppelmann und Miro, wenn ihr eure Positionen erreicht habt, meldet euch bitte. Die Kommunikation über die ›Mini Spys‹ ist übrigens einwandfrei. Auf gutes Gelingen.« Elias lehnte sich in seinen Stuhl zurück. Er drehte seinen Kopf Richtung Tür. Er hörte Geräusche, die von der Treppe kamen. »Das ist Maja.« Elias deutete mit seinen Fingern an, dass Anna ihre Stöpsel aus den Ohren nehmen sollte. »Wir stöpseln uns mal einen Moment aus und stellen auf Lautsprecher.«

»Lasst es euch schmecken«, kommentierte Zille ironisch. »Und wenn Maja euch Natas zum Frühstück bringt, dann lasst mir eins übrig.«

Janne war kurz vor der Rader Hochbrücke, die den Nord-Ostsee-Kanal überquerte. Die Wolken hingen tief, und es hatte zu nieseln begonnen. Das Wetter passte zu ihrem mulmigen Gefühl. Es grummelte in ihrem Bauch. Sie war es nicht gewohnt, abzuwarten, nicht aktiv in die Auseinandersetzung eingreifen zu können. Aber genau das war ihre Rolle als Lockvogel. Die Rolle als Köder hätte besser zu ihr gepasst. Nicht jeder Köder war am Ende einer Mission tot, dann aber oft der Jäger. Und das musste in dem Fall vermieden werden, das sah Janne ein. Insofern war Zilles Plan erfolgversprechend, zumal Miro sofort seine Unterstützung zugesagt hatte. Janne gab das ein beruhigendes Gefühl, schließlich war Miro ein kampferprobter Elitesoldat, und seine Mitarbeiter waren ebenfalls erfahrene Personenschützer, die schon einige gefährliche Situationen gemeistert hatten und im Zweifel nicht zögerten, von ihrer Schusswaffe Gebrauch zu machen.

Britta und ihrem Kollegen Rolf traute sie auch einiges zu, beide waren durchtrainiert und hatten offensichtlich eine SEK-Vergangenheit. Mögliche Schwachpunkte machte Janne bei Pöppelmann und Zille aus. Sie waren Ermittler und Analysten, nur wenig für die Verbrecherjagd ausgebildet. Sie konnte nur hoffen, dass die beiden eine direkte Konfrontation mit Sandvik meiden würden.

Jannes Gedanken wurden unvermittelt von Elias unterbrochen. »Frank ist jetzt auf den Rastplatz gefahren. Melanie, du kannst jetzt übernehmen.«

»Der SUV fährt gerade vorbei. Ich nehme die Verfolgung auf.«

»Melanie, mir ist ein dunkelgrüner Golf mit einem defekten linken Rücklicht aufgefallen, der seit Bad Bramstedt ebenfalls hinter dem SUV fährt«, war Frank zu hören. »Behalte den mal im Auge.«

»Wie viele Insassen?«

»Ich habe nur einen gesehen.«
»Okay.«
»Ich verlasse jetzt die Autobahn«, gab Janne einige Minuten später durch.
»Und mit dir der SUV, der dunkelgrüne Golf und ich natürlich«, sagte Melanie.
»Janne?«
»Anna?« Janne lächelte.
»Fahr nicht zu schnell, damit Frank vor dir in Fleckeby ankommt.«
»Ich halte mich einfach an die Geschwindigkeitsbegrenzungen.«
»Pass auf dich auf.«
»Mach ich.«
Anna seufzte, konzentrierte sich wieder auf die Bildschirme und nahm die letzte Nata. »Zille wird es verkraften«, murmelte sie gedankenverloren.
»Was werde ich verkraften?«
»Dass es keine Natas mehr gibt«, antwortete Anna mit vollem Mund.
»Zille isst sowieso zu viel Süßkram«, bemerkte Britta trocken.
»Seid ihr auf euren Posten?«, fragte Elias ernst.
»Ja, Sandvik kann kommen«, beeilte Britta sich zu antworten. »Zille, Miro, Rolf und ich sind bereit.«
»Wie sieht es bei dir aus, Pöppelmann?«
»Bin in Kosel. Teste gerade die Franzbrötchen der hiesigen Bäckerei.«
»Und?«, fragte Zille.
»Kann man essen.«
Janne meldete sich. »Ich habe mir Gedanken wegen des zweiten Wagens gemacht, der immer noch hinter mir herfährt.«
»Kann ich bestätigen«, sagte Melanie.
»Also, wenn der mir in Fleckeby immer noch folgt, gehe ich davon aus, dass er zu Sandvik gehört.«
»Sehe ich auch so.« Miros Stimme war jetzt zum ersten Mal

zu hören. »Dann sollten wir diesen Wagen loswerden, bevor Janne auf den Weg abbiegt, wo wir zuschlagen und Sandvik stellen wollen.«

»Wir könnten es wie einen Unfall aussehen lassen«, schlug Frank vor. »Ich bin übrigens in Fleckeby.«

»Wie hast du das geschafft bei dem Regen?«, fragte Pöppelmann voller Bewunderung.

»Indem ich mich *nicht* an die Geschwindigkeitsbegrenzungen gehalten habe.«

»Wir werden in fünf Minuten ebenfalls in Fleckeby sein«, sagte Janne. »Die Unfallidee ist gut.«

»Ich schlage vor, dass wir es auf die rabiate Art und Weise machen.« Miro räusperte sich. »Frank, wann hast du das letzte PIT-Manöver durchgeführt?«

»Vor vier Wochen auf dem Übungsplatz.«

»Dann bist du ja in Übung.«

»Kann mir mal jemand verraten, was ein PIT-Manöver ist?«, fragte Pöppelmann.

»Präzise Immobilisierungstechnik«, erläuterte Zille. »Das ist eine FBI-Technik, um Fluchtfahrzeuge anzuhalten. Wir haben das in Quantico häufiger geübt –«

»Erzähl uns die Geschichte später beim Bier, wir fahren nämlich jetzt schon an der Schule in Fleckeby vorbei.« Jannes Stimme klang ein wenig angespannt.

»Dann sind sie gleich auf deiner Höhe, Frank.« Elias fluchte. »Mist, ich hätte jetzt zu gerne Satellitenbilder.«

Und ich Bonds Aston Martin DB5 mit einer nach hinten gerichteten Wasserkanone, dachte Janne. Sie konnte im Rückspiegel sehen, wie Frank auf die Bundesstraße einbog und sich zwischen Melanie und den Golf schob.

»Gleich kommt die Abbiegung nach Kosel. Da wäre ein solches Manöver möglich.« Anna sprach mit konzentrierter Stimme.

»Ich nehme jetzt eine Abkürzung, dann bin ich aus Sandviks Blickfeld«, sagte Melanie ruhig und bog mit quietschenden Reifen ab.

»Wenn du abgebogen bist, Frank, sind es siebenhundertfünfzig Meter bis zum Marienholzer Weg, das ist die Straße, auf der Melanie sich befindet. Auf der Strecke solltest du dein Manöver durchführen«, schlug Anna vor. »Die Straße ist breit genug.«

»Und das klappt?«, fragten Janne und Pöppelmann gleichzeitig.

»Chancen stehen bei fünfundachtzig Prozent«, sagte Miro.

»Bei fünfundneunzig Prozent«, korrigierte Frank selbstsicher.

»Das ist eine gute Quote.« Britta sprach leise, als ob jemand Fremdes mithören könnte. »Was mich mehr beunruhigt, ist die Frage, wie Sandvik reagiert.«

»Da würde ich mir keine Sorgen machen«, sagte Zille. »Er ist so auf Janne fixiert, dass er ihr folgen wird.«

»Noch hundert Meter bis zum Abzweig, Janne. Auf dem Weg nach Kosel beschleunige auf siebzig Stundenkilometer. Wenn Frank den Golf rammt, beschleunigst du weiter.«

»Alles klar, Anna.« Janne drosselte das Tempo, der Abzweig rückte näher.

Sie musste zwei Lkws passieren lassen, bevor sie abbiegen konnte. Sandvik, der dunkelgrüne Golf und Frank in seinem Landrover folgten ihr. Janne beschleunigte. Ebenso Sandvik und der dunkelgrüne Golf, der etwa siebzig Meter Abstand zu Sandvik hielt. Nach hundert Metern trat Frank sein Gaspedal durch, der Landrover mit seinen knapp dreihundert PS beschleunigte schnell auf hundertzwanzig Stundenkilometer. Dann verringerte Frank das Tempo, fuhr bis auf wenige Meter auf. Um einen möglichen Auffahrunfall zu vermeiden, zog der Golffahrer sein Auto an den Straßenrand und wäre fast von der Fahrbahn abgekommen.

Darauf hatte Frank gewartet. Er scherte links aus, gab erneut Gas und setzte zum Überholen an. Knapp einen halben Meter hinter der Stoßstange des Golfs zog er den Landrover nach rechts und rammte den Wagen. Der Fahrer verlor die Kontrolle über sein Fahrzeug, das sich daraufhin um die eigene Achse drehte und im Graben landete.

Janne hatte im Rückspiegel den Beginn des Manövers beobachtet und sofort beschleunigt, als Frank zum Golf auffuhr. So sah sie nicht, wie er zurücksetzte und neben dem Golf hielt. Er näherte sich mit gezogener Waffe. Der Wagen lag halb auf der Seite, die Fahrertür zeigte nach oben.

Frank konnte sehen, dass der Fahrer mit dem Kopf auf dem Lenkrad lag und sich nicht bewegte. »Hier ist alles in Ordnung. Habe ihn im richtigen Winkel gerammt. Der Fahrer ist ausgeschaltet. Melanie ist schon auf dem Weg. Wir räumen dann auf.«

»Gute Nachricht«, sagte Elias.

»Ich sehe Janne jetzt kommen«, war Pöppelmann zu hören.

»Dann setze dich mit deinem Wagen hinter Sandvik.«

»Aber pass auf«, sagte Zille. »Er weiß jetzt Bescheid, dass Janne nicht allein ist.«

»Die Frage lautet, was das für Folgen haben könnte.« Pöppelmann startete sein Auto und nahm die Verfolgung auf.

»Sandvik wird eine günstige Stelle suchen, um zuzuschlagen«, sagte Janne. »Dass er uns den Gefallen tut, bis zum von uns geplanten Einsatzort brav hinter mir herzufahren, kann ich mir nicht vorstellen.«

»Wenn ich das richtig sehe, gibt es auf dem Weg nur eine Stelle, wo Sandvik dich angreifen könnte, ohne Gefahr zu laufen, zu viel Aufmerksamkeit zu erregen.« Anna hatte Google Maps vergrößert. »Das wäre dreihundert Meter hinterm Gut Nüby. Dort fängt ein Waldstück an.«

»Ich habe die Karte vor mir«, sagte Miro. »Ich kann mir auch vorstellen, dass er Janne dort von der Straße drängen will. Das würde ich jedenfalls machen. Wenn er das nicht tut, müssen wir ihn dort aufhalten.«

»Wie weit sind Janne und Sandvik von dieser Stelle entfernt?«, wollte Britta wissen.

»Fünf Kilometer, also knapp fünf Minuten«, antwortete Anna.

»Und wir?«

»Auch fünf Kilometer, aber eure Straßen sind nicht asphaltiert.«

»Das heißt, wir brauchen länger bis zu dieser Stelle.«

»Wir müssen es trotzdem versuchen.« Miro setzte sich in seinen Wagen. »Ich fahre an die Schlei und komme von der Wasserseite in den Wald. Der Weg ist ein wenig kürzer und besser ausgebaut.«

»Gut«, Zille startete seinen Wagen, »dann muss mein Ranger mal zeigen, was er kann.«

»Ich werde mich nicht von der Straße drängen lassen«, sagte Janne bestimmt. »Ich versuche, einen möglichst großen Abstand zwischen mir und Sandvik herzustellen, an einer geeigneten Stelle zu stoppen und in den Wald zu laufen.«

»Dachte ich mir, dass du das sagst.« Miros Grinsen konnte man hören.

»Wenn du in das Waldstück einfährst«, informierte Anna Janne, »gibt es nach fünfzig Metern eine sanfte Rechtskurve, die in eine noch sanftere Linkskurve übergeht.«

»Das heißt?«

»Dass du mit hoher Geschwindigkeit in die Kurven fahren kannst.«

»Okay.«

»Am Ende dieser Kurve stoppst du und läufst links in den Wald.«

»Gut, dort werden sich Rolf und Zille in Position bringen.«

Britta stöhnte auf. »Zille fährt wie ein Henker. Ich laufe in den Wald und versuche von dort, Janne Schutz zu geben.«

»Denkt daran, die Waffen zu nehmen, die ich euch gegeben habe«, sagte Miro, der gerade seitlich durch eine Kurve rutschte.

»Warum das?«, fragte Anna verwundert.

»Weil die nicht registriert sind«, brummte Rolf.

»Sandvik hängt Janne ganz schön auf der Stoßstange.« Elias kratzte sich an seinem Dreitagebart.

»Auf der Landstraße wird er nichts unternehmen«, sagte Anna, »aber wenn du nach Nüby-Dorf abbiegst, wird es einsam.«

»Ich bin ja auch noch da«, ließ Pöppelmann verlauten.

Drei Minuten später fuhr Janne Richtung Nüby-Dorf. Am

rechten Straßenrand standen Wallhecken, links war offenes Feld. Sandviks SUV kam näher. Janne erhöhte die Geschwindigkeit, sie wollte unbedingt schnell Nüby-Dorf erreichen. Doch ihr Volvo war einfach zu langsam, und der Grip ihrer Sommerreifen war auf der regennassen Straße nicht gut. Es waren noch etwa tausend Meter bis zum Dorfeingang. Janne sah im Rückspiegel, wie sich eine Gestalt aus dem Beifahrerfenster herauslehnte und mit einer Pistole auf sie zielte. Sie sah das Mündungsfeuer leicht aufblitzen, doch nichts geschah. Offenbar hatte er das Auto verfehlt.

»Scheiße«, rief Janne, »ich werde beschossen.«

»Nicht mehr lange«, sagte Pöppelmann energisch.

Im Rückspiegel konnte Janne beobachten, wie der Schütze erneut anlegte, aber Sekunden später seine Waffe fallen ließ und sich blitzschnell an der Dachreling festhielt. Nur so konnte er verhindern, aus dem schlingernden SUV zu fallen. Nachdem Pöppelmanns Wagen den SUV gerammt hatte, verlor er die Kontrolle, rutschte quer über die Straße und fuhr in eine Hecke.

»Mist«, sagte Pöppelmann, »der schießt zwar nicht mehr, aber ich kann auch nicht mehr fahren.«

»Ist dir was passiert?«, fragte Elias.

»Nee, alles gut.« Pöppelmann stieg aus seinem Auto. »Ich stecke hier nur fest.«

»Aktion war trotzdem gut«, sagte Janne, »ich glaube nicht, dass er mich ein zweites Mal verfehlt hätte. Und ich habe einen kleinen Vorsprung, weil Sandvik abbremsen musste.«

»Gut, das erhöht auch unsere Chance, vor ihm im Wald anzukommen«, sagte Zille.

»Das will ich hoffen«, erwiderte Elias. »Janne passiert jetzt das Dorf. In einer halben Minute ist sie am Gut.«

»Schätze, wir brauchen noch mindestens eine Minute.«

»Ich überquere gerade eine Lichtung von der Schleiseite und betrete gleich den Wald«, sagte Miro. »Informiert mich, wenn es losgeht.«

»Das Bild ist weg«, rief Anna genervt. »Wir sehen Sandviks SUV nicht mehr.«

»Die Verbindung hat erstaunlich lange gehalten.« Elias schien der Abbruch der Verbindung nicht zu beunruhigen. »Janne fährt jetzt über das Gut Nüby und ist gleich im Wald. Vorher wird Sandvik nichts unternehmen. Die Bilder sind für uns nicht mehr wichtig.«

Janne warf einen kurzen Blick in den Rückspiegel. »Sandvik biegt jetzt in den Hof ein. Ist etwa hundertfünfzig Meter hinter mir.«

»Das reicht, um gefahrlos in den Wald zu kommen«, sagte Miro mit gedämpfter Stimme.

»Ich fahre jetzt auf den Wald zu.« Janne blickte konzentriert durch die Windschutzscheibe, fuhr dann mit knapp hundert Stundenkilometern in die Rechtskurve, kam ins Rutschen, nahm den Fuß vom Gas, war wieder in der Spur, und so konnte sie die Linkskurve durchfahren. Dann eine Vollbremsung. Janne sprang aus dem Wagen, der quer auf dem Weg stand. »Ich laufe jetzt in den Wald.« Aus den Augenwinkeln sah sie noch den schwarzen SUV.

»Zille fährt gerade in das Waldstück«, sagte Elias mit betont ruhiger Stimme. »Wir stellen jetzt unsere Kommentare ein und antworten nur, wenn ihr fragt.«

»Wir sehen den SUV«, rief Zille. »Er stoppt, und Sandvik stürmt heraus.«

Zille gab noch einmal Gas, stieg dann voll in die Bremsen und hielt ein paar Meter vor Jannes Volvo. Britta schlug mit dem Kopf gegen die Windschutzscheibe.

»Scheiße.« Sie hielt sich den Kopf, öffnete die Tür und lief stolpernd Richtung Wald. Ein Schuss schlug neben ihr in einen Baum ein.

»Britta, geh in Deckung«, rief Zille, der wie Rolf ebenfalls aus dem Wagen gesprungen war und die Türen als Deckung benutzte.

Sandviks Mitfahrer hielt sich hinter der offenen Fahrertür des SUV versteckt und hatte damit eine gute Schussposition. Sein nächster Schuss streifte Britta an der Schulter. Rolf antwortete sofort mit einem Salvenfeuer und überzog den Angreifer mit einer Kugeldichte, die ihn in die Deckung zwang. Britta nutzte die Zeit, schleppte sich mit letzter Anstrengung in den Wald und suchte Schutz hinter einem Baum, wo sie auf den Boden sackte. Zille war inzwischen bis zum Volvo vorgelaufen und kauerte sich hinters Heck. Er riskierte einen Blick und sah, wie der Angreifer auf der Beifahrerseite zur vorderen Beifahrertür schlich. Offensichtlich war er einmal um den SUV gelaufen, um sich in eine bessere Schussposition zu bringen. Zille gab zwei Schüsse in seine Richtung ab. Es war lange her, dass er das letzte Mal auf dem Schießstand gewesen war. Eine Kugel durchschlug die Windschutzscheibe des SUV, die zweite zertrümmerte das Fenster der Beifahrertür.

»Feuer weiter und gib mir Deckung«, sagte Rolf leise. »Ich laufe jetzt zum vorderen Kotflügel des Volvos.«

Zille lugte über dessen Dach und feuerte los. Als Rolf an seiner Position war, ging Zille wieder in Deckung.

»Blöde Situation«, fluchte Rolf, »wenn er sich hinter der Tür des SUV verschanzt, haben wir kaum eine Chance, ihn zu erwischen.«

»Und wir wissen nicht, wie es Britta geht, und können nicht in den Wald, um Janne zu helfen.« Zille schaute zu seinem Auto. »Ich habe eine Idee. Wir nutzen meinen Wagen als Waffe.«

»Wie das?«

»Als Rammbock.« Zille legte eine kurze Pause ein. »Jetzt musst du mir Rückendeckung geben.«

»Wie gut, dass Miro vernünftige Waffen hat.« Rolf steckte ein neues Magazin in seine Glock 19. »Ich habe jetzt fünfzehn Schuss. Dann los.« Rolf feuerte eine weitere Salve ab.

Zille lief geduckt zum Ranger, robbte auf den Fahrersitz und startete seinen Wagen. Die vier Meter konnte er blind fahren. Der Ranger würde den Volvo auf den SUV schieben. Zille legte den Gang ein, drückte das Gaspedal durch, und der Wildtrak schoss nach vorn. »Rolf, spring zu Seite.« Mit einem lauten Knall schob sich der Volvo auf den SUV. Mit dem Heck rammte er die Beifahrertür und quetschte Sandviks Mann ein.

Rolf lief zur Beifahrertür. »Saubere Arbeit, Kollege.« Er

stand neben dem reglosen, blutenden Körper und fühlte seinen Puls. »Der kann jetzt wirklich nicht mehr schießen.«

Zille war inzwischen bei Britta, die leicht benommen am Baum lehnte.

»Ich weiß, es war bescheuert, aus dem Wagen zu rennen«, sagte sie grinsend.

»Tut es weh«? Zille zeigte auf die Schulter.

»Es brennt.« Britta hielt ihren Kopf. »Und der dröhnt.«

»Status?«, rief Anna, die das Schweigen nicht mehr aushielt.

»Zweite Person aus dem SUV tot«, antwortete Rolf.

»Shit happens.« Elias schaute zu Anna, die mit den Schultern zuckte.

»Und Britta?«

»Ein bisschen benommen, sonst okay.« Zille griff Britta unter die Arme und schleppte sie zum Wildtrak. »Hier sind Wasser und ein Verbandskasten.«

»Alles klar, geht jetzt Janne unterstützen.«

Janne war in den Wald gelaufen. Ein Mischwald, die Bäume gaben nicht genügend Deckung. Ein Schuss schlug neben ihr in einem Baum ein. Janne überlegte kurz. Sie lief nach rechts und suchte Deckung hinter einer mächtigen Buche. Sie zog ihre Glock, entsicherte sie und hielt nach Sandvik Ausschau. Sie merkte, wie ihr Adrenalinpegel stieg. Ihr Körper spannte sich. Sie unterbrach die Kommunikation, zog ihren Ohrhörer heraus und steckte ihn in die Hosentasche. Jetzt konnte sie sich auf ihre Sinne konzentrieren. Dann hörte sie Schüsse. Die kamen von der Straße. Sie musste sich auf den Nahbereich fokussieren.

Als Erstes hörte sie das Knacken eines Zweiges, dann meinte sie, etwa zehn Meter vor ihr eine leichte Bewegung hinter einem Baumstamm zu sehen. Sekunden später flog ein Uhu auf und segelte geschickt zwischen den Baumstämmen hindurch. Janne zögerte nicht lange und feuerte zwei Schüsse in kurzen Abständen auf den Baum. Einer traf den Baumstamm in der Mitte, der andere Schuss streifte ihn. Nichts geschah. Dann nahm sie aus den Augenwinkeln wahr, wie eine Person hinter einem Baum, der seitlich von ihr stand, hervortrat und auf sie zielte. Sie hatte keine Deckung. Scheiße, dachte sie, wie konnte ich vergessen, dass Sandvik ein Meister im Tarnen und Anschleichen ist.

»Auf diesen Augenblick habe ich seit Jahren gewartet«, hörte sie Sandvik triumphierend auf Norwegisch sagen. »Leg die Waffe auf den Boden, du kleine Schlampe.«

»Glaub ja nicht, Arschloch, dass du schon gewonnen hast.« Janne legte die Glock langsam auf den Boden. Sie hoffte inständig, dass Britta oder Miro in der Nähe waren und dieses Schwein abknallen würden, sonst sah es schlecht aus für sie.

»Immer noch dieselbe große Klappe. Kick die Waffe zur Seite, beweg deinen Arsch und komm mit erhobenen Händen langsam zu mir.«

Janne trat gegen die Waffe, drehte sich zu Sandvik und ging langsam auf ihn zu. »Weißt du eigentlich, wie scheiße du mit deiner Tarnbemalung aussiehst?«

»Lange wirst du dich daran nicht mehr stören müssen.« Sandvik lachte. »Wenn ich dir erst einmal die Haut bei lebendigem Leibe abgezogen habe, hast du ganz andere Probleme.«

Janne war noch vier Meter von Sandvik entfernt.

»Jetzt runter auf den Boden.«

Janne ging langsam weiter. Jetzt waren es noch drei Meter.

»Auf den Boden«, schrie Sandvik und feuerte einen Schuss vor ihre Füße. »Der nächste trifft.«

Janne blieb stehen, ging langsam in die Hocke und berührte mit einem Knie den Waldboden. So verharrte sie. Wenn sie erst auf dem Bauch lag, hatte sie verloren.

»Machst du dir schon in die Hosen, du blöde Kuh?« Ein höhnisches Grinsen umspielte Sandviks Mund. »Los, hinlegen!«

»Immer noch die gleichen Spielchen.« Janne blickte Sandvik an und sah, wie sein Grinsen zu einer Fratze wurde, die plötzlich einfror. Sie sah das Zucken in seinem Blick. Ein leises Geräusch war zu hören. Seine Augen bewegten sich in dessen Richtung. Diesen Moment der Abgelenktheit nutzte Janne, schnellte wie ein Pfeil nach vorn und schlug ihm die Waffe aus der Hand.

Dabei löste sich eine Kugel, und Janne spürte einen brennenden Schmerz an der Wange. Sie ignorierte ihn.

Sandvik verlor kurz das Gleichgewicht, kam dann aber wieder auf Janne zu und versuchte, sie mit einem Faustстoß am Kopf zu treffen. Seine rechte Schulter war nach vorn gestreckt und sein vorderes Knie stark gebeugt. So konnte er zwar eine größere Distanz überwinden, bot Janne aber die Gelegenheit, den Schlag abzublocken. Sie machte eine schnelle Bewegung nach außen, wehrte mit einer Hand den dadurch verzögerten Schlag ab und führte mit der anderen einen kraftvollen Handballenstoß gegen Sandviks Schläfe aus. Nach einem gezielten Tritt ins gebeugte Knie sackte ihr Widersacher benommen zusammen.

Janne war sofort über ihm, drehte ihn auf den Bauch, drückte ihr rechtes Knie in seinen Rücken und sein Gesicht auf den Boden. »Wer hat hier eine große Klappe, Arschloch?« Janne riss seinen Kopf an den Haaren hoch. »Zwei Mordanschläge, und ich lebe immer noch.« Wieder drückte sie sein Gesicht auf den Boden. »Nur du, Arschloch, liegst jetzt auf dem Boden, wie damals. Erinnerst du dich? Schwächlinge wie du überleben nicht.«

»Janne, lass ihn los«, hörte sie Miro leise sagen. »Er ist es nicht wert.«

»Und wir brauchen ihn noch«, sagte Rolf, der in der Zwischenzeit Sandvik und Janne gefolgt war.

Janne blickte auf und sah zu den beiden Männern, die ihre Waffen auf Sandvik gerichtet hatten. »Nein, er ist es nicht wert. Aber er hätte trotzdem den Tod verdient.«

»Was *er* verdient hat, ist nicht die Frage.« Zille kam keuchend hinzu. »Die Frage ist: Was hast *du* verdient?«

Janne ließ Sandvik los und blickte Zille fragend an.

Der sah sie eindringlich an. »Also ich würde antworten: ›Ich habe ein Leben ohne Alpträume und Schuld verdient.‹«

Miro hatte Sandvik inzwischen hochgezogen, und Rolf hatte ihm Handschellen angelegt.

Janne ging noch einmal zu dem stöhnenden Sandvik. »Ich

habe dich jetzt zwei Mal geschlagen. Und glaub mir, du willst nicht, dass wir uns noch einmal über den Weg laufen.« Dann setzte sie sich an einen Baum. Erst jetzt merkte sie, dass ihre rechte Wange blutverschmiert war. Der Schmerz kehrte zurück.

»Wir nehmen ihn jetzt mit ins Safe House.« Rolf stieß Sandvik vor sich her. »Janne, kannst du ihm auf Norwegisch sagen, dass wir ihn wegen Mordes verhaften?«

»Er beherrscht sowohl die deutsche als auch die englische Sprache. Aber ich sage es gerne auch in seiner Muttersprache.« Janne übersetzte es. Dann schloss sie die Augen.

Zille ging zu Janne, setzte sich neben sie und nahm sie in den Arm. »Alle wollen dich sprechen.«

Janne blickte auf und steckte ihren Knopf ins Ohr. *»Mission accomplished«*, sagte sie mit müder Stimme.

Janne saß in ihrem zerbeulten Volvo und war auf dem Weg nach Hause. Den Wagen würde sie zur Reparatur bringen müssen. Zilles Rammbock hatte ihm ganz schön zugesetzt. Glücklicherweise war der Volvo robust, und so waren die Schäden nicht allzu dramatisch. Sie hoffte nur, dass die Holme nichts abbekommen hatten. Und da er sowieso neu lackiert werden musste, wollte sie ihn in Orange spritzen lassen.

Sie sah im Rückspiegel auf ihren provisorischen Verband, den Zille ihr angelegt hatte. Er verlief einmal senkrecht um den Kopf herum und saß so stramm, dass sie den Unterkiefer kaum bewegen konnte. Janne griff in eine Tasche, die auf dem Beifahrersitz stand, und kramte eine Pudelmütze hervor, die sie von ihrer Mutter zu Weihnachten geschenkt bekommen hatte. Sie zog sie sich über den Kopf und sah jetzt nicht mehr ganz so dämlich aus. Janne grinste gequält ihr Spiegelbild an. Die Aktion hätte auch anders enden können. Mit einem Schuss durch den Kopf zum Beispiel.

Sie schüttelte sich. Aber jetzt war sie das Arschloch Sandvik los. Für immer. Britta und Rolf würden ihn ausquetschen wie einen Schwamm, da war Janne sich sicher. Wohl wissend, dass er eine harte Nuss sein würde. Aber es gab ja Vernehmungstechniken, die man in solchen Fällen anwenden konnte. Plötzlich wurde sie von zwei Autos überholt, die hupend an ihr vorbeifuhren. Melanie und Frank, Miros Leute. Sie hupte zurück und lächelte. Sie wusste, dass in den Kofferräumen zwei Leichen transportiert wurden. Doch Janne dachte jetzt an schönere Dinge wie eine heiße Dusche.

Sie hatte sich in Hamburg mit Anna verabredet. Ihre Stimme während der Operation zu hören hatte sie beruhigt und angenehm berührt. Sie gab Gas. Sie wollte um fünfzehn Uhr in ihrer Wohnung sein, dann konnte sie noch ein wenig aufräumen.

Sie schaffte es eine Viertelstunde schneller. Janne entledigte sich zunächst ihres Verbandes und sprang dann unter die Dusche. Anschließend versorgte sie die Wunde, die der Streifschuss hinterlassen hatte, und zog sich an. Dann klingelte es. Sie öffnete die Tür. Vor ihr stand Anna Ratke.

»Darf ich hereinkommen?«, fragte diese mit einem leicht ironischen Unterton.

Janne lachte. »Klar, ich habe ja auf dich gewartet.«

Anna betrat die Wohnung, Janne schloss die Wohnungstür. Sie sahen sich an und nahmen sich in die Arme. Anna löste die Umarmung sanft und betrachtete erschrocken Jannes frischen Verband. »Janne, das hätte auch schiefgehen können.«

»Ich lebe.«

»Zum Glück.«

Janne zog Anna in die Küche. »Die Wohnung habe ich nur vorübergehend bezogen. Miro hat mich hierhergeschickt, nachdem mich Sandviks Leute in meiner Wohnung überfallen hatten.«

»Aber jetzt kannst du wieder zurück.« Anna hatte sich an den Küchentisch gesetzt. »Sandvik wandert in den Knast.«

Janne hatte sich Ravioli aus dem Kühlschrank geholt und in einen Topf geschmissen. Sie drehte sich zu Anna. »Vielleicht suche ich mir eine andere neue Wohnung. Bad und Küche sind winzig.« Janne stellte zwei Gläser und eine Flasche Rotwein auf den Tisch.

»Ist zwar noch ein bisschen früh, aber wir haben ja was zu feiern.«

In diesem Moment erklang die Melodie von »Norwegian Wood«.

»Scheiße!«, fluchte Janne.

»Was ist?«

»Das ist ein Anruf aus Norwegen. Von meinen Eltern.«

»Ist das schlimm?«

»Sie rufen nie an. Schicken immer Nachrichten.«

Janne suchte das Familienhandy und fand es im Badezimmer. Nach zwei Minuten kam sie zurück zu Anna, die die Gläser mit Wein gefüllt hatte.

»Ich muss nach Norwegen.« Janne hatte Tränen in den Augen. »Meiner Großmutter geht es sehr schlecht.« Janne trank das Glas in einem Zug leer. »Sie liegt im Sterben.«

Anna stand auf und nahm Janne in den Arm. »Das tut mir leid.«

Janne schaute auf die Uhr. »Ich muss nach Kopenhagen, von dort nach Oslo und dann nach Bergen.« Sie tippte auf ihrem Handy herum. »Muss um dreiundzwanzig Uhr in Kopenhagen am Flughafen sein.« Sie schaute zu Anna. »Wird knapp.«

»Ich fahre dich.«

»Das ist zu weit.«

»Quatsch«, widersprach Anna energisch. »Ich brauche fünf Stunden. Und wir können quatschen.«

»Überredet.«

»Gut, ich muss noch meine Nachbarin bitten, dass sie sich um Blacky kümmert.« Anna sah Jannes verwirrtes Gesicht. »Mein Papagei.« Dann lachte sie. »Du siehst, es gibt viel zu erzählen.«

48

Donnerstag, 31.1.2019

Es war nicht weit bis zum Safe House. Das BKA hatte den kleinen Hof am Nordufer der Schlei vor ein paar Jahren zum

Safe House umgebaut. Getarnt als Ferienhof fiel er nicht weiter auf, zumal er auf einer kleinen Halbinsel lag, die vom Land und vom Wasser uneinsehbar war. Sie fuhren über die Schleibrücke bei Lindaunis, und zehn Minuten später rollte der Wagen über den Alleeweg durch das Hoftor. Ein BKA-Mitarbeiter erwartete sie. Es war alles vorbereitet. Sandvik wurde in einen sicheren Raum gebracht. Britta und Rolf machten sich frisch und besprachen kurz die Vernehmungstaktik. Beiden war klar, dass sie aus Sandvik mit Gewalt nichts herausbekommen würden. Britta schlug vor, mit offenen Karten zu spielen und das weitere Vorgehen vom Verlauf der Vernehmung abhängig zu machen.

Der Vernehmungsraum war abgedunkelt, ein Tisch und drei Stühle standen in der Mitte. Auf einem der Stühle saß Malte Sandvik mit Fuß- und Handfesseln. Auf zwei Seiten waren Kameras angebracht, Mikrofone standen auf dem Tisch.

»Malte Sandvik«, begann Britta, »Sie werden des Mordes an Jochen Oven und des versuchten Mordes an Janne Bakken beschuldigt.«

Sandvik zeigte keine Regung.

»Wir wissen, dass Sie gut Deutsch sprechen und uns also verstehen.«

Sandvik zuckte mit den Schultern.

Rolf schlug eine Mappe auf. »Wir haben die Aussagen von zweien Ihrer Mitarbeiter, die bestätigen, dass Sie Oven mit einer Spritze umgebracht haben.« Rolf legte Sandvik ein Foto von Oven vor. »Und einer Ihrer Mitarbeiter hat angeblich mit eigenen Augen gesehen, wie Sie ihm später den Schwanz abgeschnitten haben.« Jetzt legte Rolf ein Foto der nackten Leiche auf den Tisch.

»Da es sich um einen Auftragsmord handelt«, fuhr Britta fort, »was Ihre Mitarbeiter ebenso bezeugen wie den Auftraggeber Fabian Schmitt, ist diese Tat als besonders verwerflich anzusehen. Sie werden also lebenslänglich in den Knast wandern.«

Sandvik spuckte verächtlich auf den Boden.

Britta lächelte süffisant. »Wenn wir dann auch noch den versuchten Mord an Janne Bakken, den Sie aus Rachsucht verüben wollten, hinzunehmen …«

»Das muss mir erst einmal bewiesen werden«, knurrte Sandvik in akzentfreiem Deutsch.

»… wird es auch keine Begnadigung geben.«

»Janne Bakken, diese Schlampe, hat mich angegriffen«, zischte Sandvik. »Ich habe aus Notwehr gehandelt.«

»Oh ja«, sagte Rolf ironisch. »Erst haben Sie aus Notwehr Janne Bakken mit Ihrem Stadtpanzer verfolgt, und dann sind Sie ihr aus Notwehr in den Wald hinterhergelaufen.«

»Ihr habt mir eine Falle gestellt.«

Britta haute mit der Hand auf den Tisch. »Erzähl nicht so einen Mist, Sandvik. Du hast in den letzten Wochen zwei Mal versucht, Janne Bakken umbringen zu lassen. Weil deine Leute zu blöd waren, hast du es beim dritten Mal selbst in die Hand genommen. Und dafür gibt es reichlich Zeugen.«

Rolf beugte sich zu Sandvik. »Du sitzt ganz schön in der Scheiße, Mann.«

Britta sammelte die Fotos ein und gab sie Rolf. Dann blickte sie zu Sandvik. »Was wollen deine Leute in Rostock und Baku?«

Sandvik wurde blass. Mit dieser Frage hatte er offenbar nicht gerechnet. »Ich weiß nicht, wovon du sprichst.«

»Schiss vor Abasov und Schewtschenko?« Britta lächelte und sah zu Rolf. »Oder meinst du, Tatjana Ruskow ist gefährlicher?«

Rolf überlegte kurz und wiegte den Kopf hin und her. »Na ja, mit ehemaligen KGB-Offizieren ist nicht zu spaßen.«

»Stimmt«, sagte Britta. Sie sah Sandvik an und trommelte mit den Fingern auf den Tisch. Dann stand sie auf. »Wir machen eine Pause. Dann hast du Zeit, über meine Frage nachzudenken.«

Rolf und sie gingen zur Tür. Im Hinausgehen sagte Britta: »Wir schalten jetzt die Kameras aus. Kannst jetzt auch in der Nase pulen.«

Drei Minuten später betraten sie wieder den Vernehmungsraum. Britta stellte Sandvik einen Kaffee auf den Tisch. »Soll keiner sagen, wir seien Unmenschen.« Britta setzte sich rittlings auf ihren Stuhl. »Wir haben immer noch Pause. Die Kameras sind also noch abgeschaltet.«

Sandvik hob die Augenbrauen und griff mit beiden Händen zum Kaffeebecher.

»Der Mord und der Mordversuch sind Sache des LKA Hamburg. Uns interessiert das Kaukasusgeschäft. Und wir wissen, dass du mit deiner Firma sowohl für Abasov und Schewtschenko arbeitest als auch mit einigen Mitgliedern der Gesellschaft für freien Handel. Wenn du mit uns kooperierst und uns Transportwege und -zeiten sowie Zwischenlager auf den Routen nennst, dann können wir vielleicht einen Deal aushandeln.« Britta schaute Sandvik eindringlich an.

Der lehnte sich zurück, faltete seine Hände und legte sie über den Kopf. »Was ist drin für mich?«

»Wir lassen die Anklage wegen versuchten Mordes fallen«, bot Rolf an.

Sandvik grinste verächtlich. »Zu wenig.« Er überlegte kurz. »Die Mordanklage muss auch fallen.«

Britta rieb sich mit einer Hand am Kinn. Sie schien abzuwägen. »Du hättest ihm nicht den Schwanz abschneiden sollen.«

Sandvik zog die Augenbrauen zusammen und hob entschuldigend die Hände. »Auftrag ist Auftrag.«

»Mehr ist nicht drin, du Arschloch«, sagte Rolf aufgebracht. »Ich muss mal pinkeln«, sagte er und verließ den Raum.

Britta war inzwischen aufgestanden und wanderte im Raum umher. »Malte, Malte, du pokerst ganz schön hoch.« Sie ging einmal um den Tisch herum. »Ich mache dir jetzt ein letztes Angebot.«

»Ich höre.«

»Die Norweger suchen dich seit einem halben Jahr mit einem internationalen Haftbefehl, weil du an einem spektakulären Kunstraub beteiligt gewesen sein sollst.«

»Hab ich von gehört.«

»Dabei wurde ein Wachmann getötet.«

»Nicht von mir.«

»Wir können dich also ohne Probleme nach Norwegen ausliefern.«

»Und der Mord hier?«

»Wird in Oslo verhandelt. Und bei der Übermittlung der Beweise«, Britta senkte ihre Stimme, »könnten einige belastende Details abhandenkommen.«

»Und welche Garantien habe ich, dass ihr eure Zusagen einhaltet?«

In diesem Moment betrat Rolf wieder den Vernehmungsraum. »Welche Garantien haben wir, dass du uns keinen Scheiß erzählst?«

Britta und Rolf setzten sich wieder an den Tisch.

»Also, haben wir einen Deal?«, fragte Britta.

Sandvik nickte.

»Dann leg los. Orte, Routen, Zeitpunkte. Alles, was du weißt.«

49

Freitag, 1.2.2019

Der Wecker klingelte um zwei Uhr dreißig. Camille hatte kaum geschlafen, die Aufregung ließ einen festen Schlaf nicht zu. Es war aber nicht der Transport von Schmitts Leiche an ihren Bestimmungsort, der ihren Puls hochtrieb und ihr Herzrasen bescherte, sondern vielmehr die besondere Bedeutung, die dieser letzten Leichenschau innewohnte. Es war das Ende ihres Leidensweges und die Auferstehung aus den seelischen Trümmern, die sie ihr ganzes Leben in sich trug. Und es war Rache für das Unrecht, das ihrer Großmutter widerfahren war, und für die Qualen ihrer Mutter.

Ihre Gedanken wurden von Victor unterbrochen, der ihr einen Kaffee und ein halbes Brötchen brachte. Er setzte sich zu ihr auf die Bettkante und stellte das Tablett vor sie. »Es ist alles vorbereitet. Der Wagen ist startklar.«

Camille nahm einen Schluck Kaffee und biss in das Brötchen. »Ich bin in zwanzig Minuten unten.«

Es hatte Frost gegeben, und im Lichtkegel des dunkelblauen Vans sah man den Raureif auf den Zweigen der Bäume. Victor fuhr langsam über die holprige Ausfahrt des Grundstücks. »Unser Gast soll ja nicht zu sehr durchgeschüttelt werden.«

»Wir sind gut in der Zeit«, sagte Camille, die warme Winterboots und einen Teddyfellmantel trug. »Um diese Uhrzeit sind die Straßen leer.«

Victor und Camille fuhren schweigend über die Autobahn in die Stadt. Sie hingen beide ihren eigenen Gedanken nach. Victor wusste, dass er Camille nach ihrem Rachefeldzug nicht mehr sehen würde. Sie waren wie Geschwister, bedingungslos zugewandt und füreinander da. Aber er begehrte sie auch, das hatte er in den letzten Wochen bemerkt. Wahrscheinlich war das schon immer so gewesen, nur durfte es nicht sein. Denn bedingungslose Liebe konnte es nur unter Kindern und Eltern und unter Geschwistern geben. Davon war er überzeugt. Und bedingungslose Liebe hielt Victor für ein höheres Gut als jegliches Begehren.

Sie näherten sich dem Alsterpark, der auf der Westseite der Außenalster in den Stadtteilen Harvestehude und Rotherbaum lag. Die Straßen waren menschenleer, und auch im Park war niemand unterwegs. Das würde sich allerdings ab etwa sechs Uhr ändern. Dann machten die ersten Jogger ihre Runde um die Alster. Doch bis dahin blieb genügend Zeit, um Fabian Schmitts Leiche an der prächtigen Robinie beim Alsteranleger Fährdamm und in der Nähe des Szenerestaurants »Alstergruß« abzulegen. Gut sichtbar für die Jogger.

Victor fuhr auf den Parkplatz am Fährdamm. Hier waren immer einige Autos über Nacht abgestellt. In der Regel hielt sich aber niemand in ihnen auf, aber das musste nichts heißen. Nach seinem Rundgang gab er Camille das verabredete Zeichen. Alles in Ordnung. Auch die Straßenlaterne am Ende des Parkplatzes war dunkel, dafür hatte Victor in der vorherigen Nacht gesorgt. Sie konnten also in Ruhe die Leiche entladen.

Sie zogen ihre Schutzanzüge an und machten sich an die Arbeit. Camille öffnete die Hecktür des Vans, und über zwei Rampen rollte Victor den Rollstuhl mit Schmitts Leiche heraus. Der Weg zur Robinie war nicht weit. Sie schoben den Rollstuhl auf dem gefrorenen Sandweg an der blauen Wassersäule vorbei. Die Robinie überspannte mit ihrer fast fünfundzwanzig Meter breiten und fünfzehn Meter hohen Krone den halb eingezäunten Rasenplatz. Sie hatte zwar alle Blätter abgeworfen, aber dafür hingen an den Zweigen schwarz-braune Hülsenfrüchte, die in dieser Nacht mit Raureif überzogen waren und ein mystisches Bild vor den Lichtern des gegenüberliegenden Ufers abgaben.

Victor und Camille fuhren den Rollstuhl ganz nah an die Robinie, holten den Leichnam aus der sterilen Hülle und setzten ihn mit dem Rücken Richtung Baumstamm vorsichtig ab. Sie hatten ihn so platziert, dass er von allen drei auf die Robinie zulaufenden Wegen gut zu sehen war.

Camille trat ein paar Schritte zurück und betrachtete ihr Werk. »Das entbehrt nicht einer gewissen, zugegebenermaßen morbiden Ästhetik«, sagte sie zufrieden. »Das kann so bleiben.«

Victor wollte gerade alle Abdrücke verwischen, als es zu schneien begann. »Das Schicksal meint es gut mit uns.«

»Ich mache noch ein Foto.« Camille holte ihr Prepaidhandy aus der Manteltasche.

»Die Jogger von heute haben ihr Handy immer dabei«, sagte Victor.

»Vielleicht.« Camille lächelte. »Aber ich will nichts dem Zufall überlassen.«

Es war vier Uhr zwanzig, als der Van den Parkplatz am Fährdamm verließ.

Pöppelmann hatte sich den Morgen anders vorgestellt. Nach der anstrengenden Verfolgungsjagd wollte er in aller Ruhe mit seinem Papagei Oskar frühstücken und so gegen zehn Uhr im Präsidium eintrudeln. Stattdessen stand er um fünf Uhr dreißig frierend vor einem Baum und starrte eine nackte männliche

Leiche ohne primäre Geschlechtsorgane an. Die vierte innerhalb von drei Wochen. Was er äußerst befremdlich fand, war die Art und Weise, wie er über den Fund benachrichtigt worden war. Ein Redakteur von Hamburgs größter Boulevardzeitung hatte ihm ein Foto auf sein Handy geschickt.

Und dieser Redakteur, Harald Blankenfeld, stand jetzt neben ihm. Und mit ihm fünf weitere Pressefritzen, die alle wilde Theorien miteinander austauschten und Fotos in Serie machten. Pöppelmann raufte sich die Haare. Weder die Schutzpolizei noch die Spurensicherung waren am Tatort. Auch von seinen Kollegen war noch nichts zu sehen. Nur Anna hatte sich gemeldet. Was sie allerdings schrieb, begriff Pöppelmann überhaupt nicht. *Bin in Kopenhagen. Brauche mindestens fünf Stunden.*

Er schüttelte den Kopf und atmete tief durch. Dann machte er sich daran, die Jogger, die offensichtlich als Erste am Tatort gewesen waren, von der Leiche fernzuhalten. Als die weiterlaufen wollten, hatte er ihnen wegen Behinderung der Polizeiarbeit mit Haftstrafen gedroht und sie so zum Warten bewogen. Inzwischen waren weitere Jogger vorbeigekommen, und die hatten natürlich auch ihre Handys gezückt. Doch Pöppelmann hatte es aufgegeben, sie davon abzuhalten, die Fotos kursierten sowieso schon im Netz. In den Online-Ausgaben aller Presseorgane sowie der meisten Online-Portale wurde der Fund der vierten nackten Leiche mit Sicherheit als Eilmeldung mit Foto publiziert. Er hoffte nur, dass überall ein schwarzer Balken über dem Unterleib lag.

»Das ist der Hammer, Pöppelmann.« Blankenfeld war völlig aus dem Häuschen. »Die Szenerie ist gigantisch. Fast schon ein Kunstwerk. Stell dir vor, die Sonne –« Weiter kam Blankenfeld nicht.

»Das ist hier keine Vernissage, sondern ein Mord. Hast du überhaupt kein Pietätsgefühl?«, brüllte Pöppelmann ihn an. Mit seiner heftigen Reaktion lenkte er die Aufmerksamkeit auch der übrigen Presseleute auf sich. Bevor die sich auf ihn stürzen und mit dämlichen Fragen behelligen konnten, bogen glücklicherweise fünf Polizeiwagen und ein Rettungswagen auf den Parkplatz ein und hüllten den Tatort in blaues Licht. Jetzt sah die ganze Szenerie zwar nicht gigantisch, dafür aber gespenstisch aus.

»Wieso dauert das so lange?«, schnauzte Pöppelmann. »Der ganze Tatort ist kontaminiert.«

»Hier sind überall Baustellen«, versuchte ein Beamter sich zu rechtfertigen.

»Ihr fahrt doch Streife. Wisst ihr das erst seit heute?«

»Pöppelmann«, war die Stimme des Einsatzleiters der Schutzpolizei zu hören, »beruhige dich. Das sind Nachtbaustellen.«

»Und davon wisst ihr nichts?« Pöppelmann winkte genervt ab. »Sperrt alles ab und schafft mir die Presseleute vom Hals.« Dann zeigte er auf die Gruppe von Joggern, die zitternd an der Wassersäule standen. »Die waren als Erste am Fundort. Nehmt die Personalien auf und befragt sie.«

Dann ging er zum Steg und zündete sich eine Zigarette an. Er musste sich erst einmal beruhigen. Viel Zeit blieb ihm jedoch nicht. Wenige Augenblicke später gesellten sich zwei Kollegen aus der Soko zu ihm.

»Wo kommt ihr denn jetzt her? Musstet ihr noch duschen?«

»Ich habe nach deinem Anruf Gerd abgeholt und bin dann sofort hergefahren«, sagte Laura, seine Stellvertreterin. »Aber es gab so viele Baustellen auf dem Weg.«

Pöppelmann lief rot an und warf seine Zigarette wütend auf den Boden. »Ich fasse es nicht.« Er war kurz vorm Platzen, doch dann sah er Freya kommen. Gefasst sprach er weiter: »Laura, du übernimmst hier. Und ich will wissen, von wo und welchem Handy die Presseleute das Foto bekommen haben. Ich gehe zu Freya und fahre dann ins Präsidium. In zwei Stunden will ich euren Bericht.«

Dann stapfte er Richtung Robinie, wo Freya sich gerade neben die Leiche kniete.

»Guten Morgen, Freya.«

»Schön, dich zu sehen, Pöppelmann.« Freya lächelte ihn an. »Auch wenn der Ort weniger erfreulich ist.«

»Das stimmt«, seufzte er. »Aber du bist ein Lichtblick.«

»Warst du gestern nicht auf Verbrecherjagd?«

»Doch, und die war erfolgreich. Wir haben den Haupttäter des dritten Mordes.«

»Und jetzt möchtest du ganz schnell von mir ein paar Informationen zu dieser Leiche.«

Pöppelmann nickte.

Freya beugte sich über den Toten. »Ich kann dir natürlich nichts Genaues sagen, aber die Amputation ist wieder von einem Rechtshänder ausgeführt worden.« Dann wanderte ihr Blick auf den Hals. »Interessant. Ich sehe keine Rötungen, aber auf den ersten Blick einen Einstich.« Freya schaute sich den Rücken und die Beine der Leiche an. »Und ich denke, dass auch dies nicht der Tatort ist, sondern nur der Ort für die Inszenierung.«

Pöppelmann hatte sich inzwischen an den Baumstamm gelehnt. »Also eher wie die bei den ersten Morden?«

Freya richtete sich auf und sah, dass Pöppelmann sich mit der linken Hand am Baumstamm abstützte. »Vorsicht. Nicht die Rinde anfassen.«

Pöppelmann schaute sie irritiert an.

»Robinien, und an einer solchen lehnst du gerade, sind giftig. Das gilt vor allem für die Rinde. Wenn du jetzt kleine Teile davon auf deiner Hand hast und dir den Mund abwischst, kannst du so ein kleines Teil verschlucken. Das kann zu Bauchschmerzen, Übelkeit und Brechreiz führen. Im schlimmsten Fall zu Krämpfen.« Freya nahm seine Hand und wischte sie mit einem Feuchttuch ab. Dann griff sie in ihre Tasche, holte ein Desinfektionsmittel heraus und besprühte die Hand. »Jetzt wirst du überleben«, sagte sie lachend.

»Wie schön.«

»Finde ich auch«, entgegnete Freya mit sanfter Stimme.

»Kann ich später mal zur Kontrolluntersuchung vorbeikommen?«

»Jederzeit, Herr Kommissar.« Freya wandte sich wieder der Leiche zu, drehte sich aber noch einmal zu Pöppelmann um.

»Und um deine Frage zu beantworten: Ja, es gleicht den ersten beiden Morden.«

»Danke, Freya.« Pöppelmann lächelte. »Bis später.«

50

Freitag, 1.2.2019

Zille saß am Frühstückstisch und schlürfte seinen Espresso. Es war merkwürdig, aber er vermisste Britta jetzt schon, obwohl sie privat erst wenig Zeit miteinander verbracht hatten. Zille schmunzelte. Aber eben eine sehr intensive. Sie war auf dem Weg nach Wiesbaden, um die letzten Schritte für die Zerschlagung der Kaukasus-Connection zu koordinieren. Sollte die Aktion Erfolg haben, und er zweifelte keinen Augenblick daran, würde das auch in Hamburg ein kleines Erdbeben auslösen.

Zille klappte seinen Laptop auf. Er wollte sich wie jeden Morgen die Online-Nachrichten der Zeitungen ansehen. Er war um sechs Uhr von dem nervigen immerwährenden Piepen seines Handys geweckt worden und hätte fast einen Herzschlag bekommen, als er im Halbschlaf das Foto des toten Fabian Schmitt auf dem Display sah. Pöppelmann hatte es ihm vor einer halben Stunde geschickt.

Die nächste nackte Leiche. Presse!!! hat mich informiert.

Er war auf der Stelle wach gewesen und entgegen seiner sonstigen Angewohnheit sofort aus dem Bett gesprungen. Wieso Fabian Schmitt? Altersmäßig passte er nicht ins Muster. Und er war ein Tatverdächtiger. Zille schickte das Foto mit den kurzen Infos an Elias und Janne. Sobald sie aus Norwegen zurück war, würden sie sich zusammensetzen müssen. Er musste an den Fundort, wollte aber auf jeden Fall noch einen Blick auf die Online-Nachrichten werfen. Wenn die Presse schon ein Foto hatte, dann hatte sie es auch veröffentlicht.

Und er täuschte sich nicht. Die Schlagzeilen der Eilmeldungen lieferten sich einen Wettbewerb um die blumigsten Formulierungen. Zilles eindeutiger Favorit war die Schlagzeile »Zum Sterben schön – Männer hassender Vamp inszeniert den Tod wie ein Gemälde«. Und er musste zugeben, dass die Inszenierung auf dem Foto von einer mystischen Symbolkraft war.

Zille griff zu seiner Espressotasse, stellte aber fest, dass sie leer war. Er musste zum Fundort, der, da war er sich sicher, nicht der Tatort war. Bald fuhr er mit seinem Wagen Richtung Alsterpark. Eine Viertelstunde blieb ihm für ein paar Überlegungen.

Der Tote an der HafenCity Universität war ein Trittbrettfahrermord, der aufgeklärt war und mit den anderen Morden nichts zu tun hatte. Bei den beiden anderen Morden hatten sie keinerlei Hinweise auf den möglichen Täter oder, wahrscheinlicher, die Täterin. Fest stand für ihn, dass diese beiden Morde zusammenhingen und von derselben Person ausgeführt worden waren. Wahrscheinlich war der neue Mord ebenfalls von dieser Person verübt worden.

Wieder ein Mann. Wieder nackt und ohne Penis. Und der Ort lag an einer beliebten Laufstrecke in den Morgenstunden. Zille war so in Gedanken, dass er eine rote Ampel überfuhr. »Scheiße«, fluchte er leise, »wir haben es mit einem Serienmörder oder einer Serienmörderin zu tun.«

Zu seiner Linken lag schon die Außenalster, und die Blaulichter der Polizeiwagen wiesen ihm den Weg. Er stellte seinen Wagen unter eine defekte Straßenlaterne, die am Ende des Parkplatzes stand. Dann schritt er langsam auf den Baum und die Leiche zu. Doch sowohl die vielen Menschen als auch die Blaulichter und Scheinwerfer störten seine Wahrnehmung. So konnte die Inszenierung nicht auf ihn wirken, sie entsprach einfach nicht der Abbildung auf dem Foto.

Freya kam auf ihn zu. Sie hatte offensichtlich die erste Untersuchung beendet. Sie winkte ihn zur Seite und kam gleich zur Sache. »Ich bin in Eile. Pöppelmann will in zwei Stunden Fakten.«

Zille grinste. »Verstehe. Trotzdem kommst du mir so nicht davon, liebste Freya.«

»Die Kurzform: Sieht aus wie bei den beiden ersten Morden, mit kleinen Abweichungen.«

Zille blickte sie fragend an.

»Vermutlich derselbe Täter.«

»Oder Täterin.«

Freya verdrehte die Augen. »Alles ohne Gewähr. Nur eins kann ich jetzt schon mit Sicherheit sagen: Das ist nicht der Tatort.« Dann machte sie sich auf den Weg.

Zille schaute sich um und entdeckte Laura. »Wo ist Pöppelmann?«

»Im Präsidium.«

»Von wem hat er das Foto?«

»Von Blankenfeld.«

»Und von wem hat der es?«

»Wissen wir nicht. Vermutlich vom Täter. Kam von einem Prepaidhandy.«

»Wann hat er es bekommen?«

»So um halb fünf.«

»Wahrscheinlich kurz nachdem die Leiche hier abgelegt worden war.«

»Und im Abstand von etwa zehn Minuten ist es auch noch bei vier weiteren Pressevertretern gelandet. Beim letzten so gegen Viertel nach fünf. Natürlich auch von einem Prepaidhandy.«

»Clever, dann ist der Täter oder die Täterin fünfundvierzig Minuten durch die Stadt gefahren und war dabei sicher nicht auf dem Weg nach Hause.«

Laura trat von einem Bein auf das andere. Man konnte sehen, dass sie bitterlich fror. »Dann hilft es uns nicht, wenn wir herausfinden, bei welchem Sendemast das Handy eingeloggt war?«

»Nee, zumal das Handy sicher jetzt in irgendeinem Fleet liegt.«

»Gut, dann können wir uns die Arbeit sparen.«

»Genau, aber ich habe einen anderen Job für dich.« Zille sah ihr in die Augen. »Sorg dafür, dass möglichst schnell und für zehn Minuten die Blaulichter und die Scheinwerfer ausgestellt werden.«

Laura zog die Augenbrauen zusammen.

»Und alle Kollegen hinter die Absperrung gehen.«

»Ist das dein Ernst?«

Zille nickte. »Noch was. Sag den Sanitätern, sie sollen die Abdeckung von der Leiche nehmen.«

Nach fünf Minuten waren alle Lichter aus, die Leiche wieder nackt, und Zille hatte den Fundort für sich. Es war zwar inzwischen schon etwas heller geworden, aber er versuchte, sich dennoch auf das Szenario einzulassen. Zunächst suchte er den Standort, von dem das Foto aufgenommen worden war. Zehn Meter entfernt von der Leiche, die an dem mächtigen, dunklen Baumstamm regelrecht klein wirkte. Im Kontrast dazu die Äste, die mit leichtem Schneepulver überzogen waren und so der Krone etwas Verspieltes gaben. Im Hintergrund das Wasser der Außenalster, in dem sich die Lichter vom gegenüberliegenden Ufer spiegelten.

Zille ging einmal um den Baum herum. Der Aufnahmestandort war perfekt. Selbst wenn man den Schnee nicht mitdachte, das war schließlich nicht planbar, lag in der Tat etwas Mystisches über dieser Szenerie. Zufall? Oder der krönende Abschluss? Zille ging zur Leiche und betrachtete sie einige Minuten.

»Zille, die Kollegen der Spurensicherung müssen weiterarbeiten. Bis zehn Uhr will Pöppelmann einen vorläufigen Bericht.«

Laura war hinter ihn getreten.

Zille nickte, drehte sich um und ging. »Bis später«, murmelte er noch.

Im Auto nahm er einen kleinen Block aus der Ablage und notierte sich einige Stichworte. Erste Eindrücke, die er so frisch wie möglich festhalten wollte. Er würde sie noch einmal mit den anderen Aufzeichnungen vergleichen. Irgendetwas hatte er übersehen. Er wusste nur nicht, was. Das Handy klingelte.

»Zille, du musst schnell ins Präsidium kommen.« Pöppelmann war am anderen Ende der Leitung. »Dürkopp hat für zwölf Uhr eine PK angesetzt.«

Zille schaute auf die Uhr. »Das ist in viereinhalb Stunden. Was will er da erzählen?«

»Nichts. Wir sollen was erzählen.«

»Mein Gott, muss der unter Druck stehen.«

»Du hast doch sicher schon die Kommentare im Netz gelesen.« Pöppelmann schnaufte. »Er will, dass wir der Presse etwas liefern, bevor sie uns völliges Versagen vorwerfen.«

»Ja, das wäre auch schlecht für seine Karriere«, brummte Zille. »Jetzt, wo der Oberstaatsanwalt in den vorzeitigen Ruhestand versetzt wurde, hat er natürlich ein Auge auf den Job geworfen.«

»Also, wie lange brauchst du?«

Zwanzig Minuten später war Zille im Präsidium. Er hatte Franzbrötchen und zwei Latte im Gepäck. Pöppelmann lag mit dem Oberkörper auf seinem Schreibtisch und schnarchte vor sich hin. Als Zille die Tür mit dem Fuß zustieß, schreckte er hoch.

»Mensch, noch nicht mal im Büro kann man in Ruhe schlafen.« Er rieb sich die Augen. »Hätte der Mörder …«

»… oder die Mörderin …«

»… nicht einen Tag warten können?«

Zille setzte sich in den Besucherstuhl, gab Pöppelmann einen Kaffeebecher und legte die Tüte mit Franzbrötchen auf den Schreibtisch. »Wir werden das bei ihrer …«

»… oder seiner …« Pöppelmann grinste.

»… Verhaftung thematisieren.«

Pöppelmann trank einen Schluck vom Kaffee und nahm sich ein Franzbrötchen. »Das war ein Schock heute Morgen«, sagte er. »Hatte abends ein, zwei Bier getrunken, um nach diesem gestrigen Tag wieder runterzukommen.« Er biss in das Franzbrötchen. »Vielleicht waren es auch drei.«

»Mit anderen Worten, du bist angetrunken ins Bett.«

Pöppelmann zuckte mit den Schultern. »Konnte ich ahnen, dass mich um fünf Uhr morgens dieses Foto vom Toten überfällt?« Er schaute Zille an. »Nein, konnte ich nicht.«

Zille stützte sich mit seinen Ellenbogen auf den Schreibtisch, legte die Handflächen zusammen und berührte mit den Fingerspitzen seine Nase. »Der Tote war Fabian Schmitt. Ich habe ihn auf den Überwachungsvideos von PUReTASTe, der Firma des dritten Toten, gesehen und wiedererkannt.«

»Das war doch der Typ mit dem Schwarzstaub am Mantel, der bei Sandvik im Industrieweg war.«

»Genau. Und der hat ja laut Sandvik den Auftrag zur Tötung von Jochen Oven gegeben. Aber war das nur seine Idee?«

»Die Frage verstehe ich nicht.«

»Auf dem Überwachungsvideo war nicht nur Schmitt, sondern auch Sylvia Braunsfeld. Beide Mitglieder in der Gesellschaft für freien Handel.«

»Das heißt, wir haben schon wieder einen nackten Toten von diesem Verein?

»So ist es.«

»Das kann kein Zufall sein.«

»Sehe ich auch so. Zumal die anderen Toten, von Oven abgesehen, in einem geheimen Führungsgremium der Gesellschaft aktiv waren, das im Wesentlichen krumme Geschäfte organisiert.« Zille sah Pöppelmanns fragendes Gesicht. »Weiß ich alles von Britta. Das BKA ist denen auf der Spur.«

»Ist da ein Motiv zu suchen?«

»Vielleicht. Vielleicht aber auch nicht.«

Pöppelmann verdrehte die Augen. »Sehr geistreich, Herr Analytiker.«

»Es könnte um konkurrierende Geschäftsinteressen gehen, oder aber es sind interne Machtkämpfe der Gesellschaft. Ich tippe auf die letzte Variante.«

»Dann müssten wir in diesem Umfeld suchen.«

»Deshalb müssen wir Sylvia Braunsfeld noch mal einen Besuch abstatten. Ich mache einen Termin.« Und mit einem süffisanten Unterton fügte Zille hinzu: »Sie wird sich freuen.«

»Gut«, Pöppelmann stand auf und streckte sich, »uns sitzt aber die PK im Nacken. »Wir wissen, wer Jochen Oven ermordet hat, und wir kennen den Auftraggeber.« Pöppelmann machte ein zufriedenes Gesicht und ließ sich wieder in seinen Stuhl fallen. »Das sind doch schon mal brauchbare Informationen für die Veranstaltung.«

»Der Mord an Oven ist aufgeklärt. Aber wir müssen uns auf jeden Fall beim BKA rückversichern, was wir über Sandvik erzählen können.« Zille nippte an seinem Latte. »Bevor wir mit Dürkopp sprechen.«

»Um zehn Uhr dreißig ist Vorbesprechung.«

»Ich rufe Britta an.« Zille schwieg einen Moment. Er machte ein unzufriedenes Gesicht. »Dumm ist nur, dass wir auf der PK nicht viel sagen können, außer dass wir es mit hoher Wahrscheinlichkeit mit einem Serienmörder oder einer Serienmörderin zu tun haben.« Er warf seinen Kaffeebecher zielsicher in den zwei Meter entfernten Papierkorb. »Diese Erkenntnis wird die Presse nicht von unseren kriminalistischen Fähigkeiten überzeugen.«

»Um zehn Uhr bekomme ich den ersten Bericht von der Spurensicherung, und ich hoffe inständig, dass meine Leute auch noch ein paar brauchbare Informationen haben.«

Zille winkte ab. »Die werden nichts Neues finden. Und die Handydaten kannst du auch vergessen. Die Fotos sind im Abstand von zehn Minuten an die Presse verschickt worden. Also kreuz und quer in Hamburg.«

»Dann können wir doch die Infos in Bezug auf die krummen Geschäfte der Gesellschaft in die Welt setzen.«

Zille hob die Hände. »Auf keinen Fall. Das ist BKA-Sache.« In diesem Moment klingelte sein Handy, und er hielt es hoch. »BKA.«

»Wenn man vom Teufel spricht.« Pöppelmann zeigte auf das zweite Franzbrötchen.

»Nimm es, ich hab schon gefrühstückt.« Zille ging vor die Tür.

Pöppelmann verspeiste genüsslich das Franzbrötchen, dieses wunderbare aus Plunderteig bestehende süße mit Zimt gefüllte Gebäck. Anschließend überkam ihn eine wohlige Müdigkeit, und er schloss die Augen und dachte an Freya. Wie lange er gedöst hatte, wusste er nicht. Es war jedenfalls wieder Zille, der ihn aus dem angenehmen Wachtraum holte.

»Wir müssen die PK absagen.«

Pöppelmann öffnete die Augen und schaute Zille erstaunt an. Er dauerte einige Sekunden, bis Pöppelmann realisierte, wo er sich befand.

»Tut mir leid, wenn ich dich aus den Armen von Freya gerissen habe.«

»Wie kommst du –«, stotterte Pöppelmann mit rotem Kopf.

»Wir können nichts über Sandvik erzählen und damit auch nicht die Geschichte vom Auftraggeber.« Zille zuckte mit den Schultern. »Britta hat einen Deal mit Sandvik ausgehandelt, um Informationen zu kriegen. Mehr weiß ich auch nicht.«

»Aber Dürkopp will die PK machen.«

»Ich vermute, dass der LKA-Chef ihn gerade auf Linie bringt.« Zille nahm sich ein Blatt, notierte ein paar Stichworte und las vor: »›Mord an Jochen Oven aufgeklärt, wurde von Trittbrettfahrer verübt, weitere Infos aus ermittlungstechnischen Gründen später. Vierter Mord im Alsterpark: wahrscheinlich derselbe Täter oder dieselbe Täterin wie bei den Morden an Brievenbusch und Kettenbach, damit Serienmörder oder Serienmörderin. Zitieren aus Bericht Spurensicherung und aus dem vorläufigen Bericht von Freya.‹« Dann reichte er das Blatt Pöppelmann.

»Was soll ich damit?«

»Mit unserer Pressesprecherin eine Pressemitteilung schreiben, die sie Dürkopp gibt.«

»Und was machst du?«

»Ich muss meine Unterlagen von allen Morden noch mal durchgehen.«

»Meinst du, du findest dort einen Hinweis auf den Serienmörder?«, fragte Pöppelmann.

»Oder die Serienmörderin.«

»Ich hasse dieses Gendern.«

»Es geht nur darum, in alle Richtungen zu ermitteln und nicht fünfzig Prozent der Bevölkerung auszuschließen. Auch bei unangenehmen Dingen.«

»Wusste gar nicht, dass du ein Feminist bist«, warf Pöppelmann grinsend ein.
»Ich bin Analytiker«, erwiderte Zille.

51

Freitag, 1.2.2019

Das Foto vom toten Schmitt war neben den Fotos von Brievenbusch und Kettenbach auf dem Smartboard zu sehen. Elias stand davor und betrachtete sie abwechselnd. Drei Morde, ein Täter, Mann oder Frau. Auf jeden Fall ein Serienkiller. Warum tötet man Männer, um ihnen anschließend den Penis abzuschneiden, sie zu rasieren und dann öffentlich zur Schau zu stellen? Elias war überzeugt, wenn sie das Motiv kannten, würden sie auch wissen, wer gemordet hatte. Er ging in die Küche und bereitete sich einen Mokka zu. Wenige Minuten später stand Zille vor der Tür.

»Sahst auch schon mal fitter aus.«

»Das frühe Aufstehen macht mich fertig.«

Elias lächelte. »Mein Mokka wird dich auf die Beine bringen.«

Nachdem sie beide ihren extrastarken Kaffee geschlürft hatten, machten sie sich an die Arbeit. Zille zeigte Elias ein paar weitere Fotos vom Fundort und versorgte ihn mit den neuesten Informationen.

»Die Tat ist den ersten beiden Morden sehr ähnlich. Schmitt war mindestens schon zwanzig Stunden tot, bevor er an die Fundstelle gebracht wurde. Tod wieder durch eine Überdosis Natriumpentothal, wobei die Betäubung, um die Spritze vernünftig zu setzen, diesmal oral erfolgt sein muss. Womit, ist noch nicht klar. Der Schnitt am Glied mit der rechten Hand, wieder sehr präzise. Schamhaare waren auch keine vorhanden, diesmal wurden sie allerdings nicht abrasiert, sondern Freya vermutet, dass Schmitt sie selbst durch Waxing hat entfernen lassen. Dafür sind diesmal die Augenbrauen rasiert.«

Elias nickte. »Und wieder eine frequentierte Stelle als Fundort.«

»Das schon«, Zille zeigte auf das Foto des Toten, »diesmal haben Täter oder Täterin aber selbst dafür gesorgt, dass die Inszenierung öffentlich wurde.«

»Warum?«

»Sie wollten sicher sein.«

»Aber warum dann dieser Ort, an dem morgens immer Jogger vorbeikommen?« Elias zog die Stirn kraus. »Irgendeiner hätte mit Sicherheit einen Schnappschuss gemacht.«

»Das stimmt.« Zille ging zum Foto. »Und der Ort war auch wichtig. Dieses Foto ist mystisch.«

»Ich würde apokalyptisch sagen.« Elias kratzte sich an seinem Dreitagebart. »Dunkel, geheimnisvoll, auf das Ende hinweisend.«

Zille blickte Elias an. »Projiziere doch mal die Fotos der drei Toten nebeneinander auf das Smartboard.«

Elias nickte.

»Kannst du die vergrößern?«

»Klar.« Während Elias zum Smartboard ging, wühlte Zille in seiner Tasche herum und zog seine Notizen heraus.

»Was willst du sehen?«, fragte Elias.

»Die Augen.«

Elias vergrößerte die Fotos. Jetzt waren nur die Gesichter der Toten zu sehen.

Zille kam mit seinen Notizen in der Hand zu Elias. »Ich habe mir bei Kettenbach notiert, dass seine Augen halb geschlossen –«

»Oder halb offen …«

»… waren. Bei Schmitt waren die Augen definitiv geschlossen.« Zille blätterte in den Unterlagen. »Scheiße, bei Brievenbusch steht nichts über die Augen.«

Elias vergrößerte das Gesicht von Brievenbusch. »Da kann man nichts erkennen. Nur Pixel.«

»Ich rufe Freya an.«

»Gut, ich mache so lange noch einen Mokka.«

Zehn Minuten später kam Zille zu Elias in die Küche. »Er hatte die Augen offen. Einen starren Blick.«

»Wobei das ungewöhnlich ist. Zwei Drittel aller Toten haben die Augen geschlossen.«

»Ich weiß. Aber die meisten davon sind auch nicht ermordet worden.«

Die beiden Männer schauten sich an und tranken ihren Mokka. Elias ergriff als Erster das Wort. »Offen, halb geschlossen, geschlossen. Das Ende der Serie?«

»Ich denke eben in alle Richtungen.« Zille stand auf und lehnte sich an die Küchenzeile. »Wusstest du eigentlich, dass im klassischen Schamanismus der Baum eine große Rolle spielt?«

Elias schüttelte den Kopf. »Das war mir bisher nicht bekannt.«

»Ich bin mal in den USA einem Schamanen begegnet, und der hat mir erklärt, dass der Baum das Zentrum der Welt ist, aber auch die reale Welt mit der Unterwelt und dem Himmel verbindet. Und über einen ganz besonderen Baum, den sogenannten Weltenbaum, kann man mit den einzelnen Bereichen Verbindung aufnehmen. Wie auf einem Fluss. Du kannst aufwärts- und abwärtsfahren. Für Schamanen ist das wie eine Seelenreise, mit der du in das Reich der Geister und Götter kommst oder mit den Toten in Kontakt treten kannst.«

Elias kannte Zilles Geschichten, jetzt war allerdings auch er ein wenig irritiert.

Zille war Elias' Skepsis nicht entgangen, er ließ sich aber in seinen Ausführungen nicht beirren. »Diese Begegnung fiel mir wieder ein, als ich das Foto vom toten Fabian Schmitt betrachtete. Die Robinie, an die er angelehnt war, ist ein prächtiger Baum. Auch die Buche, an der Kettenbach lag, ragte majestätisch in den Himmel.«

»Du meinst, es handelt sich um Weltenbäume?«

»Ich frage mich nur, ob die Bäume bei der Inszenierung der Morde eine Bedeutung haben.«

»Du meinst, es ging nicht nur darum, dass viele Menschen diese Orte frequentieren?«, fragte Elias.

»Genau. Der Baum als Symbol für die Verbindung von Himmel und Hölle. Gut und Böse.« Zille legte eine Kunstpause ein. »Und an diesen symbolträchtigen Bäumen lehnen nackte, tote Männer.«

»Und was ist mit dem Alten Schweden? Die Leiche war an einen Felsen gelehnt.«

»Der Fels als Symbol für Unbeweglichkeit, Intoleranz, emotionale Kälte, innere Verhärtung, alles Attribute, die hauptsächlich auf Männer zutreffen.«

»Mal angenommen, Bäume und Felsen spielen als Symbole tatsächlich eine Rolle, was schließt du daraus?«

»Symbolhafte Zuschreibungen, Esoterik, Spiritualität sprechen vor allem gebildete Frauen im Alter zwischen vierzig und fünfundsechzig Jahren an.«

»Du meinst, wir haben es mit einer Täterin zu tun?« Elias kratzte sich wieder an seinem Dreitagebart. »Und warum schneidet sie den Opfern den Schwanz ab? Ist sie doch eine Männerhasserin?«

»Nein, das glaube ich nicht. Das Motiv liegt nicht in einem allgemeinen Männerhass. Ich denke, es geht um Rache für etwas ganz Spezifisches.« Zille machte ein nachdenkliches Gesicht. »Die emotionale Grundlage für Rachegefühle entsteht aus Enttäuschung, Wut, Verzweiflung, erfahrenem Unrecht. Wer sich rächt, fühlt sich danach besser. Oder hofft zumindest darauf. Es geht ums Heimzahlen und in unseren Fällen auch um eine Botschaft.«

»Wie mit den Augen und dem apokalyptischen Foto.«

»Ja, am Ende der Mordserie werden der Leiche die Augen geschlossen, damit sie nicht mehr in Kontakt mit den Lebenden, der möglichen Täterin, treten und ihr so Unheil bringen kann. So hat man das früher gemacht.«

Elias zog die Augenbrauen zusammen. »Man hat den Toten aber auch den Mund zugenäht.«

»Es geht nur um das Symbolhafte, vom starren Blick zum

geschlossenen Auge«, erklärte Zille. »Und das Foto des letzten Toten hat die Täterin selbst gemacht, weil sie genau diese Wirkung, wie du sie beschrieben hast und übrigens auch Blankenfeld vom Revolverblatt, erzielen wollte. ›Zum Sterben schön, der Tod wie ein Gemälde‹.«

»Sehr pathetisch.« Elias überlegte. »Wir suchen also eine reifere Frau, spirituell und gebildet, zudem medizinisch bewandert, die möglicherweise ein schlimmes traumatisches Erlebnis hatte.«

»Hast du eine andere Idee?«

»Ja. Wir trinken einen Brandy.«

52

Freitag, 1.2.2019

Janne saß seit vier Stunden in einem Auto, das sie am Flughafen Oslo-Gardermoen für drei Tage gemietet hatte, und war auf dem Weg nach Hause. Ein merkwürdiges Gefühl. Ihr letzter Besuch lag fast ein Jahr zurück, und ihre Eltern hatten wieder einmal kaum Zeit gehabt. So war sie wie früher in ihrer Kindheit mehr bei ihrer *farmor* gewesen, wie die Großmutter väterlicherseits auf Skandinavisch heißt, und jetzt würde sie sie wahrscheinlich das letzte Mal sehen. Dabei hatte sie noch so viele Fragen.

Janne bekam einen Kloß im Hals. Sie war seit über fünf Stunden mit dem Auto unterwegs und wurde müde. An der nächsten Tankstelle würde sie einen Kaffee trinken. Sie hatte Glück. Der Tankwart öffnete gerade die Türen seines Kiosks, und die Kaffeemaschine lief auf Hochtouren.

Sie blickte auf ihr Handy und hatte zwei Nachrichten. Einen Morgengruß von Anna und eine Nachricht von Zille. Letztere zeigte den toten, nackten Fabian Schmitt. Ein surreales Foto, fand Janne. Sie textete Zille zurück, dass sie am Sonntag zurückkommen und sich melden würde. Der Coffee to go war fertig, und Janne setzte ihre Reise fort. Sie trank einen Schluck Kaffee und fuhr am Eidfjord vorbei. Sie hatte keinen Blick für die wunderbare Landschaft, nur der Schnee auf den Berggipfeln war ihr aufgefallen. Vielleicht würde sie Zeit finden, um eine Runde auf dem Fløyen zu laufen. Sie überquerte die Hardangerbrücke. Jetzt waren es noch zwei Stunden bis Bergen.

Um acht Uhr stellte sie den Toyota vor dem Haus im Fjellveien ab. Ihre Mutter öffnete die Tür und nahm sie in den Arm.

»Wie schön, dass du kommen konntest.«

»Ich war zu lange nicht mehr hier«, sagte Janne mit einem Seufzer.

Ihre Mutter lächelte. »Aber jetzt bist du hier. Und das ist gut.«

»Wo ist Papa?«

»Bei deiner Großmutter. Sie lebt seit einem halben Jahr in der Einliegerwohnung gemeinsam mit ihrer Pflegerin.«

Ihre Mutter nahm Jannes Reisetasche. »Ich bringe sie in dein altes Zimmer. Geh du zu den beiden, vielleicht kriegst du einen Kaffee.«

Janne blickte ihrer Mutter hinterher. Ihre fünfundfünfzig Jahre sah man ihr nicht an. Sie machte einen sportlichen Eindruck, ihre Haut war fast faltenlos, und ihr schönes, rundes Gesicht wurde durch die kurz geschnittenen Haare betont.

Janne ging durch den langen Flur und betrat die Einliegerwohnung, in der eine Zeit lang ihre Freundin Liv Hauge gewohnt hatte. Sie hatte ihr geschrieben, dass sie am Wochenende in Bergen sei. Aber Liv arbeitete in Tromsø. Sie rechnete nicht damit, dass sie in Bergen zu einem Glas Tee auftauchen würde.

Janne klopfte an die Tür und betrat das Schlafzimmer. Dort stand ihr Vater vor einem Pflegebett, in dem eine abgemagerte Frau mit blassem, eingefallenem Gesicht lag: ihre Großmutter. Janne erschrak. Klar, ihre Großmutter war alt, vierundneunzig Jahre, da durfte man auch Falten haben und gebrechlich sein. Doch Janne kannte ihre Großmutter nur als zähe und rüstige alte Frau.

Bei ihrem letzten Besuch vor zehn Monaten hatte sie mit ihr noch in ihrem Garten Unkraut gerupft. Janne spürte, wie ihr die Tränen kamen, aber sie riss sich zusammen. »Hallo, ihr beiden.« Sie lief zu ihrer Großmutter, beugte sie sich zu ihr hinunter und gab ihr einen Kuss auf die Wange. »Schön, dich zu sehen.« Dann nahm sie ihren Vater in den Arm. »Wie geht es euch?«

»Jetzt, wo du hier bist, sehr viel besser«, sagte ihre Großmutter mit piepsiger Stimme.

»Jetzt denkt sie wahrscheinlich, dass du ihr Eier und Speck zum Frühstück bringst.« Ihr Vater lächelte müde. »Ich freue mich, dass du gekommen bist.«

»Eure Nachricht hat sich dramatisch angehört.«

»Später«, antwortete ihr Vater im Flüsterton. Dann zeigte er auf einen Beistelltisch. »Dort steht ihr Frühstück. Vielleicht isst sie mit dir zusammen den Haferbrei.«

Janne schaute ihren Vater verwundert an.

»Du musst sie füttern.«

»Okay, kein Problem.« Janne setzte sich neben das Bett und zog den Beistelltisch heran. »Gibst du mir die Hälfte ab? Ich hab nämlich Hunger.«

»Wenn sie Lust hat, kannst du mit ihr nach dem Frühstück spazieren gehen«, schlug ihr Vater vor.

Janne brauchte eine Weile, bis sie ihre Großmutter angezogen und in den Rollstuhl gesetzt hatte. Sie legte ihrer Großmutter noch eine Decke über die dünnen Beine, dann schob sie den Rollstuhl auf den leicht mit Schnee bedeckten Fjellveien. Glücklicherweise war es nicht so kalt, die Temperatur lag bei etwas über null Grad Celsius. Janne hatte sich ihre alte Daunenjacke aus dem Schrank geholt, und jetzt gingen sie Richtung Toppetue Kiosk, an dem sich Janne als Jugendliche mit Süßigkeiten eingedeckt hatte. Am Kiosk machte sie eine kleine Rast. Janne schob den Rollstuhl neben die Bank und setzte sich neben ihre Großmutter. Eine Weile saßen sie schweigend und blickten auf den Hafen.

»Was für ein schöner Ausblick«, sagte Janne. »Der Hafen, Bryggen, der Rosenkrantzturm, das kann man alles von hier aus sehen.«

»Und die Fjorde«, sagte ihre Großmutter leise.

Janne schaute sie an. Sie hatte einen starren Blick, so wie früher, wenn sie ihre Absencen hatte. »Komm, wir gehen zurück, bevor dir kalt wird.«

Doch ihre Großmutter reagierte nicht. Sie summte ein Lied. Die Melodie kam Janne bekannt vor, sie konnte sich aber nicht erinnern, woher. Sie war plötzlich traurig und melancholisch. Janne spürte, wie ihre Augen feucht wurden.

»*Farmor*, was ist das für ein Lied?«

Ihre Großmutter griff nach ihrer Hand. »Die Kälte habe ich mein Leben lang ausgehalten. Meinen Schmerz nicht.« Sie schaute immer noch auf den Fjord. »Ich rieche den Fjord. Ich habe ihn immer gerochen.« Sie drehte sich zu Janne. »Fahr mich zurück, mein Kind. Ich bin müde.«

Eine Viertelstunde später waren sie wieder am Haus ihrer Eltern. Wenke, die Pflegerin, war vom Einkaufen zurück und half Janne, ihre Großmutter ins Bett zu bringen. Bevor Janne ging, hielt ihre Großmutter sie am Arm fest und winkte sie zu sich herunter.

»Das Lied«, flüsterte sie, »muss ich immer summen, wenn ich den Schmerz spüre, der mir damals zugefügt wurde.« Ihre Stimme wurde immer leiser, und dann schloss sie die Augen.

In dem Moment fiel Janne ein, wo sie das Lied gehört hatte. In einem Traum. Nachdem sie Camille Tollien besucht hatten. Die Dämonen hatten es gesungen.

»Seit Wochen weigert sie sich, vor die Tür zu gehen.« Ove Bakken schaute seine Tochter an. »Bei dir hat sie ohne jeden Protest in den Spaziergang eingewilligt.«

Janne lachte. »Morgen will sie mit mir in ihr Haus gehen.«

»Du bedeutest ihr sehr viel.«

»Wir haben unterwegs eine Pause am Kiosk gemacht. Wir haben auf die Stadt und das Wasser geblickt.« Janne überlegte einen Moment. »Da hat sie wieder diese Absencen bekommen. Wie früher. Ich glaube, sie ist dann in einer anderen Welt.«

Ihr Vater nickte. »Das ist sie, Janne.«

»Und dann hat sie diese Melodie gesummt.« Janne summte es ihren Eltern vor. »Ich kenne diese Melodie. Aus einem Traum, den ich vor ein paar Tagen hatte.«

»Vielleicht hat Hilda sie dir früher vorgesungen«, sagte ihre Mutter.

»Nein«, antwortete Janne bestimmt. »Das hat sie nicht.«

»Ich kenne diese Melodie auch«, sagte ihr Vater. »Ich habe sie aber nur ein einziges Mal richtig gehört. Doch ich bin mir sicher, sie summt sie immer, wenn sie ihre Absencen hat und an das denkt, was man ihr früher angetan hat.«

Janne blickte ihren Vater verwirrt an.

Isabel Bakken stand auf und holte eine Flasche Aquavit und drei Gläser. »Diesen Teil der Familiengeschichte musst du deiner Tochter jetzt wohl erzählen.« Sie stellte die Flasche vor ihren Mann, der die Gläser vollschenkte. Dann prostete er den beiden Frauen zu. »Auf Hilda.«

Er trank sein Glas mit einem Schluck aus und stellte es auf den Tisch. Einige Aquavit später kannte Janne die traurige Geschichte ihrer Großmutter. Sie hatte als junge Frau während der Besatzungszeit der Nazis in Norwegen in Haugesund im Casino der Wehrmacht in der Küche ausgeholfen und sich mit einigen der deutschen Offiziere angefreundet. Das wurde ihr nach dem Krieg zum Verhängnis, und so ging es damals vielen Frauen. Sie wurde von einer ehemaligen Kollegin als Deutschenhure denunziert und der Kollaboration bezichtigt. In einer Strafaktion wurden ihr die Haare und Augenbrauen geschoren. Anschließend trieb man sie unter dem Beifall umherstehender Menschen aus der Stadt.

»Hat deine Mutter dir das alles erzählt?«, fragte Janne ihren Vater.

»Nein, ich bin zufällig vor etwa fünfzehn Jahren auf einen Artikel in einer norwegischen Tageszeitung vom September 1949 gestoßen, wo dieser Vorfall als amüsante Anekdote beschrieben wurde. Ohne Namen zu nennen. Aber ich hatte eine Ahnung.«

Isabel Bakken legte ihre Hand auf die ihres Mannes und schaute Janne an. »Auch dein Vater hatte übrigens diese Absencen und sogar Flashbacks.«

»Stroboskopartig und wirr wie in einem Videoclip blitzten sie vor mir auf: Hände, Münder, höhnisch grinsende Fratzen, johlende Menschen, Messer, Pistolen, Scheren, Haare, weinende Kinder, fliehende Frauen. Alles flimmerte mir vor den Augen, manchmal nur Sekunden.«

Janne hörte gebannt zu. »Und als du dann den Artikel gelesen hattest, lag die Vermutung nahe, dass das etwas mit deiner Mutter zu tun hatte.«

Ove Bakken nickte.

»Und du denkst, wenn sie ihre Absencen durchlebt, hat *farmor* auch Bilder aus dieser Zeit vor Augen?«

»Das glaube ich. Und um den Schmerz zu ertragen, summt sie immer dieses Lied.«

Ove Bakken begann zu summen und Janne zu singen:

»Ich möchte gerne schlafen,
doch ich kann es nicht.
Es kommen die Dämonen
und vernichten mich.
Schmerz bestimmt mein Leben,
lässt mir keine Ruh.
Monster und Dämonen
sehen grinsend zu.
Die Scham nimmt mir die Seele,
reißt mein Herz entzwei.
Ich glaube, bete, hoffe,
mein Schmerz geht bald vorbei.«

Einen Moment war es still in der Küche. Jeder in seine Gedanken versunken.

Ove Bakken sprach als Erster wieder. »Ich habe mich bei

einem Kollegen von der psychologischen Fakultät erkundigt, und der sagte, dass traumatische Übertragungen über Generationen möglich seien.«

»Wenn ich das richtig verstehe«, Janne fuhr sich durch die Haare, »hattest du Bilder vor Augen, die du selbst nie gesehen hast, und ich ein Lied im Kopf, das mir nie vorgesungen wurde.«

Jannes Vater hob die Schultern und ließ sie wieder fallen. »Aber weiter habe ich mich damit nicht beschäftigt. Seitdem ich dieses Phänomen kannte und die Bilder auch dem Leid meiner Mutter zuordnen konnte, hatte ich nie wieder diese Flashbacks.«

»Ich habe nach meinem Aufenthalt im Kloster in Bhutan einen Weg gefunden, unheimliche Träume zu vertreiben, so auch den Traum mit dem Lied.« Janne schwieg einen Moment und griff nach einem Brot mit Brunost, diesem bräunlich-süßlichen Molkenkäse, den ihre Mutter auf den Tisch gestellt hatte. »Jetzt sind sie wieder da.«

Ihre Mutter lächelte. »Gab es einen Anlass?«

»Ich bin in Hamburg mit einer Mordermittlung beschäftigt. In diesem Rahmen hatte ich vor Kurzem eine Begegnung mit einer Frau ungefähr in deinem Alter, die bei mir merkwürdige Stimmungen, Spannungen und wieder diesen Traum ausgelöst hat.« Sie gähnte und stand auf. »Ich muss mich ein paar Stunden hinlegen.« Sie gab ihren Eltern einen Kuss und machte sich auf den Weg in ihr altes Zimmer. Vor der Treppe drehte sie sich noch einmal um. »Keine Angst. Ich habe keine Alpträume mehr.«

Zwei Stunden später, nach einem tiefen, traumlosen Schlaf, wurde Janne von einer Hand geweckt, die ihr sanft über die Wange strich. Sie drehte sich auf den Rücken, öffnete die Augen und blickte in das strahlende Gesicht ihrer Freundin Liv Hauge, die neben ihr auf dem Bett saß.

»Liv!«, rief Janne erfreut und nahm sie in die Arme. »Wie schön, dich zu sehen. Damit habe ich ja gar nicht gerechnet.«

»Was sind schon knapp zweitausend Kilometer für eine Norwegerin?« Liv fuhr ihr durch die Haare. »Und für die beste

Freundin ist mir nichts zu weit.« Sie stand auf. »Komm, es gibt wunderbare Waffeln mit Schlagsahne und Beerenmarmelade.«

Als sie in die Küche kamen, erwartete sie ein gedeckter Tisch. »Ich habe mit deiner Mutter die Waffeln gebacken.«

»Wie lange bist du schon in Bergen?«, fragte Janne und setzte sich an den Tisch.

»Seit gestern. Ich musste heute Vormittag einen Vortrag für eine Kollegin über die Bedeutung des Arktischen Rats übernehmen.« Liv nahm sich eine zweite Waffel mit viel Sahne und Beerenmarmelade. »In Waffeln könnte ich mich hineinlegen.«

»Wohnst du jetzt fest in Tromsø?«

»Sie haben mir einen Zweijahresvertrag beim Arktischen Rat angeboten. Also habe ich mir auch eine Wohnung gesucht.«

»Und?« Janne grinste.

»Na ja, das Nachtleben ist in Bergen besser. Aber der Job ist okay.« Liv schaute auf ihre Uhr. »Ich muss jetzt zur Uni. Ich habe dort in einer Stunde einen Workshop zur Rolle der indigenen Völker im Arktischen Rat. Sehen wir uns heute Abend um acht Uhr im Barkollektiv?«

»Unbedingt.«

Als Liv gegangen war, saß Janne noch eine Weile am Küchentisch. In ihr brodelte etwas. Diffus, nebulös, ungeordnet. Noch konnte sie nicht deutlich erkennen, was es war. Sie ahnte nur, dass es mit den Informationen zusammenhing, die sie in den letzten Stunden erhalten hatte. Sie schrieb Elias eine Nachricht und bat ihn, mehr über Camille Tolliens Großmutter herauszufinden. Vor allem über ihre Jugend und die Zeit im Krieg.

53

Freitag, 1.2.2019

Zille betrat das LKA-Gebäude. Er war spät dran, Pöppelmann wartete sicher schon auf ihn. Er hatte sie beide bei Sylvia

Braunsfeld angemeldet. Auf dem Weg in sein Büro kam ihm Dr. Elif Uslu, die Pressesprecherin, entgegen. Sie hielt ihm ein Blatt Papier vor die Nase.

»Die Pressemitteilung. Gut, dass Pöppelmann mich vorher informiert hat.« Sie grinste. »So konnte ich das Schlimmste verhindern.«

Zille warf einen Blick auf die Pressemitteilung und las: »›LKA Hamburg klärt Mord an Jochen Oven auf: 3 Tatverdächtige in Haft. Nach intensiven Ermittlungen und mit Hilfe aufwendiger forensischer Analyseverfahren konnten die Ermittler der Sonderkommission RIM des LKA den Mord aufklären.‹«

»Was zum Teufel ist RIM?«

»Sonderkommission Ritualmorde«, klärte Elif Uslu ihn auf. »Dürkopp war nicht davon abzubringen. Die Abkürzung war schon ein Kompromiss.«

Zille schaute die Pressesprecherin entgeistert an und las weiter. »›Bei den Tatverdächtigen handelt es sich um ehemalige Mitglieder einer militärischen Spezialeinheit, die sich auf Auftragsmorde spezialisiert hatten. Sie sind allerdings nicht für die Morde an Brievenbusch und Kettenbach verantwortlich.‹«

Zille blickte zu Uslu. »Das hätte man auch vorsichtiger formulieren können.«

»Das nächste Mal kannst du mit Dürkopp verhandeln«, sagte Elif Uslu genervt. »Immerhin hat er nicht von norwegischen Spezialeinheiten gesprochen.«

Zille schaute wieder auf die Pressemitteilung. Es folgte die Information über den vierten Mord. Es wurde aus den Berichten der Spurensicherung und der Rechtsmedizin zitiert, um dann am Ende die Katze aus dem Sack zu lassen.

»Es liegt die Vermutung nahe, dass dieser Mord von derselben Person verübt wurde, die auch für die Morde am Alten Schweden und am Grab von Helmut Schmidt verantwortlich ist. Die Soko RIM ist dem Täter auf der Spur. Aus ermittlungstechnischen Gründen können weitere Informationen erst zu einem späteren Zeitpunkt bekannt gegeben werden.«

»Soso, wir sind dem Täter also auf der Spur.« Zille gab Uslu die Pressemitteilung zurück. »Viel Spaß mit der Presse«, sagte er zum Abschied.

»Du mich auch«, entgegnete Dr. Elif Uslu harsch.

Im Büro wartete Pöppelmann auf ihn.

»Alles klar.« Zille verzog das Gesicht. »Sag mal, konntest du Dürkopp nicht den Quatsch mit der Soko RIM ausreden?«

»Glaub mir, ich habe mir den Mund fusselig geredet. Weißt du, wie seine erste Überschrift lautete?« Pöppelmann schaute Zille mit hochgezogenen Augenbrauen an.

»Sag schon.«

»›Dem Ritualserienkiller auf der Spur‹.«

Zille schlug sich mit der Hand an die Stirn. »Auf so etwas muss man erst einmal kommen«, sagte er kopfschüttelnd und schaute auf seine Uhr. »Wir müssen in fünfundvierzig Minuten bei Braunsfeld sein.«

»Dann sollten wir los. Es ist Feierabendverkehr.«

Sie fuhren in Pöppelmanns VW Käfer Richtung Blankenese. Zille quetschte sich auf den Beifahrersitz. »Ich weiß, dass du diese alte Karre liebst, aber sie steht doch mehr in der Werkstatt als bei dir vor der Tür.«

»Du übertreibst. Seit vier Wochen fährt das Auto ohne Probleme.« Pöppelmann startete den Käfer. Beim dritten Versuch sprang der Motor an. Mit zwei Fehlzündungen fuhr er aus der Tiefgarage des LKA-Gebäudes am Bruno-Georges-Platz heraus.

Auf der Fahrt besprachen die beiden ihre Vorgehensweise bei dem bevorstehenden Gespräch. Pöppelmann sollte allgemeine Fragen stellen, Braunsfeld Straftaten unterstellen, sie provozieren, während Zille beobachten und dann unvermittelt eingreifen wollte. Den Einstieg wollte Zille sich aber nicht nehmen lassen. Er lächelte in sich hinein. Kurze Zeit später bremste Pöppelmann vor Braunsfelds Villa in der Auguste-Baur-Straße.

»Nettes Häuschen«, sagte Pöppelmann. »So ein Wintergarten würde mir auch gefallen.«

»Übrigens«, sagte Zille, bevor er sich aus dem Auto quälte, »lass dich nicht von ihren Augen irritieren.« Er streckte seinen

Rücken und wandte sich wieder an Pöppelmann. »Sie hat zwei unterschiedliche Irisfarben. Und ich bald ein Bandscheibenproblem«, stöhnte er.

Pöppelmann zuckte mit den Schultern. »Solange sie nicht zwei unterschiedliche Ohren hat«, bemerkte er grinsend.

Eine elegant gekleidete Sylvia Braunsfeld öffnete den beiden Polizisten die Tür. Mit einem kurzen Nicken begrüßte sie Pöppelmann, während sie Zille ignorierte. Das kann ja ein großartiges Gespräch werden, dachte Pöppelmann. Auf jeden Fall war er auf Zilles Opening gespannt. Braunsfeld führte sie in ihr Büro in den ersten Stock, nahm hinter ihrem Schreibtisch Platz und schlug die Beine übereinander. Zille und Pöppelmann setzten sich auf zwei Besucherstühle, die vor dem Schreibtisch standen.

»Frau Braunsfeld«, begann Zille. »Sie erinnern sich sicherlich an unser letztes Gespräch.« Er lächelte sie an und blickte dabei in ein versteinertes Gesicht, das durch die beiden unterschiedlichen Augen die Ablehnung und Verachtung ihm gegenüber besonders zum Ausdruck brachte. »Sie standen hinterher auf Liste zwei, in der ich Sie als Mitwisserin, Helferin oder beides bezüglich des Mordes an Jochen Oven führte.« Zille räusperte sich. »Ich muss mich korrigieren.« Zille griff in seine Tasche und holte sein Notizbuch heraus. Er schlug es auf und warf einen Blick hinein. »Ich habe Sie von Liste zwei gestrichen.« Dann steckte er das Notizbuch wieder in seine Tasche und gab Pöppelmann dabei ein kurzes Zeichen.

Sylvia Braunsfeld zog eine Augenbraue hoch, gleichzeitig verengten sich ihre Pupillen. »Das wurde ja auch Zeit«, sagte sie angespannt und voller Skepsis.

»Stattdessen weisen einige Indizien darauf hin«, sagte Pöppelmann betont deutlich, »dass Sie in den Mord an Fabian Schmitt, den wir heute Morgen tot, nackt und mit abgeschnittenem Penis im Alsterpark gefunden haben, verwickelt und möglicherweise für diesen verantwortlich sind.«

»Und damit stehen Sie wieder auf meiner Liste vier«, schob Zille sofort hinterher.

Pöppelmann beugte sich vor. »Und da der Mörder oder die Mörderin von Schmitt auch Brievenbusch und Klettenbach umgebracht hat, liegt die Vermutung nahe, dass Sie auch bei diesen Morden ihre Finger im Spiel hatten.«

Braunsfeld kniff kurz die Lippen zusammen, lehnte sich in ihrem Stuhl zurück und verschränkte die Arme vor der Brust. Kurz war ein Augenflackern zu sehen, und Zille überlegte, ob sie erst jetzt von dem Mord an Schmitt gehört hatte. Aber das konnte er sich nicht vorstellen, im Internet kursierten massenhaft Fotos vom toten Schmitt. Doch die vermutete Unsicherheit war schnell verflogen, und Braunsfeld blickte sie mit einem überheblichen Lächeln an. »Ich höre.«

Pöppelmann ließ sich nicht beeindrucken. »Sie sind Mitglied in der Gesellschaft für freien Handel.«

»Was ja nicht verboten ist.«

»Gleichzeitig sind Sie Mitglied des Inneren Kreises der Gesellschaft. Eines geheimen Zusammenschlusses von ehemals sechs Personen.«

»So geheim, dass selbst ich nichts davon weiß.«

»Brievenbusch, Kettenbach und Schmitt waren drei dieser Personen. Jetzt sind sie tot. Ermordet. Nackt und ohne Glied zur Schau gestellt.«

Braunsfeld beugte sich nach vorn und zeigte mit einem Finger auf Pöppelmann. »Sie haben nicht einen Beweis für Ihre Behauptungen.«

»Was hat mein Kollege denn behauptet?«, fragte Zille scheinheilig.

Irritiert blickte Braunsfeld zu Zille.

»Frau Braunsfeld«, fuhr Pöppelmann fort, »wir stehen in engem Kontakt mit Julius Rautlage.«

»Und Klaus Klaasen«, ergänzte Zille, »sitzt gerade beim Oberstaatsanwalt, seinem ehemaligen Klassenkameraden, und beide lecken ihre Wunden.«

Pöppelmann redete sich in Rage. »Frau Braunsfeld, wollten Sie die alleinige Macht im Inneren Kreis? Haben Sie die Männer deshalb umgebracht?«

Sylvia Braunsfeld war nicht so leicht aus der Reserve zu locken. Sie wusste, dass sie keine Beweise hatten, und auch die Indizienlage war dürftig. Sie lehnte sich wieder in ihren Schreibtischstuhl zurück, hob den Kopf und faltete die Hände. »Die Waschlappen tanzten sowieso nach meiner Pfeife, warum sollte ich sie umbringen und mir die Finger schmutzig machen?« Sie stellte ihre Beine nebeneinander und strich ihren Rock glatt. »Das ist völlig absurd, die Vorwürfe sind komplett aus der Luft gegriffen.«

Pöppelmann war noch nicht fertig. »Der Mörder beziehungsweise die Mörderin muss über ausreichend medizinische Kenntnisse verfügen, um den Männern den Penis sauber abzutrennen. Sie sind Medizinerin.«

Braunsfeld zuckte mit der Schulter. »Das kann jeder Chirurg, jede OP-Schwester und wahrscheinlich sogar jeder Schlachter.« Sie schürzte die Lippen. »Tja, ich denke, das könnten so an die fünfhundert oder tausend Personen sein?« Sie schaute Zille und Pöppelmann provokant an. »Was meinen Sie?«

»Erzählen Sie uns etwas über Fabian Schmitt«, wechselte Zille abrupt das Thema.

»Wozu soll das gut sein?«, fragte sie genervt.

»Alles, was Sie wissen.« Zille hatte wieder sein Notizbuch aufgeschlagen in der Hand. »Geschäfte, Freunde, sexuelle Vorlieben.« Zille kratzte sich am Kinn. »Was uns besonders interessiert, sind Ihre persönlichen und geschäftlichen Beziehungen zu Schmitt.«

»Ich wüsste nicht, was Sie das angeht«, antwortete Braunsfeld mit einem aggressiven Unterton.

Zille stand auf, ging zum Fenster und blickte hinaus. »Schicker Ausblick. Vor allem im Frühjahr, wenn das Grün aus den Zweigen bricht. Nur schade, dass Sie das wahrscheinlich nicht mehr erleben werden. Der Ausblick in der JVA ist nämlich weniger ansprechend.« Er drehte sich um und sagte scharf: »Frau Braunsfeld, wir ermitteln hier in einem Mordfall, bei dem drei Menschen von einer Person umgebracht wurden. Und Sie sind eine Tatverdächtige.« Zille setzte sich wieder in seinen Stuhl.

»Und deshalb berichten Sie uns jetzt, was Sie über Fabian Schmitt wissen.«

Braunsfeld schaute von Pöppelmann zu Zille. Es war schwer abzuschätzen, was hinter ihrer Stirn vor sich ging. Äußerlich gab sie sich keine Blöße. Dann sagte sie mit ruhiger Stimme. »Ihre Psychospielchen funktionieren vielleicht bei Ihren sonstigen Verdächtigen.« Sie lächelte. »Doch damit können Sie einer Psychotherapeutin keine Angst machen. Sie müssten mich schon hypnotisieren oder es mit Imagination versuchen. Imagination funktioniert übrigens gut bei Traumapatienten. Und eine Serienmörderin, die Männern Schwänze abschneidet, muss ja wohl traumatisiert sein.«

Braunsfeld öffnete eine Schreibtischschublade, holte eine Nagelfeile hervor und begann, sich die Nägel zu feilen. Und ohne Zille anzuschauen, sprach sie weiter. »Sie sollten Ihre Arbeit machen. Sie sind doch Psychologe, Herr Zillinski. Erstellen Sie das Profil einer möglichen Mörderin. Ich habe damit jedenfalls nichts zu tun, und genau deshalb haben Sie auch keine Beweise.«

»Bei unserem letzten Gespräch haben Sie erzählt, dass Sie am Montag, dem 28. Januar, mit Schmitt telefoniert und sich für Mittwoch, den 30. Januar, zum Essen verabredet haben.«

Braunsfeld legte die Nagelfeile zur Seite. »Wenn Sie das sagen.«

»Wo wollten Sie sich treffen?«

»Ist das wichtig?«

Zille blickte sie finster an.

»Bei Jacobs«, antwortete sie genervt.

»Und war das Essen gut?«

»Nein, er ist nicht gekommen.«

»Hat Sie das nicht überrascht?«

»Ein wenig«, gab Braunsfeld zu.

Pöppelmann hatte das Geplänkel zwischen Braunsfeld und Zille fasziniert verfolgt. Jetzt schaltete er sich ein. »Zwei Tage später war er tot.«

»Vielleicht auch schon vorher.«

»Und Sie meinen, er ist deshalb nicht gekommen?«

»Möglicherweise ist er auch am Tag vorher im ›Silver Club‹ abgestürzt.«

»Woher wissen Sie, dass er dort war?«, fragte Zille.

»Weil er jeden Dienstag dort ist.«

»Sie scheinen Schmitts Leben gut zu kennen.«

»Er war sehr redselig.«

»Auch bei den Geschäften?«

»Er war ein guter Verhandler. Deshalb habe ich ihn auf das Potenzial von Jochen Ovens Firma hingewiesen, aber auch auf dessen Sturheit.« Braunsfeld strich sich ein paar Flusen vom Blazer. »Er hat Oven ja auch zunächst überzeugt. Dass er dann später wieder alles zurückzog, konnte man nicht vorhersehen.«

»Und deshalb wurde er dann umgebracht?«, fragte Pöppelmann.

»Das herauszufinden ist dann Ihr Job.« Sylvia Braunsfeld trommelte mit ihren Fingern nervös auf die Schreibtischplatte. »Ich habe Ihnen jetzt alles erzählt, was ich über Schmitt weiß.« Sie stand auf und ging zur Tür. »Ich habe noch ein paar Dinge zu erledigen.«

Zille und Pöppelmann erhoben sich und verließen das Büro.

»Wir finden die Haustür allein.«

Bevor sie die Treppe hinuntergingen, drehte Zille sich noch einmal um, hob die Hand wie zum Abschied, nur dass er zwei Finger nach oben streckte.

»Was sollte dieser komische Abschiedsgruß?«, fragte Pöppelmann, als sie wieder auf der Straße standen.

Zille lachte in sich hinein. »Das war kein Abschiedsgruß. Ich habe ihr nur mitgeteilt, dass sie wieder auf Liste zwei steht.«

Bevor sie sich in den Käfer setzten, entfernte Pöppelmann einen Strafzettel und schmiss ihn weg. »Das Auto ist auf meine Ex zugelassen«, erklärte er grinsend.

Als Zille endlich auf dem Beifahrersitz saß, wandte er sich Pöppelmann zu. »Aber die ist doch schon lange tot.«

»Eben.« Pöppelmann startete den Wagen und fuhr mit Schwung aus der Parklücke. »Der Trick mit dem Notizbuch ist gut. Habe ich neulich mal im Fernsehen gesehen.«

»Columbo?«

»Woher weißt du das?«

»Weil ich den Trick aus einem Columbo-Film habe«, sagte Zille lachend. »Ich habe alle Folgen zu Hause.«

Sie fuhren ein Stück über die Elbchaussee.

»Bringst du mich nach Hause?«, fragte Zille.

»Klar, wenn du mir den Weg sagst.«

»Gleich musst du in die Schenefelder Landstraße einbiegen.«

Pöppelmann gähnte. »Hat sie was mit den Morden zu tun?«

»Beweisen können wir es nicht«, sagte Zille nachdenklich. »Und sie hat die Morde definitiv nicht selbst ausgeführt.

»Aber ich glaube, sie verschweigt uns etwas.«

»Das glaube ich auch.«

»Sie ist jedenfalls eine harte Nuss in Verhören.«

»Sie ist klug und besitzt das nötige Selbstbewusstsein.« Zille schwieg einen Moment. »Es gab ein paar Äußerungen, bei denen ich innerlich eine Anspannung gefühlt habe. Ich muss mir das Gespräch noch einmal anhören.«

»Wie?«, fragte Pöppelmann überrascht.

Zille griff in seine Tasche und holte ein Aufnahmegerät heraus. »Ich habe das Gespräch aufgezeichnet.«

»Hast du das auch aus einem Film?«

»Nein, in meinen wenigen Therapiesitzungen habe ich, wenn die Patienten zugestimmt haben, die Gespräche aufgenommen. Das war ganz hilfreich.«

»Und jetzt dachtest du, es hilft auch bei dem Gespräch mit Braunsfeld?«

»Ja, schließlich waren wir auch in einer Therapiepraxis.«

»Und sie war die Patientin.«

»Die Tatverdächtige. Deshalb habe ich nicht um Erlaubnis gefragt. Das wiederum«, feixte Zille, »habe ich von Columbo. Die nächste Straße musst du links.«

Pöppelmann hielt vor Zilles Wohnung.

»Willst du noch ein Bier?«, fragte Zille beim Aussteigen.

Pöppelmann schüttelte den Kopf. »Oskar wartet auf mich.«

»Grüß ihn von mir.«

Zille schloss schwungvoll die Beifahrertür. Pöppelmann wendete auf der Straße und verabschiedete sich mit zwei Fehlzündungen.

»Wird da geschossen?«, war eine aufgeregte Stimme zu hören.

Zille drehte sich um und sah Frau Kohl, die das Fenster geöffnet hatte. »Keine Angst, das war nur das Auto meines Kollegen.«

»Wie gut, sonst hätte ich die Polizei rufen müssen.«

»Sie können beruhigt sein. Sie haben die Polizei ja immer im Haus, Frau Kohl.«

»Stimmt, das hatte ich vergessen. Wie geht es denn Ihrer Freundin?«

»Sie hat gerade viel zu tun. Davon abgesehen, geht es ihr gut.« Zille winkte Frau Kohl zu und ging in seine Wohnung.

54

Samstag, 2.2.2019

Die Räumlichkeiten der Villa in Blankenese hatte er von seinem letzten Besuch noch gut im Gedächtnis. Sowohl der Keller wie auch die Privaträume im Erdgeschoss und die Praxis im Obergeschoss waren über ein kleines Treppenhaus zu erreichen. Er wollte ins Obergeschoss. Es war drei Uhr morgens, und er stand auf einem unbebauten Grundstück, das an die Rückseite der Villa grenzte. Nur von hier konnte er das Grundstück betreten, ohne dass ein Bewegungsmelder anging. Er zog die Baklava-Sturmhaube über das Gesicht und näherte sich dem Haus. Er wollte in ein Kellerfenster einsteigen und von dort ins Treppenhaus gelangen. Der Rest wäre ein Kinderspiel.

Fünf Minuten später stand er in den Praxisräumen. Er holte eine kleine LED-Taschenlampe aus seinem Rucksack und orientierte sich kurz. An die Glastür erinnerte er sich noch, dahinter war das Sekretariat und gegenüber das Büro von Dr. Braunsfeld, das gleichzeitig als Behandlungszimmer diente. Bevor er sich dort umsah, wollte er aber die drei weiteren Räume inspizieren. Der Raum neben dem Büro wurde gerade von einer Firma Wilbert renoviert, wohl ein weiterer Behandlungs- oder Besprechungsraum. Es folgte eine Aktenkammer, die aber mehr einer Abstellkammer glich. Am Ende des Flurs war eine Toilette.

Er überlegte kurz, ob er sie benutzen sollte, verwarf den Gedanken aber schnell. Er konnte ja schlecht die Spülung betätigen. Ein Blick auf die Uhr sagte ihm, dass seit seinem Eindringen elf Minuten vergangen waren. Er ging zurück ins Sekretariat und sah sich dort um. Er suchte einen Terminkalender. Aber offensichtlich gab es tatsächlich nur einen digitalen, wie ihre Sekretärin behauptet hatte. Freundlicherweise hatte sie ihm immerhin erzählt, dass Dr. Braunsfeld montags allein hier arbeitete und nur dienstags und donnerstags Termine vereinbarte. Die restliche Zeit sei sie mit ihren übrigen Geschäften beschäftigt.

Er verließ das Sekretariat und betrat das Büro. Er schaltete seine Taschenlampe aus, die Straßenlaternen warfen genügend Licht in den Raum. Er sah eine blaue Wand und einen Sessel mit Blättermuster. Vor dem Fenster stand ein massiver Holzschreibtisch, daneben eine Stehlampe, davor zwei Stühle. Er stellte seinen Rucksack ab und setzte sich in den Sessel.

Ein merkwürdiges Gefühl überkam ihn. Er schloss die Augen. Gedanken und Bilder schossen ihm durch den Kopf, er wurde von Gefühlen durchflutet, gleichzeitig ergriff ihn eine unendliche Sehnsucht.

Er öffnete die Augen und war nun völlig klar. Hier hatte alles begonnen, hier sollte es enden. Er ging zum Schreibtisch, beugte sich zum Rucksack und holte eine formbare Plastikmasse heraus. Er kniete sich hin und brachte sie unter dem Schreibtisch an. Anschließend versah er sie mit einem Initialsprengstoff und einem Fernzünder. Dann stand er auf und betrachtete den Schreibtisch von allen Seiten aus allen Perspektiven. Die Masse war nicht zu sehen. Er verließ die Villa so leise, wie er hereingekommen war.

55

Samstag, 2.2.2019

Janne hatte sich auf den Weg zur Standseilbahn auf den Fløyen, Bergens Hausberg, gemacht. Jetzt saß sie in der kleinen Bäckerei neben der Talstation und wartete auf Liv. Gestern Abend war es spät geworden. Sie hatte wenig gegessen und viel getrunken im Barkollektiv. Doch die Kopfschmerzen nahm sie gerne in Kauf, denn es war ein wunderbarer und spannender Abend gewesen. Liv hatte von ihrer Arbeit im Arktischen Rat erzählt und dabei durchblicken lassen, dass sie neben ihrem offiziellen Job als Koordinatorin für die Universität der Arktis noch einem weiteren Job für das Verteidigungsministerium nachging, bei dem ihre IT-Kenntnisse von Vorteil waren.

Janne hatte von ihrer neuen Ermittlertätigkeit berichtet. Dabei war sie natürlich auch zwangsläufig auf Malte Sandvik zu sprechen gekommen, ihren gemeinsamen Intimfeind. Sie hatten seine Verhaftung zum Abschluss mit zwei Sneaky Bastards gefeiert. Und die Kopfschmerzen waren das Ergebnis. Eine halbe Stunde später tauchte Liv mit einer großen Einkaufstüte auf und setzte sich zu Janne.

»Tut mir leid, aber ich musste mir noch eine warme Jacke und Handschuhe kaufen. Mein kompletter Hausstand ist inzwischen in Tromsø.« Liv nahm sich eine von Jannes Zimtschnecken. »Die sind so lecker.«

»Hattest du auch einen dicken Kopf heute Morgen?«, fragte Janne.

»Eine kalte Dusche, zwei Aspirin und drei Tassen Kaffee habe ich gebraucht, um einigermaßen klar im Kopf zu werden.« Liv lachte. »Den brauchte ich auch, weil ich spontan an einer

Videokonferenz des Auslandsdienstes teilnehmen musste.« Liv verdrehte die Augen. »Ich konnte mich noch nicht einmal schminken.«

»Muss ja wichtig gewesen sein«, sagte Janne.

»Ging so.« Liv beugte sich zu Janne. »Ich habe die Gelegenheit genutzt und meinem Chef von Sandviks Verhaftung berichtet, schließlich ist in Norwegen auch ein Haftbefehl gegen ihn ausgestellt. Er will sich mit den deutschen Behörden in Verbindung setzen und mich informieren.«

»Meinst du, Norwegen will einen Auslieferungsantrag stellen?«

»Keine Ahnung, hängt davon ab, was die Deutschen ihm vorwerfen.« Liv stand auf, holte die neue Jacke aus der Einkaufstüte und zog sie an. »Und?« Sie drehte sich.

»Steht dir gut, das Blau.«

»Dann lass uns los. Ich kann es kaum erwarten, mit dir um die Wette zu laufen.«

Janne protestierte. »Das ist unlauterer Wettbewerb. Du lebst sieben Monate im Schnee. In Hamburg kennt man das weiße Pulver gar nicht mehr.«

»Dann steigen ja die Chancen für mich, dich vielleicht einmal zu besiegen.«

Zwanzig Minuten später standen sie in ihren geliehenen Skiausrüstungen auf dem Plateau und liefen los. Sie wichen bald von der gespurten Loipe ab und glitten durch die unberührte Schneelandschaft oberhalb von Bergen. Für eine Weile konnte Janne alles vergessen. An der Ravnebergshytten machten sie die erste Rast, tranken Tee und aßen das restliche süße Gebäck. Liv war dreißig Sekunden vor Janne angekommen und durfte zur Belohnung zwei Stücke essen. Sie zelebrierte ihren Siegesschmaus.

Für den Rückweg brauchten sie eine Dreiviertelstunde, und hier machte sich Jannes gute Kondition bemerkbar. Diesmal war sie kurz vor Liv am Ziel.

»Deine Technik ist gut«, sagte Janne anerkennend, fügte dann spöttisch an: »Deine Ausdauer lässt aber zu wünschen übrig.«

»Ich habe zu viel gegessen. Mit vollem Magen läuft es sich eben nicht so schnell.«

Die beiden Frauen gaben ihre Skiausrüstung an der Station ab, gingen ins Fløyencafé und bestellten sogleich zwei Kakao mit Schuss. Sie setzten sich an einen Tisch ans Fenster und genossen die Aussicht.

»Das vermisse ich am meisten«, sagte Janne mit Wehmut in der Stimme. »Das Langlaufen.« Sie trank einen Schluck ihres Kakaos. »Abends einfach noch mal eine Runde durch den Schnee skaten und alles vergessen.«

»Dafür lebst du in einer pulsierenden Großstadt«, entgegnete Liv. »Und du hast einen interessanten Job.«

Janne nickte. »Das stimmt. Dieser Fall mit den Serienmorden ist schon spannend. Aber auch anstrengend.«

»Und gefährlich.« Liv blickte auf ihr Handy. »Den Anruf muss ich annehmen.« Sie stand auf und ging vor die Tür.

Janne blickte ihrer Freundin hinterher und bestellte sich noch einen Kakao, diesmal ohne Schuss. Nach ein paar Minuten kam Liv zurück und setzte sich zu ihr.

»Sandvik ist tot«, sagte sie unvermittelt.

Janne schaute sie entgeistert an. »Woher weißt du das?«

»Mein Chef hat bei der Polizeidirektion in Oslo nachgefragt und erfahren, dass das deutsche BKA Sandvik nach Norwegen ausliefern wollte. Das ist grundsätzlich auch kein Problem, weil es ein Abkommen zwischen den beiden Ländern gibt und Norwegen nach Sandvik international sucht.« Liv machte eine kurze Pause. »Und offensichtlich war Sandvik damit einverstanden.«

»Mir war als Letztes bekannt, dass das BKA ihn in einem Safe House verhört hat, weil man bestimmte Informationen von ihm erhalten wollte.«

»Dir ist schon klar, dass man aus Sandvik nichts herausprügeln kann.«

»Und das ist in Deutschland ja auch keine übliche Praxis mehr.«

»Stimmt, die Zeiten sind vorbei.« Liv überlegte. »Dann hat man Sandvik einen Deal angeboten. Da bin ich mir sicher.«

»Welchen Vorteil sollte er von einer Auslieferung haben?«

»Dass die Vergehen, die man ihm in Norwegen vorwirft, zu geringeren Haftzeiten führen.«

»Aber den Mord, den er in Deutschland begangen hat, und den versuchten Mord an mir müsste doch auch ein norwegisches Gericht berücksichtigen.«

»Aber nur, wenn das Gericht entsprechende Unterlagen erhält.« Liv hob die Schultern. »Na ja, der Weg von Deutschland nach Norwegen ist weit. Da könnten beim Transport schon mal Unterlagen verschwinden.«

»Das nützt ihm jetzt auch nichts mehr«, sagte Janne. »Wie ist er umgekommen?«

»Er war auf dem Weg von Kiel nach Oslo. Begleitet von deutschen Polizisten. Dann ist es auf dem Schiff zu einem Gerangel zwischen Sandvik und zwei Polizisten gekommen. Dabei ist er über die Reling ins Meer gestürzt.«

»Wie kann denn das passieren?«

»Keine Ahnung«, sagte Liv, »mehr wissen wir nicht. Und ich glaube auch nicht, dass wir mehr erfahren werden.«

»Weil die beiden Polizisten sich gegenseitig decken werden.«

Liv nickte.

»Wo ist er über Bord?«

»Irgendwo im Kattegat in der Nähe von Læsø.«

»Und gibt es eine Leiche?«

»Ist mir nicht bekannt. Aber wenn ich etwas erfahre, sage ich dir Bescheid.« Liv schaute auf die Uhr. »Ich muss los. Mein Flugzeug geht in neunzig Minuten.«

56

Sonntag, 3.2.2019

Britta war auf dem Weg nach Rostock. Rolf fuhr den schwarzen Audi mit hohem Tempo durch die Nacht. Es war ein Uhr dreißig. Die Autobahn war leer, nur vereinzelt mussten sie ein Fahrzeug überholen. In sechzig Minuten wollten sie sich mit den Kollegen bei der Bundespolizei im Rostocker Hafen treffen. Dann sollten auch die Einsatztruppen unauffällig bereitstehen. Britta verstellte die Rückenlehne ihres Sitzes, um ihre Schulter zu entlasten. Die Schusswunde war nur notdürftig versorgt worden, und die Schmerztabletten wirkten nicht. Aber darauf konnte sie jetzt keine Rücksicht nehmen. Sie wollte sich noch eine halbe Stunde ausruhen. Die letzten Tage waren anstrengend gewesen, Britta merkte, dass sie kräftemäßig am Limit war.

»Ich wecke dich zehn Minuten vor der Ankunft«, sagte Rolf.

»Ich glaube kaum, dass ich schlafen kann. Mir schwirrt zu viel im Kopf herum«, stöhnte Britta.

»Macht dir der Tod von Sandvik zu schaffen?«

»Nein, Hauptsache, seine Informationen stimmen.«

Rolf betätigte die Lichthupe, weil ein Lkw die Überholspur blockierte. »So ein Arsch. Wenn er nicht bald die Spur wechselt, setze ich das Blaulicht aufs Dach«, fluchte er.

»Entspann dich.«

»In zwanzig Minuten sind wir im Hafen.«

»Dann kann ich noch zehn Minuten dösen.«

Das abrupte Bremsen weckte Britta. Sie öffnete die Augen und blickte irritiert auf eine Häuserwand. »Wo sind wir?«

»Bei der Bundespolizei Rostock.«

Britta schaute in den Spiegel. »Scheiße, ich sehe ja völlig verschlafen aus.«

Rolf reichte ihr ein Feuchttuch. »Damit und mit ein wenig Rouge wird es gehen«, sagte er spöttisch.

Britta warf ihm einen bösen Blick zu, nahm aber das Feuchttuch und wischte sich damit durchs Gesicht. »Furchtbarer Geruch. Das hat meine Mutter auch immer gemacht, wenn wir unterwegs waren.«

Rolf lachte. »Besser, als den Mund mit Spucke und Taschentuch abgewischt zu kriegen.«

»Das hat deine Mutter getan?«

Rolf verzog das Gesicht. »Lass uns hineingehen. Dort gibt es bestimmt einen Kaffee.«

Britta und Rolf stiegen aus dem Wagen und betraten das Polizeirevier. Sie wurden in das Besprechungszimmer geführt, wo sie von den beiden Einsatzleitern der Sonderkommandos sowie der Leiterin der Bundespolizei und zwei Kollegen vom LKA erwartet wurden.

Die Kollegin von der Bundespolizei stellte sich als Frieda Götze vor. »Wir haben alles so weit vorbereitet und für genügend Kaffee gesorgt.« Sie zeigte auf den Tisch, auf dem zwei Thermoskannen und Becher standen. »Bedienen Sie sich.«

Britta ließ sich nicht lange bitten.

»Als Erstes schlage ich vor«, fuhr Frieda Götze fort, »dass wir das mit dem Gesieze lassen, wenn ihr einverstanden seid.« Dann stellte sie die anderen Kollegen vor und übergab das Wort an einen, so schätzte Britta, etwa vierzigjährigen Bartträger.

»Wir beobachten seit einer Woche die Terminals.« Auf einer Leinwand erschien der Lageplan des Hafens. »Donnerstag hat das Containerschiff LHK Thetis an der Ostseite des Terminals am Liegeplatz 34 angelegt. Und dort sind gestern Nachmittag Container von vier Lkws abgestellt worden.«

»Wo sind die Lkws jetzt?«, fragte Rolf.

»Die stehen auf dem Parkplatz vorm Terminal.«

Britta trank einen Schluck. »Die müssen beschlagnahmt und die Fahrer festgenommen werden.«

»Wann soll das geschehen?«, fragte einer der SEK-Einsatzleiter.

»Gleich zu Beginn der Aktion, damit sie nicht mehr telefonieren können.«

»Alles klar.«

Jetzt meldete sich der zweite LKA-Kollege zu Wort. »Gibt es eine Anordnung für den Zugriff?«

Britta schürzte ihre Lippen und schaute dem Kollegen ins Gesicht. »Tobias, richtig?«

Das leichte Nicken deutete Britta als Bestätigung.

Dann fragte sie betont freundlich: »Tobias, meinst du, wir

fahren nachts nach Rostock, um eine illegale Aktion durchzuführen?«

Rolf zuckte zusammen. Er kannte Britta schon lange. Und wenn sie diesen Unterton hatte, konnte es schnell unangenehm werden, denn der Subtext war eindeutig. Du blöder Frischling stellst die falschen Fragen. Also griff Rolf ein. »Das denkt Tobias bestimmt nicht. Er möchte nur wissen, von wem die Anordnung kommt.« Rolf suchte den Blickkontakt. »Stimmt's?«

»So hat er das gemeint«, antwortete stattdessen Frieda Götze. »Und jetzt erläutert Peter den Zugriffsplan.«

Der zweite Einsatzleiter schickte eine Luftaufnahme der Terminals auf die Leinwand. Mit einem Pointer zeigte er die Lage des Schiffs und der Container. Dann beschrieb er die Zugriffswege. »Meine Einheit steht auf dem Parkplatz beim Fährterminal. Wir fahren mit drei Einsatzwagen auf die Ost-West-Straße und nähern uns von Westen dem Terminal mit dem Schiff und dem Stückgut.«

Peter Nettelbäck räusperte sich. »Franz, der Kollege vom zweiten Team, steht mit seinen Leuten beim Zollamt. Er fährt zur selben Zeit los, ebenfalls mit drei Wagen, und nähert sich von Osten.«

»Wobei ich einen Wagen zu den Lkws schicke«, ergänzte Franz Sorkowski. »Und eine Einheit auf das Schiff, um den Kapitän und die Offiziere festzusetzen.«

»Wir sind dann immer noch genügend Leute, um die Ladung zu sichern und zu durchsuchen«, sagte Nettelbäck, wohl um kritische Nachfragen im Keim zu ersticken.

»Das werden wir auch weitgehend ungestört machen können«, schaltete sich Frieda Götze ein. »Zoll und Euroship sind verständigt.«

»Alles klar«, sagte Britta und schenkte sich einen weiteren Kaffee ein. Sie schaute auf die Uhr. »In einer halben Stunde schlagen wir zu.«

»Eine Frage hätte ich noch.«

Tobias traut sich was, dachte Rolf.

»Warum um diese Uhrzeit?«

Alle schwiegen, nur Britta lächelte. »Gute Frage, Tobias. Bei der Aktion handelt es sich um eine länderübergreifende Polizeirazzia. Und alle beteiligten Länder liegen in einer anderen Zeitzone. Und da wir alle zur selben Zeit zuschlagen müssen, erfolgt das jeweils eine Stunde zeitversetzt. Wir beginnen um vier Uhr, die Kollegen in Litauen um fünf, die in Belarus um sechs, und in Aserbaidschan ist es dann sieben Uhr.«

»Aber auch noch dunkel«, bemerkte Tobias.

Britta hob anerkennend ihren Daumen. »Auf geht's. Der Countdown läuft.«

Fünfzehn Minuten später fuhren jeweils drei dunkle Kleinbusse um Punkt vier Uhr aus zwei entgegengesetzten Richtungen auf das Stückgutterminal im Rostocker Hafen zu. Ein Bus hielt an dem Parkplatz vor dem Terminal, vermummte Gestalten mit Maschinengewehren umstellten vier Lkws und zerrten die schlaftrunkenen Fahrer aus den Fahrerkabinen. Die anderen fünf Kleinbusse fuhren zur Ostseite des Terminals und stellten sich weiträumig im Halbkreis um den Liegeplatz 34, wo die LHK Thetis lag.

Die bewaffneten Polizisten sicherten die abgestellten Container. Eine SEK-Einheit stürmte auf das Schiff und machte den wachhabenden Matrosen klar, dass sie nicht zum Diskutieren hier waren. Sie ließen sich zu den Offizierskabinen führen, nahmen die Offiziere in Gewahrsam und führten den polnischen Kapitän vom Schiff zu Britta und Rolf, die inzwischen eingetroffen waren und neben den beiden Einsatzleitern und LKA-Mitarbeitern standen.

Britta schaute auf ihre Uhr. Zehn Minuten nach vier. »Das war gute Arbeit, meine Herren.«

»Die meiste Arbeit steht uns ja noch bevor«, bemerkte Peter Nettelbäck und blickte auf die Container. »Da läuft jemand«, sagte er plötzlich und zeigte auf ein paar Güterwaggons, die ebenfalls auf dem Terminal standen.

»Wo kommt der denn her?«, fragte Rolf und sah, wie drei SEK-Beamte hinter der Person herrannten. Nettelbäck hatte sie über Funk informiert.

»Vielleicht kann uns der Herr Kapitän behilflich sein«, sagte Britta. »Wie heißen Sie?«

Der Kapitän blieb stumm.

»So reagieren sie immer, wenn es Ärger gibt«, war die Stimme von Frieda Götz zu hören. Sie kam in Begleitung der Chefs vom Zoll und von Euroship und gesellte sich zu der Gruppe. »Sie tun so, als ob sie weder Deutsch noch Englisch verstehen würden, *prawda*, Jakub Kowalski?«

Der Angesprochene grinste. »Man kann es ja versuchen«, sagte er in fließendem Deutsch.«

»Ich bin nicht zu Späßen aufgelegt, Jakub.« Britta stellte sich vor. »Wer ist der Typ?«

Kowalski tat unschuldig. »Keine Ahnung. Vielleicht ein blinder Passagier.«

»Red keinen Scheiß«, blaffte Britta ihn an.

In diesem Moment waren ein Schuss und ein Motorgeräusch zu hören.

»Was ist los?«, fragte Nettelbäck über Funk. Dann gab er die Information weiter. »Der Typ ist über die Kaikante in ein kleines Motorboot gesprungen und fährt jetzt Richtung Pagenwerder.«

»Das ist eine kleine Insel vor den Terminals«, klärte Frieda Götze Britta und Rolf auf. »Aber er wird nicht aus dem Becken herauskommen. Ein Schiff der Küstenwache blockiert gerade die Ausfahrt.«

»Sehr gut.« Britta rieb sich die kalten Hände. »Sie sollen ihn festnehmen und bei euch auf der Dienststelle festhalten. Wir werden schon herausfinden, wer er ist.«

»Jetzt zu dir, Herr Kapitän.« Rolf stellte sich breitbeinig vor Jakub Kowalski. »Was ist in den Containern?«

»Soweit mir bekannt ist, Maschinen, Metalle, Bleche, so was eben.« Er zuckte mit den Achseln. »Ist mir auch egal. Ich fahre die Sachen nach Litauen, Estland oder auch Polen. Das ist mein Job.«

Britta schaute zu den beiden Herren vom Zoll und von Euroship.

»Das sind alles EU-Staaten. Da ist freier Handel erlaubt, und bei der Ausfuhr muss nichts verzollt werden.«

»Uns von Euroship sind auch keine Unregelmäßigkeiten bekannt. Alles ist ordnungsgemäß abgelaufen.«

Britta zog ihre viel zu dünne Jacke enger um den Körper. »Haben die Lkw-Fahrer etwas Brauchbares erzählt?«, fragte sie Franz Sorkowski.

Der blickte Britta an und brummte: »Nee, auch in ihren Papieren steht, dass sie Maschinen und Metalle transportieren.«

»Dann legen wir mal los.« Rolf ergriff die Initiative. »Wir beginnen mit den ersten Lkw-Containern. Je früher wir etwas finden, umso besser für uns.« Er wandte sich an die LKA-Männer. »Dann könnt ihr ein paar Kollegen organisieren, die die restlichen Container untersuchen.«

Die beiden SEK-Einsatzleiter gaben ihren Leuten ein Zeichen, und sie begannen, die Container zu öffnen. Mit ihren hydraulischen Bolzenschneidern waren die beiden ersten Containerschlösser schnell geknackt. Die Polizisten öffneten die Türen und leuchteten mit ihren Taschenlampen ins Innere der Container.

Nettelbäck und zwei weitere Polizisten betraten einen Container. »Hier ist alles voller Holzkisten. Müssen recht kleine Maschinen sein«, bemerkte er ironisch. »Ich lasse jetzt mal einige öffnen.«

Britta hörte es ein paarmal knacken.

»Das solltest du dir anschauen, Britta.«

Britta ging in den Container und sah einen staunenden Einsatzleiter, der sich über eine der Kisten beugte.

»Alles vom Feinsten. Hier sind Wärmebild-Beobachtungsgeräte.« Er zeigte zur nächsten Kiste. »Kollege Bruns hält einen Laser-Entfernungsmesser in der Hand.«

»Können wir ein paar Geräte mitnehmen?«, fragte Bruns.

»Die sind besser als unsere«, sagte Nettelbäck mit anerkennendem Nicken.

»Wenn ich das richtig interpretiere, eignen sich diese Geräte bestens für militärische Zwecke«, sagte Britta.

»Ohne sie hat man wenig Chancen im Häuserkampf. Und auch im offenen Feld sind sie von unschätzbarem Wert«, entgegnete Nettelbäck.

Britta schüttelte den Kopf. »Mal sehen, was die anderen gefunden haben.«

Kaum hatte sie den Container verlassen, kam ihr Rolf entgegen.

»In den ersten beiden Kisten in dem Container, den der Kollege Sorkowski gerade inspiziert, sind Maschinengewehre.«

Britta blickte Rolf an. »Ich würde mal sagen: Volltreffer.« Dann ging sie zum LKA-Kollegen Louis Santoni. »Es ist halb sechs. Du kannst schon mal ein paar Leute organisieren, die die Jungs vom SEK ablösen.«

»Da wird die Freude groß sein am Sonntag«, seufzte Santoni.

Britta grinste und ging mit Rolf zu einem der Kleinbusse, um sich bei einem Kaffee aufzuwärmen. »Die Waffen sollten nach Aserbaidschan oder in einen der anderen Kaukasus-Staaten«, überlegte sie laut.

»Da schwelen ja immer Konflikte. Denke da nur an Bergkarabach«, pflichtete Rolf ihr bei.

Inzwischen waren auch die Chefs von Euroship und vom Zoll bei dem Kleinbus, der zum Coffeeshop wurde. Ihnen folgte kurze Zeit später Frieda Götze von der Bundespolizei.

»Im nächsten Container sind ebenfalls Maschinengewehre«, berichtete sie.

Britta kramte in ihrer Jackentasche und holte zwei Ibuprofen heraus, die sie mit dem Kaffee hinunterspülte. »Ganz schön dreist, eine solche Menge Waffen zu schmuggeln.«

»Wenn eine seriöse und bekannte Logistikfirma Warenlieferungen anmeldet, ist die Wahrscheinlichkeit einer Stichprobenkontrolle nicht groß«, erklärte der Chef von Euroship. »Und sowohl die Firma ABRIE, die die Container angeliefert hat, als auch die Reederei, für die die LHK Thetis fährt, sind bekannte Kunden hier im Hafen.«

»Gute Voraussetzungen für den Aufbau einer neuen Schmuggelroute.« Rolf blickte auf die Uhr. »Gleich sechs Uhr.« Er schaute zu Frieda Götze. »Kann man hier irgendwo frühstücken?«

»Auf dem Fährterminal gibt es ein Bistro. Das müsste auch schon geöffnet haben«, antwortete Götze.

»Ich hoffe, dass wir heute Mittag einen Überblick über die Waffen haben«, sagte Britta, als sie das Bistro betraten.

Sie holten sich an der Theke ein paar belegte Brötchen und zwei große Latte macchiato. Zu dieser Uhrzeit war noch nicht viel Publikumsverkehr, und so konnten sie sich einen Fensterplatz aussuchen, um ungestört zu frühstücken. Britta gönnte sich ein Ei-Brötchen mit Mayonnaise und ein Brötchen mit Lachs, während Rolf Käse und Salami als Belag bevorzugte. Aber beide hatten Hunger, weshalb sie auch alles andere gegessen hätten.

»Dass die Firma ABRIE und damit Alma Brievenbusch an dem Schmuggel beteiligt ist, liegt auf der Hand.« Rolf biss in sein Salamibrötchen und sprach mit vollem Mund weiter. »Ob die Waffen aus Klaasens Firma stammen, müssen wir eventuell aus den Lkw-Fahrern herausprügeln.«

Britta hätte sich fast verschluckt. »Das sind ja Stasi-Methoden.«

»Ich passe mich eben geografisch an«, sagte Rolf und lachte.

»Sag das bitte nicht zu laut.«

»Ich als ehemaliger DDR-Bürger darf solche Witze machen.«

»Das wusste ich nicht.« Britta wischte sich die Mayonnaise vom Mund. »Wo bist du denn geboren?«

»Ich komme aus Chemnitz«, antwortete er in bestem Sächsisch, »oder besser Karl-Marx-Stadt.«

»Ich kann auch nichts dafür, dass ich in Hanau geboren wurde«, antwortete Britta in breitem Hessisch und biss genussvoll in das Lachsbrötchen. »Ich denke, dass wir anhand der Waffen Klaasen überführen können. Die elektronischen Präzisionsgeräte werden nur von wenigen Firmen hergestellt, und auch die Maschinengewehre haben ihre spezifischen Herstellercodes.«

»Kannst du die zuordnen?«

»Ich nicht, aber Santoni hat einen Experten an der Hand, den er für acht Uhr bestellt hat.« Britta stand auf. »Ich geh mal pinkeln, und dann laufen wir ins Büro der Bundespolizei. Wir müssen den Typen vom Schiff vernehmen.« Sie beugte sich zu Rolf. »Das ist wahrscheinlich einer von Sandviks Leuten.«

»Und die Lkw-Fahrer.«

Britta saß gestärkt vom Frühstück im Büro von Frieda Götze. Es hatte den Charme einer deutschen Amtsstube aus den siebziger Jahren. Angeblich sollte im Laufe des Jahres alles modernisiert werden, aber die Leiterin der Bundespolizeistelle Rostock war eher skeptisch bezüglich der Umsetzung. Immerhin hatten sie seit Anfang des Jahres schnelles WLAN, und das kam einem Quantensprung gleich. Glaubte man ihren Aussagen, hatte sie bis zu diesem Zeitpunkt nicht gewusst, dass das Herunterladen von Anhängen in E-Mails auch schneller als in zwei Stunden möglich war.

Britta hatte Rolf gebeten, die Vernehmungen der Lkw-Fahrer zu übernehmen. Sie musste sich einen Moment ausruhen, die Schusswunde beeinträchtigte sie doch mehr, als ihr lieb war. Sie nutzte die Zeit, um Zille eine Nachricht zukommen zu lassen. Sie hatte seit dem letzten Telefonat am Freitag nichts von sich hören lassen. Britta schilderte kurz den erfolgreichen Ablauf der Aktion und ging dann zum persönlichen Teil über. Wie gerne würde ich jetzt neben Zille liegen und mich verwöhnen lassen, dachte sie wehmütig und beschrieb ihm genau, was sie sich darunter vorstellte. Dann schickte sie lächelnd die Nachricht ab, lehnte sich im Stuhl zurück und schloss die Augen.

Das Piepen ihres Handys riss sie aus ihren Träumen. Eine Nachricht aus Klaipėda. *Mehrere Lkws der Firma ABRIE beschlagnahmt. Neben Kaviar und Eistee in zwei Wagen jeweils etwa 40 Kilo Heroin gefunden. Fahrer festgenommen, schweigen. Gruß.*

Britta nickte zufrieden. Das war eine gute Nachricht. Sie hoffte, dass die Kollegen in Belarus und Aserbaidschan ähnlich erfolgreich sein würden. Britta reckte sich. Sie war tatsächlich eingeschlafen. Inzwischen war es neun Uhr, warum war sie dann immer noch allein in dem Büro? Sie stand auf und ging in den Nebenraum. Dort saßen Rolf und die LKA-Kollegen aus Schwerin und tranken Kaffee.

»Habt ihr nichts zu tun?«, fragte Britta mit gespielter Ernsthaftigkeit.

»Wir wollten dich nicht beim Schlafen stören«, antwortete Rolf amüsiert.

»In Klaipėda haben sie achtzig Kilo Heroin gefunden.«

»Wahnsinn«, riefen die drei erstaunt.

»Das Zeug hat einen Wert von mindestens drei Millionen«, überschlug Santoni.

»Und das Zeug wurde in Lastern von ABRIE transportiert.« Britta setzte sich an den Tisch. »Das ist die Firma von Alma Brievenbusch.«

»Damit steckt sie massiv im Schmuggelgeschäft. Denn die Laster, die die Waffen angeliefert haben, gehören ihr auch, wie wir wissen.« Rolf schenkte Britta eine Tasse Kaffee ein. »Aber die Lkw-Fahrer schwören Stein und Bein, dass sie keine Ahnung vom Inhalt der Ladung hatten.«

»Was wahrscheinlich sogar stimmt«, sagte Britta. »Die Container lagerten im Hafen, die Fahrer haben sie nur abgeholt.«

Rolf nickte. »Interessanterweise haben zwei der Fahrer den Typen erkannt, den die Küstenwache aufgefischt hat. Den haben sie nämlich schon damals im Hafen bei der Verladung gesehen.«

»Und hast du ihnen ein Foto von Sandvik vorgelegt?«

»Klar, Chefin«, sagte Rolf mit leichtem Spott, »habe ja von der Besten gelernt.«

»Und?« Britta war ungeduldig. »Lass dir doch nicht alles einzeln aus der Nase ziehen.«

»Er war ebenfalls im Hafen mit weiteren Leuten anwesend.«

»Sandvik hängt also auch mit drin.« Britta fuhr sich durch die Haare. »Kein Wunder, dass er so viele Details kannte.«

»Ich habe auch noch eine Information«, meldete sich der zweite LKA-Kollege. »Neben den Maschinengewehren und den elektronischen Geräten waren auch noch 60-mm-Mörser und Munition in den Kisten.« Er kratzte sich am Kinn. »Mit diesen Waffen kannst du einen Bürgerkrieg anzetteln. Zumal unser Experte festgestellt hat, dass es sich bei den Waffen um die neuesten Modelle handelt.«

»Und hat er noch etwas festgestellt?«

»Die Waffen und die elektronischen Geräte kommen aus Hamburg von der KKDC GmbH.«

»Und die gehört Klaus Klaasen.« Britta haute mit der flachen Hand auf den Tisch und blickte zu Rolf. »Soll ich mir den Sandvik-Mitarbeiter vorknöpfen?«

»Habe ich schon.« Rolf fasste sich ans Ohrläppchen. »Der Typ heißt übrigens Bastian Roderich, unehrenhaft aus der Bundeswehr entlassen, hat sich als Söldner in Afrika verdingt und ist dann vor zwei Jahren vom Radar verschwunden.«

»Vermutlich hat er zu diesem Zeitpunkt bei Sandvik angeheuert.«

»Ich habe ihm gleich das Strafmaß für die Beihilfe zum Mord an Jochen Oven sowie für Waffenschmuggel näher erläutert und Möglichkeiten für eine Strafminderung aufgezeigt. Danach war er in Plauderlaune.«

Britta gähnte. »Sorry.«

»Schon gut. Er hat alles bestätigt. Sandvik, er und ein Kollege haben die Verladung der Waffen und der Lebensmittel im Hamburger Hafen überwacht. Und zu dritt sollten sie auch den Routenverlauf über Klaipėda bis in ein Lager bei Minsk kontrollieren. Von dort sollten er und sein Kollege zurückfliegen, und Sandvik sollte anschließend die Waffenlieferung in den Kaukasus begleiten. Das war der Plan. Nur sind Sandvik und sein Kollege nie in Rostock angekommen. Mehr wusste er nicht.« Rolf stockte kurz. »Auch nicht nach intensiver Nachfrage.«

»Wissen wir aber.« Britta schaute auf ihr Handy. »Immer noch keine weiteren Nachrichten. Mist.« Britta stand auf. »Wir sind hier fertig.«

»Wie geht es weiter?«, fragte Santoni.

»Ihr organisiert den Rest. Alles beschlagnahmen, inklusive

Schiff. Leute verhaften, vernehmen, das übliche Prozedere. Und ich brauche eine Auflistung vor allem der Waffen.«

»Bis heute Mittag?«

»Wäre gut«, antwortete Britta trocken und fügte dann besänftigend an: »So schnell wie möglich.«

Dreißig Minuten später waren Britta und Rolf auf der Autobahn nach Hamburg.

»Auch wenn du alle zwei Minuten auf dein Handy schaust, kommen die Nachrichten nicht schneller«, bemerkte Rolf, als Britta zum wiederholten Mal ihr Handy zückte.

»Es macht mich nervös, dass die sich nicht melden.«

»Schlaf einfach eine Runde.«

»Wieso bist du nicht müde?«

Rolf griff in seine Jackentasche, holte eine kleine Packung heraus und gab sie Britta.

»Pervitin«, las sie. »Was ist das?«

»Ein Aufputschmittel auf der Basis von Methamphetamin. Auch unter den Namen ›Panzerschokolade‹ und ›Fliegermarzipan‹ bekannt. In der Drogenszene redet man von Crystal Meth.«

»So was nimmst du?«

»Sei froh, sonst könnte ich jetzt nicht mehr Auto fahren.«

»Und woher hast du das?«

»Alte Bundeswehrbestände. Ich nehme es auch nur in Ausnahmesituationen«, sagte Rolf beschwichtigend.

»Ich will das alles nicht wissen.«

Brittas Handy piepte. Eine Nachricht von Zille. *Es ist alles vorbereitet. Warte auf dich.* Brittas Gesicht bekam weiche Züge, was Rolf nicht entging.

»Die Nachricht kam nicht aus dem Kaukasus.«

»Nee, aus Hamburg.«

Britta legte das Handy in ihren Schoß und wollte gerade die Augen schließen, als das Handy erneut piepte, diesmal sogar dreimal hintereinander. Britta öffnete den Messenger und las.

»Gute Nachrichten?«

»Wie man's nimmt.«

»Muss ich dir jetzt alles aus der Nase ziehen?«

»In Ganja, das ist in Aserbaidschan, haben sie die Lagerhalle, die auf einer Industriebrache stand, gestürmt. Vier Leute haben sie erschossen, zwei konnten fliehen. Ein Mann und eine Frau. Bei der Frau handelte es sich wohl um Tatjana Ruskow.«

»Die Ex-KGB-Agentin. Und der Mann?«

»Wahrscheinlich Abasov.«

»Na super.«

»Aber sie haben eine Menge Heroin gefunden und beschlagnahmt. Fast zweihundertfünfzig Kilo.« Britta holte tief Luft. »Damit finanzieren die Taliban ihren Scheißkrieg.«

»Und in Minsk?«

»Da ist alles in die Luft geflogen.«

»Wie bitte?«

»Als die Spezialeinheit die Halle stürmen wollte, hat einer der Typen eine Mörsergranate auf das Lager gefeuert, um das Lager sturmreif zu schießen. Das Dumme war nur, dass in dem Lager nicht nur Heroin, sondern auch Waffen und Munition gelagert waren.«

Rolf schlug auf das Lenkrad. »Dann hat es schon eine Waffenlieferung gegeben.«

»Und wir haben es nicht mitbekommen.«

»Aber wenigstens sind sie nicht ans Ziel gelangt«, sagte Rolf.

»Stimmt schon, aber wahrscheinlich sind alle Beweise vernichtet.« Britta rümpfte die Nase. »Vielleicht finden die Kollegen ja noch etwas Verwertbares in den Trümmern.«

Rolf schwieg einen Moment. Dann fragte er: »Und die dritte SMS?«

»Kam ebenfalls aus Minsk. Aber von einem Kollegen von Europol, der die Nachricht vervollständigte. Bei dem Einsatz sind drei Leute der Spezialeinheit und alle Bewacher der Lagerhalle getötet worden. Auch Alexa Schewtschenko.«

»Dann war der Einsatz ein Desaster.«

»Aber immerhin haben wir die Schmuggelroute auffliegen lassen«, sagte Britta zufrieden. »Das können wir doch als Erfolg verbuchen.«

»Allerdings.«

Britta lehnte sich in den Sitz zurück. »Wie lange brauchen wir noch bis Hamburg?«

»Neunzig Minuten.«

»Bring mich in den Steenwisch. Und du fährst anschließend ins Bellevue und schläfst dich aus. Dann fahren wir im Laufe des Tages nach Wiesbaden.« Nach diesen Worten schloss Britta die Augen.

57

Sonntag, 3.2.2019

Janne saß in der S-Bahn auf dem Weg zur Besprechung mit Elias und Zille. Sie hatte den Schnee hinter sich gelassen und fuhr jetzt durch das verregnete Hamburg. Die Tage in Bergen hatten sie emotional ziemlich gefordert, all die neuen Informationen und natürlich der Gesundheitszustand ihrer Großmutter.

Ganz in Gedanken verloren, bekam Janne nicht mit, dass zwei Männer ihr gegenüber Platz genommen hatten und sie unverhohlen anstarrten. Erst als sich einer der Männer neben sie setzte und seinen rechten Arm um ihre Schulter legte, realisierte sie die plumpe Anmache.

»Nimm deine Pfoten weg, Schmierlappen«, raunzte sie ihn an.

Der Typ, sie schätzte ihn so auf Anfang vierzig, grinste aber nur blöd und begrapschte stattdessen mit seiner linken Hand ihren Schenkel. Janne merkte, wie ihr Adrenalinspiegel hochschnellte, beobachtete aber in weiser Voraussicht den Typen, der ihr gegenübersaß. Der hatte sich zwischen die Beine gegriffen und sich dann japsend nach vorn gebeugt. Da Angriff in der Regel die beste Verteidigung war, überlegte Janne nicht lange. Ihr rechtes Bein schnellte nach oben und traf ihr Gegenüber mit dem Fuß unter dem Kinn. Gleichzeitig hatte sie mit einem Ellenbogencheck auf die Nase des Mannes neben ihr gezielt. Beide schrien fast gleichzeitig auf und krümmten sich vor Schmerz.

»Fickt euch ins Knie«, sagte Janne verächtlich und nahm ihre Tasche. »Das nächste Mal tut es richtig weh, Arschlöcher.« Unter den erstaunten Augen der wenigen Mitfahrer ging sie zur Tür. Der nächste Halt war Othmarschen. Dort stieg sie in den Bus.

Jetzt saßen sie im Konferenzraum im Albertiweg und hatten gerade eine rote Linsensuppe mit Hühnerfleisch gegessen.

»Das ist ein Rezept meiner Mutter«, sagte Elias. »Linsen sind im Libanon sehr beliebt.«

»Es war köstlich«, sagte Zille und machte sich ein Bier auf.

Janne und Elias winkten dankend ab und bedienten sich aus der Wasserkaraffe.

Zille machte sich am Laptop zu schaffen, und ein paar Sekunden später tauchte ein Bild des toten Fabian Schmitt auf dem Smartboard auf. »Das ist unser vierter Ermordeter, wie die anderen nackt und schwanzlos. Er ist laut Freya fast nach dem gleichen Muster wie die beiden ersten Opfer umgebracht worden.«

»Wo war die Abweichung?«, fragte Janne.

»Er ist nicht mit einem Elektroschocker ruhiggestellt worden, bevor die Natriumpentothal-Spritze zum Einsatz kam. Er war schon ausgeknockt. Er hatte K.-o.-Tropfen in seinem Blut.« Zille trank einen Schluck Bier. »Aber Freya ist sich sicher, dass Brievenbusch, Kettenbach und Schmitt von derselben Person umgebracht worden sind.«

»Und damit haben wir es mit einem Serienmörder oder einer Serienmörderin zu tun«, konstatierte Elias.

»Es handelt sich um eine Frau«, sagte Zille mit Nachdruck. Und dann erklärte er Janne, wie er zu dieser Einschätzung gelangt war. Er fasste seine Gedanken und Überlegungen kurz zusammen und schloss mit den Worten: »Wir müssen nach einer gebildeten, medizinisch bewanderten und esoterisch veranlagten Frau suchen, etwa zwischen vierzig und fünfundsechzig Jahre alt.«

Janne zog kurz die Möglichkeit in Erwägung, dass Zille auf Droge war, und machte ein entsprechend ungläubiges Gesicht.

»So ungefähr habe ich auch geguckt, als Zille mir die Geschichte von dem Schamanen erzählte.« Elias grinste.

»Das Ergebnis seiner Überlegungen kann ich nachvollziehen, doch der Weg dorthin scheint mir ungewöhnlich.«

»Psychologen denken anders«, sagte Elias.

»Es ist mehr als eine Arbeitshypothese«, versicherte Zille. Er bediente die Tastatur des Laptops, und das Bild von Sylvia Braunsfeld erschien. »Pöppelmann und ich haben am Freitag Braunsfeld noch einmal einen Besuch abgestattet. Wir haben ihr unterstellt, in alle drei Morde involviert zu sein. Das hat sie natürlich abgestritten.«

»Hat sie für die Tatzeiten Alibis?«, fragte Janne.

»Die hat sie, und die sind auch wasserdicht«, sagte Zille. »Wir haben ihr ja auch nicht vorgeworfen, die Morde selbst begangen zu haben. Ich habe das Gespräch mit ihr heimlich aufgezeichnet.«

»Der Zweck heiligt auch bei der Polizei die Mittel«, gab Elias zum Besten.

»So konnte ich es mir noch einmal in aller Ruhe anhören. Braunsfeld hat behauptet, sie hätte sich für Mittwoch mit Schmitt im Jacobs zum Essen verabredet, dort aber umsonst auf ihn gewartet, weil er nicht gekommen sei. Pöppelmann hat das überprüft. Braunsfeld hat den Termin schon mittags telefonisch abgesagt.«

»Das heißt, sie wusste, dass er zu diesem Zeitpunkt schon tot war?«, fragte Janne.

»Sie wusste zumindest, dass er nicht kommt«, präzisierte Elias.

»Sie hat in unserem Gespräch die Vermutung geäußert, dass er am Abend zuvor im ›Silver Club‹ versackt sein könnte. Dort sei er nämlich jeden Dienstag anzutreffen.«

»Ist das nicht der Club für die einsamen Herzen?«, fragte Elias.

»Zumindest die Bar im Untergeschoss.« Zille trank sein Bier

aus und machte sich ein neues auf. Und als er Jannes strenges Gesicht sah, sagte er: »Ich bin mit dem Taxi gekommen.«

»Hab ich was gesagt?«

»Ich war gestern Abend im ›Silver Club‹. Er ist dort tatsächlich in der Bar gewesen und hat gegen halb elf mit einer Dame mittleren Alters den Club verlassen. Die Barkeeperin meinte, er sei ziemlich blau gewesen.« Zille schaute erwartungsvoll in die Runde. »Und?«

»Das war unsere Mörderin«, sagte Elias.

»Braunsfeld?«

»Mörderin ja, Braunsfeld nein«, sagte Zille. »Ich habe der Barkeeperin ein Bild von ihr gezeigt, aber sie war es definitiv nicht. Leider konnte sie sich nur an das sehr enge und hochgeschlitzte silberne Kleid erinnern, das die Frau trug, und an ihre roten Haare.«

»Bestimmt eine Perücke.« Elias machte sich jetzt ebenfalls ein Bier auf. »Frauen mit roten Haaren tragen keine silbernen Kleider.«

»Was du alles weißt.«

Elias prostete Janne zu.

»Hört mal zu.« Zille hielt sein Handy in der Hand und berührte das Display. »›Imagination funktioniert übrigens gut bei Traumapatienten. Und eine Serienmörderin, die Männern Schwänze abschneidet, muss ja wohl traumatisiert sein.‹«

Elias und Janne blickten ihn verwundert an.

»Das hat Braunsfeld in dem Gespräch zu mir gesagt. Quasi von Therapeutin zu Therapeut. So etwas sagt niemand …« Zille suchte nach den richtigen Worten.

»Einfach so daher«, schloss Elias.

»Genau. Es hört sich so an, als ob sie schon einmal mit Traumapatienten so gearbeitet hat.« Zille legte das Handy auf den Tisch.

»Ist Imagination denn tatsächlich eine therapeutische Methode?«, fragte Janne.

»Ja, Therapiemethoden, die auf Imagination, also Einbildungskraft, aufbauen, gibt es schon länger. Vor allem für alle Arten von Belastungsstörungen.«

»Also auch bei Traumata«, schlussfolgerte Janne.

Zille nickte. »Damit sollen belastende Bilder, die ein Patient mit sich herumträgt, bearbeitet werden, zum Beispiel indem er sie ersetzt oder verdrängt.«

»Und wie könnte das bei einem Serienmörder, der Schwänze abschneidet, funktionieren?«, fragte Elias.

Zille hob die Hände. »Weiß ich nicht. Bin kein Psychiater.«

»Und sie hat definitiv von einer Serienmörderin, also einer Frau, gesprochen?«, wollte Janne sich vergewissern.

»Das hat sie.«

»Das könnte durchaus für die These sprechen, dass die drei Männer von einer Frau ermordet und kastriert wurden.« Elias rümpfte seine Nase, überlegte. »Welche Rolle könnte Braunsfeld da spielen? Hat sie eine ihr bekannte traumatisierte Person, wahrscheinlich eine Frau, mit den Morden beauftragt? Und war es die Frau im ›Silver Club‹?«

»Reine Spekulation«, warf Zille ein.

»Ich weiß«, erwiderte Elias. »Ist ja sonst nicht meine Art. Doch schauen wir uns die Fakten an. Braunsfeld kannte alle drei Toten. Hat mit ihnen gemeinsam in einem fast geheimen Zirkel der Gesellschaft Strippen gezogen, um sich Vorteile zu sichern. Und wenn es sein musste, auch mit kriminellen Mitteln. Sie profitiert vom Tod der drei Männer, denn dadurch wird ihre Stellung im Inneren Kreis gestärkt.«

»Sie ist die Einzige, die übrig bleibt«, sagte Zille und berichtete in Kurzform von der erfolgreichen BKA- und Europol-Aktion. »Klaasen wird wegen Waffenschmuggels angeklagt, und Rautlage ist verbrannt. Als BKA-Spitzel wird er dem Inneren Kreis nicht mehr angehören können.«

»Und die Firma Brievenbusch wird sich ebenfalls zumindest wegen der Beihilfe zum Waffen- und Drogenschmuggel verantworten müssen.« Elias rieb sich die Hände. »Das wird ein Desaster für die ehrenwerten Kaufleute.«

»Und vielleicht eine Chance für Braunsfeld«, sagte Zille.

»Um als Phönix aus der Asche der dem Niedergang geweihten Gesellschaft zur Auferstehung zu verhelfen.«

»Es sei denn, wir finden eine Traumapatientin, die sie manipuliert hat«, flüsterte Janne gedankenverloren, um dann laut fortzufahren: »Mich beschäftigt etwas, seit ich in Bergen war. Sind stark traumatisierte Menschen potenzielle Mörder?«

»Das wäre mir neu«, sagte Zille. »Das Gegenteil ist der Fall. Sie sind oft besonders empathisch, und es widerstrebt ihnen, anderen Leid zuzufügen. Sie denken eher an Suizid.«

»Dann ist die Aussage von Braunsfeld doch irreführend.«

»Wenn man sie in direkter Kausalität zu einem Mord setzt, schon. Aber natürlich können posttraumatische Belastungsstörungen zu Stress, Gereiztheit und Aggressivität führen. Dann kommen Wutausbrüche für Außenstehende wie aus dem Nichts. Vielleicht hat sie so etwas gemeint.«

Janne erzählte nun von ihrem Besuch in Bergen und dem, was ihrer Großmutter widerfahren war. Von deren traumatischen Erlebnissen nach dem Krieg, den Demütigungen und dem Schmerz, den die Großmutter bis heute empfand. Und von deren Absencen.

»Und wenn sie in ihre abgeschottete innere Welt versunken war, hat das ein inneres Zittern bei mir ausgelöst. Und nachts hatte ich Alpträume.« Janne nahm jetzt auch ein Bier. »Und als ich in ihrem alten Haus all die Bücher über das Leid vor allem von Frauen nach dem Krieg bei ihr gefunden habe, die auch im Bücherregal bei Camille Tollien standen, fiel mir wieder ein, dass ich genau dieses innere Zittern auch bei dem Besuch bei Camille Tollien gespürt habe.«

Elias kramte in seinen Unterlagen und holte ein Blatt Papier hervor. »Du hattest mich gebeten, mehr über Camilles Großmutter herauszufinden.«

Janne nickte.

»Ich mache es kurz. Bernadette Laurent, so hieß ihre Großmutter, kam aus Portville im Nordosten von Frankreich. Schon kurz nach der Befreiung von den deutschen Besatzern wurden in Säuberungsaktionen in der Regel Frauen kahl geschoren, die der horizontalen Kollaboration angeklagt waren. Kämpfer der Résistance und auch Polizisten, jedenfalls nur Männer, waren federführend bei diesen Aktionen, die in ganz Frankreich stattfanden. So eine Säuberung fand im August 1944 auch in Portville an fünf Frauen statt, die Kontakt mit deutschen Soldaten hatten.«

»Also mit deutschen Soldaten geschlafen haben«, sagte Janne.

»Es wurden auch Frauen geschoren, weil sie mit deutschen Soldaten gesprochen, für sie geputzt oder sich in sie verliebt hatten – so wie Bernadette Laurent.«

»Das ist ja wie eine Hexenverfolgung«, empörte sich Janne.

»Jean-Paul Sartre hat es als einen Akt von verabscheuungswürdigem mittelalterlichem Sadismus bezeichnet.«

»Und war Bernadette Laurent auch unter den Opfern?«, fragte Zille.

»War sie«, antwortete Elias. »Ihr ist das Gleiche passiert wie deiner Großmutter, Janne.«

»Ist sie auch durchs Dorf getrieben worden?«

»Ja, dieser Spießrutenlauf ist weder ihr noch den anderen Frauen erspart geblieben.«

»Das heißt, aufgrund dieser Erlebnisse der Großmutter leidet ihre Enkelin, Camille Tollien, auch unter diesem Trauma?«, fragte Janne.

»Nicht zwangsläufig«, sagte Zille zögerlich. »Aber ja, kann schon sein.

»Mal angenommen, Camille Tollien leidet unter einem vererbten Trauma«, sagte Elias, »warum sollte sie das zur Serienmörderin machen? Darauf willst du doch hinaus, Janne?«

»Könnte sie mit einer Imaginationstherapie gelernt haben, den alten, Angst machenden Bildern neue Bilder entgegenzusetzen?«, fragte Janne.

»Im Prinzip schon. Der Ansatz der Therapie besteht darin, durch geschickte, durchaus gezielte Fragen den Patienten dazu zu bringen, sich eigenständige Bilder zu suchen, die ihn entlasten«, antwortete Zille.

Janne atmete tief aus. »Ganz schön kompliziert. Die Macht von Bildern scheint ja grenzenlos. Könnten neue Bilder einen auch zum Mörder werden lassen?«

»Bilder, die in einer Therapie durch gezielte Fragen beim Patienten hervorgerufen werden?«

Janne nickte.

»Vielleicht.« Zille schien ratlos. »Wenn die Konstellation stimmt. Aber nein, das kann ich mir nicht vorstellen.«

»Aber hier wäre die Verbindung zu Braunsfeld.« Janne ließ nicht locker.

»Ein solches Gedankenspiel zu initiieren ist das eine«, sagte Elias, »aber die Umsetzung ist etwas anderes. Und liegt nicht mehr im Einflussbereich eines Therapeuten.«

»Mit anderen Worten, entscheidend ist immer der Wille des Patienten?«, fragte Janne.

»Auf jeden Fall«, sagte Zille mit Nachdruck.

»So viele Fragen«, seufzte Janne.

»Wir sollten Camille Tollien morgen einen Besuch abstatten«, schlug Elias vor, »und sie fragen, ob sie Patientin bei Sylvia Braunsfeld war.«

»Und ich würde«, druckste Janne herum, »also, ich würde gerne mal bei Sylvia Braunsfeld vorbeischauen.«

Elias und Zille schauten sie erstaunt an.

»Vielleicht kann sie mich auch therapieren«, sagte Janne verschmitzt.

»Sie hat einen schönen grünen Blättersessel. Mit Blick aufs Meer.« Zille überlegte kurz. »Einen Versuch ist es wert.«

Donnerstag, 11. Oktober 2018

Sobald ich den Raum betrete, überkommt mich Schuld, gemischt mit Scham und Ohnmacht. Ich taumele wie eine Betrunkene zum Sessel. Atme tief ein und aus. Die letzten Wochen sind furchtbar gewesen. Ich hasse mich für meine Schwäche, nichts gegen die Flashbacks tun zu können, die mir mein Leben zur Hölle machen. Ich hasse mich für mein Selbstmitleid, meine Unfähigkeit, stark zu sein. Ich hasse meinen Körper, den ich nicht spüre, meinen Geist, der mir keine Kontrolle über die Zustände gibt, die mich quälen. Mir laufen die Tränen über die Wangen, und meine Therapeutin reicht mir ein Taschentuch. Ich atme tief durch, schließe die Augen. Aber ich kann mich nicht beruhigen. Vor meinem inneren Auge blitzt es, alles dreht sich. Ich falle, immer tiefer.

Schau mich an. Du hast in den letzten Wochen viel Kraft getankt, warst in deinen Gedanken mutig und voller Empathie der kleinen Camille gegenüber. Hast versucht, ihr zu helfen, sie zu beschützen. Steh auf, verlasse den Sessel und setze dich auf den Stuhl, gerade, mit erhobenem Haupt. Heute sollst du erleben, wie du stark sein kannst, stärker als deine Dämonen. Nun sollen die Dämonen erleben, wie es ist, hilflos und wehrlos zu sein.

Erinnere dich an eine weitere traumatische Szene aus deiner Kindheit, deiner Jugend. Lass die Bilder vor deinen Augen ablaufen und beschreibe sie als Beobachterin, aber füge ein paar neue Bilder ein, in denen du als Erwachsene dem Kind hilfst. Kreiere mit Hilfe deiner Vorstellungskraft ein neues Kapitel deiner Kindheit.

Ich versinke in mir. Stroboskopartig laufen Bilder vor meinem inneren Auge ab. Unser Haus, mein Vater, andere Männer, eine Schere und ich. Mit letzter Kraft reiße ich die Augen auf, schrecke hoch und tauche in das warme Licht des Raumes ein. Nein, diesmal will ich die Geschichte schreiben und das Ende in die Hand nehmen. Und ich beginne zu erzählen.

»Eine Vierzehnjährige sitzt in ihrem Zimmer. Die Vierzehnjährige bin ich. Ihre Haare sind zu zwei Zöpfen geflochten, so wie die Haare auf einem Kinderfoto, das sie gerade in der Hand hält. Sie streicht mit den Händen über das Bild. Dann legt sie es zur Seite und betrachtet sich im Spiegel. Sie nimmt die Zöpfe in die Hand, dreht sie und lässt sie mutlos wieder fallen. Sie will so nicht zum Fest gehen, zu dem ihr Vater sie mitnehmen wird. Nicht mit Zöpfen wie ein Kleinkind. Aber der Vater will es so.«

Ich stocke. Überlege einen Moment. Dann lächle ich und erzähle weiter.

»Jetzt betrete ich ihr Zimmer, streiche der vierzehnjährigen Camille über den Kopf und löse die Gummis, die ihre Zöpfe zusammenhalten. Ich sehe, wie sie erstaunt den Kopf schüttelt und ihr die Haare über die Schulter fallen. Mit leuchtenden Augen betrachtet sie sich im Spiegel. Ihr gefällt, was sie sieht, auch weil sie weiß, dass ihr Vater keine offenen Haare mag.«

Gut so. Ein erster, kleiner und doch wichtiger Schritt, um zu deinem Selbst durchzudringen und zu kämpfen. Die Angst war der größte Feind der kleinen Camille und hat sich in sie eingegraben. Schmerzlich hat sie erfahren, dass sie dem Leid ihrer Großmutter ausgeliefert ist. Dieses Leid hat ihren Verstand gelähmt und ihre Lebensgrundlage bedroht. Diese Angst ist in ihr gewachsen, größer geworden und bei der erwachsenen Camille zu einer Schimäre, einer dreiköpfigen Hydra mutiert. Sie ist dein Feind. Dein Feind in dir, den du bekämpfen musst. Hilf der kleinen Camille, erzähl die Geschichte neu, damit hilfst du dir.

»Die vierzehnjährige Camille steigt aus dem Auto, dem schicken Ford Mustang. Sie trägt ein rotes Cape, ihre Haare werden von der Kapuze verdeckt. Mit anderen Gästen betreten sie und ihr Vater das Haus, sie gibt das Cape an der Garderobe ab. Erst jetzt sieht ihr Vater die offenen Haare. Sofort macht er ein wütendes Gesicht, doch bevor es zu einem Wutausbruch kommen kann, wird er von dem Gastgeber, einem Geschäftsfreund, begrüßt. Camille schaut ihren Vater herausfordernd an und erntet einen bösen Blick. Gemeinsam gehen sie in den Festsaal, in dem sich schon viele Menschen aufhalten. Nach dem Essen geht ihr Vater mit einigen anderen Männern in die Bibliothek. Camille bleibt allein, sie merkt, wie sich Schweißperlen auf ihrer Stirn bilden, ihr heiß und kalt wird. Sie fühlt sich allein und verlassen und sucht die Toilette auf. Dort übergibt sie sich, verlässt panisch den Raum und vermeidet es, in die Spiegel zu blicken. Sie läuft eine Treppe hinauf und kommt in einen langen Flur. Ihr Mund ist staubtrocken, die Knie zittern. Sie läuft den Flur entlang. Von den Wänden starren Bilder auf sie herab. Alte Männer mit fratzenhaften, grotesken Gesichtern, einige lösen sich aus den Leinwänden und kommen ihr nahe. Camille presst sich an die gegenüberliegende Wand, hier scheint sie sicher vor den Fratzen, die sie nur noch angrinsen können. Plötzlich lösen sich Arme aus der Wand, umgreifen sie von hinten, zwei Hände umfassen ihren Kopf, zwei ihre kleinen Brüste, zwei weitere ihren Bauch.«

Ich stocke in meinem Redefluss, Schweiß steht auf meiner Stirn, ich sitze steif auf dem Stuhl. Ich spürte eine Hand auf meiner Schulter.

Jetzt geh zu dem Teenager. Hilf ihm. Du bist erwachsen, stark, mutig. Schreite ein, in deiner Vorstellung ist alles möglich.

Ich kneife mir in die Arme, presse die Hände gegeneinander. Ich muss mich spüren. Nehme all meinen Mut zusammen. Springe auf.

Was geschieht gerade?

»Ich gehe zu mir, dem Kind. Betrete den Flur, laufe zu ihm, um es von den sechs Armen zu befreien, dann verschwinden die Arme so schnell, wie sie gekommen sind. Panisch vor Angst, mit japsendem Atem, läuft Camille in das nächste Zimmer. Ich gehe hinterher und sehe, wie sie vor einem Gemälde stehen bleibt. Die Augen weit aufgerissen. Starr. Leichenblass. Ein dunkler, dunkelroter Himmel, Rauchschwaden im Hintergrund, lodernde und verkohlte Baumstümpfe und ein in Lumpen gehüllter alter Mann, der sich mühsam seinen Weg durch das verbrannte Land sucht. Sie hält sich die Ohren zu, will nicht die Bomben hören, die verzweifelten Schreie. Sie kneift die Augen zusammen, will nicht die Schrecken sehen oder vielleicht ihre Großmutter, die verzweifelt umherirrt, nicht das Feuer. Sie sackt zusammen, tonlos, klaglos. Wie tot. Ich eile zu ihr, nehme sie in den Arm, presse sie an meine Brust, damit sie nicht den ätzenden Rauch einatmet, nicht erstickt. Dann höre ich Schritte. Ich will sie hochheben und verstecken, merke aber, wie sie sich wehrt. Ihren Körper steif und schwer macht. Die Tür öffnet sich, Männer kommen hereingestolpert. Ich verstecke mich. Höre ihre Stimmen, sehe sie um das Kind herumstehen. Sie begaffen mich, das Kind, und lachen. Ich will helfen, doch mir fehlt der Mut. ›Wir kommen wieder, schönes Kind, müssen nur noch mehr trinken‹, höre ich sie grölen. Dann verlassen sie das Zimmer. Ich sehe mich, das Kind, zitternd auf dem Boden liegen.«

Das war ein guter Versuch. Du hast versucht, das Kind zu verstecken, es hat sich instinktiv gewehrt. Sei deshalb nicht böse auf das Kind, sondern hasse die Täter und überlege, wie du verhindern kannst, dass sie wiederkommen. Kehre noch einmal in die Vergangenheit zurück. Gib dem Ereignis eine andere Richtung. Erlebe in deiner Vorstellung, vor deinem inneren Auge, dass du stärker bist als die dich bedrohenden Männer. Ich stecke dir etwas in deine Jackentasche. Ein Hilfsmittel, das dir helfen könnte, die Männer zu vertreiben. In großer Not kann es vielleicht hilfreich sein.

»Etwas ratlos betrete ich noch einmal das Zimmer. Spüre etwas Schweres in meiner Tasche. Einen Stein? Ein Spray? Dann sehe ich mich auf dem Boden liegen, wehrlos, atemlos. Höre die Schritte auf der Treppe, verstecke mich hinter der Kommode. Ich sehe, wie die Tür geöffnet wird. Die drei Männer, betrunken. Sie gehen auf das Kind zu, stellen sich um es herum, glotzen es lüstern an. Ich sehe, wie ich zitternd am Boden liege. Als sie sich bücken, um sich über das Kind herzumachen, greife ich in meine Jackentasche, ziehe ein Messer heraus und schreie die Männer an, voller Wut, voller Hass. Sehe ihre Verblüffung und Angst. Ohne weiter zu überlegen, stürze ich mich auf sie und schneide ihnen nacheinander die Kehle durch.«

Ich bin von meinem Stuhl aufgesprungen und stehe mit ausgestrecktem Arm und geschlossener Hand, die ein imaginäres Messer umklammert, vor meiner Therapeutin. Sie lächelt und öffnet behutsam meine Hand.

Gib mir das Messer wieder. Du brauchst es nicht mehr. Wie fühlst du dich jetzt?

»Gut. Verdammt gut. Ich habe die Angst und die Ungläubigkeit der Männer gesehen. Das war ein befriedigendes, befreiendes Gefühl. Und als ich ihnen die Kehle durchschnitt, war ich erfüllt von Glück.«

Ich stehe auf und betrachte mit zufriedenem Gesichtsausdruck meine Therapeutin. Mein Dunkelfeld hat Risse bekommen, und durch diese fällt Licht.

Du bist vor einem Jahr zu mir gekommen, mit einer zerknitterten Visitenkarte in deiner Hand, Wut im Bauch und Hass im Herzen. Seither bist du in vielen Sitzungen Spuren nachgegangen und hast nach Auswegen aus deinem Dunkelfeld gesucht. Du warst verzweifelt, schockiert, hast Qualen erneut durchlebt. Aber du hast gekämpft und bist mutig der Tyrannei der Bilder und Gefühle, die ihre Ursachen im Leid deiner Großmutter, im Schweigen deiner Mutter und in der Ignoranz deines Vaters haben, entgegengetreten. Du hast das Symbol dieses Leids, die Hydra, in die Knie gezwungen und in Stücke geschlagen. In deiner Seele lebt das Böse jedoch so lange weiter, bis es endgültig vernichtet ist. In der Imagination hast du einen Weg gefunden, die dreiköpfige Hydra, bestehend aus drei Männern, mal waren sie unbekannt und jung, mal waren es die Freunde deines Vaters, zu zerstören und so deine Seelenwelt und die deiner Großmutter zu erlösen. Übertrage ihn in die reale Welt. Nur so wirst du das Dunkelfeld verlassen. Die Waffe bist du.

Wir geben uns die Hand, und das erste Mal empfinde ich ihr Lächeln als warm. Sie hat ihre Brille abgenommen. Ich schaue sie an und sehe Augen mit zwei völlig unterschiedlichen Farben. Verwirrend und faszinierend zugleich. Ich verlasse die Praxis, stehe auf der Straße. Immer noch die Geschichte meiner Großmutter im Gepäck. Die Qual, das Leid, die Not, den inneren Zerfall. Doch ich habe einen Weg gefunden, das alles hinter mir zu lassen. Den Weg, um das Dunkelfeld zu verlassen. Ich drehe mich um und blicke auf das Haus, das ich in den letzten Monaten so oft betreten habe. Meine Therapeutin steht am Fenster und lächelt. Ich hebe eine Hand zum Gruß und stecke eine neue Visitenkarte in meine Handtasche.

58

Montag, 4.2.2019

Camille saß am Frühstückstisch. Victor hatte frisches Baguette geholt, Lachs, Käse und eine Saucisson de Lyon eingekauft, zudem tischte er gerade Rührei mit Speck auf und setzte sich zu ihr.

»Du hast mir sehr geholfen, Victor.« Camille goss beiden Kaffee und einen Schuss heiße Milch in die Bols.

»Wie du mir früher.«

»Damals haben wir keine Leichen entsorgt.«

Victor grinste dreckig. »In Gedanken schon. Zumindest wollte ich oft meine Peiniger umbringen.«

»Sie haben auch ihre Strafe bekommen.«

»So wie der gemeine Michael Strecker.« Victor schnitt ein paar Scheiben von der Salami ab. »Dem hast du Spinnen in die Unterhose gesteckt.«

»Und er hat sich vor Angst in die Hose gemacht.«

»Oder Rudolf Heinzmann. Der mir zwei Mal nach der Schule aufgelauert und mich verprügelt hat.« Victor nahm einen Schluck aus der Bol.

»Das hat er kein drittes Mal gemacht.«

»Weil du ihm ebenfalls zwei Mal aufgelauert und ihn gezwungen hast, tote Fliegen zu essen. Das war ganz schön eklig.«

»Hat funktioniert.« Camille lächelte. »So habe ich dir geholfen, deine Peiniger loszuwerden, und du hast mir geholfen, meine Dämonen loszuwerden.«

»Ich habe damals schon gespürt, dass dich etwas quält. Und du warst so oft traurig. Aber du hast nie darüber gesprochen.«

»Du warst so jung.« Camille nahm ein Stück Baguette und schnitt sich ein Stück Käse ab. »Ich habe bis vor einem Jahr selbst nicht gewusst, was der Grund für meine Qualen ist.« Sie griff neben sich. Auf dem Stuhl lagen ein Päckchen und ein Briefumschlag. Sie entnahm dem Päckchen ein dickes Heft mit schwarzem Einband. »Das ist das Tagebuch meiner Großmutter.

Ich habe es vor etwa einem Jahr gefunden, als ich das Wochenendhaus meiner Mutter nach vierzig Jahren endlich verkauft habe. In diesem Buch hat meine Großmutter beschrieben, dass sie nach dem Krieg geschoren und durch ihr Dorf Portville getrieben wurde. Geschoren von drei Männern, weil sie bei einem deutschen Soldaten gearbeitet hatte. Ihrem späteren Mann. Sie beschreibt ihre Scham, ihre Qualen, die sie bis zu ihrem Tod begleitet haben. Meine Mutter hatte dieses Tagebuch gelesen, aber nie darüber gesprochen.«

»Du warst noch ein Kind, als sie starb.«

»Stattdessen hat sie sich in ihre Welt zurückgezogen.« Camille legte das Tagebuch wieder in das Päckchen. »Hätte ich es früher gelesen, ich glaube, ich hätte einen anderen Weg gefunden, meine Dämonen zu besiegen. Aber wenn sie fünfzig Jahre in dir wüten, kannst du sie nur auf radikale Weise beseitigen.«

Victor lächelte.

»Als diese junge Frau, Janne Bakken heißt sie, bei mir war, habe ich gespürt, dass sie ein ähnliches Schicksal teilt. Sie ist jung. Ich möchte, dass sie das Tagebuch meiner Großmutter bekommt. Ich hoffe, es hilft ihr, ihren Schmerz zu überwinden.« Camille Tollien nahm ein Stück von der Salami und steckte es sich in den Mund. »Sie schmeckt einfach köstlich.« Sie nahm das Päckchen und klebte es zu. »In diesem Päckchen ist neben ein paar Unterlagen meines Vaters auch mein Geständnis. Ich bin die alleinige Mörderin der drei toten Männer.«

»Erwähnst du, wer die Opfer ausgewählt hat?«

»Niemand hat mir geholfen«, antwortete Camille bestimmt. »Ich habe die Morde so detailliert beschrieben, wie es nur die Mörderin kann. Ich bitte dich, dieses Päckchen Dr. Elias Hopp zukommen zu lassen. Er wird wissen, was er damit machen soll.« Sie blickte zu Victor. »Ohne dich, Victor, hätte ich niemals meinen Frieden gefunden. Auch als wir Kinder waren, warst du der Einzige, der mich so akzeptiert hat, wie ich nun mal war. Verletzlich, depressiv, wütend, traurig.« Sie griff zu dem großen Umschlag, der noch auf dem Stuhl lag. »Der ist für dich. Du musst dir nie wieder Sorgen machen.«

Victor nahm den Umschlag. »Ohne dich, Camille, wird mir das Atmen schwerfallen.«

In der Albertistraße duftete es nach Kaffee. Zille und Elias standen in der Küche und schlürften einen Mokka.

»Das tut gut«, sagte ein verschlafener Zille und gähnte. »Davon brauche ich einen zweiten.«

»Wie geht es denn eigentlich weiter mit der Gesellschaft für freien Handel?«, fragte Elias.

»Im Laufe des Tages werden Klaasen und Alma Brievenbusch festgenommen.«

»Und Braunsfeld?«

»Wir gehen zwar davon aus, dass sie zumindest von den kriminellen Aktivitäten gewusst hat, aber der Oberstaatsanwalt meinte, das würde nicht ausreichen.«

»Und gibt es Hausdurchsuchungen?«, wollte Elias wissen.

»Klar. Sowohl in den Firmen als auch in den Privathäusern und den Geschäftsräumen der Gesellschaft. In Aserbaidschan werden die Firmen, für die Abasov und Schewtschenko gearbeitet haben, durchsucht.«

»Dass dabei etwas herauskommt, wage ich allerdings zu bezweifeln.«

»Gestern Abend rief Janne mich noch einmal an.« Zille fuhr sich durch die Haare. »Sie wollte wissen, ob Sandvik definitiv tot sei.«

»Verstehe ich nicht.«

»Er ist bei der Auslieferung nach Norwegen von der Fähre gefallen.«

»Verstehe ich noch weniger.«

»Es gab ein Gerangel mit seinen Bewachern an Deck.«

»Die offizielle Version?«

Zille zuckte mit den Schultern.

»Und Janne wusste davon?«

»Offensichtlich kennt sie die richtigen Leute.«

»›Norwegian Connection‹.«

»Fragt sich, wer ›Popeye und Cloudy‹ sind.«

»Bekannte aus Quantico?«

Zille grinste. »Brooklyn.«

»Aha. Und ist Sandvik tot?«

»Seine Leiche wurde nicht gefunden. Aber er wurde offiziell für tot erklärt.«

Elias machte ein skeptisches Gesicht.

»Um diese Jahreszeit liegt die Wassertemperatur in der Ostsee bei zwei bis drei Grad. Nach spätestens fünfundzwanzig Minuten bist du tot. Du schaffst es aber nur so lange, wenn du dich möglichst wenig bewegst, also nicht schwimmst. Schlecht, wenn man nichts hat, an dem man sich festhalten kann.«

Elias schenkte beiden noch einen Mokka ein.

Zille verfeinerte ihn mit zwei Teelöffeln Zucker, ließ den Kaffeesatz sacken und trank einen Schluck. »Er muss tot sein.« Dann schaute er auf seine Uhr. »Lass uns mal zu Camille Tollien aufbrechen. Ich will mittags im LKA sein.«

Camilles Handy klingelte. Sie schaute auf das Display und überlegte, ob sie den Anruf annehmen sollte. Dann aber stellte sie ihre Bol ab und griff zum Handy. »Ja?«, meldete sie sich mit kräftiger Stimme.

»Die letzte Inszenierung war perfekt. Ein Kunstwerk.«

»Danke.«

»Wie fühlst du dich?«

»Befreit. Es ist ein ungewohntes, aber schönes Gefühl. Nach einundfünfzig Jahren bin ich am Ziel.«

»Braucht die Waffe kein Opfer mehr?«

»Ich habe die Ziellinie überschritten.«

»Und was hast du gefunden?«

»Mein Leben. Ich habe es mir zurückgeholt. Mit deiner Hilfe.«

»Und du darfst es nie wieder hergeben.«

»Nein, nie wieder.« Camille beendete das Gespräch.

Victor hatte inzwischen den Tisch abgedeckt.

»Ich habe alle Hinweise vernichtet. Alles andere ist ebenfalls vorbereitet. So wie du es wolltest.«

Camille stand auf und ging zu dem Ohrensessel mit dem Blümchenmuster.

Victor brachte ihr einen Chablis. Er kniete sich neben sie. »Bist du dir sicher? Wir könnten gemeinsam fahren. Im Van ist genug Platz.«

Camille nahm seine Hand. »Nein, Victor, das geht nicht. Jetzt habe ich mein Leben, es gibt keine Bedrohung, ich fühle keinen Schmerz, nichts quält mich. Es ist ein Gefühl unendlicher Freiheit. Und Leichtigkeit. Das soll mir nie wieder jemand nehmen. Und diese Sicherheit gibt mir nur mein Tod.« Sie beugte sich vor und küsste Victor. Es war der erste leidenschaftliche Kuss, den sie sich je gegeben hatten. »Außerdem bin ich eine dreifache Mörderin.«

Victor stand auf, legte eine Fernbedienung und eine aufgezogene Spritze auf die Armlehne. »Drücke auf die Eins. In zehn Minuten.« Dann drehte er sich um und verließ das Haus.

Sie fuhren mit Elias' Auto und verließen gerade die Autobahn, um auf die B 73 einzubiegen.

»Wie gut, dass wir in der Karre nicht bis Cuxhaven fahren müssen«, sagte Zille, der auf dem Beifahrersitz saß. »Wieso geht die Heizung nicht?«

»Ich wollte sie ja reparieren lassen, aber Maja meint, wir könnten uns auch ein neues Auto kaufen.« Elias hielt an einer Ampel. »Dann lohnt sich eine Reparatur nicht.«

»Und wann kriegt ihr das neue Auto?«

»Maja möchte gerne einen Kombi haben. Mercedes oder VW. Ich möchte lieber einen kleineren Wagen, sportlicher.«

Zille schlug sich an die Stirn. »Das heißt, ihr habt euch noch nicht entschieden?«

»Nein«, sagte Elias schmallippig.

»Wie wäre es denn mit so einem Auto?« Zille zeigte auf einen dunkelblauen Van, der ihnen entgegenkam.

»Zu groß.«

»Aber damit könntet ihr in Urlaub fahren.«

»Ich glaube, Maja bevorzugt Hotelzimmer.«

Elias bog jetzt in die Straße Wulmstal ein. »Wir müssten gleich beim Haus sein.«

»Riechst du das auch?«, fragte Zille.

Elias schüttelte den Kopf und kurbelte das Fenster herunter. »Du hast recht. Es riecht nach Rauch.«

Janne parkte ihren Volvo am Baurs Park und legte die letzten Meter zu Fuß zurück. Es war kalt, aber die Sonne schien. Jetzt stand sie vor der Villa in der Auguste-Baur-Straße. Hübsches Haus, dachte sie. Weiß wie die Unschuld. Aber das war nur schöner Schein, da war Janne sich sicher. Sie klingelte. Nichts geschah. Sie klingelte ein zweites Mal. Dann hörte sie Schritte, die Tür wurde geöffnet, und vor ihr stand Sylvia Braunsfeld. Ihre Augen wurden von einer dunklen Sonnenbrille verdeckt.

»Ich kaufe nichts.«

»Guten Morgen«, sagte Janne freundlich. »Ich soll Sie von Camille Tollien grüßen.«

»Kenne ich nicht.«

»Ich denke schon. Sie hat einige Male in Ihrem Blättersessel gesessen, auf das Meerfoto geblickt und Ihnen von ihren Dämonen erzählt.«

Braunsfelds Mundwinkel zuckten kurz. »Kommen Sie rein.«

Victor hatte den blauen Van an der Elbchaussee geparkt. Er war noch eine Runde im Hirschpark spazieren gegangen. Ein kläglicher Versuch, seine Seele zu befrieden. Den Verlust Camilles würde er nie überwinden. Aber vielleicht ginge es ihm besser, wenn er das von Sylvia Braunsfeld für Camille initiierte Drehbuch um einen Epilog erweiterte. Die Vorbereitungen waren getroffen, alles war an seinem Platz.

Zille fasste sich an die Nase und konzentrierte sich. »Ich habe mal ein Feuerseminar bei einem Schamanen besucht. Der Geruch von Rauch hängt davon ab, was verbrannt wird. Wir haben alles Mögliche verbrannt –«

»Zille!«

»Es ist ein Waldbrand.«

»Um diese Jahreszeit?«

Die Straße war inzwischen in einen Waldweg übergangen. Nach wenigen Metern sahen sie die zweistöckige Villa von Camille Tollien.

»Ach du Scheiße«! Elias hatte den Wagen angehalten. »Der Rauch kommt von dem Grundstück.«

Die beiden stiegen aus. »Ich sehe aber kein Feuer«, sagte Zille. In dem Moment flogen aus dem hinteren Holzhaus die Scheiben heraus und gaben den Blick auf lodernde Flammen frei. Zille holte sein Handy aus der Jackentasche und benachrichtigte die Feuerwehr.

»Jetzt wird es gefährlich. Möglicherweise fliegt das andere Haus auch in die Luft«, sagte Elias.

»Auf jeden Fall wird das Feuer auf das Wohnhaus übergreifen.« Zille hielt sich ein Taschentuch vor die Nase. »Vielleicht ist noch jemand drin.«

Janne blickte sich in Braunsfelds Büro um. »Genau so hat sie es beschrieben.« Sie ging zu dem Sessel. »Hier hat sie also immer gesessen.« Janne setzte sich und rutschte mit ihrem Po hin und her. »Ganz schön unbequem.«

»Was wollen Sie, Frau ...?« Braunsfeld nahm ihre Sonnenbrille ab und blickte Janne mit stechenden Augen an.

»Faszinierend.«

Sylvia Braunsfeld war einen Moment verwirrt. »Ich habe eine Iris...«

»...-Heterochromie«, übernahm Janne und fuhr geistesgegenwärtig fort: »Das hat Camille mir erzählt.« Sie lächelte Braunsfeld an. »Mein Name ist übrigens Janne Bakken.«

»Also gut, Frau Bakken. Was wollen Sie von mir?«

»Wie ich schon sagte, soll ich Sie von Camille Tollien grüßen. Sie hat mir von ihrer Therapie bei Ihnen erzählt, von Ihrer Methode der Imagination. Und da ich Ähnliches wie Camille erlebt habe, dachte ich mir, Sie könnten mir berichten, wie Sie es geschafft haben, Camille zu heilen.«

Braunsfelds kurze Unsicherheit war verflogen. »Liebe Frau Bakken, selbst wenn Frau Tollien meine Patientin gewesen sein sollte, kann ich Ihnen natürlich nichts von der Therapie mit ihr berichten. Das unterliegt der –«

»Ja, ja, der Schweigepflicht, ich weiß. Es geht mir eigentlich darum, zu erfahren, ob meine Leiden auch mit dieser Methode therapierbar wären.«

Braunsfeld zögerte. Sie stand auf, ging zum Fenster und schien zu überlegen, ob sie auf Jannes Ansinnen eingehen sollte. »Was hat Ihnen diese Camille Tollien denn alles erzählt?«

Victor ging in die Auguste-Baur-Straße und lehnte sich an einen Baum gegenüber der Villa von Braunsfeld. Diesmal stand er auf der Vorderseite, beobachtete das Haus und sah Sylvia Braunsfeld am Fenster. Sie zog die Vorhänge zu. Wollte er sich wirklich nur auf die Auskunft der Sekretärin verlassen, dass die Braunsfeld montags immer allein im Haus wäre? Er griff zum Telefon.

Zille und Elias blickten auf das brennende Haus, in dem sich das Feuer rasend schnell ausbreitete. Funken stoben in die Luft, flogen auf das Wohnhaus und setzten den Dachstuhl in Brand.

»Wir sollten uns zurückziehen«, sagte Zille.

»Und der Feuerwehr nicht im Weg stehen.« Elias ging zum Auto, stieg ein und lenkte es aus der Ausfahrt. Die Feuerwehrsirenen kamen näher.

»Jetzt werden wir die Wahrheit nie erfahren«, sagte Elias enttäuscht.

»Abwarten, vielleicht findet ja die Feuerwehr oder die Spurensicherung etwas, was die Sache klärt«, sagte Zille und rief Pöppelmann an.

Janne dachte nach. Jetzt durfte sie keinen Fehler machen. Sie atmete kurz durch. »Camille hat mir zum Beispiel erzählt, dass man belastende Bilder durch neue ersetzen kann oder –«

»Und wie sahen die neuen Bilder bei ihr aus?«

»Sie hat die alten Dämonen beseitigt.«

»Wie?« Braunsfeld stand auf, ging zum Fenster und zog die Vorhänge zu.

Janne überlegte, wie sie Braunsfeld aus der Reserve locken könnte. Als das Telefon auf dem Schreibtisch klingelte, fragte sie sofort: »Darf ich mal Ihre Toilette benutzen?«

»Sicher.« Braunsfeld drehte sich zu Janne. »Am Ende des Flures rechts«, antwortete sie, ging zum Schreibtisch und nahm den Hörer ab.

»Spreche ich mit Dr. Sylvia Braunsfeld?«

»Das tun Sie.«

»Gut, dass ich Sie erwische. Ich bin von der Firma Wilbert, wir renovieren ja gerade einen Ihrer Räume. Wir wollten heute noch ein paar Geräte vorbeibringen, Sie aber nicht bei Ihren Sitzungen stören.«

»Hier ist niemand außer mir.«

»Und es kommt auch niemand vorbei? Weil wir –«

»Nein«, erwiderte Braunsfeld. »Kommen Sie am Nachmittag.«

»Gut, wir rufen vorher an.« Victor steckte das Handy in die linke Jackentasche und holte einen Fernzünder aus der rechten. Er entfernte sich ein paar Schritte von der Villa und drückte, ohne sich umzublicken, auf den Zünder.

Janne saß auf der Toilette und hörte sich die Aufnahmen auf ihrem Handy an. Die Qualität war in Ordnung. Leider gab es noch keine belastenden Äußerungen von Braunsfeld. Dennoch war Janne nicht nur überzeugt, dass Camille tatsächlich ihre Patientin war, sondern auch, dass die Therapeutin sie gezielt manipuliert hatte, die Morde zu begehen. Aber sie musste es beweisen. Sie würde im Gespräch offensiver vorgehen müssen.

Janne betätigte die Spülung und verließ die Toilette. Vor dem Büro angekommen, hörte sie, wie Braunsfeld das Telefonat beendete. Janne öffnete die Bürotür. In dem Moment war ein ohrenbetäubender Knall zu hören. Janne wurde von einer Druckwelle erfasst, die sie mit der Tür in den Flur an die gegenüberliegende Wand schleuderte. Ein kurzer, heftiger Schmerz, dann wurde es dunkel und still um sie herum.

59

Montag, 4.2.2019

Pöppelmann hatte sich einen freien Vormittag genommen, um endlich in Ruhe mit Oskar frühstücken zu können. Er hatte auf seiner Schulter gesessen und ungeduldig auf die Käsestücke gewartet, die Pöppelmann ihm regelmäßig hinhielt. Oskar ist zufrieden, ich bin zufrieden, dachte Pöppelmann, biss in sein Wurstbrot und schlürfte seinen Kaffee.

Er hatte einen wunderbaren Abend mit Freya im Fischereihafen-Restaurant verbracht. Sie hatten einen Fensterplatz und damit einen großartigen Ausblick auf den Hafen gehabt. Die Lichter am gegenüberliegenden Ufer spiegelten sich in der Elbe und trugen vor allem in der blauen Stunde zu einer stimmungsvollen Atmosphäre bei. Doch es war vor allem Freya, die ihn in Hochstimmung versetzt hatte. Das Essen war sehr gut, doch für Pöppelmann zweitrangig. Es sah sich an Freya satt, an ihren braunen Augen und ihrem sinnlichen Mund, den ein zum roséfarbenen Etuikleid passender Lippenstift zierte.

Gedankenverloren reichte Pöppelmann Oskar ein großes Stück Wurst, das der Papagei begeistert in seinen Schnabel nahm und mit dem er sich, als das Handy klingelte, aus dem Staub machte.

»Zille«, brummte Pöppelmann verstimmt, »du hast Oskar verscheucht.«

»Sag bloß, du bist noch zu Hause«, antwortete Zille. »Kein Wunder, dass ich mich überarbeitet fühle.«

»Was willst du?«

»Wir waren gerade auf dem Weg zu Camille Tollien –«

»Muss ich die kennen?«

»Nee, ist wahrscheinlich nur die Serienmörderin, die wir suchen.«

Jetzt saß Pöppelmann kerzengerade auf seinem Stuhl. »Bist du sicher?«

»Wir wollten mit einem Besuch letzte Zweifel aus dem Weg räumen«, sagte Zille. »Leider ist gerade ihr Haus in die Luft geflogen.«

»In was für einem Film bist du gerade?« Pöppelmann war verwirrt.

»Leider keine Fiktion. Du bist Leiter der Soko, wie war der Name?«

»Soko RIM.«

»Genau. Also du musst dafür sorgen, dass unsere Spurensicherung und Freya zum Brandort kommen und die Feuerwehr uns sofort ihren Bericht zuschickt.«

»Mach ich alles gerne, wenn du mir sagst, wo genau das Haus brennt.«

»Hausbruch, Wulmstal. Ist nicht zu übersehen. Wir treffen uns im Büro.«

Eine Stunde später trafen Zille und Pöppelmann fast gleichzeitig im Präsidium ein. Es herrschte ein auffallend hektisches Treiben in dem sonst eher gemächlichen Alltag im Gebäude am Bruno-Georges-Platz. Zille ahnte, was los war.

»Die Presse hat Wind davon bekommen, dass der Vorsitzende der Gesellschaft für freien Handel und ein paar weitere ehrenwerte Kaufleute festgenommen worden sind«, sagte er zu Pöppelmann.

»Und deren Geschäfts- und Privaträume durchsucht werden.« Elif Uslu war zu ihnen in den Fahrstuhl getreten. Sie roch an Zilles Jacke. »Du stinkst nach Rauch.«

»Das musst du jetzt ertragen.«

»Fahre zum Glück nur zwei Stockwerke mit euch.« Elif Uslu drückte den Knopf mit der Zwei. »Dürkopp will gleich Klaus Klaasen und Alma Brievenbusch erzählen, was wir ihnen vorwerfen, und hofft wahrscheinlich auf ein sofortiges Geständnis«, sagte sie gehässig. »Sie werden aber alle beide nichts sagen, weil ihnen die Anwälte dazu geraten haben.«

»Und was hast du damit zu tun?«, fragte Pöppelmann.

»Falls doch etwas Spektakuläres geschieht, will er mit mir sofort eine Presseerklärung formulieren.« Der Fahrstuhl hielt, und Elif Urslu eilte zu Dürkopps Büro.

Im dritten Stock verließen Pöppelmann und Zille den Fahrstuhl.

»Ich gehe mich erst einmal umziehen«, sagte Zille.

Als Pöppelmann sein Büro betrat, klingelte sein Telefon auf dem Schreibtisch, und gleichzeitig vibrierte sein Handy. Er nahm das Handy aus der Jackentasche und schaute irritiert auf seinen Schreibtisch.

In dem Moment betrat Zille das Büro. »Hast du mal …?« Dann sah er den irritierten Kollegen und grinste. »Geh ans Handy, ich übernehme das andere Telefon.«

Nach knapp zwei Minuten hatten beide ihr jeweiliges Telefonat beendet.

»Du zuerst«, sagte Pöppelmann.

»Das war Meier von der Spurensicherung«, sagte Zille. »Der Brand ist zwar unter Kontrolle, dennoch wollen sie noch nicht auf das Gelände, weil es für sie noch zu heiß ist. Aber nach ersten Erkenntnissen der Feuerwehr ist der Brand mit einem Fernzünder ausgelöst worden, und es wurde Brandbeschleuniger benutzt. Das Holzhaus ist völlig zerstört, beim Haupthaus fehlt der Dachstuhl.« Zille roch an seiner Jacke und rümpfte die Nase. »Jetzt du.«

»Freya hat erzählt, dass die Feuerwehr die Leiche einer toten Frau im Wohnhaus gefunden hat. Saß in einem Sessel mit einer halb geschmolzenen Kanüle im Arm. Die Feuerwehr hat ein Foto gemacht, das sie mir geschickt hat. Sieht ziemlich übel aus.« Pöppelmann zeigte Zille das Foto.

»Das ist Camille Tollien.«

»Freya wird die Leiche im Institut untersuchen.«

»Hast du ein frisches Hemd?«, fragte Zille. »Sakko und Hose habe ich in meinem Büro.«

Pöppelmann ging zum Schrank und holte ein mit blau-grünen Blättern bedrucktes Hemd heraus.

»Ist das dein Ernst?« Zille war entsetzt.

»Es stinkt zumindest nicht. Und ist der letzte Schrei.«

Zille stöhnte. »Der allerletzte.« Er nahm das Hemd. »Dann gehe ich jetzt duschen und mich umziehen.«

»Und ich ruf die Soko zusammen.« Pöppelmann griff zum Telefon. Bevor er den Hörer abheben konnte, klingelte es. »Ja?«

Zille sah, wie aus Pöppelmanns Gesicht das letzte bisschen Farbe entwich.

»Heftige Explosion in der Auguste-Baur-Straße. In Braunsfelds Villa.«

Jetzt wurde auch Zilles Gesicht bleich. »Ach du Scheiße. Janne wollte sie besuchen.«

»Es gab wohl Tote.«

60

Dienstag, 5.2.2019

Sehr geehrter Herr Dr. Hopp!

Wenn Sie diese Zeilen lesen, werde ich tot sein. Das ist nicht weiter schlimm, im Gegenteil. Für mich ist es erlösend. Wenn Sie mein Geständnis über die drei Morde lesen – es liegt in diesem Päckchen –, werden Sie verstehen, warum. Ich war zunächst überrascht, als Sie mich mit Ihrer zauberhaften und mich faszinierenden Partnerin Janne Bakken aufgesucht haben, um mich über meinen Vater zu befragen. Doch im Laufe Ihres Besuchs wurde mir klar, dass Sie auf der Suche nach einem möglichen Zusammenhang zwischen der Gesellschaft für freien Handel und den Morden an den Männern mit den abgetrennten Gliedern waren. Dabei konnte ich Ihnen nicht helfen. Aber der Weg zu mir war dennoch nicht umsonst.

Ihnen wird bei Ihrem Besuch natürlich nicht entgangen sein, dass es eine besondere Beziehung zwischen mir und Ihrer Partnerin gab. Auch wenn sie nicht greifbar war, sie lag in der Luft. Und Janne Bakken wird Ihnen das bestätigt haben. Vermutlich werden Sie und Frau Bakken der Ursache für diese Art Seelenverwandtschaft inzwischen auf den Grund gegangen sein.
Diesem Päckchen liegt neben meinem Geständnis der Morde an Erwin Brievenbusch, Lars Heiner Kettenbach und Fabian Schmitt sowie meines Selbstmordes auch das Tagebuch meiner Großmutter Bernadette Laurent bei. Ich bitte Sie, dieses Tagebuch Janne Bakken zu geben. Es möge ihr beim Kampf gegen ihre Dämonen helfen und sie auf einen anderen Weg führen als mich. Das Geständnis werden Sie sicher an die richtigen Stellen weiterleiten. Für Sie habe ich noch ein Dokument meines Vaters beigefügt, das ich zufälligerweise doch noch in einer versteckten Schublade seines Schreibtisches gefunden habe. Hier finden Sie die Visionen meines Vaters für eine Welt, wie sie ihm vorgeschwebt hat. Meine wäre es nicht.
Ich bedaure, dass wir uns nicht unter anderen Umständen kennengelernt haben. Aber das Leben ist von uns Menschen nur bedingt beeinflussbar. Oft zum Glück. In unserem Falle ist es schade.
Herzliche Grüße
Camille Tollien

PS: Das Haus in Nordfriesland habe ich entrümpeln lassen und verkauft.

Elias legte den Brief beiseite. Er stand auf, holte zwei Gläser und schenkte Zille und sich einen Brandy ein. »›Wenn du lange in einen Abgrund blickst, blickt der Abgrund auch in dich hinein.‹« Er hob das Glas und leerte es in einem Zug. »Nietzsche.«

»Treffender hätte ich es auch nicht beschreiben können.«

In diesem Moment betrat Janne die Büroräume in Elias'

Haus. »Tut mir leid, dass ich zu spät komme. Aber Kopfverbände anlegen ist gar nicht so einfach.«

»Der weiße Turban steht dir gut«, sagte Zille grinsend.

Janne zeigte auf die Gläser. »Ich will auch einen.«

»Ich weiß nicht, ob du in deinem Zustand –«

»Einen doppelten.«

Elias gab sich geschlagen, holte ein drittes Glas und schenkte allen noch einen Brandy ein.

Zille hob das Glas. »Auf das Leben.«

»Auf Janne.« Auch Elias hob das Glas.

»Nur die Harten kommen in den Garten.« Janne kicherte und leerte das Glas. »Camille Tollien und Sylvia Braunsfeld sind tot.«

»Die eine hat sich umgebracht, die andere wurde umgebracht«, sagte Zille.

»Das heißt, wir werden jetzt nie erfahren, wie die Zusammenhänge tatsächlich waren.« Janne war die Enttäuschung anzuhören. »Mein Besuch bei Braunsfeld hat den Verdacht, dass sie Camilles Therapeutin war, zwar erhärtet, aber beweisen können wir es nicht.«

Zille gab Janne den Brief von Camille Tollien und zeigte auf das Päckchen, das auf dem Tisch lag. »Ein bisschen mehr werden wir schon erfahren. Brief und Päckchen sind etwa gegen zehn Uhr abgegeben worden.«

»Der Fahrradkurier wusste weder, wann es in der Zentrale abgegeben wurde, noch, von wem.« Elias zuckte mit den Schultern. »Und die Zentrale wusste nichts von einem Päckchen an einen gewissen Dr. Elias Hopp.«

»Wäre auch zu schön gewesen«, sagte Janne und las den Brief. »Ganz schön bitter«, sagte sie dann mit belegter Stimme.

»Was machen wir nun damit?«, fragte Elias.

Zille fingerte sich Handschuhe aus seiner Tasche und öffnete das Päckchen. »Das ist wie Weihnachten. Für jeden etwas dabei.« Er zog die Handschuhe an und überreichte Elias die Unterlagen vom alten Tollien und Janne das Tagebuch. Dann griff er nach einem Briefumschlag, der in dem Päckchen lag.

»Und für die Polizei das Geständnis.« Er öffnete den Umschlag, holte zehn handschriftlich beschriebene Seiten heraus und überflog sie.

Janne blätterte das Tagebuch und Elias die Unterlagen von Gustav Tollien durch.

»Soweit ich das jetzt erfasst habe, könnt ihr eure Geschenke behalten. Im Geständnis steht alles Wesentliche.« Zille grinste. »Es reicht also, wenn wir dem LKA das Geständnis zukommen lassen.«

Janne blickte auf. »Hast du die zehn Seiten schon gelesen?«

»Ich habe mal einen Kurs im Speedreading absolviert und es immerhin in meinen besten Zeiten auf zweitausend Wörter pro Minute gebracht. Es soll Leute geben, die über viertausend schaffen, aber die waren wahrscheinlich jünger als ich.« Zille hielt die zehn voll beschriebenen Seiten hoch. »Pro Seite hat Camille Tollien etwa hundert Wörter geschrieben, macht also insgesamt tausend Wörter. Zum Glück hat sie eine ordentliche Handschrift, sodass ich die Seiten locker in neunzig Sekunden lesen kann.«

»Und was schreibt sie?«, fragte Elias.

»Es ist ein umfassendes Geständnis der drei Morde. Sie beschreibt detailliert die Abläufe von der Planung bis zur Umsetzung. Diese Details kann nur die Täterin wissen, und vieles davon ist uns auch schon bekannt. Was wir nicht wussten, ist, warum sie diese Männer als Opfer ausgesucht hat.« Zille hob den Zeigefinder. »Jetzt kommt es. Sie hat vor etwa einem Jahr das Tagebuch ihrer Großmutter gefunden. Von dem Zeitpunkt an war ihr bewusst, warum sie schon als Kind Alpträume, Absencen und Ähnliches hatte. Sie hat dann eine Therapie begonnen bei Dr. Sylvia Braunsfeld.«

»Also doch«, warf Janne ein.

Zille fuhr fort. »Das Ergebnis der Therapie war, dass sie sich rächen wollte, für all das Leid, das drei Männer ihrer Großmutter, ihrer Mutter und ihr angetan hatten. Und da sie schon als Kind und Jugendliche ihren Hass auf die Geschäftsfreunde ihres Vaters …«

»Mitglieder der Gesellschaft«, warf Elias ein.

»... projiziert hatte, lag es nahe, sie als Opfer zu wählen«, beendete Zille seinen Satz.

»Und bei der Auswahl der Opfer hatte Braunsfeld ihre Finger im Spiel?«, fragte Janne.

»Das schreibt sie nicht.«

»Aber die Vermutung liegt nahe«, sagte Elias und kratzte sich nachdenklich am Kopf.

»Wir werden das Braunsfeld nie nachweisen können, zumal sie jetzt tot ist. Und Camille Tollien schreibt, dass sie diese Taten allein begangen hat. Das betont sie immer wieder. Keine Helfer.« Zille flocht sich seinen Zopf neu. »Wie auch bei ihrem Selbstmord.«

»Den sie im Anschreiben als Erlösung beschreibt«, sagte Elias. »Aber ich kann mir nicht vorstellen, dass sie die Morde allein bewerkstelligen konnte.«

»Ich auch nicht«, sagte Zille. »Doch wenn sich der Tod von Camille Tollien tatsächlich als Suizid herausstellt und wir dieses Geständnis Camille Tollien zuschreiben, dann ist der Fall abgeschlossen.«

»Zwingend?«, fragte Janne.

»Ja. Es gibt ein umfassendes Geständnis der toten Mörderin, und gegen Tote wird nicht weiterermittelt, weil keine Anklage erhoben werden kann.«

»Das heißt, gegen Braunsfeld wird auch nicht weiterermittelt?«, fragte Elias.

»Gegen sie nicht, aber nach ihrem Mörder wird schon gesucht.«

Es entstand eine kleine Pause. Alle schienen ihren Gedanken nachzuhängen.

Janne war die Erste, die wieder das Wort ergriff. »Mich würde interessieren, warum Camille Tollien den Männern den Schwanz abgeschnitten hat.«

»Ich vermute, Janne, dass du die Antwort in den Erinnerungen der Großmutter finden wirst«, sagte Elias.

Janne blickte auf das Tagebuch. »Ich werde es lesen. Aber

nicht jetzt. Ich fahre ein paar Tage zur Erholung an die Schlei. Da werde ich Zeit finden.«

»Wenn du es gelesen hast, würde ich auch gerne einen Blick hineinwerfen. Ich möchte auch über die Morde, vor allem über die Mörderin und ihre Motive, einen Artikel schreiben. Und dazu gehört auch die Geschichte der geschorenen Frauen.«

»Klar«, sagte Janne.

»Aber es eilt nicht. Ich habe genug damit zu tun, einen Artikel über den Verfall der Hamburger Kaufmannschaft zu schreiben. Und allein die Aufzeichnungen von Tollien«, Elias hielt sie hoch, »bieten genügend Stoff für ein ganzes Buch.«

»Sind das seine Memoiren?«, fragte Zille.

»Nein, viel besser. Es ist sein Vermächtnis. Er beschreibt hier, soweit ich das bis jetzt einschätzen kann, seine Visionen von einer Gesellschaft. Eine Kostprobe: ›Industrielle, Banker, Politiker, Adelige und auch Kleriker müssen gemeinsam Wege finden, um wirtschaftlichen und politischen Einfluss zu gewinnen, der ihnen unbegrenzten Reichtum garantiert.‹ Und so geht dieses Pamphlet wohl weiter.« Elias grinste. »Constantin Mügge von ›Lumen‹ wird es freuen.«

»Ich habe gerade eine Nachricht von Pöppelmann erhalten.« Zille blickte auf sein Handy. »Die Leiche im abgebrannten Haus ist eindeutig Camille Tollien. Freya konnte sogar noch ein paar Fingerabdrücke sichern.«

»Die sich hoffentlich auch auf dem Geständnis finden lassen«, sagte Janne.

Zille nickte. »Das hoffe ich auch. Gestorben ist sie an einer Überdosis Natriumpentothal. Von der Spritze ist nur noch eine verbogene Kanüle übrig geblieben. Vor den Füßen der Toten lag eine Fernbedienung, na ja, was von ihr übrig war. Das war wohl ein Fernzünder, um den Brand auszulösen.«

»Alles detailliert geplant«, sagte Elias.

»Wie im Geständnis beschrieben.« Zille legte sein Handy zur Seite. »Der vollständige Bericht der Feuerwehr kommt morgen.«

»Damit ist der Fall für uns abgeschlossen, und wir haben uns ein wunderbares Essen verdient.« Elias stand auf. »Ich denke, wir werden oben erwartet.«

Zille streckte seine Nase in die Luft und schnupperte demonstrativ. »Ich rieche schon allerlei Köstlichkeiten.«

61

Samstag, 9.2.2019

Janne war am späten Vormittag in Kopperby angekommen. Es regnete in Strömen, und so hatte sie nur das Nötigste mit ins Haus genommen. Ihr Nachbar, Hauke Harmsen, hatte nach Jannes Anruf am Morgen die Heizung angestellt, aber die alte Ölheizung brauchte ein paar Stunden, um eine angenehme Wärme im Haus zu verbreiten. Und so machte Janne sofort Feuer im Kamin und kochte Tee.

Jetzt saß sie in eine Decke gehüllt auf dem Sofa und schaute ins Feuer. Sie hatte die letzten Tage genutzt, um wieder in ihre alte Wohnung zu ziehen. Miros Leute hatten sie komplett renoviert. Sie hatte mit Annas Hilfe einige Wände farbig gestrichen, ein paar Monate würde sie dort noch wohnen bleiben. Viel Zeit hatte sie im Dojo und auch im Bett verbracht. Pöppelmann und die Kolleginnen und Kollegen der Soko hatten den Ritualmordfall, so hieß er offiziell, im Wesentlichen abgewickelt. Zille und Britta waren auf dem Weg nach Japan, um sich dort auf die Suche nach Mio und Yoko, Zilles Töchtern, zu machen. Und Elias und Maja liefen Ski.

Janne schenkte sich einen Tee ein und blickte dann wieder ins Feuer. Morgen würde Anna zu Besuch kommen, darauf freute sie sich. Sie hatte eine neue Freundin gefunden. Janne wärmte ihre Hände am Becher, ließ genüsslich das Teearoma auf sich wirken und nahm dann einen Schluck. Sie schloss die Augen und döste vor sich hin.

Eine halbe Stunde später schreckte sie hoch. Sie hatte ein

unbekanntes Geräusch gehört. Sie ging zum Fenster, konnte aber nichts Auffälliges erkennen. Sie entschloss sich, trotz des nach wie vor starken Regens das Auto auszuladen. Mit Gummistiefeln und Regencape bekleidet, konnte sie die Aktion einigermaßen trocken zu Ende bringen. Der Wind peitschte den Regen nach wie vor gegen die Fenster, und obwohl es erst vierzehn Uhr war, musste sie das Licht einschalten.

Aus ihrem Rucksack nahm sie das Tagebuch von Bernadette Laurent, ging zum Sofa vor dem Feuer und machte es sich bequem. Sie schlug das Tagebuch auf und blickte auf zahlreiche Fragmente, kurze Abschnitte, die Bernadette nach ihrer Ankunft in Hamburg notiert hatte. Mal auf Deutsch, mal auf Französisch.

Sie las die Leidensgeschichte einer jungen Französin, die am Ende des Zweiten Weltkriegs von zwei Nachbarinnen der Kollaboration angeklagt wurde. Der Ablauf der Bestrafungsaktion war so, wie Elias es recherchiert hatte. Mit dem Bestrafungswerkzeug, *»la tondeuse«*, wurde ihr der Kopf kahl geschoren, bis ihr das Blut über das Gesicht lief. Und anschließend wurde sie durch die Straßen von Portville getrieben.

Dann schilderte Bernadette Laurent die furchtbaren Erlebnisse ihrer Odyssee. Vertrieben aus der Heimat, bis sie drei Monate später in Hamburg vor der Tür ihres geliebten Reiner Kloppenburg, des deutschen Wehrmachtsoffiziers, stand.

Und zwischendurch immer wieder Beschreibungen ihres Seelenlebens, der Missachtungen, Erniedrigungen, Demütigungen. Eine Stelle ging Janne besonders nahe.

»Gesenkten Kopfes, mit Tränen in den Augen, wurde ich vor die Stadt geführt und fortgeschickt. Die Menge blieb stehen, und es breitete sich ein eisiges Schweigen aus, das ich immer noch höre. Ich blieb am Leben. Aber mein Leben war zerstört.«

Janne legte das Tagebuch zur Seite. Ob ihre Großmutter ähnlich gelitten hatte? Wahrscheinlich, aber sie hatte um ihr Leben gekämpft, auch wenn es nicht ihren Schmerz beseitigt hatte. Und es gab Momente, in denen dieser Schmerz in den Hintergrund getreten war. Momente, an denen auch sie beteiligt war, weil ihr kindlicher Eigenwille und ihre unbekümmerte Stärke Balsam für die Seele einer gebrochenen Frau waren.

Janne schluckte und nahm das Tagebuch wieder in die Hand. Und dann las sie die Zeile, die ihr die Antwort auf die Frage gab, warum Camille den Männern die Schwänze abgeschnitten hatte: »Sie nahmen mir meine Weiblichkeit, machten mich äußerlich hässlich, um mein Inneres nach außen zu kehren. Ich fühlte mich fortan fremd in meinem eigenen Körper.«

Camille hatte den Männern ihre Männlichkeit genommen und sie dann öffentlich zur Schau gestellt.

Es klopfte an die Tür. Janne schaute auf ihre Armbanduhr und lächelte. Das konnte nur Hauke Harmsen sein. Sie verstaute das Tagebuch wieder in ihren Rucksack. Sie würde später weiterlesen. Janne ging zur Tür und öffnete sie mit einem lauten Quietschen. Ein großer, rüstiger alter Mann trat ein.

»Was für ein Schietwetter.«

»Schön, dich zu sehen, Hauke.« Janne umarmte ihren Nachbarn.

Der zog die Stiefel und die nasse Regenjacke aus, die er an einen Nagel an der Wand hängte, und schlüpfte in die bereitstehenden Clogs. Den gelben Südwester drapierte Hauke Harmsen geschickt über die Stiefel. Aus der linken Gesäßtasche zog er einen Kamm und kämmte sich die immer noch vollen schwarzen Haare akkurat zurecht. Ein Blick in den Spiegel überzeugte ihn davon, dass sie auch so saßen, wie er sich das vorgestellt hatte. Dann schlurfte er mit Janne in die Küche.

»Eine Tasse Tee?«

»Lieber einen Becher«, brummte Hauke. Er zog aus der rechten Gesäßtasche einen Flachmann, hielt ihn hoch und setzte sich an den Küchentisch. »Geht mehr rein.«

Lachend griff Janne hinter sich und holte vom Küchenbüfett einen großen Keramikbecher, den sie halb mit Tee auffüllte.

»Reicht die andere Hälfte für den Rum?«

»Wenn du keinen willst.«

Janne schüttelte den Kopf. Die Vorstellung, den schönen Tee mit Rum zu vermischen, verursachte ihr körperliches Unbehagen.

»Nee, nee, trink du mal.«

Hauke füllte den Becher mit Rum auf, probierte die Mischung und stellte den Becher zufrieden ab.

»Und du willst wirklich –« Hauke griff nach dem Flachmann.

»Mir schmeckt der Tee pur besser.«

»Du weißt nicht, was du verpasst.« Haukes nahm noch einen Schluck, schloss die Augen und ließ den verfeinerten Tee genüsslich die Kehle herunterlaufen. »Aaah, das tut gut und schmeckt gut.« Er stellte den Becher mit Schwung auf den Tisch. »Wollen wir jetzt scrabbeln?«

»Klar.« Janne öffnete die Tür des Küchenbüfetts und brachte neben dem Scrabble-Spiel auch eine Flasche zum Vorschein, die sie vor Hauke auf den Tisch stellte. »Und Rum habe ich auch noch.«

Hauke nahm die Flasche in die Hand und hielt sie dicht vor die Augen. »Das ist was besonders Feines. Fünfzehn Jahre alter kubanischer Rum.« Er stellte die Flasche auf den Tisch, öffnete sie und schnupperte. »Was für ein Aroma. Den trinke ich natürlich ohne Tee.«

Janne lachte und stellte zwei Gläser neben die Flasche. »Mir kannst du auch einen einschenken.« Sie räumte die Unterlagen vom Tisch, um Platz für das Scrabble-Feld zu schaffen.

Der Mann mit dem windgegerbten Gesicht lag seit einigen Stunden in einem kleinen Waldstück und beobachtete mit einem Feldstecher das kleine Haus mit der Scheune. Der Kaffee war ihm inzwischen ausgegangen, die dänischen Butterkekse neigten sich dem Ende zu, und die Nässe kroch langsam durch die Ritzen seines billigen Regenanzugs. Doch es war die Mühe wert. Er hatte gefunden, was er gesucht hatte. Gegen Mittag war die junge Frau mit dem Hamburger Autokennzeichen angekommen und gleich im Haus verschwunden. Am frühen Nachmittag hatte sie das Auto entladen, und zwei Stunden später war ein alter Mann zu Besuch gekommen. Inzwischen war es dunkel, und für heute hatte er genug gesehen. Er würde wiederkommen und auf eine günstige Gelegenheit warten.

Zu guter Letzt

Dank an alle, die mich mit Hinweisen, Informationen und Tipps beim Schreiben des Buches begleitet haben. Das gilt vor allem für den Graupapagei Willi.

Einen großen Dank an die Mitarbeiter/-innen des Emons Verlags für die tolle Unterstützung.

Einen besonderen Dank auch an meinen Lektor Lothar Strüh, der mir mit Rat und Tat zur Seite stand.

Und vor allem bedanke ich mich bei meiner Frau Ines, die Erstleserin, Ideengeberin und Kritikerin in einem war. Ohne sie wäre das Buch nicht das geworden, was es ist.